U0902583

James Hankins

THE PRETTIEST ONE

大美人

【美】詹姆斯·哈金斯 著
海力洪 译

上海文艺出版社

献给琳恩和约翰。

他们将孩子抚育成人，

成了我的贤妻，

他们自己，也都是非同凡响之人。

第一章

“我叫凯特琳·萨默斯。”她大声说道，即便此时正孤身一人。

她走着，脚很疼，两腿累极了。她弄不明白自己为什么要这样不停地走动，但还是继续走下去。她横穿破裂的人行道，疼痛的双脚在发出抗议。

夜色清朗，她却像步入迷雾之中。今天是星期几？一大早得去上班吗？若要上班，她九点就得出现在办公室里了。片刻间，她想不起那是间什么样的办公室，接着想起来她是个房地产经纪人。她猜不出自己为何一度远离了这个事实。什么东西撞了她的腿，低头往下看，暗吃一惊，她看到自己的手正拎着一只小小的粗帆布袋的带子。它是从哪儿弄来的？

她穿过人行道，不知置身何地，又是怎么来到这里的。低头走着，看见条条褪了色的油漆白线逐一在脚下掠过。她是在一个停车场里。一个空荡荡的停车场。不明白到底是怎么回事。她醒过来，是在这里醒了……可这里又是什么地方？

不，没真的醒来，因为她未曾睡着过。虽说好像感觉已经酣睡了几天，梦境不断。虽说现在一缕苍白的记忆在迅速消散之前会在脑海里闪烁一下；醒来后的零星片刻间，梦的碎片也会短促地浮起。

我知道我是谁，她想，随后一个念头接踵而至：为什么会不知道呢？

她记得的最后一件事……嗯，模模糊糊的。她想起……去了健身房。可能吧？还有，在一个商店里，很小的商店，门上挂着个响铃。她买了件东西……黄色的什么物件。

她不停地走着，不停地一左一右将疼痛不堪的脚移挪向前，直到她看到了前方停着一辆车，正被月牙发出的苍白光线照亮着。凯特琳觉得她仿佛一直在走向这辆车，即使她并不知道它的存在。她便朝它走过去。

她慢慢地一路走向停车场远端的角落，在那儿，汽车在一棵大树的阴影中等待着。她停下来，转过身。空空荡荡的柏油路延伸出去的远处，蹲伏着一幢方方正正的大建筑物，看起来像座仓库。从这个距离望去，即使就着昏暗的月光，凯特琳也能看见破碎的窗户和满是涂鸦的煤渣块墙。它是被废弃了的。她转身走近车子，透过乘客座那一侧的车窗往里窥看。没有钥匙插在点火器上。她把手伸进牛仔裤的前口袋，发现了一串钥匙。她取出来，不经意地拎出一把，插进锁眼开了车门。她溜进车里，把包放在她旁边的座位上。

"我叫凯特琳。"她自言自语。

她启动了车，却不知道该去哪里。

回家，她意识到了。她当然该回家了。她丈夫一定想知道她到底人在何处。

咱俩都一样想要知道呢，乔什，她想。

"我丈夫叫乔什。"她对着空空的车说道。

她瞥了一眼仪表板上的钟：凌晨1:17。乔什一定要抓狂了。她左右俯身，拍了拍牛仔裤的两个后兜。感觉似乎她那瘪瘪的钱包在一个兜里，另一个兜是空的。奇怪，她总是把她的手机放在裤兜里的。

好吧，没手机，也没关系。那就直接开车回家，一到家就跟乔什说。

她开车缓缓穿过空空的停车场，到了出口，驶上街头。这条道两侧树木繁茂，颇显静谧。又看见了那座仓库，已经落在了远方。凯特琳看了看左边，接着看看右边，然后选择开上了左边的那条道……好吧，因为她终归要选择一个方向的。

她在树木环抱的公路上开了几英里，直到树影变得稀疏，人间烟火气开始显现——起先是几间房子，接着是几家商店，然后是一处沿公路商业区。她发现街道另一侧的商场那边有营业的壳牌加油站的亮黄标志。她正想要进站问问这是什么地方，找一条最快的路线回家，霎时，看到了 91 号州际公路的标志。

她对后视镜中的自己点了点头。眼下的处境根本不能让她安心，她被许多事情弄糊涂了。但她突然强烈地感觉到 91 号州际公路会带她回家。她检查了油量表，见燃料几乎是全满的。她摇摇晃晃地把车开上了入口匝道。过不多久，便经过了一块标志牌，上面写着“霍利约克”，她知道霍利约克是在马萨诸塞州。最后，她明白了她这是到了哪儿，即使她仍不知道是怎么来的。更重要的是，她知道她会在短短几小时之后，回到罕布什尔州布里斯托尔的家中。

对她而言一切都无从释解。她有满腹的疑团。但她突然便觉得很累了。于是她不再多想，只是盯着前方的道路。过不多久她就要回到家里了。回家真好啊。

第二章

像往常那样，乔什·萨默斯又梦见了他的妻子。今晚，梦中的她穿着那条黄底的红花背心裙，这是她在他俩第一次约会时穿的。他们在一个没有什么特色的公园里漫步，被不知名姓的人们环绕着，享受着灿烂的阳光。他和凯特琳都笑了。他俩在一起时总是止不住朗声大笑。不知从何处，传来了教堂的钟声。

“快点，”凯特琳说，“我们要迟到了。”

她转过身，开始小跑着离开他。背心裙摇曳着拂动她纤细的小腿，一头金发在她的后颈上跳跃。

“慢点儿。”乔什叫道。

她回过头来，笑了，但并没有放缓步子。事实上，她开始更快地离开他。而她的腿似乎并没有移动得更快。不知怎的，尽管他迈步快跑起来，她却在越来越远地飘逝而去。

“凯特琳，等等我。”

她没有再转身，也没有慢下来。她现在几乎是飞过草地，以应不可能有的行进速度轻快而优雅地前行。太阳消失在黑暗的云层后面，数秒之前，黑云在天空中还杳无踪影。一阵猛烈的冷风吹打着乔什的脸庞，让他放慢了步子，而这风却好像没触碰凯特琳丝毫。

教堂的钟声又响了。凯特琳已经登上了一座小山，她站上山顶的一刹那，如湿混凝土般黑沉与灰暗的天空中，仿佛溅上了一抹明亮的黄色。

乔什现在正拼了命似地奔跑，他双腿紧蹬，心怦怦直跳着。

铃声又响了，凯特琳隐没在山的背后。

她走了。

乔什在卧室的黑暗中睁开眼睛。他知道这从头至尾是一个梦，但他的呼吸仍然急促，脉搏还跳得很快。他望着天花板，将呼吸放缓，并试图让狂跳的心平静下来。他把手伸向床铺空荡荡的一侧，掌上感到了凉意。

门铃响了，他意识到它已经响了一阵子，化成了他的梦中教堂的钟声。他转身去看床头的钟：凌晨3：09。

到底怎么回事?

他掀开床单下床，套上一条牛仔裤，走去楼梯。这时门铃又响了。

"等一下。"他叫了声，就快到楼下了。

他穿过门厅，透过门边小窗帘的缝隙向外瞥了一眼。眼中所见的，竟让他愣住了。等稍稍回过神来，他笨手笨脚地开了门栓，猛地拉开门。

凯特琳站在玄关。

真是她。这似乎不太可能，但那人就是她。

"对不起，乔什，"她说着，从他身旁一闪进了屋，"我知道回来得晚了。把你弄醒了。我本该打个电话的，可我的手机没了。"

怎么回事……

“我本来该自己开门进屋的，但我猜我把家门钥匙也弄丢了，”她说：“很可能和我的手机一块丢的，就是这么回事吧。”

他所能做的，便是盯着她。

“我知道你一定生气了，有很多事要问我，”她补了一句。乔什听着她的话音，觉得就像某个刚从药物引发的深睡中醒过来的人。“相信我，”她说，“我也想弄明白。但我已经开了几个小时车，我累极了。我们可以早上再谈吗？”

她看上去确实很累，还显得有点儿……迷茫。她与那个他娶的女人大相径庭。

“凯特琳？”他问道，“你真的是凯特琳吗？”

她正向楼梯走去，这时停了下来，转过身，面对着他。

“我预料你会问好些问题，”她说，“但这个问题没料到。”

“你预料的是什么？”

她微微耸了耸肩。“也许像‘你去哪儿了？’之类的。”

他点了点头。“好吧，你去哪儿了？”

片刻间，她一言不发，陷入了沉思。最后，她说：“我真的没法告诉你。”

“是说真的吗？”他问道，尽管想要压抑住，他的声调还是提起了几分。“我知道你离开时生我的气，但是你这一走就是七个月，你就不能告诉我，你去了哪里吗？”

凯特琳正要张口回应，然后，似乎忽然意识到了，她不知自己该说些什么。

第三章

“什么，”凯特琳叫道，“你说什么？七个月？”

这话听起来完全不着边际。片刻间，她还以为她丈夫可能是假装的，要和她开个玩笑。但是他看上去是那么……震惊，表情又如此严肃。她怀疑他是不是生了什么病，比如中风什么的。末了，她不得不考虑这种可能性：是她自己而不是他，出了错。

“啊，凯特琳！”乔什说，“你只是忘了时间？莫名其妙地七个月就——”

他忽然顿住，瞪大了眼睛。

“这是血吗？”他问。

凯特琳低头去看。她的低胸紧身毛衣是栗色的，所以乍看一眼，很难辨认出那些深红色的斑点。但它们就在那里，落在她的腹部和袖子上。现在，她也看到了深色牛仔裤裤腿上的红棕色小斑点。她回过头，望着乔什。

“天啊，凯特琳，”他说着，飞快地靠上来，“你受伤了。”

“我没觉得受了伤。”

“我的上帝，出了什么事？”

“我……我不知道。”

他敏捷地、安慰似的触了一下她的胳膊，然后缓慢地轻轻掀起她的毛衣。瞥见毛衣下的情形前，他的脸甚至还抽搐了一下。凯特琳一直盯住他的脸，她不想看到伤口。乔什皱起了眉头。他的手还提拉着她的衣服，他仔细检视她身体的两侧，然后去看她的背。

“什么伤口也没有，”他说，“这不是你的血。”

她并不是很吃惊。她没觉得受了伤。当然，那回避了问题的实质——

“是谁的血?”乔什问。

她希望她能知道。

淋浴似乎让凯特琳的头脑清楚了些许。她低头站在水流下，让热水冲洗全身，水汽渗进了呼吸之中。她累了，但她不再感到麻痹。她走出淋浴间，发现乔什已将她最喜欢的那件满是茶杯图案的法兰绒睡衣放在了卫生间台面上。她擦干了身子，溜进了那堆茶杯下面，感觉很奇妙。

她走到盥洗盆前，用毛巾的一角在蒙着水汽的镜子上擦出一个小圈。就在这时，她几乎尖叫了起来。

镜中，正看着她的那人不是凯特琳。

她向后退去，撞到身后的墙。

她深深吸了一口气，趋身向前又看了看镜子，水汽又覆满了镜面。她用毛巾在上边清出另一小块地方，然后再吸了一口气，更深地吸了口气，将视线投向镜子。

见鬼，到底是谁?

她的金发不见了。镜中人染了红发。

要是在淋浴洗头之前她不是如此迷惑的话，可能就会注意到，她的一头秀发比平时保持的长度短了恰到好处的四英寸。现在她的头发不再及肩，成了齐耳短发。

凯特琳俯身靠近镜子，仔细察看她的脸。她瘦了些。过去没人说她超重，现在她仍然看起来很健康，但可以从她的双颊看出她的体重下降了。她把手伸到身侧掂量。轻了五磅，也许十磅。这是你一旦开始健身，就可以看得出来的减重。体重在哪里减了？

时间到哪里去了？

乔什说她已经失踪了七个月。

七个月。

凯特琳走出浴室的时候，乔什正坐在床上，等着她。门一打开，他便向她走来，拥她入怀，紧抱着她，仿佛他从未打算让她走。她也紧紧拥抱着他，感觉很好。他亲吻她潮湿的头发。她吸了吸他身上的气味。

在这个一生中最为持久，最是意味深长的拥抱过后，凯特琳说："我要喝茶。"

下到楼下，乔什用蜂蜜和柠檬给她泡茶，她坐在厨房桌子边；然后，他跟着她走进客厅。她蜷缩在沙发的角落里。乔什坐在一旁。不是坐在沙发的另一端，而是贴她的身坐着。

"感觉还好吗？"他问道。他看上去想要显得轻松随意，但凯特琳可以感觉到他在探究她。事到如今，她想，这很自然。

"我没事。"她说，尽管说出的只有几分实情。她觉得身体还不错，精神方面就不是这么乐观了。她抿了一口茶，捧紧了两手掌中的超大号茶杯。

“在你淋浴的时候，”乔什说，“我把你穿的一身衣服捡进洗衣袋了。我还出门去看了停在车道上的车，发现前排座位上有个健身包。”

他朝搁在房间对面的一把椅子上的黑色帆布包点了点头。凯特琳看着它。似乎很熟悉。

“谢谢。”她说。

“谈谈吗?”他轻声问道，试图显出不是那么一门心思地正盯着她。

她耸耸肩。她不知道她能说多少。所有的事情，她都一无所知。

“好吧，”他说，“我来说。在你七个月前离开的时候……”

“真有那么久吗?”

“有这么久了。”

上帝啊。“我想不起来，乔什。这七个月里的任何事情，我都想不起来。”

他皱了皱眉，然后不自在地笑了笑。凯特琳觉得他好像在费劲揣测她的诚实。嗯，为什么他不可以呢？整件事情够疯狂的。与她对视了长长的一阵子，他收回目光，落向桌面。

“亲爱的。”他开口了，声音异于平常。他感到难过，也许吧。他开始说别的事情，然后停了下来。

她的心在往下沉。他不相信她。

最后，他点了点头，似乎对自己说：“你已经走了半年多。”当他再抬起头，眼眶湿润了。“我还以为你已经死了，凯特琳。每个人都以为你死了。”

他颤抖着深吸了一口气。凯特琳伸出一只手来，握住了他的一只手。

“对不起，”她说，“我无法想象你曾经经历的一切。”

见鬼，她还无法想象她自己经历了什么。

“你真的不记得了吗?”乔什问。

她摇了摇头。“真糟糕。刚才在楼上，我看着镜子中的自己都没认出来。我满身是血回了家。是谁的血?我身上到底发生了什么事情?”

“你还能记得的最后一件事，是什么?”

她试图集中精力回想。一个停车场，和……

“我发现了一辆车子。”她说。

“停在外面的那辆吗?谁的车?”

“我不知道。但我发现钥匙在我的口袋里，还有，就在——”一个可怕的想法霎时浮现脑海。她的手摇晃起来，几乎让杯里的热茶溢出，洒到她的大腿上。“你认为……你认为车是谁的，血就是这人的?”

“凯特琳……”

“你认为我干下了——”

“不，”他急忙说。“当然不会。不是你，凯特琳。不可能。”

“但是——”

“不是你，亲爱的。我不相信，我绝不相信。我们把车那事放下一会儿。你只不过是上了那车，这就是我们现在要知道的。接着发生了什么?”

“我看到了一个 91 号州际公路的标志牌，就开车回家。”

“当时你在哪儿?哪个镇上?”

“我不确定。我……不记得了。我觉得，我可能一开始开车就知道的，我好像看到一些标志。可我莫名其妙就忘了。我的意识现在……还不是很清楚。不过，我知道是向北开的。”

他点了点头。“好吧，但在你发现车之前呢?你记得起的最后一件事是什么?”

她摇了摇头。“什么都记不起来。”

“凯特琳,”乔什轻声说,“你记得你住在哪里。你记得我。还记得别的事吗?”

她点了点头。她还没能思虑清楚所有的一切,可她当然记得桩桩件件的事情。实际上,她几乎能记得此前发生的所有事。她记得她母亲的歌声,她的父亲永远会在他的口袋里放一卷“救生圈”薄荷糖。她很容易就回忆起那些年间各种各样的圣诞清晨。她记得起她抽的第一支也是此生唯一一支香烟,高中的舞会,她在查理·格兰杰那里失去了童贞。她记起了驾照怎样到手,和她的大学室友怎么会了面,听她的大学男友要命的摇滚乐队的演奏。她记得她二十岁那年可怕的一日,她接到消息,她的父母在一场车祸中双双离世。她记得在星巴克邂逅乔什,两周后,当他们在另一家星巴克偶遇对方时,他约了她出去。她毫不费力地记起了他们的第一次约会,在床上过的第一夜,他们的婚礼。她记得她在房地产办公室的工作,还有他们搬进这所房子的时候,乔什怎样试图说服她买下特别丑的斗牛犬小狗,末了却徒劳无功。

她记得所有的这些。但过去的七个月显然是……*荡然无存*。好像有人拍下她一生的故事,却撕碎了整整一个章节。

“你还记得的最后一件事是什么?”乔什问,“记得起的,你发现汽车前最后的一件事?”

她闭上了眼睛。

“我买了一只新钱包。一只黄色的钱包。”

她睁开眼睛。

“没错,”他说,“你把它拿给我看了。是你失踪一周前的事情。”

她又闭上眼睛。他是对的。她现在记起来了。她在一个星期三买下了钱包。那天她下班后去了健身房，在回家的路上，停在一家她一直都想进去看看的小精品店。“我记得我和弗兰克在上班时争吵。我觉得他竭力要拉拢我手上的一个客户。”

“你告诉过我那事。是在你消失前一两天。”

她一直闭着眼睛，全神贯注。“我记得奔跑当中我跌倒了，在岩石上弄伤了我的脚踝。”

“是的，伤得不轻。你一回家我就给你包扎。这事发生在你……离开的前一晚。”

她低头看着她裸露的脚踝，见到一处淡淡的疤痕。过去的伤全都愈合了。“我记得……我记得跟你动手了。”

他沉默了片刻。“没错，”他点点头，阴沉地说。“我们吵架，你就离开了。你真是疯了，你离开后就……就没有回家。”

“我不记得我们为什么事情争吵。”她说。

他耸耸肩，难过地黯然一笑。“现在，那事好像过去很久了。但曾经发生过，失控了。我记得很清楚。你没回到家里，我不得不怀疑……是不是有可怕的事情发生在你身上。你只是……走了。”他摇了摇头。

他看上去很伤心。她放下手中的杯子，去吻他。然后她将头倚靠在他的肩膀上。她闭上眼睛，感觉黑夜开始从她的意识中消逝。

这七个月去哪里了？

第四章

他的个头有凯特琳的两倍，闻上去是一股正在腐烂的垃圾味。他的皮肤是鱼腹的那种苍白。光头上坑坑洼洼，伤痕累累。他那两只黑色的小眼睛隔得太远了。双手强壮得不可思议。他是妖怪。他紧紧捉住了她的手，用爪子抓她，想把她拖到地上。“逮住你了，我可爱的凯特琳。”他说。恶臭的呼吸中，弥散着一股死物的味道。

这是她自小反复做的同一个噩梦。只有这一次，在她醒来的时候他没有像以往那样马上消失，没有重施他这二十多年间一而再再而三的伎俩。不，这一次，虽然她是清醒的，她仍能看到他的眼睛，感觉得到他的手还在她身上，她还能闻到他身上如影随形的恶臭。

但清晨到来了，这一切便开始消退。

多年来，她一直在做这噩梦。反反复复，无尽重演，却丝毫没有削弱这梦的黑暗力量。他的眼睛……他的手……他的腐烂气味。可爱的凯特琳。

她躺在客厅的沙发上。松开身上缠裹着的毛茸茸的盖毯。显然是乔什在昨夜的什么时候把毯子搭在她身上。她在噩梦中从魔鬼那里逃脱时，也显然扯起盖毯裹紧了身子。她花了点时间使自己镇定下来，让呼吸变得平稳。

她觉得自己很蠢，觉得自己就像个孩子。但她无法否认梦的恐怖已经慢慢渗入她的灵魂。

噩梦最后的痕迹消失了，腐烂的垃圾气味从鼻尖飘散，凯特琳觉察到一阵新的气味。它闻上去妙极了。因为毕竟没有什么气味闻着比培根更香的了。她很少吃培根，但她是爱吃的。她还闻到一阵浓郁的咖啡香气。她愿打赌附近有人正在做鸡蛋。

快快上过洗手间后，她循着美妙的香味来到厨房。看见乔什将煎蛋卷在煎锅里滑炒过，盛进一个盘子里。

“我懂，我懂，”他说，“培根是魔鬼，但今天是个特殊的日子。”

“我爱吃培根，”她说，“没益处，但我就是爱吃。”

她坐在桌边，他把盘子搁在她面前，旁边放了一大杯茶，然后坐到她对面自己的那个盘子前。

“太棒了。”她说。

“不，不行，”他微笑着说，“你我都知道，在厨房里，我就是个笨蛋。”

她轻轻一笑。他没说错。煎蛋卷半生不熟，里面的火腿切得太大块，奶酪又放得不够。独自过活了七个月，他也没变成个更好些的厨师。

“培根很好，至少。”她说。

凯特琳咬了几口煎蛋卷，即使不是太好吃，也是乔什亲手为她做的。而且，她饿了。

“我一直在想。”她放下吃的，说道。

“用什么时间来想？你沉沉地睡了好几个小时。一闭上眼睛，几乎动都不动。”

“你怎么知道我睡得沉呢？”

“我查看了你几次。”

她望着他的眼睛。

“好吧，”他补充道，“不止几次。多得多。两分钟以前你还睡得天昏地暗的。”他退缩了，好像为他的措辞而后悔。

“我刚才是在浴室里想。”

“好吧……”

“我要回去。”

“回去哪儿？”

“不管我走过哪儿……你知道，不久前去过的……”

乔什放下手中的叉子。“怎么回事？你说你不知道去过了哪里。”

“我想，我可以沿路返回去，回到我头一次意识到身在何处的那地方。在那里我会……弄明白的。我相信我会认出些什么来。”

乔什显得有些犹豫。“我没法肯定，说这是个好主意。”

“我得这么做。”

“凯特琳……我们都不知道你去过哪里，发生过什么事，但显然出的事挺严重，留下了创伤。我们得去医院，让你接受一次彻底检查——”

“我感觉很好。”她说。

“你可能会感觉很好，但有些事情不太对劲，如果你不能记住七个月来你的生活的话。”

话可没说错。“我想，去到那里可能会帮助我记起来。”

乔什深吸了一口气。“亲爱的……你回家时满身是血，还记得吗？回去可能会有危险。”

“那不是我的血。”她提醒他。

“我不确定危险性会因此而减少。你肯定发生了什么可怕的事情，不可能是好事。也许……”

“什么?”

“不管发生了什么事，如果对你坏到足以让你忘了它七个月，也许你就不应该记起来。”

凯特琳不知道如何让他明白，但她需要知道发生了什么事情，不管是什么事情。不管是好是坏，她需要知道……她去了哪儿，她干了什么，谁流的血。“假使我犯下了罪，会怎么样呢?”

“假使你犯了罪，”他开始显得小心翼翼，“现在一切也都结束了。”

这下，她放下了叉子。“说真的，假如我伤害了谁呢?”

“你不会那么干的。”

“我们怎么可能知道呢? 显然，你，甚至我自己都不太了解我。我们都没想到我会流落某地七个月之久，但我真是如此。所以，我不觉得我们真的心知肚明我会做什么。如果我伤害了某人，乔什，我得知道。”

乔什盯着他没吃完的煎蛋卷。“如果那里的警察正在找你呢?”

“如果他们在找，那么他们应该能找到我。我不愿逃避任何事情。如果我干下了什么可怕的事，我该为此受惩罚。”

“等等。如果你做了什么事——我不是说你做过了——但假如你做了，显然你不是在神志清醒的时候干的。那不是你犯的错。”

“这得由陪审团来决定，不由我们。”

“你是认真的吗?”

“是的。”

他将目光从她身上移开，投向窗外。当他回过头时，她与他四目相对。

“我得知道。”她说，“我不能忍受对自己何去何往、所作所为竟一无所知，不论我做了什么……坏事。看看我们只花几天时间，能找到什么答案。之后我会去看医生，让医生用尽手段，把我有病没病查个一清二楚。当然，除非我进了监狱。”

乔什摇头叹气。但过了一会儿，他问：“只是几天?”

“我保证。”

他盯着吃了一半的煎蛋卷，跟着又再和她对视了一眼，“只在浴室里三十秒钟，你就想了这么多。”

早饭后，凯特琳洗净身子，穿好衣服。衣服穿到身上，比以前有点儿宽松。虽说并不明显，但她能感觉得到。

她边刷牙边在心里想事。她觉得乔什可能正如出一辙。她能听到他在楼下将餐具一一放好，弄出的响动稍大了些。这听起来倒不像生气摔碟子——更像是边干家务边分心考虑事情。

她下楼时见到他。他走进客厅，在裤腿上弄干手。

“我们有这么多事情要谈。”他说。

“我们可以上路后在车里说话。你肯定可以离开工作几天吗?”凯特琳自己当然不必为请假操心，毫无疑问，她的雇主和同事一定以为她和别的男人跑了，或是死了。她怀疑她的办公桌是否仍一如往昔，虚位以待。桌上她的笔记本全都堆放齐整，铅笔支支削尖，就像过去她总在每天的收工时让它们保持的样子。

“他们甚至不会知道我走了，”乔什说，“你失踪后，他们没有解雇我，一切如常……他们说他们要照顾我，给我一些时间，可他们开始把我的客户派到别的业务代表手里，让我把佣金分出来。我们推出了一个新的数据存储产品，我甚至没被邀请参加预展会。是啊，我想我可以放心离开，办公室不会因为我这一走，就分崩离析的。”

“上帝，乔什，我很抱歉，真的——”

他挥挥手，似乎并不需要这个道歉。“我们要去哪里?”他问道，“你知道吗?”

“上了高速公路，我想，我就能记起来，我们就从那里出发。你看起来糟透了。”

“看，这就是我为什么会想念你。”

她笑了。“我的意思是，你看上去不像睡好了。”

“我没睡好。有这么多的问题。像我刚才说的，好多事得谈谈。”

“也像我刚才说的，我们可以在车上谈。”

“凯特琳……”他脸上严峻的表情，顿时让她止住了。

“怎么啦?”

“我还以为你已经死了。”

“我知道。我很抱歉。”

“每个人都以为你死了。”他顿了一下，“妻子消失之后，大家都会怀疑谁呢?”

她明白了。哦，上帝。

“乔什，我真，真的很抱歉。我没法相信人们会……任何人都知道我们……”

“他们认为我杀了你，宝贝。”

“谁会这样想?”

“每个人。警方。不认识的人。朋友们。每个人。”

“但我还活着。他们会看得到的，会知道他们错了。是哪些朋友?”

他摇摇头。

“告诉我，”她说，“我们的朋友中，谁以为你杀了我?”

“没有谁言之凿凿放出这样的话来，但我可以告诉你，他们全都这么想。特别是最初的几周过去了，你没回家，也没被……发现。起先，他们支持我。他们愿随时来帮我。可是，很快，他们不再来走访，接着不再打电话，再后来，他们甚至不回我的电话。”

“哦，乔什。”

“警方没有给予任何帮助，还有媒体。”

“媒体怎么啦?”

“他们还不如直接过来，明明白白地说，我杀了你。”

凯特琳的眼泪夺眶而出。听他说经历了些什么，想象这一切给他带来的折磨，她的心都要被揉碎了。“好吧，我们现在就去警察那里，告诉他们我还活着。再举行一个新闻发布会。你可以给所有不相信你的混蛋们送上飞吻，包括我们那些所谓的朋友们。”

他一时无语，像为什么事情而纠结。她能从他的双眼中看出这种情绪。

“凯特琳，”末了，他说，“如果我们那样做，会碰到问题。你不能回答的问题。”

“比如说，我去了哪儿。”

“首先。他们会质疑你怎么会离开，而且离开这么长的时间。他们不会仅仅只质疑你。他们还会评估你。也许允许你找家医院或是……”

“或是去精神科。”

他耸了耸肩。“我不知道。我知道的只是当我们走到光天化日下，警方会向你要答案：你去了哪儿啊。你干了什么啦。呵，老天，还有媒体。他们会爱上你的。好几个月里你都会成为热门报道，至少在本地是这样。在全美范围内，也会弄出点儿声响。”

“全美范围内？你说真的？”

他点点头。“所以，如果我们现在公开宣布你回来了，你会忙上很长一段时间的。如果是这样……你不会得到你想要的答案了。”

“我还以为，你不想让我寻找答案。”

“我只是担心，你可能不喜欢你发现的东西。或许，甚至更糟，你会受伤。但我希望你能完好如初。我想你需要答案使你变回原来的样子。所以，如果我们得回到那地方去找答案，无论去哪，我们这就去把它找出来。”

“好，”她说，“去找，直到弄清了那段时间我在做什么为止。然后我们回家，直接去警察局，好吗？”

“行。”

她看着他。“你是一个好人。”

“我不知道我是不是个好人。但是我爱你。我想起来一件事……”他穿过客厅，拿起放在扶手椅上的黑色运动包。“你在车里放了这只包。你把它从……什么地方……带回来。我猜可能只是换下的衣服，但也许里面有些什么，可以告诉我们……什么。”

他把包放在沙发上，在一旁坐下。凯特琳坐在它的另一边。他朝这包点了点头。

“嗯？”

她吸了口气，打开了包的拉链。她立即后悔了。

“哦，真该死，凯特琳，是枪吗？”

的确是的。

“那些是什么？是……人手？”

看上去就是人手。

第五章

凯特琳不知从何处带回的那只运动包里，有一支黑色的手枪，躺在像是要满世界寻找其主人的六只人手之上。其中的五只手肤色较浅，另一只是深棕色的。没有流血。凯特琳凑近一看便发现这些手是假的。全都是假手。拨动其中的一只，她甚至可以看到手腕上金属的闪光。

她要算一下，这可用不上大学微积分。她带着一把枪回家，满身是血。甚至没将假手包括到方程式计算中，她也明白自己已经做过了什么。

“我杀了人。”她说，站起来，开始踱步。

“等一等，”乔什说，“我们还不知道。”

“好吧，即使我没杀过人，我肯定见鬼一样地朝人开了枪。干嘛开枪？为这袋假手吗？”她把手指伸进头发里挠。至于头发，比往常短了些。她不记得曾经剪过发……或是染过色。

“我们甚至不知道你向谁开了枪，凯特琳。先冷静下来吧。”

她的手再次滑过头发，这时，像感觉到出了错。“我的戒指在哪儿？”她叫道，眼瞪着她赤裸的无名指。

“不见了?”

她情绪不稳，一时难以自持。她记得当年乔什手拿订婚戒指，在另一家星巴克里单膝跪下——毕竟，这地方再合适不过了——告诉她，如果她同意嫁给他，她会让他成为新罕布什尔州最幸福的男人。她问，为什么只是新罕布什尔州呢？他答道：“嗯，在别的州我不认识几个人。我也不知道那些家伙有多幸福。”然后他对她使了个眼色，她当场便接受了戒指。星巴克经理给他们每人送了杯焦糖玛奇朵，这咖啡可不便宜。

“我喜欢这戒指。”她说。

“嘿，别担心。至少你没戴别样的婚戒，对吧？我们仍然不清楚你一直在干什么。”

他笑了。她笑不出来。她还没能接受这件事。

“我没法相信戒指没了。真不敢相信——无论我在干什么——我居然让它离开了我的视线。”她伤心地摇了摇头。

“戒指可能被偷了，亲爱的。”

“可能吧，”她说，“也可能是我抵押给了当铺，赎回我习惯拿来射人的那把枪吧。”

她没想开个玩笑，可他笑了。“有点像这么回事，你不觉得吗?”

“我不知道该怎么想。”

乔什·萨默斯不喜欢他妻子的主意。她想要回过头，将长时间失踪这事查个水落石出。他只愿她留在这里，和他一起待在家中。坦白地说，他想雇一支军乐队，车载着凯特琳，慢慢地穿过他们小镇的街道，来一次花车大游行——在警察局门前来来回回走上好几趟——让那些本来指控他谋杀的记者们睁眼瞧瞧。更重要的，他想让她接受医疗护理，调养身心，以确保她安然无恙。也许，凯特琳之所以消失，是因为她遭遇了某种祸患——重症，甚至生命受到威胁。或许她在离开的时候身体已在某种程度上受了伤，她记不起，回避掉，是因为它太令人痛苦了。上帝保佑她，也许她被侵害了。或遭受过某种精神崩溃。虽说他没有理由怀疑她对他的诚实度，但他承认自己感到羞愧：他确实怀疑她，哪怕这种怀疑只有一点点。失忆是肥皂剧里的东西，不会是真实的生活。昨晚，凯特琳睡着后，他到互联网上搜了搜，读了些似乎真的遭受失忆的人的经历。但他也读到很多故事，讲到大多数失忆症患者都是骗子。然而，在他的内心深处，他信任她，这是最重要的。即便是这样，便能帮助她记起经历过的事情？还是会导致更严重的心理或情绪问题？会真的对她有好处吗……或是上面的两种可能必居其一？要是她记起了所有的事情……

但她似乎急需一个不管什么样的最终说法，她觉得可以通过返回曾经到过的地方去获得。而他无法想象一个人的记忆中存在着这样一段彻底的空白，那是多么可怕和令人沮丧啊。试想，你生命中的七个月失去了，会是怎样一种滋味？超过半年的时间，瞬间无影无形。所以无论最后出现怎样一种结局，他打算跟随着她前往她需要去的任何地点，接纳他们将发现的任何东西。事情如何入手，他也有了个主意。

“我马上回来。”他说。

凯特琳盯着运动包里躺在一堆假手上的手枪。

“碰都不要碰，好吗?”乔什说，“我可不希望你的指纹留在上边。”

“至少，枪上可能已经到处是我的指纹。”

“但也许根本没有，所以我们就不要弄上去了，好吗?”

“别担心，我一点儿都不想碰那些东西。”

她看上去像是说真的，于是乔什便向外走去。一辆红色的别克云雀停在私家车道上。乔什盯着车窗看了一阵，手搭在额前遮光，想要看得更清楚些，然而他关心的东西并没有看见……比如，他早先来时，可能因大意错过了后座上的尸体。他打开乘客门那侧的车门，进了车里，猛地拉开了杂物箱，取出一个塑料口袋。在那里边，他发现了车辆登记证。

乔什回到屋里，见凯特琳已经拉上了运动包的拉链，不禁松了口气。她还在沙发上，头后仰，闭着眼睛。

“睡着啦?”他问道。

“正想事呢。”

“想起什么吗?”

“没。”

“好吧，我这里有样东西，能帮我们缩小点范围。”

她睁开眼睛。

“我们原先的计划，是回到 91 号州际公路上你记得起来的第一个出口。嗯，我想，我们可以更有针对性了。”

“是吗?”她说，“怎么做?”

“用上这个。”

他举起云雀车的登记证。

“从外面的那辆车里弄来的吗?”凯特琳问道。

他点了点头。“车是凯瑟琳·索瑟德注册的。她住在马萨诸塞州的史密斯菲尔德 18 茉莉花街 1 号。我们从那儿开始吧。如果我没弄错，沿 91 号州际公路向南，我们就能到那里。”

乔什原以为她会为这个有根有据的好主意而兴奋。可正相反，她看上去都快要哭了。

“凯特琳……你怎么了?”

她发出空洞的话音。“我可能杀了这个女人。我可能杀了她开走了她的车。”

“怎么你现在成了个抢车贼!?”

“那你怎么解释我开了她的车?再捎带上血和枪。”

“可能你和她是朋友。也许她是把车借给了你。”

“也许我跟着她,到她停车的地方,从她身后开了枪,拿走了她的钥匙。这就是为什么我,嗯,醒来时是在停车场。可能我真朝她开了枪。”

她似乎下了决心,要在自己的这桩案子里身兼法官和陪审团两职,并最终发现自己有罪。

乔什问:“你可记得在……在你醒过来的时候,看到了一具尸体吗?”

她摇摇头。“但这并不意味着它不存在。我醒来后,一开始意识并不是很清晰的。”

“你又想得太多了,亲爱的。我们先上谷歌搜一下怎么样?我们有她的名字和地址。看看我们能不能搜出些什么东西。”

他去厨房拿他的平板电脑。昨晚他在厨房里花了几个小时上网。他回到客厅,坐在沙发的另一头。万一坏消息忽然在屏幕上冒出来,他不想让她从他的肩头上方瞥见。他不认为凯特琳有暴力倾向,即使她不在心智正常的状态下,但万一他的信念大错特错,他也不想让她看到粗体显示的大标题:本地女子在盗车案中被杀。他抬头看着凯特琳,给了她一个浅浅的微笑。她回他一笑,笑得更显不经意几乎难以觉察,无非是为安慰他而在脸上挤出来的。

他上了一个搜索引擎,输入凯瑟琳·索瑟德这个名字。搜出了好几条，包括叫这个名字的前北卡罗来纳州小姐，于是他添加了个搜索项“马萨诸塞州”。没有再搜出什么相关网页。

他抬起头。见凯特琳在看他，咬紧了下唇。

“什么也没有，亲爱的。看起来你没杀凯瑟琳·索瑟德。”

“没有她头部中枪，在重症监护病房的消息？或者只报道她失踪了。一点类似的都没有？”

“都没有。我没发现一个网页提到了马萨诸塞州的凯瑟琳·索瑟德。”

凯特琳如释重负地轻轻吐了口气。

“现在，”乔什说，“看看她的车是不是报失窃了。”

他的手指快快地轻点平板电脑上显示的键盘，直到他找到一个史密斯菲尔德当地警方的警务网站。他检查了一通，并没有发现最近有提到凯瑟琳·索瑟德或被盗别克云雀的内容。

“那么，接下来怎么办？”凯特琳问道。

“我们试着打电话给她。告诉她我们在什么地方发现了她的车。”

“如果是我用枪威胁她，偷走了她的车，她受惊吓太过，以致没有报告丢车呢？”

“如果她当时很害怕，她就会马上叫警察的。我会打电话给她，说我发现她的车被人丢弃了。”

她想了想他说的这番话，接着点点头。

乔什用他的手机给史密斯菲尔德的查号服务台打电话，询问那个镇上凯瑟琳·索瑟德的电话号码。对方说查不到此人的号码。

“这是什么意思？”凯特琳问道。

“也许她的号码没有编进电话本，或者编进的是她丈夫的名字。或者她只用手机。”

“但要是我们不能打电话给她，”她说，“那我们该怎么办?”

他叹了口气。“我们能做的，就是开车去史密斯菲尔德 18 茉莉花街，敲她家的门。”

“好吧，接下来就遇上大问题了……假设她没死，她来应了门，接着我们怎么办?”

“她能应门，是因为她没死。就像我说过的，我们会告诉她我们发现了她的车。然后我们会尽力探究你和她之间存在的联系。也许你会记起她。也许她会记得你。”

“这就是我们的计划?”

“除非你还能想到个更好的。”

她盯着地板，过了一会儿，抬头看着他。“是的，我没什么计划。我们什么时候出发?”

“我们收拾好几天内要用的东西，立刻就走。离开几天，然后我们就回来。我们不能永远把你当做一个秘密保持下去，凯特琳。这个世界得知道你还活着，你回来了。我真的想去告诉警察我没谋杀你，做这事宜早不宜迟。”

“这我看得出。显然，我们所谓的朋友也需要听到这消息。”她补了一句。

“是的，他们也是。如果几天过去我们一无所获，我们可能就需要尝试一种不同的策略了。雇个私家侦探，或者想些别的什么法子。”

他没有说出来的是，他们在马萨诸塞州史密斯菲尔德待的时间越长，凯特琳可能陷入危险的时间也越长，无论那是什么样的危险……或许，是更大的激变。如果她犯了罪的话，警察会找到她，逮捕她。

“好吧，”凯特琳几乎是用高兴的语气说，“我们去收拾东西，赶紧上路吧。”

他理解她这突如其来的热情——毫无疑问，她认为他们是在恢复她的记忆和解开谜团的途中——但他无法完全分享她的这种热情。就目前的状况来看，尤其是考虑到枪、血和无疑是偷来的假手，他希望此行不会是他们犯的一个大错。

第六章

夏洛特·汉莎克侦探勘查了现场……就是说，她没在进入这巨穴般的空间后，便在那些黑暗的角落里迷路。头顶上有天窗——值得注意的是，大部分甚至仍然有完好无损的玻璃——它们四十英尺高，表面满是污垢，所以并没有驱走下方地面上的阴影。灯具固定架从仓库高高的天花板悬挂下来，但废弃大楼的主人显然很久以前便已断了电，所以汉莎克周围的大片区域都陷入了黑暗。犯罪现场技术人员已经配置了电池动力，三脚架上安放了高强度照明灯，但他们只照亮了仓库后部的一小块地方——货架之间的一块空地。升降机该是早前就停在那儿的。起头的几排金属货架伸展进阴影中，她所能见的最远处至此为止。此刻，她只对地板上一片血泊里的尸体感兴趣。尸体正躺在这块照明空间的正中。

她锐利的目光投向尸体所在的位置。枪落在死者手边不远处——看起来它更像为受害者所有，而不属于开枪的人——枪口的指向揭示杀手当时可能站在什么位置，能猜测他在这儿作案后往哪个方向逃离。汉莎克知道，当她将杀手想作“他”时，她已经成为一个性别歧视者，尤其是考虑到多年来，她在执法机关这个仍然明显由男性主导的领域里与自己的性别偏见所进行的斗争——有关暴力犯罪的统计数据支持这种偏见，所以在她心里，凶手仍将是个“他”，直到结果证明不是为止。

汉莎克看着排成长行的架子——其中的六个正空置着，每个架子可能有15英尺高，40码或许50码长，上边搁了发霉的盒子和一些落满灰尘的东西，东一个西一个乱扔，看上去像是汽车配件。她想知道凶手是从哪一个通道逃离的。可能选了一条外侧通道，因为这能更快到达出口——无论是主入口还是最近的后门，他们还得一个接一个地进行检查，这地方需要时间来爬梳一遍。这开始看起来像要大海捞针了。但这回也许他们能走点儿运。可能罪犯会照顾一下他们，在离去之前把他的一丁点儿DNA落在什么显眼的地方。

“我看，不像老手干的利利索索的一票。”汉莎克对她的拍档道，“我猜是什么交易出了意外。”

哈维尔·帕迪拉点了点头。“我也看出来了。受害者拔出了他的点22手枪，但另一个家伙枪掏得更快。”汉莎克又扫了一眼受害者手边的枪。这人的两手都套上了塑料袋，在手腕处扎紧。验尸官已经处理了那双手，取了指纹。“他开枪了吗?”

“验尸官说他的手上有射击残留物，”汉莎克说，“那东西不会撒谎，所以我希望他打中了凶手，这样我们就能在这周围什么地方发现凶手的血迹，弄到一些DNA，查查和我们怀疑对象的DNA是否匹配。”

她看着受害者苍白的脸，他空洞的眼中一片空茫。除了脸颊上的弹孔，这骇人的死状，他看上去就只是个普普通通的路人。

“我不认识他，”汉莎克说，“你呢?”

帕迪拉摇摇头。“有人在这里找到了什么有趣的东西吗?”

“还没有。得等一会儿，让检察官去弄份搜查证。”

尽管在电影和电视里，警察一出现在谋杀现场就开始四处搜寻证据。而实际情况并非如此，除非他们足够幸运，遇到受害者死在他自己的房里。在现场行事之前警察都很慎重，先确保他们有搜查证在手，这需要通过检察官办公室。若是没有，将来在法庭上收集来的证据就变得毫无意义，不被接受。所以，直到不久前搜查证送抵，他们才放手在现场干了起来。

“第一个来到现场的警察说，停车场上一辆车也没有。”汉莎克说。

“那这家伙怎么来这里的?”帕迪拉问道，“买了杀手车的单程票吗?”

“可能坏人不止一个。或许他们约在这里见面。他们杀了他之后，有个家伙就把受害人的车开走扔到什么地方去了。但为什么把尸体留下来呢？为什么不把尸体塞进车里弄走呢?”

“车尾箱放具尸体，万一查出被捕呢？是不是不想冒这风险?”

汉莎克点点头。“也可能是他们离开时太匆忙。可能还来不及计划怎么处理这家伙的尸体。想想交易弄砸了，情况紧急，局面失控，这家伙吃了颗子弹，罪犯慌忙逃跑。记下来，通知我们的人，得好好检查征集到的或是巡逻中发现的被遗弃的车辆。如果其中一辆属于我们的这位受害人，车里就极可能留有坏蛋的指纹和DNA。”

帕迪拉点点头，从他的口袋里掏出一个小记事本，潦草地记下些什么。“验尸官说了什么?”

“说我们这位不幸的朋友被一颗打在脸上的子弹杀了。你也得正式记录在案，我猜测过了多种死因，这个猜都猜不到。”

“这就是你能赚大钱的原因，夏洛特。”帕迪拉说。

他明白事理，不会叫她查理。当年汉莎克在执法机关开始警务实习后，回到学院，似乎每个人——男的女的——都想把她叫作查理。但她从不允许别人这样叫她，过去不让，现在也不让。没错，她是个警察——在过去的十年间身为凶杀案侦探，但实际上——她也是个女人……在她自己眼中，是个保持着相当好体形的41岁女人。当一名警察无损她身为女人，就如作为女人同样没有让她不像警察一样。两种角色她都擅长并为之自豪。所以她不介意她的丈夫叫她查理，而他也经常这么叫的。真见鬼，自她出生的那一天起，她的兄弟们也是这样叫她的。警界外的好友叫查理也没关系。但大多数人和她共事的人都称她汉莎克侦探。熟人叫她夏洛特她甚至还可能会应，可叫查理绝对不行。很遗憾有个菜鸟新手竟叫了她查理，她上去便把这230磅重穿制服的大块头放平了。从那时起，警界里就再没人这么叫了。

汉萨克说："验尸官做的最佳估计，那是颗直径9毫米的子弹。"

"我们知道大致的死亡时间了吗?"帕迪拉问道。

这又是件让好莱坞弄得面目全非的事情。在电视上，验尸官总是给出一个两小时的死亡时间小窗口期，落在这窗口期之外，甚至仅仅超出五分钟的范围就完全能让嫌犯免罪。在现实世界中，这样的估算难称精确。有太多变量能影响估算——环境温度、受害者死亡前的健康状况、在被杀前不久是否吸了毒，以及许多其他方面的考量。尽管测定死亡时间不是一门精确的科学，一个经验丰富的验尸官能结合科学、可用信息和经验猜测这三者，做出在绝大部分时间里与实际情况很接近的估算。

"死亡时间可能在昨晚九点至午夜之间，"汉莎克说，"验尸官有个女助理，在这儿附近做完了常规事务。他正等着我们完成要在尸体上干的活儿。他说如果我们想起了什么问题，迫不及待地想要知道，就可以问她。他说她很厉害的。”

过了一会儿，汉莎克看着犯罪现场技术人员干起他们那些辛辛苦苦、井井有条的工作。他们拍照、测距、拍摄现场、画草图，在可证明为物证的东西旁设置竖起的小旗。他们显然知道自己在做什么，于是汉莎克离开他们，返回现场。她穿着易损的小套靴——在犯罪现场需要穿上这类鞋子，以避免现场受污染。她讨厌这鞋子，这让她感到有点像是穿上了小丑鞋，但要是她看到谁脚上没这鞋还在现场四下走动，她会第一个对其严词谴责。一分钟以后，她抬头看到一个穿制服的人迅速朝他们走来。他那激动无比的肢体语言表明一定发现了什么。

“你该看看发现的东西，侦探。”他说，眼睛忽闪忽闪的。汉莎克虽说已年过四十，可她仍然记得年轻和热情是什么样子。

“你带路。”她说。

他们跟上这穿制服的，他的手电光照射在建筑后部最外的一条通道上。他们经过几间小办公室，所有这些地方都得彻底搜查一遍。汉莎克看见前方的后墙上有扇门，一道阳光透显在门的底部。

“我们要从这后面出去吗?”她问道。

“不，女士。”穿制服的回答。

就在他走到门口前，他将手电筒的光束投到墙上的一个孔隙，它开在出口右边几英尺处。这里曾是一间密室，安了双开门，但门早已消失得无影无踪。不过，密室里没空着。有一些毯子堆在一个角落里，整个地方被压抑的气息笼罩。这让汉萨克想到了一个巨大的鸟巢。

“我可以用一下吗?”她问，从穿制服的手里拿过了手电筒，将手电光照进密室里。照见皱巴巴的快餐包装盒、烟头、破烂的色情杂志，几个横躺在地的空啤酒瓶。

“会有人一直住在这里吗?”帕迪拉问道。

“或者仅仅偶尔到此一醉方休，”汉莎克说，“找个地方单独与他的梦中女孩待着。但他是谁？至少我不认为他是我们的受害者。我们要在这里洒指纹粉收集指纹。但受害者看上去太健康了，不可能在这样的地方生活。”

“所以，这里如果不是我们受害人的老巢，就是某人的老巢啰，”帕迪拉说，“这个‘某人’有可能是目击者，甚至是我们要找的开枪的人。”

汉萨克知道住在这里的人，如果真有这么个人，甚至有可能谋杀发生时不在仓库里。如果当时人在，也有可能已经烂醉如泥，或睡得天昏地暗。或正起劲盯住色情杂志上七月小姐身上哪个可爱的部分。但话又说回来，如果他们走运的话，也许这人当时在这幢建筑里，也确实看到一些事……或什么人。

她将手电光照向横躺在地上的啤酒瓶，瓶子是打开的，里面还剩有些啤酒。几英寸以外地板的尘垢中显出一块不规则的形状，看上去就像在灰尘和污垢包围中形成了一个干涸的水坑。汉莎克走近些，没有进入密室，蹲下身来。

“你看，像溢出的啤酒留下的吗?”她问帕迪拉，“那瓶子还没滚出去几英寸之前，从里面泼洒出来的?”

“看起来像。”帕迪拉说。

“那家伙在这里闲逛，喝便宜的啤酒，他不会是那种会把啤酒剩在瓶子里的人，对吧？我的意思是，即使他是不小心打翻了瓶子，可瓶里还剩有啤酒啊。看到了吗?”

帕迪拉接过话，“所以，可能他给什么东西吓着，把瓶子打翻了。

他心惊肉跳的，顾不上捡起瓶子喝光里边的酒。也可能是他猛然起身，向我们的受害人开枪。”

“或是他听到了枪声，意识到他得快快溜。无论如何，如果他在这里，我们想跟这家伙谈谈。”她转向穿制服的，说，“干得好。”这男的报以潇洒和专业范的颔首，汉莎克知道今晚他会告诉他的妻子或女友，今天在一起谋杀案的调查中他起到了何等重要的作用。她对帕迪拉说，“我们能指望从这里弄到些想要的指纹。在这种地方打发时间的家伙，如果他的指纹在我们的指纹检索系统里发现有匹配，我不会感到丝毫惊讶。”

她转向穿制服的，他站在一旁，神情显得非常专注。“你是头一拨赶到现场来的一个，对吧?”

“是的，女士。”他说。“我和我的拍档。”

“你询问过发现尸体的小孩吗?”

受害者是被两个小学生发现的。他们计划那天早上进入一个废弃的仓库探险，把得去学的几何抛到一边。令人惊讶的是，他们发现尸体后没有逃离现场免得暴露他们早晨旷了课，他们用手机打 911 认真地报了案。汉莎克认为孩子们太年轻不该有手机。她再一次对孩子们的事情显出了无知。她没当过父母。

“我问了，女士，”穿制服的回答，“没问太多话。只是确认了他们没觉得受到什么威胁。我们把更多问题留给你们的人来问，女士。”

汉萨克和帕迪拉将会和孩子们谈一会儿。“他们有没有提到，除了受害者还看到了什么人?”汉萨克问道，“比如说，就像我们的密室住客?”

穿制服的摇摇头。“他们说，没有看到别的人。”

“你相信他们的话吗?”

“他们说的好像是真话，但我不能发誓说我信。”

汉萨克转向帕迪拉。“他们会不会偶然见到过这家伙呢？我们得了解清楚。不管怎样，想尽办法找到他。找了他出来，如果我们幸运的话，就找出凶手了。”

“即便他没开枪……”帕迪拉补了一句。

“那他也可能看见了是谁开的枪。”汉莎克替他把话说完了。

第七章

凯特琳坚持自己开车。她知道，她回家以后乔什就没合过眼，而她好歹算是断断续续睡了几个小时。当然，睡得不好。翻来覆去，汗流浃背中，她又做起了那个噩梦，遇到了妖怪。但不管怎样，她睡了一会儿，乔什则根本没睡觉。除此之外，她希望再走一回昨晚开车经过的路——尽管是白日行车，反向而驶——也许此举可当作精神方面的哈姆利克急救法[①]，能让她唤起些许宝贵的记忆。

凯特琳此行想要单独开一辆车，这对她来说意义重大。她想开那辆云雀——真希望是跟凯瑟琳·索瑟德借的——乔什开他的斯巴鲁紧随其后。这样，不管他们将在史密斯菲尔德，嗯，在那儿做什么，完事后能再开着他的车回家。但乔什坚持要和她一起开云雀，说他们返回新汉普郡时可以租车。凯特琳不愿让步，争着说从家里开两辆车出发上路更方便，但后来她意识到，在神秘地离去七个月，乔什刚迎回她不久，她离开他的视线稍长一会儿都可能令他神经紧张。

---

① 哈姆利克急救法（Heimlich maneuver）：一九七四年由美国哈姆利克医师发明的救治异物吸入致窒息的患者的医疗方法。主要原理为将患者横膈膜往上快速挤压，使肺内空气往上冲而将异物排出。——译注，下同。

于是，凯特琳开车，乔什在旁保驾护航，在他的平板电脑上使用GPS导航系统，引着他们开往凯瑟琳·索瑟德的所在。离家之前，她想打几个电话出去，给那几个她觉得她有所亏欠，该报个信说她还活着——至少命还在——的人。可她马上不带丝毫伤感地意识到，除了乔什没有这样的人了。她的至爱双亲几年前就已经去世。在她五岁的时候，是他们将她这个孤女带回家中，收养了她。凯特琳没有兄弟，也没有姐妹。她父亲是独生子，多年以前，凯特琳从她母亲在圣安东尼奥的妹妹索菲娅姑姑那里收到过信，后来便再无音讯了，尽管凯特琳每年都给她寄上圣诞卡和生日卡。至于她的朋友，似乎已经没有朋友可言。在消失之前她有些朋友，当中有些挺要好的，她想。但自打她失了踪，他们拒绝帮助乔什的那一刻起，他们就不再是她的朋友了。所以，她一个电话也不需要打。

凯特琳和乔什上了路。一路开行，她得尽力了解对她来说陌生新奇的事物。乔什要告诉她七个月来的新情况，他的所作所为，但对她来说，时间却好像紧密无隙，她没有这七个月间做过什么事的任何记忆。她最不想记起的显然是她消失前一天发生的事情。然后，就只记得在仓库停车场的那一幕了。所以此时和乔什谈话，听着他把种种事情倾倒进她的脑中也难言轻快。凯特琳起初想自在些，便问起她"离开"这段时间影院里上映过什么电影，现在哪些名人在约会交往。又问起总统是否卷进了什么引人关注的丑闻，世界各地的独裁者中，是否有人入侵了邻国。于是，乔什便给她补上了些无关紧要的要闻时事。

在他们越过州界进入马萨诸塞后不久，凯特琳终于开口了。她问乔什，她走后他还好吗？怎样过活的？他沉默了一会儿。凯特琳将她的目光从马路上收回，偷看了他一眼。他的眼睛紧闭着，看起来好像正累积着气力，准备回答她的问话。末了，他看着她，说："本来，一切都很好。我们在一起，过快乐的日子。但突然，你就……离开了。一眨眼的工夫，一切都改变了。我当时不知道，但很快……"

他顿了一下，深深地吸了口气。

"起先，当然啦，"他说，"我觉得事情的起因，是我们那晚的争吵。你需要一些个人空间。但几个小时后我打你的手机，你没有接。"

直到这时凯特琳才记起她已经不再有手机。她突然觉得没手机就像没穿上裤子赤条条一身就离开家。她拿定主意，一有机会就去买只新手机。

"那天早上我给你打了三个电话，"乔什接着说，"我想你一定是待在朋友家里。我先打了露西的电话，然后打了迈克尔的。"

"你把他们弄醒了?"

"是啊。你不在。你也不在宝芬妮和卡尔家。"他顿了一下，又说，"我甚至给瑞克打了。"

"瑞克?"她又居高临下地看着他了。"你觉得我会待在我前男友的家里?"

他不好意思地耸耸肩。"我不知道你有多抓狂……不管怎么说，我们吵过架的。"

哇！她透过挡风玻璃，望着高速公路在他们面前延伸。"打个赌，我不在瑞克家，你可松了一口气。"她补了一句，想让心情多少放轻松些。

"亲爱的，我只是想知道你在哪儿。只要你是安全的，我不在乎你在他家。"

她为让他所经历的事情，感到一阵愧疚的心痛。即使她并没有故意为之……或者正相反，是为她的故意为之，她甚至还能记起她这样做了。

“时间到了早上6点，我真担心了。我打电话给警察。他们接了电话，但就像电视上的那样，他们对只失踪了8个小时的人是不上心的，特别是当我承认你是与我吵了一架后才离家的。他们说，你可能会在稍稍冷静下来后回家。我说离家出走不是你的做派，你此前从来没有过类似的行为。他们对此并不在意。他们告诉我，如果你在晚餐时间前回来，就给他们回个电话。老天，晚餐时间！再熬个12小时。”

他沉默了片刻。她让他沉浸在自己的情绪和回忆之中，她只是专心开车。末了，他又开口说道：“到了第二天，大家都在找你，大家都看着我。人们只在最初几个小时——短短几个小时中——对我投来同情的眼光。但是，我猜，你离开的时间越长，我身上无罪的印记看起来就越淡薄。警察开始问我些问题，谁要是看过警匪片，甚至只看过几个小时，都知道那意味着我已经变成了嫌犯。他们问我们的关系怎么样，你是不是可能见过了什么人，是不是弄得我为此冒火了——”

“他们觉得我可能出轨了?”

“不妨大胆假设。”

“然后被你发现，你就杀了我?”

他耸了耸肩。“就像我说的，是个大胆假设。如果你还活着，也许你跟着那家伙跑了。这也是一种可能。”

“嗯，没那回事。”

“我知道。”

“他们也考虑过这种可能性吗？你出轨了。或者，我是唯一被怀疑出轨的?”

“当然啦，凯特琳。只要妻子一消失，他们不就总怀疑丈夫有外遇吗?”

“妻子要是跟人跑的，尤其得怀疑。”

“头一个被怀疑成我外遇对象的是伊芙，就是在我办公室正下方大厅里的那位。他们一无所获，就盯上了格雷岑，你信不信?”

“你老板的秘书吗？有次公司野餐吃你豆腐的那女人？她可真够蠢的!”

“就是她。她实际上是在打我老板的老板，罗林斯先生，的主意，这就更蠢啦。不管怎样说，他们拨拨弄弄，戳戳捅捅，把我做过的所有事情——该死，我们做过的所有事情——都弄成十足可疑的样子。这本来已经够糟糕了，媒体又来了，开始咬住我。起先，我是无辜的丈夫，在这件事情里和你一样是个受害者。当警察开始盯上我，媒体又跟进了。我向上帝发誓，我差不多可以看到它们的狐狸尾巴。我认为是警察放出风来说我是疑犯，因为记者们开始狂热得像打了鸡血。突然间，我成了一个怪物。我一定有了外遇，或是我发现你有了外遇，所以我就杀了你。有一段时间，是说我淹死了你。几天后，他们说我捅死了你。有一阵，还有一种说法，说是我把你搁进木材削片机里分尸了。”

“我的上帝，乔什……”

“他们在我车的发动机盖上，刮出‘凶手’两个字。”

“是谁干的?”

“邻居的小孩，我觉得是他们干的。他们还在我们的车库门上写‘凶手’。”

“怎么能这样。”

“两个月后，他们开始朝我们的窗户扔石头。我不得不换了九块玻璃。他们还打碎了两个邮件箱。”

“你报警了吗?”

“当然报警了，但你听到我说他们没几分同情心，你不会觉得吃惊吧。他们说会派辆巡逻车不时绕着房子转转，可我从没见过一辆巡逻车的影子。见鬼，我心里太清楚了，警察就是领头扔石头的人。”

她把一只手放在方向盘上，伸出另一只手，握紧了他的手。

“起初的两个月，”乔什说，“常有电话打进来。朋友表示关心，记者采访，警察问没完没了的问题。还有三个灵媒先后打电话来，说他们能接收到你的信息。”

“灵媒?”

他点了点头。“其中两个说只收少许费用，就能让我和你联系上。第三个免费告诉我，说你和一个叫劳尔的西班牙人跑去巴塞罗那了。”

“我虽说一无所知，但还是知道我没干那事。”

“是的，我没理他。不管怎么样，我那两个月接到了好些疯疯癫癫的电话。接下来，过了一两个月后，警察的电话少了，媒体似乎失去了兴趣，只剩下几个朋友还会打电话来。”

“谁?”凯特琳问道。“是谁?”

“宝芬妮和卡尔。杰西卡。安迪和凯伦。”

“他们真是好人。”

“不过，再几星期后，他们似乎也弄丢了我的电话号码，就连进语音信箱留言好像也不会了。”

她紧紧握着他的手。他也握紧了她的。

“上帝啊，”他说，“听着我这一通抱怨。我真把自己弄成这辆车里唯一一个经历磨难的人了。我甚至不能想象你经历了什么。”

“不幸的是，”她说，“我也不能。我一无所知，乔什。”

他犹豫了片刻，耸耸肩。这个举动在她看来意味着他还有什么话没有说出口。这一瞬间，她想知道他是不是遇到了某个人。她已经离开超过半年。她走出房子再没回家，也从来没有打电话回来。乔什该怎么想呢？一段时间过去之后，也许他就有足够的时间坐下来想，她是不是真的永远离开了他。他会拿定主意，打起精神，把自己的日子继续过下去吗？如果他这样想过，他又有多少错呢？她能指望他在这种情况下等她多久呢？

这样想真荒唐啊，她知道的。他们结了婚，很相爱。他不可能这么快就在心里把她彻底放下了，即使他真以为她已经离开了他。她的失踪会迫使他去考虑某种可能性，在她身上可能发生了什么可怕的事情。他会被摧垮，怎会有兴致去单身酒吧大展身手呢。然而，看上去，他还是有些事情瞒着她的。

“乔什，你心里藏了事情，就不能说说吗？”

他张嘴想说话，然后停了下来，摇摇头，仿佛在自言自语。

“什么？”她问道。

过了一会儿，他说，“我不想让你担心，你才回家，但……好吧，只靠我这一份收入保住房子有些棘手。我们的银行账户差不多空了。”

这不是什么好消息，但考虑到他已经揭开了世间恶事的大盖子，她还以为会说出比这更糟的事情呢。对这一情况她并不感到惊讶。她已经离开了很长一段时间，以前他们一直都得在每月付清账单后从他们两人的收入中存钱，哪怕只存得下一点点。

“办完这些事情，我们回家后，”他接着说，“就算我们都再开始工作，有一段时间还得留心我们的开支。至少到我们已经有备无患了为止。”

她点了点头，虽然她怀疑在办完这些事情后她是否还有个自由身，能找到份工作。她想，她的下一份工作可能会是给牢里的其他犯人分送通心面和起司。

接着，真是“事随心愿”啊，凯特琳听到身后一阵明确无误的警笛声响。几个念头忽地接踵挤入她的脑中。她可真庆幸将那支枪留在了他们的房子里，还留下了那些假手，否则碰到这种情形就百口莫辩了。但麻烦的是，她不知道怎样去解释他们为何开着一辆注册在凯瑟琳·索瑟德名下的车。她祈祷乔什是对的，索瑟德女士没报警汽车被盗，或者，她确实没被人发现中了颗子弹正倒在什么地方。两种情况要是发生了都会让他们吃不了兜着走。

第八章

凯特琳从后视镜里看着州警的身影，他手握方向盘，将巡逻车停在他们身后不远处的路肩。在一分钟前，他就已经让他们停车，可他现在还没从他的车上下来。

“你觉得他为什么要我们停车?”她问乔什。

“我不知道。你超速了?”

“不知道。可能吧。不是每个人都超速吧? 但我不觉得我超超速了。”

“超超速?”乔什学她的话。“嗯，当然啦，在我看来，你不像开得太快。”

“你知道，他要查我的驾照和登记证……登记的可是凯瑟琳·索瑟德的名字。”

“没错，他会查的。”

“会发现对不上号。”

“是的，”乔什说，“我们这样跟他说，她是我们的朋友，我们借了她的车。他已经查过这车是不是报失窃了。他会得知没有失窃记录。所以没理由怀疑我们的说法。”

这还说得过去。当然，前提是乔什查看到的警情在线通报是准确的。还有，从他早先看通报起到现在，凯瑟琳·索瑟德没有报警汽车被盗；或是她报了警，网站还没更新。她忽然想到另一件事情。

“你说我失踪的事上了本地新闻。甚至上了全国新闻。”

“是有那么一阵子。哦，我明白你担的是什么心。”

“是的，”她说，“如果他认出我会怎么样？假如他想要知道我去过了哪儿，为什么我见鬼地没有告诉任何人我回来了，怎么办？”

“你看上去旧貌换新颜了，亲爱的。你的头发剪短了，染成红色，又没了一头金发。我差点没认出你来。”

“好吧。但是假如他看到了我的驾照，还记得我的名字呢？可能他就会认出我的脸。”

乔什眯起了双眼，皱起嘴唇。当他集中注意力时，常常一副这样的表情。她指望他想出些好招。“嗯，我想这就无可奈何了。”他终于说了一句。

“什么？”

“我不喜欢这样说，凯特琳，但情况如此。我们没法否认你是谁。我们得澄清一切。”

“可是……”

“嘿，这不像是我们抢了一家银行，仓皇逃命到此。我不认为失踪这事后面还包藏着什么犯罪。你回来了，没报告警方也说不上是错。放松点儿，我们没做错任何事情。”

“也许你还没做错事。还记得枪和血吗？”

“我是没做错事，但你也没……至少枪和血什么的和你没关系。老实说，如果他们发现了真相，就该是这样。你没做错什么事，我深信不疑。真相能证明我这个想法。”

他是对的。她或许根本没有做错什么事情。但要是巡警认出了她是谁，他们也只得听天由命了。

她终于在镜中看见巡警从他的车里出来。

“他过来了。”凯特琳说。

他身形矮壮，没有她预想的那么高。她试图读懂他的肢体语言。他慢慢地走近是因为小心翼翼吗？不见得。他手上持枪了吗？没有，但他把拇指钩在皮带上，离他的枪很近。

“我想，马上就要水落石出了，我是不是偷了这辆车，”她说，“还有，他能不能认出我。”

她放下了车窗。“嗨。”她说，觉得自己发出的声音有些不自然，听起来像是为什么事情内疚。

“早上好，女士。我可以看看你的驾照和登记证吗？”

既然他已经看到了她的脸，他的态度还颇为礼貌，凯特琳想这是件好事。除非实情是他对这辆车和她都产生了怀疑，只是暂时不想惊动她。他戴着一副太阳镜，虽然她没法看到他的眼睛，但她知道他甚至没有多望她几眼。她瞥了一眼他的胸前的铭牌：巴纽埃罗斯。

“当然啦。”凯特琳说。她从车地板上拿起她的手提袋，在里面掏她的钱包，驾照滑了出来，乔什递给她车辆登记证，她把它连同驾照一起交给巡警。

巡警巴纽埃罗斯快快扫了几眼证件，他似乎也在检查车的内部，难以看清太阳镜片后面他目光的投向。他又将注意力集中在她身上。

“你知道我为什么让你停车？”他问道。

“老实说，我不知道，”凯特琳说，“很抱歉啊。”

“你超速了，”他说。凯特琳此前从未因听到州警说出这样的话而心花怒放。“我测出你开到每小时 73 英里。”

她顿时如释重负。“哦，我超速了。”几乎是脱口而出。

他皱起了眉头。这可能不是巡警巴纽埃罗斯宣告超速后通常看到的反应。“是的，女士，你超速了。”他说。

“对不起，”凯特琳说，“真对不起。没想到我开得那么快。如果你给我开罚单，我认了。真的。”

他似乎盯着她的脸看了一会儿，虽然他的眼珠子可能已经在镜片后疯转过一阵。像她猜的那样。

“不是非开罚单不可，”巴纽埃罗斯说，“但是，你得保证开慢点儿，好吗?”

“会的，”她说，“我保证。非常感谢。”

她在后视镜里看着巡警大摇大摆地回到他的车里。他手握方向盘，坐在驾驶室内等着凯特琳开走。她知道，在他调头或发现另有人要他下令靠边之前，他会跟着她开一两英里。

凯特琳小心地开回到高速公路上，如她所料，巡警将车开出跟在她后面。她加了档，车速接近了限速。背后的巡逻车仍在一英里之外。稍后，虽然她还看着后视镜，巡逻车却已不知道去哪儿了。凯特琳长长地呼出一口气。

“瞧，你没超速，嗯?”乔什说。

“我说我没有‘超超速’。巴纽埃罗斯巡警没有给我开罚单，他一定同意我这看法。”

“我想知道关于超超速的法律规定，”乔什说，面带微笑。“我们躲过了一劫。他几乎没看你的驾照和登记证。大概他快要换班了，人也累了。”

“也许他没全看证件。也许他看不见。你看到他的墨镜了吗？我希望他弄一条导盲犬跟着。”

乔什笑了笑，凯特琳也笑了，但她的笑容很快便烟消云散。她不知道前方有什么正等待着她，不知道她能否承受将发现的东西。他们离史密斯菲尔德越来越近，正进入那一方她从迷雾中甦醒之地。且无论好歹，正接近可能发现的答案。

第九章

没几个人叫他驾照上的名字乔治·马格特，大家都叫他老刀。他还是喜欢让人这样叫他。他知道这名字从何而来，他怎么得到的。他已经和这名字融为一体了。起头几次他听见别人这样叫，很不喜欢，谁叫他就上去堵那人的嘴，但他很快便意识到，无论他在什么地方被人这么叫起，对方要么出于尊重，要么出于惧怕，两者必居其一，取决于对象和地点，而他也为此大大得益。他不但喜欢别人叫他老刀，实际上也开始将自己视为老刀。现在只要时机得当，他便会现出老刀的面目，以确保没有人忘得了这名字。

他在水槽边洗手，非常小心地清洁指甲里的东西。弄干手后，他轻巧地脱下工作服，离开了工作室，将身后的门关上，锁上闩锁。他穿过这两间房的工作室的外间，他在那间房里放了些工具、一台电脑和几个文件柜——所有这些都使他的承包商业务显得完全合法。任何一个人在不经意间打量这个小办公室，都会相信他全部的收入都来自总承包业务，实际上，在这上头他只赚到他全部收入的四分之一。

一出来，他步行穿过半英亩的绿草坪——呵，他注意到草地上一些地方变成了棕色……有虫害，可能吧……他还得为这干点活儿——

走向一幢小洋楼。他和两个人住在里边，她们是这个世界上屈指可数的不叫他老刀的人。一个叫他乔治，从六年前他们第一次遇见时起就如此称呼。另一个叫他爸爸，两年前，她开口说话，便这样叫唤他了。

老刀走上通向后门的台阶。他注意到第二级楼梯开始腐烂了。一个号称承包商的人是不会让自己的房子失修的。他得换掉楼梯上的那块木板。

他走进厨房去看他的女儿茱莉亚，她正坐在桌子前那张粉红色的宝宝增高椅里，奶油土司切成小块，散放在她面前的盘子里。他看见的是那只有小丑的盘子，她的最爱。一个配套的吸管杯放在一旁。

瑞秋从烘箱旁转过身来，手上的盘子里有只香腊乳酪煎蛋卷。

“吃这个好吧?”她问，抬头望着他。她别无选择，只能抬头，即便她有6英尺的身高，是老刀约会过的最高的女人，因为他比她仍高出了5英寸。他有时认为她的身高是他娶了她的一半原因，另一半是他爱她，她也爱他。这他能感觉得到。他不知道她爱他什么。从哪方面看，他都不是个英俊的男人，差远了。他太高了。他希望他的两眼间的眼距长得更短些。即使是住在南加州，出于任何原因他也不可能晒成棕褐色，但瑞秋还是爱上了他，这成了他生出没完没了困惑的原因。倒不在于她的“引人注目”或类似的长处，虽说她和他在一起绝对堪称“美女与野兽”。而在于他不值得她爱。不仅仅因为他们看上去相貌不般配，不是的，还牵涉到了他别的事情……他妻子不知道的事情。他经常想，如果她知道了那些事，她还会爱他吗?他希望她永远被蒙在鼓里。但她是爱他的，他为此充满感激。

“太好了，”他说，“我想吃煎蛋卷。”

她笑了。“你跟我们一起吃吗?”

“我真想，可我得赶份东西出来。我要带上煎蛋卷回去赶工。”

“你今天怎么这么早就过去。还没到七点钟。太阳刚出来。”

“我知道。我赶不上了。如果单据出不出去，钱就进不来。指望我今天能赶上趟。”

“爸爸吃。”小茉莉亚说。

“我会吃的，小南瓜，”老刀说，“今天我不能跟你坐在一起吃了。爸爸得去工作，边工作边吃。”

他吻了一下她头顶的黑色卷发。她抬起胖乎乎的小手，乐滋滋地在他的秃脑袋上敲起鼓来。

“够了，林戈。”他说着，教她别动。

他从冰箱里拿出两瓶水，和他的煎蛋卷一起带上回他的办公室。他打开门，进了他的工作室。走到里面，又用单独的闩锁把身旁的门锁上。这锁只能从外面用钥匙打开。他转过身来，朝被绑在小房间中间那把金属椅子上的人说：“我就在这儿待一分钟。现在是早餐时间。”

男人没有回应。也许是因为他再没有话要说，也许是因为封在他嘴上的胶带，或者，是因为他无力出声，毕竟他前不久才尖叫不止过。

老刀吃下半个煎蛋卷，然后打开一瓶水，四大口吞掉了半瓶。绑在椅子上的那人眼睛瞪得大大的，露出恳求的眼神。

“我猜你是渴了，嗯，本尼?”老刀说。

男人无力地点了点头。老刀打开了第二瓶水。

“你已经领教了这屋了的隔音有多棒，对吧?”

本尼又点点头。

“所以你不会再拿尖叫来烦我了，对不对?”

本尼摇了摇头，表示屈服。

“那好吧。”老刀跨过去，一把撕下了本尼嘴上的胶带。“张开啦。”他说。

本尼张开嘴，露出渗血的没了牙齿的牙龈。老刀还没有决定如何处理他工作台上那只广口瓶里的牙齿。他把一些水倒进张开的大嘴里面，留时间给这人吞下去，接着把瓶里剩下的水全倒进他嘴里。

水都喝下肚，本尼说：“我都说了。”他话音低沉嘶哑，吐字不清，大概是因嘴里少了牙齿。“我告诉你两天前发生的所有事情。”他补了一句。

“我知道。”老刀边说边走回去穿上他的工作服。

“那你为什么还要这样做?”

“嗯，前两天是要搞到我的雇主想要的信息，找出你的老板从谁的手里买来那些狗屎。”

“可我不知道他从谁的手里买。”本尼语带哭腔。

“是吗，可我不知道是不是该相信你。我得确定。现在我相信了。我相信你。这是头两天得干的。这两天要发送消息。嗯，好些消息。”

老刀连夜快递了本尼的右手给本尼的老板肯尼·杰克斯，一个数月前开始来到小镇混的小打小闹的毒贩。一并送去的还有一张便条，写着：“我们在我们的曲奇罐里发现了这玩意儿”。此举是要让杰克斯明白他的处境，知道他混的那些小街角没法跟比尔·麦克拉肯经营的地盘相提并论。实力超强的毒贩子比尔·麦克拉肯已经雇了老刀将大神的怒火传告杰克斯。老刀想将杰克斯本人搞过来，但麦克拉肯还不确定杰克斯是否够格与麦克拉肯本尊照面。于是他付钱给老刀，让他向杰克斯本人发布声明且不伤其身。老刀干这个很拿手。他首先把本尼的手给卸了——尽管没有亲自在杰克斯面前卸货。然后广传消息，说老刀已经把本尼剩下的那只手的手指，分发给五个在杰克斯那里短时兼职的家伙。他们原本是专门替麦克拉肯卖毒品的。那只断手应该足以说服杰克斯搬家，把他的那些狗屎拿到别处卖去。万一他不愿意，本尼的手指也应该会让杰克斯再难找得到这里的人替他干活。本尼身上的东西在镇上展览的时间越长，就越可能让那些不知会在什么时候冒头的新毒品贩子找不到人卖命。但现在要防万一……

老刀又扯了条胶带拍在本尼的嘴上。他操起一把铁皮剪，这些天来他没少用它，跪在了这人面前。他将本尼右脚上靴子的鞋带解开，拽下靴子。本尼在胶带下哼哼，头左右猛烈地扭甩。他拼命挣脱，但老刀抓住他的腿，又快又狠地折了一下。他的膝盖发出了树枝断裂般的声响，还有别的什么东西撕破的爆裂声。本尼含混不清的惨叫消失了，他的头向前垂跌至胸前。

“这样做对你可能好些，本尼。”老刀说。他不一定会对此失望。不像是需要本尼在这个时候醒来，以便让他老刀完成使命。不，这是做生意。只要他从本尼那里得到他需要的东西，可以用来发送别的消息的东西就行了。对老刀来说，他拿那东西的时候，本尼是睡是醒都没关系。老刀刚要用上铁皮剪，他的手机在口袋里振动起来。他接起电话。

“喂?”

他听了一会儿。

“你怎么知道他出了什么事？……好吧，有多长时间了？……昨晚吗？时间还不算长，用不着担心。你认识迈克的。他睡觉了。可能他的废话太多了还是别的什么……没有，你放松，我相信他很好……不，我有工作要做。今晚如果你没他的信儿，就给我打个电话。”

他把电话放回口袋里。

“现在我们该干吗，本尼？”

他脱下本尼的袜子，在脑子里一一清点本尼说过的，替杰克斯做一点兼职的家伙……算算有多少人需要收到消息。

第十章

中午过后路况变好了，他们开起了快车。驶离高速公路后，乔什开始盯住他平板电脑上的GPS应用，扬声器里讨人喜欢的机械女声给他们指路。他们现在来到史密斯菲尔德郊区，这个城市位于马萨诸塞州西部，乔什知道那是美国最大的州之一。虽说凯瑟琳·索瑟德有个史密斯菲尔德的地址，但看样子她不像住在城区，因为按照显现在他平板电脑屏幕上的地图，他们会在四分钟内到达目的地，但去往乔什看到的前方史密斯菲尔德最高的建筑，还得开车走上至少十分钟。情况是这样，现在他们来到史密斯菲尔德的西部边缘，此地稍显乡村风貌，随着他们越来越接近目的地，转弯变得越来越多，越来越急。凯特琳慢慢开车，车速在限速之下。乔什看着她开车，看着她一边看路一边仔细察看车外掠过的每一样东西。那边的角落有个公车站。百吉饼店在街的另一边。美甲沙龙，前窗给一张女人的美脚巨照占满了。一家古雅而残败的小电影院似乎属于几十年前过去的那个年代。她减速更多，看着一家三明治店从侧旁飘过去。

“想让我来开车吗？这样你就可以多看看窗外。”乔什说。

她摇了摇头。

“有看起来熟悉的东西吗?”

片刻之后，她又摇了摇头。

“根本就没有吗? 一点点?”

她叹了口气。“一点也没有。我究竟来没来过这里?”

“得你来告诉我。”

她又慢慢地摇了摇头。“我不知道。我正巴望看着这个地方点燃记忆的火花呢。像是回想起抓着一块三明治就站在那店的后面之类的。找出些记忆，冲破意识当中毫无进展的状态。”她叹了口气。“我们刚才下来的出口，是我昨晚开上高速公路的进口。难道我不应该认出这些店铺吗?”

“嗯，你是在半夜经过这里的。商店可能都关门了。在黑暗中一切看起来都不一样。我怀疑你把自己想得太清醒了。你那时才刚刚……醒过来，不管你想怎样说，我觉得当时你的头脑还不是太灵光的。”

她点点头，似乎这样说来便情有可原了。

“还有，”他接着道，“可能你昨晚是从另一个方向上的高速公路。想调头看看什么东西一眼望去是眼熟的?”

她考虑再三。“不了，我想我们该直接去凯瑟琳·索瑟德的家，她可千万在家里啊，要问她是不是认识我……还有，我在过去的七个月里到底干了什么鬼事情。”

乔什点点头。从他的平板电脑里传来机器女孩的话音，告诉他们右转进坎迪斯街。这是条富有乡村风味，绿树成荫的街道，那景象就如从日历上撕下一张“东北部旧街”。转过几个弯后，他们进了普里查德巷。小巷仍堪称古雅，但其景致是上不了日历的。末了，再转三个弯后，他们到了平淡无奇的茉莉花街。沿路所见的华而不实的维多利亚风格修剪整齐的草坪已无踪影，也不见中上阶层的驾座停放车道。茉莉花街沿街人行道起伏不平，住家院落用的是铁丝网围墙而不是白色的尖桩篱笆。见不到独栋住宅的房屋。在这里，是两户甚至三户的连排住宅。他们经过的街边停放的汽车，最新的也都有十年的车龄了。

“还没认出来吗?”乔什问道，其实心里希望她没认出。他不喜欢凯特琳在这个小镇上耗费时间，随处逗留。

“什么也认不出。”

机器女孩宣布他们已经抵达了目的地。凯特琳把车停到房子前的道路边上。房子外墙上土棕色的涂料正在剥落。有两个前门——刷成黄色，所以褪色后看上去几近无色——从开了两扇门来看，乔什知道这里住了两户人家。按照车辆登记证，凯瑟琳·索瑟德该住在1号。

乔什看着凯特琳。“想起什么?”

“没什么。”

“好吧，这样，你在这儿等着，我去敲门，找凯瑟琳。”

“为什么我要在这里等?”

“因为这不是圣地梅伯里，还有，如果你待在车里，我感觉会更好些。好吗?”

过了一会儿，她点点头。他打开车门，走了出来。关上车门前，他回头看着凯特琳，说：“帮我个忙，锁好车门等我回来，好吗?”

他关上车门，走开了。听到身后传来的车门锁上的声音，松了一口气。他上下打量着这个街区，即使在十月初这个阳光明丽、空气清爽的美好日子里，这条街看去也是令人压抑的。他看着一条拴在隔壁邻居家门廊栏杆上的灰色杂种狗，他和凯特琳停车的时候那狗一直躺着，超大的头枕在它的爪子上。现在它站了起来，顿时将狗链绷直了。它身体僵硬，看上去半似斗牛狗半似科迪亚克熊。它没叫，但乔什想，是因为本能告诉它不需要凭吠叫威吓来人。

乔什来到通向门廊的那条不平的坡道，拾级而上，接着毫不犹豫地敲了1号公寓的门，看起来1号是楼下的单元。他没听见里面的任何响动，没有狗吠，没有婴儿哭号，也没人在制冰毒。站在城市一隅，置身于这条街，等候在门廊里，乔什希望自己穿的是牛仔布裤，最好是磨旧了的，还有点破，而非他正夸耀一般穿在身上的舒适棕色卡其裤。他应该穿着某种重重的靴子来，工作靴，不是远足胶底运动鞋。上身不穿格子法兰绒衬衫而该……好吧，他想，格子法兰绒穿到哪去都好；他只是希望身上这件不是汤米·希尔费格[①]设计的款。他卷起袖子，又敲了敲门。片刻之后，乔什听到了里屋脚步声骤然响起。脚重重踏在地上，听上去不像凯瑟琳·索瑟德本人出来应门。除非她是一个块头非常大的女人。不是她，那是一个男人走近的脚步声。是一双穿工作靴的男人的脚。他们当然穿工作靴的。伴着一道锁开的脆响，门打开了。

在门口站着一个与乔什年龄相仿的男人。也许比他高1英寸，体重差不多。但他的体重在腰、胸和手臂上稍微分布多些。他算不上强壮，但乔什可以看到黑色T恤下轮廓分明的肌肉。相形之下，乔什没有超重，但他也并不像他想要的那般健美。站在他面前的那个人要么在锻炼方面比乔什更经常和严格，要么他天生就具有很优越的身体基因。

“找谁?”男人问，不怀一丝好奇地盯着乔什，却带着几乎不加掩饰的疑心。他在脸颊上快快地挠了一下，那上边毫不奇怪地留着短短

① 汤米·希尔费格（Tommy Hilfiger）：极具代表性的美国年轻休闲精品服饰品牌。

的胡茬。乔什知道，他长得不难看，神色刚强，一头稍长的浅黄色头发。很多女人会喜欢这家伙的长相，这种相貌最好被描述为——虽然乔什不愿意用这个词，甚至是用在自己头上——粗犷英俊。作为一个男人，乔什不符合这种描述，每次听别人说到这个词，他都感到讨厌。

“我找凯瑟琳·索瑟德。”他说。

“找她干吗?”

“她在吗?”

“找她干吗?”

乔什试图摸清这人的脾性。他看起来不像想要弄得剑拔弩张，但他显然不属于话唠类型，也不是那种愿放下手里的事去给人帮忙的家伙。

“我只是想打听她是不是住这里，”乔什说，“如果可以……嗯，我很难解释清楚……”

乔什听到身后有响声。男人的目光转移，越过了乔什的肩头，脸上在笑。“总算回来了。”他说。

乔什转身，发现凯特琳站在他身后。他顿感惊慌。“我以为你会坐在车里等着。”他说。

“她为什么要这么做?”那人问。

乔什转过身，面对那人。“因为我要她这么做。”

“你是什么人，该死的凭什么要她这样?”

乔什可能一直远离他的“舒适区”，现在他更是变得火冒三丈了。“我是她丈夫，”他说，“嗯，你又到底是谁?”

那人盯着乔什，过了一会儿，说：“我是她的未婚夫。”然后又看了看凯特琳，“凯蒂，我差点就叫警察了。你丢了手机吗？一整晚你去哪儿了?”

第十一章

凯特琳听到男人口中冒出的字眼，听见他说他是她的“未婚夫”，但他也可能说的是种古老的、死去的语言。这话对她毫无意义。

“你是她的未婚夫?”乔什说，“放屁。”

“我们周五就要去县政府立婚誓，”那人说。他转向凯特琳，“现在，你能告诉我昨晚结束后到底去了哪儿吗？我一夜坐立不安。接下来，也许你可以告诉我这个小丑是谁？为什么他说在找你?”

凯特琳不知道发生了什么。这个男人怎么自称是她的未婚夫?

“听着，”乔什说，“也许耍弄敲你家门的人，这种事情对你来说很有趣，但我们只是想跟凯瑟琳·索瑟德说上话。如果她在这里，我们想见到她。如果不在，我们可以以后再来。”

那人笑了。“你想见凯瑟琳·索瑟德？回头转身，老弟。我无法想象，出于某种原因，你告诉我你和她结婚了。”

片刻犹豫之后，乔什转向凯特琳，他的眼里满是困惑。那人在门口看着她，嘴唇带出一丝轻笑。凯特琳却无语，只是站在那儿。

她站在那里越久，乔什看上去便越显得迷惑。另一个人脸上的笑容渐渐消失了，他皱起眉头，“凯蒂?”他叫道。

“凯特琳?”乔什说。

“我想我得坐下来。”凯特琳说。

太不走运了。在联邦调查局的综合自动指纹识别系统里大约收集了一亿人的指纹，然而其中却没有那位仓库死者的。这意味着，他很可能从未被逮捕过，没在军队服役，没被州或联邦政府雇佣，也没在要求收集申请者指纹的州申领过持枪许可证。还有其他途径能让国民的指纹录进联邦调查局的数据库，但此前显然没有应用到汉莎克的那位受害者身上。无名氏的身份仍然是一个谜。

汉莎克难以容忍“无名氏”的叫法。谋杀受害者是极其重要的调查工具——不仅在于他的尸体，还包括他成为一具尸体之前的全部生活。他吸毒贩毒吗？他结婚了吗？背着配偶出轨了吗？他的朋友是谁？他的敌人呢？一个受害者生活中的活动往往暗示甚至直接指明了他死亡的原因，就像常见的情况：他的熟人中就藏着那杀手。

这便是汉莎克讨厌“无名氏”叫法的原因。事实上，她拒绝在她的案子里这样指称受害者。

在这起案件中，“仓库死者”——据汉莎克已了解的——其身份无法通过指纹识别。此外，至少就她所知，死者的特征也不与最近的任何失踪人员相匹配。他的口袋里没有发现携带的身份证明，否则，汉莎克的活儿会轻松得多。她希望他们能让他的脸出现在电视上，外加一行字幕：“你认识这人吗?”但在他们手头上他唯一的照片中，死去已久的他弹孔穿透了脸颊。警局公共关系部里的人不想让警方给公众留下残忍恐怖的印象，所以“仓库死者”仍然神秘莫测。

该死的“无名氏”。

汉莎克从她的电脑屏幕前起身，想来杯咖啡。她喜欢在部门的休息室里备上咖啡。大多数探员对此颇有微词，抱怨这好像成了部门管理规则让他们劳神了。但这咖啡汉莎克喝得很来劲。她从来不上咖啡馆，也不喜欢在咖啡台边坐坐，不仅因为那里的咖啡卖成本四倍的价，更主要的是她根本就不在意咖啡的味道。从休息室里的简易咖啡机里弄来一杯咖啡，她就很高兴了。她甚至在易贝网上买了相同的一款，但是从来都没能在家里复制办公室咖啡的味道。

她正往杯里加糖，这时她的手机响了。来电显示帕迪拉打来的。

“嘿，杰维。”

“我从我们的潜在证人那里打听到一点线索。”帕迪拉说。

尽管“仓库死者”的指纹没有出现在系统中，但至少有个人浮出了。在仓库后部的密室里，啤酒瓶上、色情杂志光滑的页面间、墙壁、地板上——他的指纹到处都是。这些指纹输入国家数据库二十四分钟后，多明尼克·布鲁诺在军队的一段短暂经历令他的名字跳了出来。他们再将这名字输入自己的系统，对布鲁诺先生终于有了些许了解。眼下他三十四岁，离婚，收入来源不明，两次因轻罪被拘留。到目前为止，在他的生活中布鲁诺一直能够避免牢狱之灾。据帕迪拉的情报，他不再住在费尔斯通大道 481 号公寓的 C 单元，这是他为人所知的最后地址。帕迪拉访问了现在住在那里的一个老人，他声称从未听说过多明尼克·布鲁诺此人。物业管理方面还有人记得布鲁诺，告诉帕迪拉那“衰人”已经有一年多没住这里。有一天，他和装在公寓里火炉上方的内置式微波炉同时消失了。

“那他在哪里?”汉莎克问道，搅着加进咖啡里的糖。

“现在还不清楚，”帕迪拉说，“但住费尔斯通那公寓布鲁诺隔壁的家伙还记得他，说曾跟布鲁诺还有个他叫‘火柴人’的一起出去玩。布鲁诺的这邻居说，那两人好像真的很近乎。‘火柴人’不管白天黑夜都会来找布鲁诺。”

“‘火柴人’？什么玩意，纸上画的人吗？”

“不是，”帕迪拉说，“可他显然瘦成皮包骨头。”

“我再猜一次，”汉莎克说，“‘火柴人’也在我们的系统里查过了。”

“是的。真名叫……我甚至叫不出来。名是肯尼斯。”

“这不是挺容易叫的吗。”

“姓是……”他顿了一下，然后说得慢了，显然想读清楚那人的姓。“卡哈纳……哈努……卡哈利……纳哈里之类的。很可能叫夏威夷。”

“难怪叫‘火柴人’，省点儿事。”汉莎克说，边往她的咖啡里加奶精。“你跟他谈过话了吗？”

“我现在正要去见他。”

“想要我一块去吗？”

“不了，我能搞定，夏洛蒂。”

“好吧。希望他还住在你搞到的那地址。”

“他不会走的。”帕迪拉说。

“怎么这么肯定？”

“因为他在服另一个两年徒刑。他抢劫了一个小老太。”

“啊。那他在哪里？”

“汉普郡大宅子。”帕迪拉说。他和汉莎克是这样戏称汉普郡郡监狱和感化院的。“我二十分钟后到那里。”帕迪拉道。

如果有他们想要访问的人恰好是附近监狱里的“客人”，汉莎克会乐不可支。“要让我知道你找到了什么。”她说。

她将手机放进口袋，搅了搅咖啡，然后喝了一小口。咖啡凉了些，但恰到好处，她就喜欢这般冷热的口感。为什么她在家里用她的咖啡机就弄不出这味儿呢？同样的咖啡机，同样的咖啡牌子，同样的糖，同样的一切。她为什么就搞不定呢？好歹她还是个侦探啊。

她回到办公桌，步子颇为轻快。到现在按理是该查出“仓库死者”的身份了。虽然还未有进展，但至少她手里还有一大杯好咖啡，搭档也上了路去发现一个活生生的谋杀目击者——就是说，如果能对号入座，是他们够幸运。幸运还包括，那家伙亲手扣过了扳机。

凯特琳在她的书桌旁坐下。她把毒物学报告推到一边——这家伙的血是干净的——把犯罪现场照片拿到面前。这叠照片顶上的那张是受害者的脸部特写。

“死人啊，谁对你恨之入骨，要了你的命？”

凯特琳坐在声称是她未婚夫的那人的沙发上，手里拿了杯水。她还没准备好与她的丈夫或……另一个人对视，于是她打量起这间公寓来。公寓很小，有点凌乱，但很干净，弥漫着一股令人惊讶的新鲜气息。公寓四处可见雅致的布置陈设，显示出自一双温柔的女人之手，而整体色彩偏暗，带阳刚之气。她知道她是有一点儿性别歧视的，但她对公寓的总体印象却是这样：它属于一个男人，然而有个女人在这里留下了印记。她看着乔什，他坐在沙发上正对面的扶手椅上。那个男人从厨房搬了把木椅子到客厅里来，将椅子调了个头，跨坐上去，手臂搭在椅背顶上。他们都只是看着她喝水。

最后，那男人说，“凯蒂，这是怎么回事？这家伙是谁？”

“她叫凯特琳，”乔什说，“没有人叫她凯蒂。”

“嗯，我就这么叫，朋友，”那人说，“不止我一个人这样叫。她叫凯蒂，凯瑟琳的简称，不叫凯特琳。”

“不，朋友，她叫凯特琳。”

他们同时转头望向凯特琳。她紧张地吐了口气。她甚至不愿对自己承认，但她已经知道了真相。

“乔什，”她说，“你明白这是怎么回事，对吧?”

“是吗?”他说。“嗯，有人得向我好好解释了，马上!”

“乔什?”凯特琳叫道。

他下巴上的肌肉鼓了起来。最后，他点点头。他显然比她更不喜欢面对这一切，但至少他似乎已经明白发生了什么。

“凯蒂，”另一个男人说，这一次，他口气和缓了些，“说真的，这家伙是谁?”

她转向他，深吸了一口气。“我叫凯特琳。这位是我的丈夫，乔什。”

那人片刻间一言不发，挠着他下巴上的胡茬。接着他点点头，像是恍然大悟，仿佛已经确认了什么事情。“他就是你想要逃离的那个人吗?”

“我想要……什么?”凯特琳问。

“瞧，我不是傻瓜。我在一个酒吧里遇到个漂亮女孩，她跟我回了家，第二天把她的头发染了，她不想回答私人问题，后来决定不走了……很明显，你试图摆脱某个人。当然这是我的猜测。我不在乎你想从谁身边逃走，我只是很高兴你向我跑来了。”他诚心诚意地说道。

“她没有从我身边跑走。”乔什说。一副咬牙切齿的模样，下巴尖皮肤下面的肌肉结又像冒泡一样鼓胀起来。凯特琳知道，听到这一切无疑让他非常难受。见鬼，她听了后就轻松吗? 如果这个人说的是可信的，她就已经和他一起生活了几个月。这意味着，他们毫无疑问有性关系。这个想法让凯特琳的双颊感到了一阵温暖。她希望两个男人都没有注意到她脸上的潮红。

“我猜，你卖掉的就是他的戒指吧?”那家伙说。

“我什么?”她问，“我卖了戒指?”

“当然啦，”他说，“别说你不记得了。”

“我很难解释。但是没有，我没有……”

如果他觉得卖戒指这事很奇怪，他就不会这么说。情况正相反，他说：“我想你会在哪儿有个前夫。说真心话，可偏就没想过那人脑门上有没有那个‘前’字。我早先可能应该这样想想的。”

“戒指就这样没了?”乔什问，“你卖掉了?”

那男人替她答了，“对不起，插播一条消息。她只卖了差不多1000美元。告诉他，凯蒂。”

“1000美元？真的?”乔什说。“值这钱的十倍。”

“对不起，”凯特琳说，“我不记得了。”她觉得糟透了。她是喜欢那戒指的。

乔什叹了口气。“我知道。对不起。就只是……别担心这事了。有了钱，我们去买新的。”

凯特琳点点头，茫然地摩擦着她空空的无名指，感觉就如同赤身裸体一般。她睁大眼睛，又环视起这间公寓。

“我住这里?”她问。

“你就住在这里，”他说，“你干嘛问我？你知道我也住这里。你怎么会不记得卖了戒指呢？这只是几个月前的事。这家伙为什么说要给你弄新戒指？这是怎么回事?”

“多长时间?”她问。

“什么?”那男人问。

“我住在这里多久了?”

他瞥了她一眼。“到底怎么回事?我搞不懂你怎么就住腻这儿了，凯蒂。你和这家伙是不是要搞个骗局?没说错吧?已经设好局啦?我只是还没看清楚。”

凯特琳想，他受伤害了，便用男子气来掩盖。

“她住这里多久了?”乔什问。

“不关你的事，老弟。”男人说。

“我偏要问，老弟，”乔什说，“就回答这个该死的问题。”

男人盯着乔什，目露寒光，让凯特琳想起锋利的刀子。

“听着，”她说，插了进来，“能不能依了我?我会解释所有的事情。我保证。行吧?”

那人目光转向凯特琳，收敛了些许怒气。他耸耸肩。

“好吧，”凯特琳说，“开个头，你叫什么名字?”

“你在耍我吗?”他说。

“请告诉我你的名字。我保证我们会解释一切的。”

男人嘴角露出漫不经心的一笑，显然是想说：*废话，但你想听我也愿说说*。“比克斯比。德斯蒙德·比克斯比。父母叫我德斯，其他人都叫我比克斯。但你通常叫我心肝宝贝。”

眼下她没打算叫他心肝宝贝。“比克斯比先生……比克斯……这听上去很疯狂，但我真的不记得你了。”

那男人，比克斯，眨了眨眼睛，又眨了一下。“胡说。”他说。

“不，这是真的，”凯特琳说。“我知道这听起来很奇怪，但我不记得过去七个月中的任何事情。”

比克斯看着她，又看看乔什，接着目光回到她身上。“你们两个到底在干吗?你想告诉我什么?”

“真相。”乔什说。

“真相，”比克斯重复了一遍，“她什么都不记得了吗？”

“过去七个月里的事都不记得。”

“我们在这里谈什么？”比克斯问，“失忆吗？就像在电影里看到的？”

“我知道这听起来很疯狂，但……是的，”凯特琳说，“我们今天来这里，想法子发现我出了什么事？我怎么来到这儿的？我怎么……”她将后面的话咽下，她差点儿就要脱口而出：我怎么醒来发现自己带了把枪和一袋假手，浑身是血。“我在这里干了什么？”她补充道。

比克斯的灰眼睛又瞥她一眼。然后，眼中有了一点点亮光。“你弄得我一头雾水，凯蒂。你在开个怪里怪气的玩笑吗？”他笑着说，好像在承认她差不多真把他戏弄了。

她伤心地摇了摇头。“我倒真的希望是玩笑。”比克斯收敛笑容。“但你得相信我。我对你说我一点儿都不记得你了，如果这伤害了你的感情，我真的感到很抱歉。”她看见他面上又浮起了微笑，好像这样的事不可能伤害到他，虽然她觉得伤害已经发生了。“但这是真的，我无能为力。我不记得你，不记得这房子，不记得这个小镇。昨晚，我彻底清醒过来，穿过小镇前所能记得的最后一件事发生在七个月前。”

比克斯看着她……不，不是她，而是看进了她的眼睛，将他的眼神深深没入其中。

“我在这里迷失了，比克斯。”她补了一句，“我迷失了，你可能是唯一能救我的人。”

凯特琳忍不住偷偷地瞟了一眼乔什，他现在正低着头看着地面。

她知道可能伤害了他，但她说出的是真话。比克斯几乎可以全都告诉她过去的七个月她在这里做的每一件事情。她需要知道，用以逐一填补她心内的空洞。

“是说真的，凯蒂?”比克斯说，“没胡说八道?”

凯特琳摇了摇头。“没有。”

第十二章

比克斯信了凯蒂……哦，凯特琳，如她眼下自称的……信了她的话。她已经改变了太多。虽说望去跟昨天离开家时一样，但神情举止迥异。比起他的那个凯蒂，她的话音更柔和些。她好像有点儿不自信。目光刚一接触便闪避开，而他熟悉的那个凯蒂，在目光交接间会紧紧攫住你的眼睛。他想起七个月前在酒吧后头隔着台球桌第一次见到的那双眼睛，锁定了他的双目，把他的心带走。

即使他相信凯蒂——呃，凯特琳——不是他认作的那个人，而且她也没忘记他，他发现难以置信……不，简直无法接受……他俩共同的生活就此画上了句号。就得这样，是吗？如果她道出的是实情，那么，这个他准备与之共度余生的女人刚才向他走来时，她是当自己从未在他的家门前出现过，无论是今天还是在七个月前。他起先是在迎接她回家，希望她昨晚下班后是在她的朋友珍妮家留宿，而非弃他而去——就像他曾揣测的，她应是弃某人而来。但随即他便看到她站在门廊上，有了一个新的名字和一个原来的丈夫。比克斯就这样失去了他生活中的唯一所爱。甚至不能让她在他和她的丈夫间进行选择，因为如果她根本记不得他，她怎么可能选择比克斯呢？她怎么可能选择去延续一种她回忆不起来的生活呢?

他得接受她不再爱他了，假如她真爱过他的话。问题是，他无法释怀她便是这样忘了他。他们的生活可能并没有在她心中留痕，却已令他没齿难忘。虽然她可能永远记不起过去的这七个月，他却会一直将其视作生命中最好的一段时光。他怀着深深的悲哀，意识到自己仍然爱着她。如果她和某个家伙永远消失之前在他这里想得到一些东西，如果她需要答案，他会倾其所有，全都给她。

“那，好吧，”比克斯对凯蒂——不，凯特琳，说，“我想我们得谈谈了。首先，呃，虽说我知道不好这么早就喝上，但啤酒我还得来点儿。”他走进厨房，从冰箱里拿了三瓶百威回到客厅。“我可没毕雷矿泉水，”他对乔什说，递给他一瓶啤酒。

“这个就很好，谢谢。”乔什以一种比克斯觉得恰如其分的态度说。

接着，比克斯把啤酒递给凯特琳。

“她不喝啤酒。”乔什说。

“什么时候开始不喝了?”比克斯问道。

凯特琳看着手里的啤酒。

“她从来就不喜欢这味道。”乔什说。

“她当然喜欢。”比克斯答道。

“我告诉你，她不是推销酒的啤酒妹，把她当红酒女人好啦。”

“嗯，她肯定给我留下了啤酒妹的好印象，”比克斯笑着说，“不过，从没见过她喝酒。”

他看着凯特琳。她将瓶口凑到鼻下，嗅了嗅，然后啜了一小口。乔什看着皱起眉头。比克斯微笑着看着她。凯特琳又啜了一口，这回吞下的酒可不少。

“对我来说，看上去是像个啤酒妹。”比克斯说。“我想，在这件事上头你不了解她，你拦着她也不对啊，朋友。”他对乔什说。

“要说我一向不喜欢啤酒，不对。”她解释着，转头向着乔什。“我一进大学就喝啤酒。你一直更喜欢葡萄酒，我也喜欢葡萄酒，觉得挺好啊，于是我们待在一起就老喝它。没再想要喝啤酒，但我从来没有不喜欢它。我得说，啤酒的味道非常好。”

乔什点点头，没再说什么。

“嗯，我很高兴我们把这弄清楚了，”比克斯说，“你还想知道什么？”

“嗯，”凯特琳开了口，“我想……嗯……所有的事情。”

比克斯在说，凯特琳听着。当他说话时，她也会去看他的嘴，看着他的嘴唇吐露言语。她忍不住想到了这个事实：她和比克斯已经生活在一起，就在这个公寓里。照他说的，他们甚至准备在这几天内结婚。她想知道他们有没有谈过攒钱买处独门独院的房子，这样就能躲开隔壁邻居那条可怕的看门狗了。她看着他说话，心里明白那双嘴唇一定吻过她。两人的嘴唇相吻了多少回？数以百次？还是数以千计？还有他的手，那双手对她做过些什么？她看着它们搭在他身前的椅背上，显得大而有力。她的脸颊感到一阵温暖，面色又再度泛红了吗？而他现在望着她的嘴唇，是否想到它吻过他？会想起她和他做过的别的事情吗？那些事，她真——

她将酒瓶一斜，把最后剩的啤酒喝干，感觉有酒进了气管，猛地咳嗽起来。

“你还好吗？”乔什问。

她又咳了一阵，然后点点头。“我没事。对不起。”

“我说到哪儿啦？”比克斯问道。

“酒吧。”乔什用一种硬邦邦的语气应了他。像是希望比克斯已经一语道尽了他的故事，于是他乔什便能带上凯特琳立马走人。

“对了。她进来了。以前我从没见过她——这地方我可混得烂熟，知道吗——她大摇大摆地进来了，就像进了自己的地盘。”

“真的吗?”凯特琳说。觉得听上去不像是说她自己。

“见鬼，就是嘛。”比克斯说。“我特爱那情景。我看到你走进来，感觉就像空气已经从这房里给吸走了。就像有件很酷……很特别的事情……发生了。所有人都能感觉到，只是没别人知道那是什么。我知道，是你来了。”

凯特琳听见乔什从鼻腔中发出某种嘲弄般的低低嗤笑。而凯特琳也为比克斯表达感情的方式感到吃惊。

“很快，”比克斯继续说道，“就有人注意到你。我只得推开挡我道的几个本地傻瓜，去给你买你的头一杯啤酒，不过我确信那天晚上除了我，没人给你买喝的。”

“很感人啊，”乔什说，“我听着就要哭了。”

比克斯眼不离凯特琳，说，“你还想不想听我说，伙计?”

“不，伙计，我不想听。但凯特琳想，那你还是继续蒙吧，麦克达夫。”

“说的什么鬼话，我懒得理。”比克斯说。“你就那样出现了，凯蒂，”——他不想中断故事，凯特琳也没纠正他的叫法——“你的神情举止和一身保守的打扮根本不搭调。我给你买了那杯啤酒，你三口就喝个精光，顺便说一下，”他笑着加了一句，“你告诉我你叫凯瑟琳，我问叫你凯蒂行吗?你说‘好啊’。我们挺合得来的，我又给你买了一杯啤酒。第三杯之后，我们就一起离开了，回到这里来。”

如果这故事讲到目前为止还是真的，后面发生的是什么，凯特琳心里清楚不过。“比克斯，你介意我们跳到前面一点吗？”

“怎么啦？”他笑了，“行，没关系。但我不得不说，尽管……你可能不记得那天晚上的事情了，但并不意味着它不令人难忘。”

“上帝啊，凯特琳，”乔什说，“你真想听吗？”

“不想，”她说，直视比克斯，“但有些事情是我想听，我要听的。比克斯，请你别说我不想听的，好吗？”

他耸耸肩。

“怎么样，就直接跳到我们确实需要听到的那部分吧？”乔什说。

比克斯想了想。“好吧，但在我继续讲之前，我想我们得有言在先。我不想拆散你们俩，但凯蒂和我在一起生活超过了半年。你认为我们从未逾越半步吗？”他直勾勾地看着乔什。“那么，你就做好你必须做的事情吧。要不，我们就不停地兜圈子。”

凯特琳看了乔什一眼，似在求得理解。起先，他皱着眉头，接着头一摇又点了点。便算是认了。

“我们说好啦，孩子们？”比克斯问道。

“继续讲吧。”乔什说。

“好吧，”比克斯说。“于是，我开始问些问题……不过就是‘你从哪儿来？’‘干什么事情才开心啊？’‘你姓什么？’之类的。”

“我说我姓索瑟德吗？”凯特琳问。

他点点头。“我猜不姓这个。”

“是的，不是这姓。我姓萨默斯。”

“凯瑟琳·索瑟德，”乔什念叨着，看着她，非常谨慎地回避比克斯的视线。“你怎么会用上这个名字？它对你意味着什么呢，亲爱的？”

她冥思苦想。将她这一生当中遇到还能够记起的“凯瑟琳”全都搜了一遍。小学里有几个“凯瑟琳”，高中两个，大学三个。去年她卖房子，卖给了一个“凯瑟琳”。她们当中都没有姓“索瑟德”的。此外，乔什已经在互联网上搜索过，没有名人叫这名字。可能她曾听到过这个名字，大概就在她消失前，便拿它用作自己的。或许，当时她只是随意起了。

“对我没有任何意义。”她说。

“它听起来很像凯特琳·萨默斯，不是吗?”乔什问。“出于某种原因，你当时显然神志不清。也可能你只是稍稍改了点儿你的名字，听起来像凯瑟琳·索瑟德。”

“可能吧。”凯特琳说。

“总之，”比克斯说，“那天晚上你没真的回答我的问题。我倒是说了你想要知道的我的一切。没过多久，我就意识到你只是不想谈起你的过去。这也挺好。我在酒吧遇到的很多女人——该死，还有男人——过着和他们装出的样子截然不同的生活。过了一两天后，你没离开我的公寓，似乎也并不想很快离开，你也没跟我多分享你的事情。这样过了三天，你我都心知肚明你不会去往任何地方了。这事我们从来没有加以谈论，从不做什么允诺。就只是你不走，我也不想让你走。”

“当时我好像不想告诉你我的任何事情，这没让你感到困扰吗?”凯特琳问道。

他耸耸肩，吞下最后一口啤酒，站起身。边走向厨房边说：“我不是说了吗，我觉得你是……呃，也许不是从什么地方逃脱出来，你是要摆脱你不想谈起的那些东西。可能你被虐待了，可能你犯了法。不管是什么，我都不在乎。”

他给自己带了瓶啤酒，递给凯特琳一瓶。没乔什的份。他又跨坐回椅子上，喝下一大口啤酒。“是的，不管你的过去是什么，我都不在意。那个时候我完全被迷住了。”他笑了起来。

凯特琳喝了一小口啤酒，发现两个男人都望着她……比克斯乐在其中的样子，乔什闷闷不乐地盯着她的啤酒。

“怎么啦?”凯特琳对她丈夫说，“这个挺好。”她朝他递过去她的酒瓶子。“喝点我的?”

“谢谢，不用了。”乔什说。“后来呢？接着说。”他对比克斯说道，像个联邦探员讯问可疑的恐怖分子。

“后来，”比克斯说，看着凯特琳，“你需要在这个公寓外面，开始自己的生活。开始你在史密斯菲尔德的生活。我不知道你从哪里来，但如果你想要留下——你我都想的——你需要做几件事情。我们不得不按部就班。”

“什么事？比如……”凯特琳问道。

“哦，你想要卖了你的车，我们得替你找份工作，让你拿到驾照，给你买——”

“我没驾照吗?”凯特琳问。

“即便你有，你也没把它拿给我看。”

“如果你有驾照，”乔什说，“上面会有你的真名。”

凯特琳从地上拎起她搁在那儿的手袋，把拉链打开。从她的钱包里掏出驾照，仔细察看。这个驾照是由马萨诸塞州，而不是她所在的新罕布什尔州发放的。驾照上有她的照片，她在那上面新留了一头红色的短发。上面也有比克斯的地址和凯瑟琳·索瑟德这个名字。她告诉乔什正在看什么。“用别人的名字弄个新驾照，难不难?”她问比克斯。

比克斯笑了。“如果你找对了人，那就很容易。我有个朋友是造假身份的。也是一把好手。如果你需要，能给你做驾照、做真正的社保号码，甚至信用卡。做护照就很难了。他能给你弄本看上去还凑合的护照，可我不会用它出国……更不敢用它回国。但他捣鼓出的那些东西能蒙大多数人，能蒙一大帮警察。”

“你有一个造假身份的朋友?”

比克斯点了点头。

“我怎么一点都不吃惊啊?”

比克斯耸了耸肩。“不管怎样，他手艺好，就像我说的。”他把他的注意力集中到凯特琳身上。“于是我们就给你设置了凯瑟琳·索瑟德这个身份，我怀疑这可能不是你的真名实姓，可我一点儿都不在乎它。”

“这就解释了为什么巡警没觉得我的驾照或汽车登记有问题，”她边对乔什说，边看她手中的驾照。她意识到两三个小时前，递出去时她根本没有看它一眼。“因为它们匹配。上面都是凯瑟琳·索瑟德这名字，和这个同样的地址。”她看着自己驾照上的照片，“拍这张照片的时候我已经剪短头发，染成了红色的，所以巡警看着我，认得出我和照片上的是同一个人。”

“是的，”比克斯说，“那晚我们遇上后，你在这里的头一天就换了发型。你说你想要有个改变。发型一变，让人更难认得出你，这仅仅只是一个巧合吗？这事，我也是不在乎的。”

“你怎么能不在乎呢?”乔什问，“你跟罪犯们打得火热。可能所有你遇到的女人都有犯罪表现。”

比克斯不理睬他。“我喜欢你做个金发女郎，”比克斯说，“可我也喜欢红发。另外，你说……你是怎么说的?”他想了一会儿，“你说红发就对了。你应该长一头红发。”

“这是什么意思?”乔什问。

“我不知道,”凯特琳说,“也许我总是偷偷地想当个长着红发的人。”

“等等,”乔什对比克斯说,“你说你得去卖她的车。她有车吗?”

“有车才能卖吧。”

“凯特琳……”乔什像是想到了什么。

“怎么啦?”

“嗯,你的车……你消失的第二天,就被发现扔在城市购物中心的停车场。人们觉得你……你出事了,这是个主要原因。”

“真的吗?”她说。“这么一说,我开到史密斯菲尔德这儿来的车是谁的?我怎么弄到它的啊?”

第十三章

“我们相遇的那晚，”比克斯说，“你从酒吧跟着我回家，开一辆蹩脚的旧道奇挑战者车。”

在从新罕布什尔州布里斯托尔的家走出，到抵达马萨诸塞州的史密斯菲尔德的这段时间里，凯特琳是有一辆车的。尽管按比克斯的说法那车很垃圾，然而不知何故，她却没留下任何印象。

“你我都心知肚明，你会留在我身边之后，”比克斯继续说，“我们都知道得摆脱那辆车。你绝不会这么明说，但我清楚车不是你的。所以我扔了注册登记证，把车里的那些东西都搜罗进一个盒子里。怕凯蒂你以后可能还用得上。后来我就把车开到一个朋友那里。”

“另一个朋友吗？”乔什问，“我猜猜……他倒卖偷来的车。”

“他可是公平交易。我们从他那里开了辆云雀回家，可比那辆狗屎道奇强多了。看在他和我是朋友的面上，弄到了便宜货。”

“我相信，真的。”乔什说。“你认识很多道上的人，比克斯。你也算是某类犯罪分子了吗？”

“不是，”比克斯说，摇着头，“可我很多朋友是。”

“那你是做什么呢？”

“爱做什么，就做什么。”

乔什摇摇头，凯特琳插进来，“你还记得从道奇车取出来的登记证，上面写的是谁的名字?”

他摇了摇头。“那时候我没当回事。不管是谁，他没来要回车。我不需要知道他的名字。”

凯特琳皱起了眉头。比克斯可能抛弃了一个重要的线索。该死的。这就丢了一个机会。不过比克斯还可以告诉他们不少事情。

“请接着讲。”凯特琳说。

“你还想知道什么呢?”比克斯问。

“所有的事情。我过去常做什么事？喜欢什么东西？交了哪些朋友？所有你能想起的关于我……关于我们的事情。”

比克斯点点头。似乎在思考。

她补充道：“你说的任何一句话都可能诱出我的记忆，比克斯。即使是很小的事情，细枝末节，都可能让多米诺骨牌开始倒下。”

“你想听我们的事吗?”

“除开当中我不想听的事情。”

“如果你想让我谈我们的事，”比克斯说着，双眼锁定在凯特琳身上，余光投向乔什，“那就得让他闭嘴，要不，让他去外面，坐门廊上。”

“他不会怎么样的。”凯特琳替乔什打了包票。她看着她的丈夫。他摇了摇头，以示无意作梗。

在接下来的几分钟里，乔什没有打断谈话——凯特琳真的不能怪他那样做——话说得更顺畅，也说得更多了。凯特琳听到了不少，却没有一句像火花一闪点燃她的记忆。比克斯说到，凯特琳改头换面了，有一辆新的二手车，一个新的身份和一些比克斯花钱给她买的新衣服。是时候让她找份工作了。比克斯还有个朋友——说到这儿，乔什小声地笑了一下——那人的表哥愿意雇她做女侍者，账外支付工钱。考虑到她伪造的身份，他们认为这是个好主意。于是凯特琳便干起了她的小时工，比克斯接他能干的活儿赚些钱——他不是很在乎赚到钱——还有，如果愿相信他的话，他们确实是相爱了。

说到这里，乔什不禁发出一声嘲笑，比克斯转向他，没有生气，而是笑了起来。

“你不相信我吗?”他问道。

“相信她爱上了你吗?”乔什说，“不，我不相信。可能是你自作多情了。出于某种我无法想象的原因，也许她喜欢上了你来陪伴。但她不爱你。你说的根本就不是真的。”

“是吗，”比克斯说，从他的椅子上起身，“你可能是对的。”他抓起两个空啤酒瓶走向厨房。片刻之后，他离开厨房，没有回客厅，而是领着他们往一处像是走廊的地方而去。

“你觉得我伤了他的感情吗?”乔什问，脸上却满是不以为然。

“你有点粗鲁，”凯特琳说，“他是想帮助我们。还有，站在他的位置上想一想，直到不久前，我和他还是爱人。”乔什脸上的表情立即让她改口，“我的意思是，他觉得两个人是相爱的。不久前，在他看来我和他还是幸福的一对，但接下来他马上发现我嫁给另一个男人，我甚至都记不得他了。这换了谁都受不了，对吧?”

乔什嘀咕着什么，凯特琳没听清。

“对不起，乔什，”她说，“我知道这对你太不容易，对我来说也一样。比克斯知道……我的事情。他脑子里有我和他在一起的私密记忆，可我没有。这就像我被下了药似的，那叫罗什么的药，”她说，指的是罗眠乐，那种臭名昭著的约会迷奸药，“像是药的影响持续了半年多。”

过了一会儿，乔什叹了口气，“对不起，亲爱的。”他说。“哎，听到那家伙说起……他和你过的那一段，我心情糟透了。我老是忘了你丢一段日子的记忆，那是很可怕的事情。”

“你生我的气吗？”她问。

“为什么生气？”

“为……我和他做的什么，经历的什么……眼前所有的这些。”她说，拉着他进了房间。

片刻间，他垂下眼来，什么也没说。他再抬起头时，眼里满是悲伤。“凯特琳，我很抱歉。对不起，让你说出这些话来。我当然不生气了。这不是你的错。你不想失忆，你也没想要到这里来和那个人交往。不，我没生气。知道事情是这样我只是真的不开心，”他补上一句，“但我绝对没有生你的气。”

她笑着，感激地望着他。

“看看照片，怎么样？”比克斯说着走进房间。两手各拿一个大相框，大概有20×20英寸大小，显然是他从什么地方的墙上取下来的。凯特琳看见每个相框里都拼贴了好些照片。“照片一张是不是胜过千言万语？”他说，放了一个相框在乔什腿上，另一个递给凯特琳。

凯特琳像是分裂成了两个人。一个凯特琳不敢向下看相框，害怕看到那些照片。但另一个凯特琳要去看，简直无法抗拒。她低下头。第一张照片上，凯特琳看到的是比克斯站在湖边，她攀到他的背上，他背着她，她搂住了他的脖子。比克斯在笑，凯特琳觉得她看上去——不得不承认——很快乐。下一张照片上，比克斯站在凯特琳身后，这一次是他的双臂缠绕着她。她开怀大笑，脑袋后仰贴着他的胸膛。第三张照片上，凯特琳和比克斯并肩而坐，身旁有群人围着。他们可能是在看什么体育比赛。她的头靠在他肩上，嘴角泛起甜甜的一笑。

他们就是这样。相框里的九张照片，张张如此。每张照片中她的脸上都呈现出真正的幸福。在其中几张里神采飞扬，脸上的妆也比她在生活的大部分时间——人生中葆有记忆的那段——化的更浓。但这一排排照片中最显而易见的是，凯特琳和比克斯在一起看上去真的很幸福。她抬眼瞥了一下乔什，见他瞪着捧在手上的相框。他抬起头来，她知道他看到了相同的事实。她的眼睛又落向照片，细看照片上的比克斯。毫无疑问——照片里的男人沐浴爱河。她抬起眼睛，见他正看着她。他向她飞快地使了个眼色，笑了起来，但凯特琳看到了笑容下面隐藏的悲伤。

凯特琳可以不再怀疑她和比克斯曾相爱过。不知怎么的，虽说她已经爱着乔什，她还是爱上了另一个男人……而她忘了她爱的这第二个人。

“这里是神秘地带，”比克斯说，推开了一间卧室的门。乔什看到双人床和凌乱的床单时，他想要——在最近这一小时里是第十次——狠揍比克斯的脸。

“算了吧，比克斯，”凯特琳说，“有必要看吗？”

乔什试图保持眼不望床。看到凯特琳的照片已经够糟糕的了——他的妻子，看在上帝的分上——被定格在与另一个男人同享欢乐的每个时刻，而这些时刻她本应与乔什而非他人共享。他注意到空空的墙壁上有两个原本挂相框的钩子。

他感到如此悲伤，如此难过。他多么希望那个夜晚他追了她出门，把她劝回了家，将一切都摊开，都说出来。一个低低的声音仍停留在他的脑海中，一声无法令他抬得起头的问话，想要提问——即使她离开时对他怒火中烧——如果她就是这样出走，和另一个男人几天之内便实打实地相爱了，她原本对他的真爱又有多少？但他告诉那个声音闭嘴，提醒它这里没有一桩是凯特琳犯下的错。如果有错的话，那也是他的错，是他在那天晚上给了她一个理由离去，从而令生活变得面目全非。除此之外，在过去的七个月里她的心智并不正常。从某种意义上说，那就好像与比克斯交往的并非真正的凯特琳……虽说在照片上看上去就是她本人。不……他不会责怪她。他知道她爱他，即使她可能在一段时间里忘记了这种爱。尽管事已至此，他永远不会不爱她，他还要竭力配得上她的爱。

凯特琳走过比克斯身旁，进了卧室，乔什跟在她身后。目光仍然回避那张床。他看着凯特琳在细究这房间。她靠近那组滑动衣柜门。

“我可以打开吗？”她问道。

“打开它，”比克斯说，“这是你的壁橱。”

“她用过它做衣柜？”乔什说。

凯特琳将一扇滑门拉开，看到了男人的衣服。接着她将几扇门拉到另一边，露出了一件件女装。这会儿，她只是看着眼前这一切。

“觉得眼熟吗？”乔什问。

凯特琳摇头。她拨开几件女上装、几件女式衬衫、毛衣。乔什站在那里看着，觉得它们不像凯特琳会穿的衣服。她在家中衣橱里挂的衣服比这些保守得多。在他那双不懂行的眼睛看来，这些衣服似乎足够时尚，但比她习惯穿得更艳丽一些。凯特琳可能一直在想着同样的事情，她转向比克斯，问道：“这些衣服是我的吗？”

“当然是啦。”他说。探身过去摸着一件低胸 V 领衫的袖子。“你穿这件照的那张像。”他说，指着放在床头柜上一个相框里的那张单人照。乔什望去，看到凯特琳的确穿着同样的V领衫，胸开得确实低，显出她那一对美乳的上半部。谢天谢地，这次比克斯没和她一起出现在照片里。虽说她正露齿而笑，眼睛却直视镜头，似乎正熠熠生光。乔什不得不怀疑比克斯或许拍照时正站在相机后面。

上帝，真难受，乔什想。他想让这一切结束。他要忘掉这个人，他想让凯特琳做同样的事情。他想让她走出迷雾，继续她的生活，但不要触碰什么东西，以至于改变了她对他的感受和他们曾经共有的生活。

“这些我一点儿都不记得了。”她说。

眼下，他们没花多长时间已经看过了整个公寓——进过了客厅、放饭桌吃饭的厨房、两个浴室、一间空房——比克斯说是佩德罗的房间，那是凯特琳和他上个月刚收养的一个七岁男孩。接着他马上承认这只是在开玩笑——最后，去了卧室。凯特琳说她对里面的任何东西都没印象。然而，比克斯给他们看凯特琳的东西——她的睡衣、化妆品，她正在读的书。从书名看，似乎不是比克斯会读的那一类。他还给他们看她写在各种纸头上的便条——厨房抽屉里留的一张购物单，客厅电话旁搁的一张留言……甚至还有冰箱门上一个菠萝冰箱贴黏着的一张便条，上面只有四个字：“爱你太多”。乔什看着，心如刀绞。

乔什能够立刻认出每张便条上的字迹都是凯特琳的。最后，还有照片，这令乔什无法否认的存在。尽管他压倒一切的念头不仅仅是否认它们的存在，他还要撕碎它们，将它们从他的脑海中永远抹去。那时，他已经为凯特琳一点点的失忆付出了太多。如果不是照片或是笔迹，乔什可能会认为比克斯炮制出了某种骗局，他便是以某种伎俩骗凯特琳服下超强长效约会迷奸药的人。但照片确凿无疑，便条也一样，显然是凯特琳亲手写下，包括说她爱比克斯“太多”的那一张。

乔什不能否认这些事情，所以他便再也无法否认凯特琳与比克斯住在这里……以及，她也许在某种程度上，爱他。

凯特琳与他目光相接，他知道她已经得出了同样的结论。她转身对比克斯说，“我想，我们需要你的帮助。你知道的情况我们可能没法从别的地方了解到。”

比克斯一言不发。

“你不能想象我有多么难受，我没法记住过去七个月里的任何事情，”凯特琳又说，“我只想知道我在做什么，我做过什么。我想要……不，我一定得记起来。”

乔什真想知道比克斯会说上些什么。就只是告诉他们快离开吗？他已经将他的生活与凯特琳联系在了一起。既然他已经回答了她的很多问题，如果他只是希望他们走，谁又能怪他呢？无论他知道的什么事情他们都想要了解，为此乔什更希望他会对他们说“快滚”。乔什看着比克斯的目光在房间里慢慢逡巡，然后在床边那张凯特琳的照片上停住了。她独自对着镜头微笑。他回头看着她，问：“我能做什么？”

第十四章

他们决定去探访城中一些可能唤起凯特琳记忆的特殊场所，这些都是凯特琳熟悉的地方……呵，她还是凯蒂时的常去常往之处。眼下差不多晚上六点，将近晚餐时间，于是他们从比克斯所在的街区进入市区，往西区开去。西区不是正式的地名，但本地人都这么叫。那里开的餐厅比史密斯菲尔德其他区域的更密集。凯特琳记忆之旅的第一站是“鱼宫”，照比克斯说的，是他们第一次见面的酒吧，也正巧是她后来最喜欢去吃饭的地方。比克斯还说，这个地方没有任何一道鱼的菜，其实是按老板的名字泰德·费舍尔来命名的。费舍尔是鱼的意思。在“鱼宫”里，你点牛排或鸡肉，会配土豆一起送上来。除了没有鱼，菜单上也根本没有面食。你一定要点，才会有沙拉。但侍者不愿给你单来一份，除非还点了会让你堵塞动脉血管的体面的肉菜。

走进餐厅，凯特琳很失望地发现她对“鱼宫”没有一点儿印象。这里食物的气味闻起来很棒，不过，感觉仅仅是呼吸这里的空气也会使她发胖。尽管她记得从书上读到过，气味可能是最强力的记忆触发器——这里的菜香当然够强力了——她仿佛还是第一次来到这家餐厅。粗木地板、沿一面墙摆的吧台、对面的分隔就餐区。中间是餐桌，还有后方的两张落袋台球桌，就是比克斯说他第一次看见凯特琳的地方。有吊灯从天花板悬吊下来，即使现在才十月，一串长长的圣诞小灯已挂满了厅堂。也可能一年到头都挂着的。她什么也没回忆起来。

一个微笑着的年轻女子朝他们走来，手里拿着菜单。她穿着一件淡蓝色的T恤，上面有个白色的微笑鱼头。"嘿，你们两位。"她说，在凯特琳看来她似乎和他们挺熟的。"照我看，今晚是带个朋友来和你们一起吃晚饭啰。"

"你说什么就是什么，坎迪斯。"比克斯答道。

这女人笑了起来，像人们常假装出的给笑话逗乐的那副模样，其实没听出话里有什么好笑的。"这边请啊。"她边喋喋不休边领着他们朝一个空台走去。空台还剩有几张，考虑到对佛罗里达州以外的大多数人来说，这时候吃晚餐还有点早。空着也就不奇怪了。

一路过去，酒保朝他们大叫，"比克斯，你怎么样？最近还好吗，凯蒂？"比克斯答着话，叮嘱凯特琳要摆摆手，她照做了。又让她笑一笑，她拼命挤出一张笑脸。

坎迪斯说，"就这儿。"到了他们的那一桌。她把菜单放在三把椅子前方。身子向凯特琳一靠，头朝乔什的方向作戏般地一斜，用一道装成耳语又足够响亮，让每个人都能听见的假声问："凯蒂，这可爱帅哥是谁呀？"

他们此前已经决定，凯特琳该假装认识每一个她应该认识的人，这样就不会受到无谓的注目。但现在她不知道怎样回答女领班的问题。她知道不能说"他是我丈夫"，尽管乔什想让她如此回答，因为这个女人认为凯特琳和比克斯是一对的。于是，她只是笑着坐了下来。坎迪斯似乎很快明白了她不会得到那个问题的回应。即使她感到失望，她也没有表现出来。她说："今晚还是蒂姆来招呼你们。他马上来给你们点喝的。"

坎迪斯离开他们这桌，比克斯说，"我想她喜欢你，乔什。嗨，凯蒂，你干嘛不为乔什向坎迪斯美言几句呢?"

"她知道我的名字。"凯特琳说，对他的话听而不闻。

"不是你的名字，凯特琳，"乔什说，"是你用过一阵子的名字，记得吗?"

"没错，"凯特琳说，"我就是这意思。"

"没乱说，就这么回事。"比克斯说。"我告诉过你，我们是这里的常客。顺便说一句，你最喜欢的是小牛排加烤面包。"

"它们味道好吗?"

乔什恼火地迸出一声。

"对不起，"凯特琳说，"我饿了。"她平时可不是个食肉动物，很少吃红肉，但今天晚上似乎吃肉正中了下怀。

她用眼角的余光扫了一眼比克斯，见他在笑。又望见乔什正皱起眉头。不，是愁眉不展。她伸出手，在桌子底下碰了碰他的膝盖。过了一会儿，他的手摸索着触到了她的手，握住了。

来了个精瘦的红发男孩，上大学的年纪，身上也穿件笑鱼头衫，他走到桌旁，说："嘿，伙计们好。"跟坎迪斯一样的腔调。他的名牌上写着蒂姆。"是要点饮料了吗?"

"要的。"比克斯说。

"上你们俩平时喝的?"他问，先看一眼凯特琳，再看看比克斯。

"我行啊，"比克斯问，"凯蒂，你呢?"

凯特琳点的是一杯酒，乔什毫无疑问期待她这么做，但她没问清她"平时喝的"是什么酒，只说了句，"我也是，来杯平时喝的。"

确定了乔什要的是扎啤。尽管他很少喝啤酒，也几乎从未在晚餐时喝。

他们等着饮料上来，乔什在看菜单。凯特琳没去打扰他——小牛排块挺好，比克斯说她喜欢吃——于是她便放眼将餐厅收进眼底。这里看起来仍不熟悉，她便开始扫视餐厅里这二十几个人的脸。自己脑海中也没有灵光一闪。

“我认识这里的什么人吗?”她问比克斯。

比克斯的菜单仍然没打开，搁在他面前的桌上。显然他也有一道百吃不厌的菜。“嗯，老是蒂姆招呼我们。认得出他吗?”

她摇了摇头。比克斯环顾了一下四周，然后头一斜，示意她朝一个独坐在卡座那边的老头看去。

“那边的山姆呢? 那个鳏夫。每天晚上都在这里吃饭的。你隔段时间就邀他来和我们一起吃。每次你这样做，他都抢着付账。他一见你，就说你是他的小可爱。‘嘿，我的小可爱来啦。’他总是这么叫。想起什么啦?”

凯特琳看着老人颤巍巍地舀起一勺派送进嘴里。仿如这辈子里头一次见到他。她摇摇头。

“我猜，你不记得那酒保了。”

“没记起来。”

他环顾四周。“就是这样了。对不起。”

她也觉得很抱歉。

蒂姆送上饮料。乔什是一杯不知什么牌子的啤酒，比克斯是一瓶鱼叉 IPA，凯特琳则是科罗娜乐得啤酒加一片柠檬。乔什瞥了一眼她的啤酒，端起自己的喝了一小口。在桌台下，她轻轻捏了捏他的手，他也回捏了她一下。这让她觉得一阵欣快。他倒没有丝毫快意，这样做只是在这个环境下的自然反应。

蒂姆给他们点了菜——凯特琳的小牛排块，比克斯的牛排三明治，乔什的炸鸡。没多久，蒂姆就把他们点的端了上来。比克斯没说错，凯特琳喜欢那道小牛排块。

他们边吃边说着，凯特琳和比克斯一直在一问一答"记不记得?"乔什时间花在带进餐厅里来的平板电脑上。他说他正在好好琢磨。不时"嗯""啊"喃喃自语。他们用过了餐，又要了下一轮啤酒。

"打台球免费，"比克斯说，"想来一局吗?"

"我就免了，"乔什客气地回道，"谢谢。"

"别见怪，乔什——我讲真的——但不强迫你。对不起，老兄。"

"凯特琳不玩台球。"

"哦，"比克斯说，点点头，和善地一笑。"那你呢?"

"我想跟凯特琳说点事情。"他转向她。"听着，我在网上发现了一些有趣的东西。我想我可能——"

"你也不玩台球，我猜。"比克斯说，耸了耸肩，好像他的表态也不出他的意料之外。

乔什似乎考虑了一会儿，接着站起来。"我想，我们可以先打一两局，再来谈它。"

"现在你来发话，朋友，"比克斯说，拍拍他的肩膀。"带上你的啤酒。跟上来吧，凯蒂……我是说，凯特琳。"

汉莎克咬了一口她的素菜卷，盯着贴在白板上的照片。她和帕迪拉征用了接待室，推进来一块白板，开始在上面层层叠叠地展开资料。有些侦探扫几眼文档，在纸堆和照片堆里翻翻就可以开工了，但是汉莎克不是这样，她喜欢让所有的资料同时收入眼底，一切都展现在面前。所以她把从犯罪现场拍的“仓库死者”的那些照片都钉在了白板的正中央——那人的脸部特写，带有弹孔。从四个不同角度拍摄的尸体照片。在那些照片的右边，她贴上了多明尼克·布鲁诺，他们的潜在证人的面部档案照，还有“火柴人”肯尼斯·卡哈纳哈努卡哈利纳哈里什么的。都知道他是和布鲁诺一起混的。在大白板的最右边，汉莎克放上了现场地点的照片——从仓库内部的不同角度拍摄的仓库外围照片，以及仓库后部那间密室的照片，连同里面发现的每件物品的特写。每张照片旁都有一小条打印的说明。

在白板的左边，汉莎克画出了案发时间线。她喜欢使用索引卡片，好处在于，若要在两个时间点上发生两件事情的中间添加进新发现的案情，她不必擦掉任何已有的东西。目前，已经建起了三张卡片。第一张上写到：死者是在10月3日或4日上午9点至12点间中弹吗？第二张卡片上，她写下：10月4日大约上午8点，孩子们发现死者；8点14分，拨打911。最后一张卡片上写到：10月4日上午10点36分警察到达现场。白板左下角处有一张孤零零的索引卡，记着受害者身旁发现的枪已查出了枪号。那是十四个月前费城一起住宅侵入案中失窃的枪。他们就这一情况与费城警方进行了沟通。讨论这枪从何而来，及其出现在马萨诸塞州犯罪现场的相关案情。也将“仓库死者”的照片和指纹通过电子邮件发给了费城警方。此人的指纹可能没有录入国家数据库或史密斯菲尔德本地数据库，但如果汉莎克够幸运，也许会出现这样的情况：此人的指纹信息出现在费城警方的服务器里。也有可能在什么轰动性事件的报道照片上露了个脸。或许受害者符合某项民间或警方发出的寻人启事中对象的描述。可到目前为止，费城警方还没有提供什么有价值的线索，侦破此案才刚刚起了个头。

汉莎克打量着白板上的东西，除了照片和纸条，在留来添加目击者材料的地方仍是一块刺眼的令人沮丧的空白。各种报告散落在她身旁的桌子上，却没有一份能起到关键性作用。还有太多的情况他们仍一无所知。她又咬了一口她的素菜卷，味道还不坏，但比不上她丈夫今晚准备做的晚餐平底锅烤摩洛哥鲑鱼。今晚轮到他下厨，他的厨艺比她强多了，尽管她从未向他承认这一点。

早些时候，汉莎克给托马斯打了个电话，告诉他个坏消息，她又要工作到很晚了。这似乎并不会让他操心，因为他理解她。他完全懂得在一起案件调查的初期她是做不到彻底休息的。那些日子最为关键，她甚至不想花时间睡觉。此外，最近汉莎克已经多少能够喘口气，所以他们有稍微多一些的时间在一起了。本来一大堆的积案让她忙得不可开交，但在过去的两个星期里，她结了两三起旧案子，减轻了些负担。还有，值得一提的是，这是近两个月来摆到她桌上的第一桩新发生的谋杀案卷宗，算是破了她此前所接案子中，前后两起谋杀案最长相隔五星期的个人记录。这还是一个多月以来在整个史密斯菲尔德/北史密斯菲尔德地区报告发生的头一起谋杀案。这真是不同寻常，因为仅就史密斯菲尔德——本州最大的城市之一——而言，平均两周半发生一起谋杀案。从技术上讲，此谋杀案发生在北史密斯菲尔德，但那个城市的警局没有自己的重案组，只能依赖史密斯菲尔德方面开展侦破。所以，因最近死于刀枪之下的人少了些，汉莎克和托马斯在上周得以专门出去吃了两次饭，找时间在有线电视上补看了好些他们错过的电影院里放的片子。她最近每日工作九小时几乎就像是在度个迷你假期。但是，是时候要再忙得天昏地暗的了，对此她早有心理准备。所以摩洛哥鲑鱼不得不等上一两天后再入口——尽管她猜托马斯正在做这道菜。无论她熬到什么时候回到家，她都能发现冰箱里有美食大餐正等着她。托马斯会给她留着。

“有布鲁诺的线索吗?”汉莎克问道。

帕迪拉举起一根手指。“等我一秒钟,”他嘟囔着,满口金枪鱼沙拉三明治。

“我还以为你在榨果汁呢。”汉莎克说。

帕迪拉狠劲大嚼,终于咽下了一口。“类固醇让人脑袋瓜萎缩。我不会碰那玩意儿的。”

“说的是。我想,你可别缩小哪怕一点儿,杰维。其实我想问你,是不是伊莱恩让你和她一起吃什么恶心的东西啦?海藻沙冰,甘蓝或者类似的东西?她不吃了吧?”

“还在吃。”

“哦,”汉莎克说,“那她是对你格外开恩了。”

“不全是。”

汉莎克明白了。“啊,那她就是把你当好孩子啦,来上班喝的都是健康果汁,你呢,也不去纠正她这想法。”

“我要援引第五修正案,拒绝自证有罪。还有,我是个成年人。上班干什么是我自己的事情。”他又狠咬了一口金枪鱼沙拉三明治,说,“别告诉伊莱恩,好吧?”

“我们这里的兄弟姐妹都一身蓝皮,杰维,”汉莎克说,“我不会的。此外,我不在乎。好吧,说说布鲁诺。”

显然,多明尼克·布鲁诺和那个叫不清什么名字的“火柴人”根本不像布鲁诺的老邻居以为的那般热乎。因为帕迪拉去到监狱里和“火柴人”照面后,没花多大的劲儿就让他充当了逮布鲁诺的志愿者。他愿带人去布鲁诺不在仓库密室那边醉酒、撸管时,另一处最爱待的地方。起先,“火柴人”还想借此举来交涉减刑。当他明白这要求太过分，几秒钟后便将条件降低为给他的牢房弄台电视机。知道这也没门后则只求为期一周的额外配发甜点。最终，他对回答帕迪拉的提问不再提任何奖励或刺激要求，此举可能没有其他原因，毕竟还能让他离开牢房几分钟，远离其他囚犯，做些什么——随便做什么——来打破千篇一律的牢狱生活。

“原先，他大多数晚上都会到普雷斯顿街那家‘进站加油’匆匆忙忙露下脸。”帕迪拉说。

汉莎克听说过这个地方。每个人都叫它“进来撒尿”，叫是这么叫，好像大家还是喜欢去那里。

“现在已经在那里派了警员监守，”帕迪拉说，“我给了他你的电话号码。布鲁诺一出现就带过来。照‘火柴人’说的，不需久等，很快就能逮住。”

汉莎克吃光了她的素菜卷，说：“你不用留在这里，杰维。已经很晚了。他们带布鲁诺过来后我来问他话。明早我们还可以一起跟进。还有，伊莱恩可能盼着你回家，这样她就可以给你喂菠菜奶昔了。”

“你以为我想和你待这里吗?”

汉莎克笑了。“跟你说——如果布鲁诺午夜还不出现，我们都回家，好歹睡一觉，早上再来对付他。”

帕迪拉点了点头。

汉莎克抿了一口她那美味的办公室咖啡，久久盯着那张受害者的脸部特写。“我真想搞清楚这人是谁，”她说。“外面一定有人知道，该死的。”

乔什正瞄个撞边来打 8 号球，打进袋这一局也就结束了。这时，他不得不私底下承认打台球比克斯要比自己强些。比克斯轻松赢了第一局，然后乔什击出不可思议的一杆赢了第二局，那个球打得绝好，让比克斯印象深刻，但乔什明白是撞了彩，正常发挥十之八九都要失手。接下来乔什连输了三局，虽说比得公平，乔什发现自己一直落在下风，倒也从未真想要迎头赶上。然后比克斯输掉了第六局，输在往角袋打 8 号球时差之毫厘。当时，他就要拿下这局了，乔什仍有三个球在台面上。而眼下乔什用他的球杆瞄准了他的第三局胜利。他将 8 号平稳地送进了侧袋。三比四！乔什心里也明白，稍有闪失，很可能就要输成个一比六。

“轮到你摆球。”乔什说。他很清楚凯特琳看着他们打球已是看得百无聊赖。从他们一开始打球，她的肢体语言就像一本翻开的书让他们来读。头两局她还表现得有耐心，接下来的三局就显得不耐烦了，最后的两局是彻头彻尾的不开心。乔什想，如果比赛能善始善终，他会感觉好些。他也知道这样很傻，但他真的想要扳平比分。

“你确定还要再玩下去?”比克斯问，脸上在笑。这时，坎迪斯过来了，用乔什一进来就领教了的那种假声假气，叫道，“我看好你赢，因为凯蒂在看着呀。”

乔什回了比克斯一笑，笑得像真开心真有底气似的，说：“我听起来像是你有点怕了。我连赢了两局，你怕我一路赢到底。”

“不过是几个球侥幸进了袋，这你得承认。”

“我侥幸？那你第三局时弄的那一串球落袋又算什么?”

“两位打球的，好了吧?”凯特琳说，她的声音透着些恼怒。她撂下这个晚上喝的第三瓶啤酒——如果算上在比克斯家喝的那两瓶，乔什就是这么算的，这便是今天喝的第五瓶啤酒——站了起来。“男孩们，看看台面。”她说。

乔什和比克斯低头，看见几个球散落在绿色的桌毡上。

“知道我看到了什么吗?”凯特琳问道。

男人们耸了耸肩。

“我看到，你们的球跟桌上的球大小完全一样。”

比克斯咯咯地笑了。乔什抬头看着他。他的眼睛仿佛在说：好吧，伙计，她知道，难道不是吗？接着，乔什又一次想到了那些情景。

“我们可以结束了，对吧，伙计们?”凯特琳说。

乔什犹豫了一下，点了点头。比克斯跨步走过来，拿走他手里的台球杆。“这根给你，我替你拿的。”他说。然后又悄声说，“看起来，我的棍子比你的长啊。”

“什么玩意，以为还在读高中?”乔什回呛道，虽说情形一目了然：比克斯把两根台球杆并拢，尾端都戳在地板上。乔什看得见他用过的那根至少比比克斯的短了一英寸。

比克斯笑了笑，转向凯特琳。“来吧，凯蒂……你和我。只比一局。”

乔什大声叹了口气。“凯特琳，你能告诉这家伙你不玩吗?”他看着比克斯。“我见她打过几次。打得不太好啊。”他笑着说，“别见怪，亲爱的，记得去年艾德和塔米开的那个70年代风派对吗?”

凯特琳笑了。“我表现得糟透了，不是吗?”

“这话可是你说的，不是我说的。”乔什说，仍然面带微笑。不过，她说对了。当时有对夫妇挑战凯特琳和乔什，要来一场双打比赛。结果是凯特琳在众人面前大大出了糗，以至成了派对上每个人挂在嘴边的大笑话。此后几个月，乔什和凯特琳自己也拿那事来打趣。当然，她把它处理得够漂亮洒脱的，因为她显然很在意自己不擅此道。

“只是玩一玩，”比克斯说，“来一局。”

快消停吧，乔什想，比克斯不停地嚷嚷，有什么东西弄得他心烦意乱的。

凯特琳耸耸肩。“好吧，如果打一局就能让你闭嘴。”

比克斯摆好球，把母球滚给凯特琳。

“我来开球?”她问。

“如果你想弄出点响动，那就先声夺人吧。”比克斯说。

凯特琳耸耸肩，弯下腰去，瞄了瞄。她正要击球，比克斯开了腔。“闭上你的眼睛。”他说。

凯特琳抬起头来。“什么?”

“闭上你的眼睛，凯蒂。”

“那我就看不到球了。”

“只闭一秒钟。开球之前。”

“搞什么名堂?”乔什问。“像绝地武士玩的意念大法吗?”

比克斯不理他。“闭上眼睛一会儿，甚至可以不想击球。别想任何事情。只去感觉球杆握在你的手中。”

凯特琳闭上了眼。除了她曾在台球桌旁一塌糊涂的表现，还因某种原因，让乔什生出一种不快的感觉。“算了吧，尤达大师，”他说，“别难为她了。”

比克斯仍是听而不闻，乔什有些恼火。

“现在试试，凯蒂，”比克斯平静地说，“用你的手来控制。”

凯特琳睁开眼睛，将球杆向后拉，有力地击出，干脆利落地开了球。母球清脆的撞击声足以让一些埋首在他们的肉糜卷里的老顾客抬起头来。球恰到好处地散开了，有个球甚至慢慢地进了角袋。乔什从未见过她这样击球。她以前甚至从未打正过球。比克斯笑了。凯特琳也笑了。但乔什没有。至少没有马上露出笑容。但他的脸色变得很快，随即笑着说，“嘿，打得好。”

凯特琳边冲着他微微一笑，边绕着台球桌移步。她又闭上眼睛片刻，然后将一只花球打落侧袋。接着她打进了一个角袋球，侧袋又进了一个，最后，只是在打一只四分之三台面长距离的球时，略微失了准头。她每次击球之前甚至不再闭上眼睛了。

“你教过我打台球吗?”她问比克斯。

“我告诉过你，我们是这里的常客。我们一直是这样玩的。我还教了你别的一些东西。”

为防万一比克斯接下来话里有话，又要暗示些什么，以致令自己操起台球杆去敲爆绝地武士比克斯的头骨，乔什快快转身对着凯特琳，告诉她，她新发现的台球神技给了他多么深刻的印象。但她的视线从他的肩头越了过去，眼睛瞪得大大的，嘴巴张开了。

“凯特琳，怎么啦?”他问。他转身去看墙上高高挂着的平板电视。面无表情的记者正手持麦克风站在一个仓库的前面，但乔什听不到她在说什么，因为电视是静音的。他听到的是餐厅的音响系统播出的格雷格·奥尔曼乐队的乐曲“我不是天使”。在记者脸的下方，有一行大标题：本地仓库发现不明身份死者。

乔什转身面对凯特琳。她悄悄对他说话，话音如此之轻，以致站在台球桌另一边的比克斯也无法听到。“是我干的吗?”

第十五章

凯特琳坐在台球桌旁的一张高凳子上，盯着空空的啤酒杯，她两手握着杯子，将它搁在膝盖上。几分钟前，乔什把她带到这里坐下，直到现在她什么话也没说。她不想说话。她甚至不愿去想，也不……但她无法让自己眼前纷纷掠过的一幕幕停住。枪……血……仓库……

“你怎么了，凯蒂?”比克斯问。

“她叫凯特琳，”乔什咬牙切齿地说，“你能给我们一点空间吗?”

乔什把手轻轻放在凯特琳的肩头。她想到了将它摆脱，但实际上这只手让她感觉不错。几乎让她觉得，对于那件事情，她并非独自置身其中，虽然她已经开始意识到她是多么孤独……或至少应该是孤独的。她心里明白，既然她不能将他人——甚至她的丈夫、比克斯、她的……无论什么人，牵扯进来，那么，她便该像现在这样孤独。

最后她平静地说：“我想我……杀了人。”

一阵短暂的沉默，比克斯说：“我绝对没见着你杀人。你到底在说什么呀，凯蒂?”

乔什对他不加理会。“别这么荒唐，亲爱的。我一直在跟你说，你没杀任何人。”

凯特琳却无法这般肯定。昨晚回家的时候，她的衣服上有血。袋里有把枪，还有好些假手，虽说她也不知道这些东西从哪里来的，但她刚刚在电视上看到了那间仓库，她是在仓库外面恢复知觉的，有个男人被发现中枪死在了里面。

她突然觉得累了，非常累。昨晚，她只睡了几小时囫囵觉。整个上午她都在与从过去七个月生活中飘浮而来的巨大谜团搏斗，然后又花上几个小时坐在一张耗尽情感的精神旋转椅上，每个和她在史密斯菲尔德与比克斯生活相关的真相被揭示出来后，都会让她疯转的意识加快再加快。真相接踵而至，一一追赶上了她。而她只想回家，去睡觉，将这一切抛诸脑后。但她却不能这样做。家远在新罕布什尔州，来史密斯菲尔德是为寻求答案。不过，她真累了。她真的需要合上眼睛。

“看你，亲爱的，”乔什说，“要休息了。我们离开这里。”

“可是——”

“我们明天就去那里。”乔什说。

凯特琳点点头。凯特琳曾计划他们下一站去酒吧，但一想到进酒吧后的情形，她便感到筋疲力尽了。在那里，她得与所有新看到和遇到的人照面，人们都知道她，她也不得不假装认识对方。她知道这个夜晚不能以去酒吧画上句号了，于是她点头，起身。他们径直穿过餐厅的时候，酒保冲着他们叫：“伙计们，明天见。”接着他们经过坎迪斯身旁，她乐呵呵地说：“晚安，伙计们。”他们朝着出口走了一半道时，原来坐卡座那边的小老头颤巍巍地慢慢跟在了他们身后，手里拿着一顶50年代的旧呢帽。凯特琳觉得他看上去快有九十岁了。

“嘿，小可爱。”他说，声音像纸片一样又薄又脆。

凯特琳脸上挤出一个微笑，这对她来说还真不容易。“嘿，你也在呀。”她说。

“我以为你不跟我打声招呼就偷偷溜了。”

“我怎么会。”

那人笑了，露出满嘴超大的假牙。“我说你不会的。”他接上话，笑容摇摇欲坠。

“你还好吗，小可爱?”他问，皱巴巴的额头上皱纹又增加了几层。

她又笑了。“我很好。就是累了，就是这样。谢谢你关心……”

一阵短暂的，让人不自在的停顿。比克斯忙插进话来，“山姆，我们得回家了。凯蒂在这里像是个女汉子，可实际情况是，她觉得不太好。可能一杯啤酒就把她放倒了。”

山姆点点头。“嗯，不是第一次了。”他说，冲她眨巴眼睛。“我想，我已经见过她好几次啤酒喝太多了，对吧?”

他笑起来，又露出了嘴里的大牙齿。比克斯报以一笑，凯特琳也笑得甜甜的。乔什的脸上没有丝毫笑意。

“好吧，晚安，就这样。”山姆说着，对比克斯点了点头。“开心啊，美美小可爱。”他对着凯特琳说，然后慢慢蹒跚地出了门。门正在关上，两个人提着台球杆盒挤了进来。

“嘿，比克斯、凯蒂。”其中一个边从他们身旁走过，边打招呼。

凯特琳没认出他们，他在这小镇上碰到的人，没有一个是她认得的。她走出门，乔什和比克斯紧随其后。

老刀扯脱他的连身工作服，卷成一团，塞进塑料袋里，等过一阵再处理。得同时处理掉的还有他工作室地板上撂着的那一长捆塑料包。塑料包的长度，比他四天前弄到这里来的本尼的身长正好短了两只脚——别误以为是两英尺，相当于 24 英寸的两英尺——是说带着脚趾头的两只脚，除非有人把那些脚趾都砍掉了。

老刀转身走向他的工作台。他戴着乳胶手套，用塑料夹袋装小块的肉，用一加仑容量的密封塑胶袋来装大块的肉。他把这些东西放进不同尺寸的盒子里。干完后，台上摆着十一个用胶带紧紧密封的包裹，今天就要邮寄出去。就在昨天，他已经寄出了其他六个包裹。最近，他办公室里的邮资计算器和邮用秤都没少用。用上这些他就可以把盒子直接塞进邮箱里寄出，从而不让邮政人员看到他的脸。

他刚去洗手，手机就响了。他快快擦干了手接电话。

“喂。”

他听了一会儿，接着说：“我让你等到晚餐时间给我回个电话，如果那时你还没有收到他的消息……呃，我说的是我晚餐的地方，不是你晚餐的地方，在这里天都要黑了……好吧，随便。听着，我会再给他打电话。如果没有联系到他，我会给他留口信。如果今晚他不给我回电话，我明早就给他好看的。行了吧？……呃，只能这样了。今晚我不能去……听着，放松，照我说的做，他可能只是喝得不省人事了。这不是头一回。如果我有了他的消息，我会让你知道的。”

老刀挂了电话，拿起他的包离开了工作室，像往常一样锁上了身后的门。

在他们家的厨房里，瑞秋正坐在餐桌前吃一只苹果，小茱莉亚在吃切成小方块的哈密瓜。老刀将包裹都堆在桌上，然后从冰箱里抓起一瓶佳得乐。

“这是什么？”瑞秋问。

“我在易贝网上卖掉了一些小工具。”老刀说，“那些我已经换新了，还有不用了的旧东西。我想把它们投到一个邮箱里，明天一早就能寄出去了。你要我顺便带什么回来吗?”

“你不会去太久，对吧? 过两个小时他们就到了。”

“没问题的。”

瑞秋邀请了两对夫妇来家里吃晚饭，餐后会玩图板游戏——看图说词，可能吧。老刀不介意这些人上门。他们属于少数把他看作乔治的人，并不真的知道他的底细，可能将他认作了一个亲密的朋友。老刀在他的生活中需要这样的人，需要他们替自己装门面，帮助他记住除了他的妻子和女儿之外，世界上还有人不需要他施加恐吓、伤害、死亡，或不想因他一身“绝活”而雇他。要来的布拉多克夫妇和海登夫妇都是体面人。

“好吧，只要他们到这里之前你能回来。”瑞秋说，“你女儿可能只剩两片尿布了，我们得备一盒。”

“帮宝适，对吧? 贴身型的。”

瑞秋挺感动地点了点头。“好爸爸。你还能带上两瓶今晚喝的加州葡萄酒吗?”

“我去买。‘玩具反斗城’里可能没酒卖啊，是不是?”

瑞秋笑了。笑容挺好看的。老刀弯下腰，在他女儿的头顶吻了一下，从她的盘子里突然抓起了一小块哈密瓜。

“爸爸!”茱莉亚叫。

“对不起，小南瓜。”老刀说。接着又偷走了一块，朝她咧嘴笑了。

“手脏不能吃东西，爸爸。”茱莉亚教训道。

老刀低头一看，见右手指关节上有干血的斑点。“你说对了，朱尔斯。”他说，走到了洗涤槽边。将手彻底洗净后，他在桌上捡好那些个包裹。他希望他也有时间把仍留在工作室里的大捆东西处理掉，但他没法在他们的客人到达前的两小时内干完。得等到第二天早上才能动手，因为他知道晚上会玩得很晚，他会喝不少酒。他最不想碰上的事情就是被命令路边停车，警察上来搜他的卡车，在车厢那么宽的大工具箱的活底里面，发现扔在那儿的本尼。

老刀弯下腰，吻了他妻子的脸颊，然后向车库走去。那些包裹堆在他开的道奇小卡的乘客座和地板上，上路开了几分钟后，老刀掏出手机拨了个号码。最后听到的是语音邮件回复的话音。老刀开始留口信，“你到底在哪里，迈克？听到我这留言就马上给我回电话。如果明早我不听到，我就要飞过去了。别弄得我这样。我会很火大，会把气撒在什么人身上。如果我真来火了，你知道我会干出什么事来。那就回我个电话吧。”

他挂了电话，指望着他不必一大早就飞马萨诸塞。如果是这样，他可能会错过明天晚上的马戏表演。马戏团在镇上只演一个星期，他们弄到了中心环前排座位的票。他和瑞秋觉得茱莉亚还不够大，欣赏不了技巧、幽默、演员的杂技，但他们知道她见了动物和鲜艳的色彩会很开心，老刀想在那儿看她的笑脸。另外，如果没有他陪着去，瑞秋会心烦意乱。所以那婊子养的最好早上能回电话。

比克斯开着他的福特探路者。乔什和凯特琳坐在后座，他们一离开餐厅上车乔什便叫她坐到这个位置。比克斯觉得自己就像个司机，但要比几小时前开车来吃饭时感觉好些了。当时凯特琳坐在乘客座，乔什坐在后座，但一路上他整个身体前倾，脑袋几乎就插在比克斯和凯特琳之间。

默默无语地开了几分钟车后，比克斯问：“说凯蒂杀了人是怎么回事？”

"她没杀人，"乔什说，"别操心。"

"嗯，要是你错了，凯蒂是对的，那我就成教唆犯了。看来我有权知道她到底在说些什么。"

"你的朋友们都是大恶棍，怎么犯这么点小罪突然就让你紧张啦?"

"谋杀不是'犯这么点小罪'，"比克斯说，"但我声明，我不认为她会做那样的事情。可我有权知道。"

"听着，你只要把我们带到我们的车那里就行了。从此我们就井水不犯河水了。"

凯特琳大声说："他没说错，乔什。我希望事情非我所想，可我们把他牵扯到里面来了。对不起，比克斯，我们让你卷进来了。但乔什是对的，我们也许不该来打扰你，我不想给你添任何麻烦。"

"听着，"比克斯说，"不管你喜不喜欢，你七个月前就把我牵扯进来了。你可能不记得我，但直到几小时前，我们还计划过几天一起走上圣坛呢。如果这里正在发生什么事情，就像我说的，我有权知道。"

过了一会儿，凯特琳说："他这回说的也没错，乔什。"

乔什哼了一声，"亲爱的，我们不知道，如果这家伙——"

"我们得告诉他。"

乔什又哼了一声，接着，凯特琳向比克斯讲述她是怎样醒来的——如果可以这么说的话——昨晚她在一个仓库里醒来，衣服上有血迹。有一个袋子，里面装了枪和六只假手。

"假手?"

凯特琳耸耸肩。

比克斯似乎为此想了一会儿。"你想不起在这之前发生的任何事情了吗？”

“只是……我之前在史密斯菲尔德的生活，我猜，还包括我……消失前几天所有发生的事情。”

比克斯已经知道她记不得任何与他在一起生活的情形，尽管如此，再听她说一遍心中仍感觉到一阵刺痛。“也记不起发生在仓库里的事情吗？”他问道，“你怎么得到枪的？血从哪里来，或是……假手？”

她摇了摇头。“那你怎么想？”

“听起来像是你对什么人开枪了。”

“我也这么觉得。”凯特琳平静地说。比克斯看了看后视镜，凯特琳正从侧窗茫然地望着外边一一掠过的店面，天这么晚了，所有的店铺都熄了灯。

“可是，”比克斯说，“如果你向一个人开枪，我相信一定事出有因，出于自卫，或别的什么原因。”

凯特琳望着镜中他的眼睛。“这样的话，你认为我该自首吗？让警方进行调查？”

“什么？”他叫道，“上帝，不。你干嘛要这样做？”

“如果我是无辜的，”她说，“如果我所做的至少是正当的，他们会弄清楚的，对吧？”

“凯蒂，不管乔什这会儿怎么想的，我个人并不跟警察唱反调。我相信他们大多数人事儿干得还挺在行的。你的案子落到不那么敬业、甚或不那么可靠的执法人员的手中可能性很小。那种人对早早结案比逮准了坏蛋更感兴趣。但我宁愿你别跑进警局里告诉他们你可能打死了仓库里的那家伙，还真糟糕，你是没法记起这样做过。”

“但是——”

比克斯摇了摇头。“这送上门的案子他们求之不得。他们会有一个嫌疑犯，有物证，你会交给他们凶器，我肯定。你不仅没有不在场证明，实际上你还认为自己可能已经扣了扳机。那么，你认为他们会花多大力气证明你这是自卫？加上你已经不记得任何事情，死人又开不了口，谁会告诉警察那不是你的错？”

过了一会儿，凯特琳问：“那我们该做什么？”

比克斯又看了看后视镜。凯特琳正回头看他。她看起来很累。一脸倦意中有恐惧之色，但更多的是疲累。

“暂时回我家吧，”他说，“你睡一觉。明天早上我们决定下一步该怎么做。”

“谢谢。我们能找家汽车旅馆的。”乔什说。

比克斯点点头。“你们当然可以。你想去找旅馆吗，凯蒂？”

过了一会儿，她说：“天晚了。如果比克斯愿让我们待那儿，我想我们该去。此外，在我住了七个月的地方过夜，被曾经熟悉的东西包围……好吧，谁知道怎么样呢？也许会帮我想起一些事情。”

比克斯觉得他听到了乔什咬牙切齿的声音。

比克斯把一床毯子、两个枕头和一套被单放在客房里的沙发上。“你确定不想睡在自己的床上吗，凯蒂？”他笑着问，“比这沙发床舒服多了。”

凯特琳料到乔什听了会勃然大怒，轻易便上了比克斯的钩，但他眼下只是听任她回话。他这般克制让她既惊讶又感动。“不，谢谢，比克斯。”她说。为让乔什感觉更好——想到这一切对他有多难，凯特琳认为他应该被这样对待——她补了一句，“我和乔什在这里挺好的。”

“嗯，我在客厅那头，如果夜里你需要我做什么事情，就叫我。”他说道，边说边看着凯特琳，脸上挂着的可能是他最邪气的一道微笑。

“谢谢，”乔什笑道，“如果我需要什么，我一定会让你知道的。”

比克斯再咯咯一笑，关上门离开了。

“操蛋。”乔什说。他把垫子从沙发上移开，拉出了沙发床。床垫很薄，一头一尾从木框架中翘起了几英寸，这打开的床垫确实需要彻底的放松，只有上帝才知道它被折叠起来挤塞在沙发里有多久了。

“他可能心里有点痛，”凯特琳说，“也可能他只是觉得自己像个傻瓜。他摆出硬汉的样子，但这对他其实也没乐趣可言。”她开始把床套铺在床垫上。“即使他是硬着头皮，他也是在帮我们。”她把上层床单铺在床套上方，将它捋平，边角塞在床套底下。

“他是在帮你，不是帮我，”乔什说，“怎么说他都够操蛋。”

凯特琳没和他争，随他去了。乔什抓起毯子的一边，她和他一起把毯子铺在床上。他们各自把枕头塞进一个枕套里，便干完了睡前要做的事情，滑进毯子里。乔什伸手够到墙上的开关，关掉了顶灯。月光从百叶帘的板条之间泻进房中，凯特琳可以看到他朦胧的影子。他仰卧着，头枕手臂，眼盯着天花板。

“你还好吗?”她柔声问。她在她躺的那一边，面朝着他。

他向她转过头来，皱起眉头。“别担心我啦，好吗？现在，除了你自己，别为任何人操心。”

“嘿，”她说，“这事也影响到了你。”

“我知道，但我不想让你为我操心。”过了一会儿，他又补了一句，“就只是那家伙……”

“我知道。”她说。

“但我还好，亲爱的，”他说，“真的。”他把手臂从头后伸出来，放到她大腿上。她喜欢他的这一触，便快快贴近他，将她的手放在他的腹部。她听到他呼吸渐渐急促的声音，意识到，虽然她感到这就和两天前发生的一样，他们睡在同一张床上，分享这种身体的亲昵，但对乔什而言，所受的煎熬已经超过七个月。她在想要不要将手往下滑去，滑到再低些——他可能想要她这样，她不怪他，但她太累了。不过，她爱他。她想着他在她离开的那些夜晚孤枕难眠的模样。她望着他的眼睛，手滑下了他的肚脐。

他的一只手仍然放在她的腿上，另一只手放了下来，覆在凯特琳滑动的那只手上，让它停住。他紧紧地握着它。

“没事，亲爱的，”他微笑着说，“你真是绝顶贴心，可你也筋疲力尽了。我们以后还有的是时间。”

她疲惫地回他一笑，然后身子向下一滑，更贴紧了他。她终于闭眼睡去。这漫长的一天。

第十六章

汉莎克在一阵手机铃声中惊醒。她从口袋里摸出手机，迷迷糊糊地扫了一眼屏上显示的时间——凌晨 2：23——接了电话。有个人为在这个时候打电话给她道歉，然后告诉她，他被告知一旦一个叫多明尼克·布鲁诺的嫌疑人被拿下，就给她打电话。汉莎克表示她确实在等这个电话。这个警察在电话那头说，他带着布鲁诺会在大约十五分钟内回到警局。他问汉莎克是否打算今晚到警局来见布鲁诺，或者他们把他拘留到早晨再说。

“我马上到。”汉莎克说。

她挂了电话，从两把她对放着的椅子间站起身。刚才她坐在一把椅子上，伸腿搁在另一把上面，仰着脑袋，在帕迪拉回家过夜后见缝插针地睡了两个小时。她环视了一下满是照片和报告的接待室，意识到她需要到另一个房间向布鲁诺问话。

不到半小时，汉莎克和多明尼克·布鲁诺隔着一张空桌面对面坐着。她面前摆着一台小磁带录音机，已经摁下了录音键。

布鲁诺没戴手铐。他没有被宣读米兰达权利，没有被逮捕。他是自愿来此……至少汉莎克想让他感到是这样的，她明确地录下一句，他今晚出现在警局属自愿性质。

布鲁诺看上去正是那种家伙：天亮才去睡觉。当周围的世界沉入黑暗，便开始痛饮、狂撸。他三十五岁左右，一副软耷耷的样子，肤色苍白。虽说守在“进站加油”的警察是在布鲁诺要进门时扣住他的，但汉莎克清楚，布鲁诺身上的酒气和神态都表明他已经在别的地方喝了些啤酒。

她提醒他，他没有被逮捕，她只是想跟他谈谈，对他的合作将不胜感激。她还说了别的一堆好话，想让他开口。她说，事实上她不认为他杀了“仓库死者”，尽管她不得不承认如果他这么干了她也不会大吃一惊。但她的直觉告诉她，他没杀人。

话锋一转，她解释起他为何会被警察请来轻松、友好地聊一聊。

“在德默雷斯特路外的仓库里，我们发现了你的指纹。”

“指纹不是我的。”布鲁诺说。他一屁股坐到椅子上。

“是你的，多明尼克，”汉莎克说，“所有的指纹都是你的。我们从几个啤酒瓶上和一些……读物上，拿到了你的指纹。”

布鲁诺弄起他手指头的倒拉刺。

“我们知道你一直在那里，”汉莎克说，“在那里打发时间。”

他抬起头来。“这是犯罪吗？我猜是，对吧？可能要算做非法侵入吧。可也不会让我坐牢，对吧？那么，还有什么大不了的呢？我不会再到那里去了。我发誓。”

“放松，多明尼克。我只是想谈谈昨晚发生的事情。”

布鲁诺迅速低下头，又再弄起他手指头上的倒拉刺。

“我们知道你昨晚在那里。”汉莎克虚张声势道。

“我没做错什么事。”他马上说。

汉莎克几乎要笑出来。他一直在那里，好吧。现在剩下的问题是，他是否看到或听到了什么。

“呵，也许做错了，也许没有。”她说。“你目击了犯罪，却没有报警，这本身就是犯罪了。”

汉莎克仍在虚张声势，至少就马萨诸塞州法律而言这还不是犯罪，但汉莎克心里清楚布鲁诺肯定不知道这一点。

“你在这个城市目击了一桩犯罪，”她继续说，“你就有义务报警。如果没这么做，要受三年监禁的惩处。”

布鲁诺眼下焦虑地咬起他的手指头的倒拉刺。

“多明尼克?”汉莎克问，“我得宣读你的权利吗?”

她最不想做的事情便是宣读他的权利，提醒他如果他选择这么做，他可以保持沉默。如果他想要，可以召唤律师到场。不管怎样她谎称他犯了罪。但到目前为止，她的诈唬已经奏效。

“我没有看到犯罪。”他说。

“但我们知道你昨晚看到了一些事情。”

他摇了摇头。她能看到他正在跟什么东西较劲，她听之任之足有一分钟。最后，她拎起了一副手铐，送到了他的眼前，说：“好吧，请把你的手放在桌上。”

“等等，”布鲁诺说，“先别这样。我说我没看见犯罪。可我没说我没看到……什么东西。”

汉莎克又憋住了笑。

妖怪回来了。他在凯特琳的上方若隐若现，从她身高两倍的高处盯着她，令她不敢对视。在月光下，他那黑色的小眼睛闪着微弱的光。凯特琳尖叫着想要跑走，但妖怪在她身后大步紧逼，两条腿几乎就有她那么高。他不费吹灰之力便抓住了她。他一把将她拉近，手臂紧缠着她，湿冷的手指爬行在她裸露的手臂上。周身腐烂的垃圾气味充满了她的鼻腔。她想要挣脱，但他紧紧地抱着她，他灼热的呼吸喷在她的脖子上，他说：“你觉得我是个怪物吗?”

他在凯特琳的噩梦里追赶了她二十年，在一些夜里跟她说话，别的夜晚则在令人恐惧的沉默中追逐她，但此前他从来没有说出这么清晰的一句话。

妖怪一只胳膊挟住她，将她带往地上一个黑暗的、张着大嘴一般的洞穴。它看去就像是巨人的老巢，或是妖精的坑道。当没入它的黑暗中，凯特琳知道，如果进得太深她便永远无法离开了，以后再也见不到上方的月亮、星星，见不到太阳和天空。现在，在入地太深之前她一定得逃走。她在怪物的胳膊上狠狠地咬了一口，感觉得到两唇之间覆上一层油腻，尝到一股咸咸的汗味。妖怪发起怒来，将她扔到地上，她匆匆爬起，跑得飞一般快。

朝哪儿跑呢? 现在坑道的出口看不见了。四周迹近全黑。她在几乎伸手不见五指的阴影中奔跑，一心只想逃离这个妖窟。她跑过了一个个搁架，穿过一扇扇门，不敢稍稍放慢步子来看另一头会有什么东西在等待着她。她边跑边听见身后的脚步声在迅速跟进。

“我的大美人在哪儿?”他唤着她，他们之间的距离在缩小。

她跑到了搁架之间的一块空地上，一处敞开的空间。她的视线没法投到环绕着她的一圈昏暗的亮光之外。脚步声近了。她转身去面对妖怪。她站定了，忽然觉得手中增了一份重量。她低头一看，见她正握着一把手枪。当妖怪对她大发雷霆，向她伸出了长长的胳膊时，她举枪开火，妖怪倒在水泥地上。

好一会儿，凯特琳看着他仰躺在地，等着他暴跳而起。他一动不动，她便走近他，越来越近，然后低头去看他。使她恐惧的是，她并没有杀死妖怪。倒在地上的是个男人，很年轻，一头金发，外表本是平平常常的——如果脸颊上没有弹孔，然而凯特琳却以为那一枪是打在他的腹部。她放下了枪。

从她的身后传来妖怪的声音："你觉得我是个怪物吗?"在凯特琳听来，好像他加重语气说了"我是"这两个字，这是在暗示她才是这里的真正妖怪。妖怪拉着她转圈，紧紧地抱着她，将她托举起来。他们心贴心，脸对脸，凯特琳快要被他揉碎了，他凝视着她的眼睛。笑了笑，张开了嘴，有什么东西正在他嘴里蠕动——

凯特琳拼力睁开眼睛，只为遏止就要爆出的一声尖叫。她还在床上，睡在她的那一侧，隔着几英寸的距离面朝着乔什。他睡在那边，闭着眼睛，嘴巴微微张开，轻轻的鼾声从他的嘴唇间发出。他的一只胳膊搭在她的臀部。她在他的手下轻轻地翻了个身，背对他，平静地呼吸了几下。她没让自己在一阵尖叫中惊醒，这让她感到如释重负。这不是她第一次从噩梦中挣脱，没将乔什从他自己酣沉的、没有妖怪作祟的睡眠中吵醒。可今晚的噩梦却最是栩栩如生，惊心动魄。

她盯着天花板，不愿闭上眼睛。眼下她很难醒后再睡着，她甚至不确定她还想重新睡去。

比克斯盯着他房间黑暗的天花板。尽管凯蒂——也就是凯特琳——不在他身旁，他还是躺在床上自己的一边，没睡到她的那一边去。那里，她占据了七个月的位置，现在空空荡荡的。在刚刚过去的两个小时里，每当试图入睡他都会发现他的手臂不知不觉就伸到了她那边，寻求与她接触。但每次都是一阵失望，就像他以前一样。

一切都在几小时内改变了。在一年的时间里他的生活第二次变得天翻地覆。今年早些时候，他还是这样一个人：三十二年的人生，从没与他人建立起一种认真的关系。他并不是想要刻意回避这种关系，只是真命天女从未出现。他没料到后来那人竟是她。他对自己原来的生活还是满意的。七个月前，凯蒂轻车熟路般地走进酒吧，虽然她从未踏足此地。而比克斯的等待某个不期而遇心上人的日子，也在此时画上了句号。

尽管他花了好些天方才承认自己爱上了这个女人，一旦他弄清楚了，也就义无反顾了。他不在乎她隐藏着什么。他也不在乎她生命中可能有一段沉重的过往。他愿意让她改头换面，或多或少与他分享她的故事，因为他知道她并没有抑制她对他的感情。如果她想要说谎，他便听任她谎话连篇。但他能分辨出当她说她爱他时并无丝毫谎言。她的不时微笑，她的阵阵放声大笑，他们之间的那种亲密不是能够装出来的。不管在此之外她身上还有什么假象，他们彼此之间的感情是真挚的。这对他来说已经足够。

今天早上，她和她丈夫在门口露面，对比克斯还有他们一起生活的记忆已荡然无存。现在他只是躺在那里，想着这样一个冰冷的事实：他的未婚妻正在客厅对面的房里与她的丈夫睡在一起。他还想着无论她需要他帮她什么，一旦帮上了——他知道自己不得不帮——她就会永远从他的生活中消失。

此刻再度入梦似乎已不太可能，于是他起了床，匆忙穿上了一条宽松长运动裤。这样一来，和他同住在一所房子里的人如果在接下来的几分钟里要去撒尿，就不会看到他裸体在厨房里闲逛。他打开他那间房的门，走到厨房，从眼角的余光中发现什么东西在动。他快速地转过身来，看见在黑暗的客厅里，一个影子坐在沙发上。

“凯蒂？”他轻声问。

“是我。”她悄声说。

他朝她走了几步。“你没事吧?”

“只是刚才做了个噩梦,”她说,“我没事。”

他走过去,坐在沙发的另一端,这样她就不会误解他的意图。“又梦见妖怪了?”

她的脸隐没在阴影,但他看得出,她正看着他。

“你知道那妖怪?”她问道。

“你有好多次从我们的床上被噩梦惊醒。”

她点了点头。“我想确实是真的。我住在这里。一直和你在一起。”

“你不相信我吗?”

“不,我相信。只是觉得……奇怪,你知道吗?发生了这么多事情,我却记不起一点儿。”

比克斯又一次被刺痛了。事实被再度提起,像另一把匕首插进了他的心。“你真的什么都不记得了,凯蒂?”他问道,“一件事都没有吗?”

“没有。我是真的对不起。”

“我也是。”

真是难以置信。这情形,就像小说里写的,电视剧和电影里演的一样。可能你偶然听到了这样的一个故事,你想,哇,是真的吗?即便发生了,也永远不会发生在你或你认识的人身上。直到它就是这样发生了。

“我看了那些照片,”她说,“我们在一起拍的。我们看上去……很快乐。”

“我们是很快乐,”比克斯说,“我是说,我们那时是很快乐。”

“我们看上去……相爱了。”

“我们……是的。爱得难舍难分。”

“做些什么才能把这忘掉?”

比克斯同样想知道。

“我能请你帮个忙吗?”他说，“是帮个大忙，如果你说不行，我也完全可以理解。”

稍稍犹豫之后，她说：“当然可以。”

“我可以吻你吗?”她一时无语，于是他又补了一句，“我不是要打动你干些什么。我向上帝起誓。我知道你不会感兴趣的。我知道你丈夫就在隔壁房间。我只是……我在想，如果我们接吻，也许你会想起些什么。也许不行，但……”

“就像童话故事那样吗?”凯特琳问道。

“等一下。那童话故事不会是我们当中的一个人当青蛙，或者类似的什么吧?”

“青蛙就是你。”

“我生气了。但你如果你吻我，我保证不会责怪你。”

“比克斯……”

“我的意思是，一个吻，也许能引出一些……记忆。”他快快补了一句。

是真的。他认为她至少有一个机会回忆起什么，那就是尝试亲密的肉体行为，这可能会产生仅通过言语而没有奏效的记忆复苏。还有，他毕竟答应过帮助她。如果她记起了所有的事情，她大概就会了结和他的关系。当然，如果她真的回忆起了每一件事，她会和她原来的丈夫一起回到过去的生活，会一去不复返——只要她没因谋杀而入狱。但也许，这仅仅是个假设，一旦她的记忆完全恢复，她会记起和比克斯在一起的日子是多么美好，她会不忍与他分离，试着和他共同生活。他知道这太异想天开了，但就像买彩票一样，如果你不玩，你就不会赢。此外，他还不得不承认，如果凯特琳与乔什真的将永远离去，那么比克斯想再要一个吻。

“这不一定是个感天动地的吻，凯蒂，不像爱情片里的吻或类似的什么吻。只是个普通的吻。谁知道呢？它可能会有所帮助。如果没用……好吧，又有什么大不了的呢？”

“可我已经结婚了。”

“我知道。可你也订婚了。你和我……在一起七个月。一个吻有什么大的影响吗？直到今早，我还是你的未婚夫。我至少该得到一个吻来道别吧？”

比克斯看不到她的脸，不能分辨她是否已经默许了。接着，她在沙发上靠近了他。他在移身贴近她的半途中与她相触，他抬手摸了摸她的头发。她把手放在他的脸上。他的脸颊温暖而柔和。他身体前倾，她也这样做了，两人嘴唇轻轻接触。他们也一样深深爱过——他没有一丝怀疑他们曾经相爱——这样最温柔的吻他们也曾经共享。她的嘴唇柔软而热情，他愿这一吻永不终止。但它去得太快了。她停下来，虽然她的手在他的脸颊上还停留一会儿。是因为她的头稍稍偏移，还是因为月亮在夜空中动了，现在他可以在暗光下看到她的眼睛。看上去她的眼神里有些许悲切。他的双眼中可能也有同样的东西。

他无意间她记起了什么。他觉得他能够分辨出这一吻之后，她的记忆是否已经复苏。她站起身，轻轻碰了碰他的肩膀，说：“对不起。”

她走回她的房间。比克斯在黑暗中坐着。

第十七章

夏洛特·汉莎克抿了一口咖啡。九点还没到，这已经是她早上的第二杯咖啡了。她从桌上拿起张纸，贴在白板上，紧挨着“仓库死者”的照片。死者在照片上留下的，是了无生气的空洞眼神和脸上的弹孔。

“我们的受害人看上去没那么吓人了。”她说。是说刚贴上的那张纸上死者的样子。那上边面部细节丰富，表情栩栩如生，电脑重新生成了死者脸被打出子弹洞前的相貌。这个形象由部门里的人——一个比汉莎克更擅长这类事情的技术员——复现。使用了 FaceFirst，一种最新最先进的执法部门专用面部合成计算机软件。程序的数据库包含了近五千种面部特征。在一个技术纯熟的人员手下，它可以为任何性别和种族的人创建出极为准确的画像。

汉莎克的那幅受害人生前“画像”——即使它已经创建在电脑里，而不是用手画出，她也禁不住想到“素描”相——捕捉到了他呼吸尚存时面部的样子。子弹洞消失不见了，当然，他的眼中也充满了生气和活力。电脑艺术家为他制作出一副正滔滔不绝的表情，仿佛在说：*我没死。我看起来非常活跃。如果你认识我，请告诉警察我是*

谁。汉莎克准备向新闻媒体散发这张照片，看警方能获得什么反馈。

“干得真棒，”帕迪拉说，“看上去栩栩如生，仿佛他马上就要开口说话。”

汉莎克说：“那真好。如果是这样，问出他的名字。还有谁杀了他。”

她拿起另一张纸，贴在死者的画像旁。这是由同一位电脑技术员生成的第二幅画像，细节比第一幅上的少得多。这是可以预料得到的。第一张死者画像运用了技术手段以现场照片为蓝本重制；而拼凑出这第二张，依赖的只是一个无家可归的醉鬼的记忆。

“是她，对吧?”帕迪拉问。

汉莎克点点头。多明尼克·布鲁诺费了九牛二虎之力，想把前天晚上匆匆从密室前跑过的那个女孩或女人的样子描述出来。但看到她时他显然已醉得很厉害了。据布鲁诺说，当时他一直在酗酒——可没自慰。他有一会儿甚至可能已经不省人事了。不管怎样，那晚他大部分时间里是醒一阵醉一阵，难得特别留心什么事情。反正脑子里乱七八糟的，他说。他知道的全部便是听到了许多声音，很响的一声应该是枪响，但他不知道什么样的声音最先响起，他听到了多少种声音，或是有多少声枪响。他知道他应该早就离开那鬼地方的，但他醉得一塌糊涂，根本站不起来，更不用说走路了。当时，他是把毯子拉起来盖在鼻子上，眼睛睁着，就这样看到了她。起先，只见一个影子在黑暗的仓库里沿墙向他快速移动而来，感觉像是在找一个出口。当她来到靠近密室的仓库门时，她打开了它。微弱的月光从门外洒了进来，布鲁诺匆匆瞥了她一眼。中等身材，一头红色的短发，挺可爱的样子。接着她离开了，布鲁诺将头蒙住，伪装成一堆扔在地上的毯子好安稳地睡上一觉。第二天很早他就醒了，走掉了。他说他没有搜仓库，也没见到尸体。他一能走动就离开了那里，是走前一晚那女人用过的同一扇门出去的。

“这张画像还行，”帕迪拉说，“稍微多些细节会更有帮助，但这已经不错了。”

“布鲁诺说，看上去很像她，只是——这些都是他的话，不是我的——没画出她的奶，这真是太糟糕了，因为他觉得她的奶很好。不是太大，但在他看来，大小恰到好处。”

“你肯定他描述的不是他那堆裸体杂志上的某个女郎吗?”

“我知道你在开玩笑。实际上，我看了他留下的那些杂志，看上面有没有哪个女人匹配他所描述的见过的女孩，就怕他一时糊涂了呢。”

“你应该请求我帮你看。”帕迪拉说。

“结案后那些杂志全给你。”

“那敢情好。你从看色情杂志中学到了什么?”

“我需要节食，”汉莎克说，“还有，杂志上没有女人留红色短发。所以，假设他的描述是准确的，对我们来说是缩小了一点寻找她的范围。”

“你把这些画像交给报纸了？赶得上晨报的出报时间吗?”

“我给了。勉强赶上。还有，本地新闻台会全天定时播出画像的画面。”

“嗯，”帕迪拉说，“如果布鲁诺的描述能给我们带来什么好处，我们很快就会看到了。希望打电话来的人不是疯子。”

“布鲁诺已经起作用了。现在我们知道这个女人的存在。她就在那里。也许她是一个目击者，也许是杀手。不管怎样，我和你打个赌去迪苏萨请晚饭，”她说，迪苏萨是现在城里最潮最贵的餐厅，“赌我们一找到她，这案子就结了。”

凯特琳在安静地吃早餐。乔什觉得她看起来仍然很累，虽说她该是好好睡了七个小时。感谢上帝，她似乎没受噩梦折磨，至少他在夜里没有感觉到她发梦。还有她正对着她的炒鸡蛋挑挑弄弄，显得不是很感冒。炒鸡蛋是比克斯亲手做的，可乔什不得不承认真的很好吃。“我用了塔巴斯科辣沙司。”比克斯说。乔什对此倒不上心。他绝不会用这法子再给凯特琳炒鸡蛋的，所以他毫不关心怎么准备配料什么的。他不禁想起昨天上午给凯特琳做的那道糟糕的煎蛋卷。不管他对比克斯和他鸡蛋感受如何，他吃光了……虽说十分美味可口，他也尽量不让自己有享受食物的心情。

他们三人坐在比克斯的厨房餐桌旁，各怀心事，吃着东西。乔什看见比克斯偷偷看了一眼凯特琳，但她没有从她的餐盘上抬起头来。末了，乔什说：“昨晚我原想谈点事情的，但你太累了，凯特琳。”

凯特琳和比克斯抬头看着他。

“昨晚吃饭的时候，你们着眼点是凯特琳有没有在餐厅里想起什么事或认出什么人，我在网络上了解的东西更多一些。”

“是吗?”比克斯一嘴塞满了塔巴斯科炒蛋，“你了解到什么啦?”

“我想我知道凯特琳经历了什么。”

“我想她经历了失忆。”比克斯说。

“是的，”乔什说，“我是说，曾经经历了某种，失忆。虽说并不仅止于此。”

“是吗?”凯特琳说，“现在我什么都不记得，因此，我是不是仍在忍受失忆之苦?”

乔什把平板电脑放在桌上他的盘子旁以供参考。他说：“我敢肯定你经历了所谓的神游状态，至少是这么叫的。或者曾经经历过了，这么说吧。它也被称为分离性神游症。这个术语好像不时在变。事实上，我认为当前较适当的专业术语是‘分离性神游症的神游状态’。”

“该死的。谁在乎它叫什么呢，乔什。”比克斯说，“你只要告诉我们到底怎么回事就行了。”他说着把一勺鸡蛋胡乱塞进嘴里。

“根据我发现的，凯特琳似乎患上的是普遍性遗忘症——”

“这普遍是什么意思?”凯特琳问道。

“意思是遗忘了自己的身份或者生活经历，”乔什说，“而不是遗忘特殊的事件，这被认作是局限性遗忘或选择性遗忘。”

“好吧，”比克斯说，“她患有遗忘症。我想我们都知道的。”

“不仅仅是这些，”乔什说，“人要是得了这种病，这个分离性神游症，此人不仅会失去她的记忆和对自己的认识，她还可能会去一个新的地方，建立起一个全新的身份。”

“听起来很熟悉。”比克斯说。

“这是真的吗?”凯特琳问，乔什觉得他几乎听到了她求援的声音，仿佛尽管遭受了这种不寻常和令人沮丧的经历，她仍很高兴得知她没疯。

“是真的，”乔什答道，“事实上，区别诊断神游状态或分离性神游症，或是较常见的失忆诸如此类的病症都依赖一个事实，就是人走失了或是漫游到别的地方去了。现在，已证实的病例很稀少，无论如何还说不上屡见不鲜，但肯定是有的。病发时间短至持续几小时，人们毫无征兆地染上这病，在一天的某段时间里走失，但这病也可持续几天，几个月，在罕见的病例中，病患记起他们曾经是何许人之前，失忆可能已经持续数年。”

“就是说，他们突然走出了他们的生活，”凯特琳开始说，“去到一个新的地方，然后……在那里重塑自己吗？”

他点了点头。“当他们进入自己的新身份后，会正常全面地投入生活。他们建立新的人际关系，”——乔什不禁偷看了一眼比克斯——“结交新朋友，找工作，等等。”

“然后，他们什么时候就……醒了？”

“我还不太清楚。似乎没有人确切地知道是什么让他们从神游状态中出来。有可能是……”

“什么？”凯特琳问。

“嗯，就像我说的，没有人知道确切的答案，但是有一些理论。可能是看到什么小东西，能够足以提醒他们从前的生活的东西。或者……嗯，有些专家认为，某种创伤性事件可以让一个人突然快速走出分离性神游症，特别是，如果它以某种方式与最初使他们进入这种状态的事物有关。”

“比如说……”

乔什耸耸肩。“我不知道。大事吧，我猜。”

“一桩创伤性事件，”她问道，“就是导致神游状态的原因？”

“嗯，记住，这种状况很罕见的，所以没有较多的病例作为依据。但看来这是一个主要原因。”

凯特琳为此说法细想了一会儿。乔什等待着。最后，她说：“我……走之前发生了什么样的心理创伤，我毫无记忆。你说我们有争吵，然后……你说我离开了家，对吗？你不知道我在哪里，所以你给我们的朋友打了电话。”

“对。亲爱的。”乔什说。

“所以，可能在我离开后，我身上发生了什么事情。创伤性的事件。”

“可能。”他说。事情便是如此，他想。他们争吵过后她走出去时，还是完全清醒的。所以她要是出了什么事，一定是在她离开后。

“我肯定是见了鬼，什么都不记得了。”凯特琳说。

“从我读到的材料看，如果真发生了什么事，你可能永远记不起，也可能有一天你就记起来了，或是一次全部想起，或是每次恢复一点记忆。”

“那么我有可能还是会恢复记忆的？见鬼，如果那事情糟透了，糟到往我的脑袋里添乱，我还想记住它吗？虽说我只求记起这事之后发生了什么。我会这样吗？”

乔什能理解凯特琳，她想填满记忆中巨大的缺口——换了任何人都会是这样的——但是他不得不承认，怀着几分自私地承认，他不介意她永远失去她与比克斯在一起的记忆。老实说，很可能会是这样。

“从我读到的材料看，亲爱的，”乔什说，“你不太可能记起那些。你应该能记起神游状态出现之前你生活里几乎所有的事情，只除了可能是引发你失忆的事情——但这事也可能会让你想起来——然而过去的七个月里发生了什么……很可能那些日子对你来说就像从未有过一样。”

“她亲身经历了。”比克斯坚定地说。

“我不是说那些日子不存在，”乔什说，“我只是想说，就像把那些日子的记忆锁在一个盒子里，她可能永远不会打开。至少，这是我读到的文章当中一个心理学家的说法。”

“可她记得怎样打台球，”比克斯回答道，“你说她以前不知道怎么打。可我教过她，她记起来了。”

凯特琳看上去突然充满了希望的样子。

乔什耸耸肩。“那是肌肉记忆，可能吧。我所知道的只是我读来的，是专家说的那些迄今为止的研究的病例报告。我读过的所有一切表明，她可能不会记起有关这个地方的任何事情。”

比克斯看着凯特琳，现在，她低头看着桌面。他点点头，站起来，把他的盘子拿到洗涤槽。然后他动手清理桌子，将食物残渣刮进垃圾桶里，清洗他们用过的餐具。他干着这些的时候，乔什望着凯特琳。她正盯着窗外邻居杂草丛生的后院。

“好吧，”她平静地说，“可能我记不起这里的任何事……任何人了。但我仍然需要知道我做过什么。即使我不记得，事情还是发生过了。有一个人死了，我可能杀了他。如果是这样，我要知道原因。即使我没有杀人，我还想知道我在这里做了什么，我一直在做什么，当我不在比克斯周围，我做过什么……即使我永远记不起来，我也想知道。我想填补这一块空白。不，我需要这样做。”

“我会尽我所能帮你的，亲爱的。”乔什说。

比克斯关掉水龙头，擦干了一只盘子，说：“我也会。”

“真的吗?”凯特琳说，转向他，“我以为……”

“你需要我帮忙，”比克斯说，“在这个小城里，你不知道要上哪儿，跟谁说话。你不知道你去过哪里，你做过什么事情。我也不知道你所做的一切，但我多少还知道一些。我会尽我所能帮助你。”

事实上，乔什听他这么一说，心中颇为感激。他爱凯特琳，希望她再一次完全回到自己的怀抱。如果比克斯能提供帮助，乔什也不会阻碍。此外，他不得不承认，他为比克斯感到一丝惋惜。当然啦，这家伙开始和凯特琳交往，但他不知道她是别人的妻子。不管怎么说，他心里没底的。这可怜的混蛋显然爱上了她。前一天他们还准备着结婚，第二天发现她嫁给了另一个人。乔什不禁对这家伙生出了恻隐之心。

接着，比克斯说：“见鬼，凯蒂，可能你多花点时间和我在一起，会让你意识到我有多了不得。这样等事情办完了你就会改主意，不想回新罕布什尔跟老乔什做伴了。”

话说完，狗娘养地笑笑，还对乔什眨眨眼。而乔什不再对他有丝毫惋惜之情了。

第十八章

老刀把薄煎饼面糊倒进一个大大的字母J的模子里，他知道他女儿能认出来。每逢给她烤这种有她名字首字母的“茱莉亚饼”，她总是欢天喜地的。老刀无论如何都不是个厨师，但他也不是个白痴，所以他的本事就比搅和均匀只须加清水的煎饼粉要大一点儿。他看着小气泡冒起，瞬间膨胀到煎饼的面上，就知道是时候翻一面了。一分钟后他把“茱莉亚饼”扒到一只盘子里，旁边倒了一点糖浆，将盘子搁在他女儿面前。她拍着手，从嘴里开心地发出J的音，然后抓起煎饼，蘸着糖浆开始吃起来。

“好吃，爸爸。”她说。

老刀觉得她主要是在尝糖浆的味道，但他还是想要夸她，便伸手去挠挠她的头，弄乱她的头发。他把苹果汁倒进一个吸嘴杯里放在她的盘子旁边。他的手机响了，他料到这时该来这个电话。

“这里是加州，早上六点半，”他用问候对方的语气说道。他静听了一会儿电话。“我知道。他也没给我回电话……是的，我听清你说的话了……像我保证的那样我会从这里飞过去的。发现他跟什么女人同居，或是弄出什么狗屎事情来，我会收拾他的。”

“脏话，爸爸。”茱莉亚说。

“对不起，小南瓜。”他对她说。

老刀听到楼上的脚步声，便将面糊倒到浅锅里，再做两个煎饼，这回选了传统的圆形。

他边做这些事情边听着电话。他说：“听着，我得走了。放松点儿，好吗？这不是他头一回一整天没给你打电话，对吗？……哦，好吧，我相信他没事。我会回来的，逮到他。”

他把两片面包放到烤面包机里——他也知道怎样做吐司——给瑞秋倒了一杯橙汁。

“放松，我会去那里的。今天早上我还得处理点事情，完事我就上飞机……不，这事不能等。我一找到他就给你打电话。”

他挂了电话，把手机塞进口袋里。他妻子穿着睡衣和拖鞋，慢吞吞地走进厨房。

“我闻到了煎饼味儿。”她说。

“是‘茱莉亚饼’。”茱莉亚说，嘴里塞满了煎饼。

“是我说错了。”瑞秋说。“你今天又早起了。”她对老刀说。

“要忙事情。”

“哦？”

他把煎饼扒到她的盘子里，加了片从烤面包机里烤出来的吐司，把这些吃的放在瑞秋的面前。他坐到她对面。

“你一定恨不得要杀了我，”他说，“我真的不想错过今晚的马戏表演，可我今天必须飞回马萨诸塞。我得去照料一些事，没法等的。”

凯特琳站在比克斯家浴室的镜子前，头发是湿的，身上裹了一条浴巾，她在胸前将它别好，免得掉下来。她还不习惯与一张正凝望着自己、被红色短发衬着的瘦脸对视。她细细察看镜中的影子。她笑了笑，只是为了试试这张脸看起来如何。其实，对她来说这样子还挺不错。不是她习惯的模样，不是她生命中头二十七年所拥有的样貌，但她不得不承认，它正在使她变得圆满。

她不假思索地打开浴室盥洗台左边的抽屉，在里边发现了一把大梳子和一把发刷，还有各式各样的化妆品。她停住了片刻。盥洗台有四个抽屉，左右两侧各有两个。她发现她想要用这些东西，刚一找就找着了。难道说她能记起东西放在哪儿吗？更可能是侥幸猜中了吧。在家里，发刷也放在盥洗台的上左抽屉里，这可能就是她本能地先拉开这个抽屉的原因。在比克斯家里，她甚至也可能是因此选了同样位置的抽屉来放她的东西。她可能下意识地记住了它。还有……也许她实际上已经记起了它，尽管乔什说过她可能永远无法恢复最近七个月的记忆。他在吃早饭的时候是怎么说的？就像这段时间的记忆被锁在一个盒子里，她可能永远都没法打开。

什么东西，一闪……哦，什么东西，可她不能立即确切地说出那是什么。她皱了皱眉，把发刷从抽屉里拿出来，开始梳理湿发。有什么东西在她心头掠过，但迅速消失前，她有没法看清那是什么。那么她几乎看见的又究竟是什么？

她明白了。乔什曾说，她在史密斯菲尔德的这段生活，就像她可能永远不能开锁的一个盒子。

一个盒子。

她离开浴室，走去比克斯的房间。她没敲门就推开了半掩的房门。比克斯正光着膀子，在钉一条褪色牛仔裤上的纽扣。凯特琳不禁注意到他的腹部和手臂有棱有角的肌肉。他并非体壮如牛，也不是个肌肉男——乔什朋友的说法。凯特琳也不会用言情小说作者在他们的小说里的笔调来描述他的体格——那类书凯特琳不常看，但她不得不承认有时会浏览一下——用上诸如“钢铁般的轮廓”、“让人心跳的肌肉”或“流线般的体型”之类的词儿。不，凯特琳只是觉得，如果她是个男人，这正是她想拥有的体格——没有发达招摇的大块肌肉，但却显精瘦和结实，是的，肌肉恰到好处地凸显出来。

他对着她一笑。霎时间，她脱口而出，“对不起。我该敲门的。”

“别担心这事，”比克斯说，“想让我去拿你的浴巾吗?”

她不禁也笑了。“谢谢，我已经有了。”

“凯特琳?”是乔什的声音，从她的身后传来。他一定听到她离开了浴室。

“嘿，这里。”她说，转过身。

“我打扰你了吗?”乔什问。

“好吧，如果你一定要知道……”比克斯说。

“当然没啦。”凯特琳很快地说道。

乔什看着比克斯。“你缺干净衬衫吗? 要借一件吗?”

“我不确定你的合我这身，乔什，但还是谢了。”

“比克斯，请穿上一件衬衫，好吗?”凯特琳问道。

“只包了条浴巾的女孩让我穿衣服。”比克斯说，笑了起来，一边从床上拿起一件折叠着的 T 恤，套到身上。“现在，大家觉得——”

“凯特琳，那是什么?”乔什突然说。

“什么?”

“在你屁股上。”

她顺着他的视线向下看那裹着自己的浴巾张开了一两英寸的地方。她转身背对着比克斯，将浴巾再稍微分开了些。乔什眼不离刚才惊见的她身上那一小块地方，问道：“是文身吗?”

“当然，看起来像是，”凯特琳说，马上认出了那图案，“是野东西。”

“野东西?”

“从《野兽出没的地方》里来的。”

“没错，”比克斯说，尽管从他站的地方没法看到文身，“你说你还是个小女孩的时候，最喜欢这本书。”

是的。莫里斯·森达克几十年前写的那本《野兽出没的地方》，是孩提时代让她既感到惊惧，又不减分毫快乐的书。书里一个叫马克斯的男孩把家里弄得天翻地覆，还跟他妈妈顶嘴，于是便给关进了他的卧室。卧室这地方难以置信地竟变成了一座森林，森林中不可思议地又容纳了一片海洋。马克斯在海上航行，来到了一个岛上，岛上住着奇怪的野兽，就是他叫的“野东西”。他成了野兽们的国王，但日子越来越无聊，愈发思念他的家，于是他离开了海岛，让“野东西”们沮丧不已。当他扬帆回家，再回到自己的房间时，他发现一份热腾腾的晚餐正等待着他。

凯特琳深深喜爱这个故事，是那些动物令她着迷。故事里有几个“野东西”，他们看上去像这样那样的怪物。而文到凯特琳臀上的一只，有一张宽大的笑口，一字排开的短短尖牙，黄色的眼睛，浅色的皮毛，爪状的鸟脚。凯特琳的眼睛被怪物的卷发牢牢吸引住了，看上去和她的发型一样，又是相同的红色。她不得不承认她有几分喜欢这文身。

“真的?”乔什说，“你有个文身吗?”

“她当然有啦，”比克斯说，“我们都有。”

他掀起衬衫，转个身，他们可以看到他后肩上的文身。比克斯的“野东西”看上去很像希腊神话里的弥诺陶洛斯，一个牛头人身的怪物。森达克的“野东西”与之稍有不同。它也有一个牛头，像人一样站得笔直，但全身覆盖着蓝灰色毛皮，露出一双大大的赤裸的人脚。

“文得挺棒，对吧?”比克斯边说边扯下他的上衣。“我的小小‘野东西’。”他补了一句，冲着凯特琳笑。

“看够了，比克斯。”乔什说。“这里还有什么事?”

凯特琳最后看了一眼自己的文身，然后转身对着比克斯。刚才那阵子，她忘了冲进来找他的原因。

“你说过，在我来到这里后，我们卖掉车之前，你把从车里捡出的东西都倒在一个盒子里。”

“是的，盒子放在壁橱里。”比克斯边说边走向壁橱，推开一扇滑门。他抬手在搁板上捧了一个纸板箱下来。它比鞋盒稍大。他将纸板箱放在床上。

“里面可能会有答案吧。”她说着，在箱子一旁坐了下来。

“哇，那里。”乔什说。

凯特琳抬头看他，接着双眼跟随乔什的目光落到她的大腿上。她的浴巾慢慢向上拱，暴露出了双腿的大部分，还有，她吓了一跳——腿根的一点部位。她飞快地整了整浴巾，趁比克斯还没看到什么隐私。虽然她片刻之后便意识到就算看了也算不上什么事儿。但是……

“各位能给我一两分钟吗?”她问。

“当然啦。”比克斯说。

他们关上身后的门离开了。凯特琳移开盒盖，盯着里面的东西。

比克斯后仰着头，坐在他起居室里的扶手椅上，叉着的双腿向前伸了出去。他闭着眼睛，这样他就不会与乔什有什么眼神交流了。乔什坐在沙发上，在他的平板电脑上摆弄着什么。尽管比克斯和这家伙的妻子睡过，他却憎恨乔什。他并不在意乔什在他遇见凯蒂之前便与她共同生活多年。比克斯爱她。即使她不记得自己与比克斯相爱。事实是，她曾经爱他。这没有任何疑问。在内心深处，他相信有一天她会记起——也许记忆不会及时复苏让她决定留下来陪他，但她终将记起这段爱。

比克斯想着那部电影《荒岛余生》。汤姆·汉克斯被困在一个荒岛上，独自生活了四年。在这段时间里唯一支撑他的，给了他力量和求生意志，最终让他冒着生命危险寻求救援的东西，只是他女朋友的一张照片，加上与她终有重逢之日的念想。多年以后，他奇迹般地拿着这张照片找到了她，却发现每个人都以为他早就死了，而他的心上人已经嫁给了另一个男人。四年来，他的心中只有她一个人，但世易时移，她已经不是当年的那个女孩。她开始了全新的生活，重新获得了快乐。于是，汤姆便从她身边离开了。

几个月前，比克斯和凯蒂租了这部电影来看，他还记得当时自己替汤姆生气。她先跟的人是他。他是该死的电影明星。当他回了家，她理应离开她的第二个男人。现在比克斯想到乔什有点像老汤姆在电影里的样子，他争得他的妻子回到自己身边之前，在很长一段时间里失去了她。而比克斯正是那第二个男人。乔什与凯蒂破镜重圆，有如好莱坞式的大团圆，这也是比克斯希望汤姆·汉克斯得到的结局。不过，现在比克斯是失落之人，那看起来就难言圆满了。

他听到他的卧室门开的声音，凯蒂来到大厅，手里拿着纸盒。

“你身上穿的是什么?”乔什问。

“哦，”她说，低头看了看 身，“刚才去比克斯的房里，我只裹了条浴巾，所以我赶紧穿上我的几件旧衣服。我的意思是……我还在这里……穿的衣服。”她的话音放低了。

“看起来很好，亲爱的。”乔什说。

这可能是乔什说的头一句得到比克斯附和的话。凯蒂看去真让人惊艳。原来那一身松松垮垮的运动衫和百货商场蓝牛仔裤已无踪影。她站在房间当中，早晨的阳光好像按照前所未知的自然法则被她所吸引。她绝对是光彩照人啊。她的头发还是湿的，带着性感的气息。穿着一条时髦的牛仔裤，裤子贴身合体足以让商店橱窗里的模特儿嫉妒，腰上系着一条镶着很酷又很女性化的小银钉的窄皮带。皮带之上，裸露出一小条小腹部的肌肤，身上是件短腰的紧身上衣，袖长仅至手肘处，上衣开胸足以显出完美的乳沟——不似妓女打扮的轻薄浮浪，但吸睛有术能让人想入非非。

“这才是我认识的那个凯蒂。”比克斯说，咧嘴而笑。这是她出现在他家的门廊上，宣布嫁给了另一个男人以来他的头一回大笑。凯特琳望着又像凯蒂了。她看上去太棒了。比克斯喜欢她这般模样，可心中也是五味杂陈喜乐参半。他再一次醒悟到自己正在失去的一切。

“说真的，凯特琳，”乔什说，“你看起来很好。”

“我一直最喜欢见你穿这上衣。”比克斯说。

“是的，很美。”乔什说。

“好吧，各位，多谢了。”她说，在他们的关注之下，她看上去似乎忽然不那么舒服了。“先别管我穿什么衣服吧。”

她穿过大厅坐到沙发上，坐在乔什身旁，盒子放在她的膝上。她开了盒盖，掏出一张皱巴巴的淡蓝色的纸。

“那是什么?”乔什问。

“我想，”凯特琳说，“那就是我来到史密斯菲尔德的原因。”

“它看起来像一张外卖菜单。”乔什说。

“是的。‘鱼宫’的菜单。”

“我知道你说过那里的小牛排块很好吃，”乔什说，“可你觉得你开始新生活就只为尝尝那小牛排块吗?”

“你记得是在车里的什么地方发现这个的，比克斯?”凯特琳问道。

他想了想。“我想正好是在座位上发现的，还发现了些垃圾。说实话，我认为你有点像头小懒猪，凯蒂。菜单扔在那里，还有一些空水瓶，用过的食品包装纸。”

“你说的是这些?”凯特琳问，说着拿起三个捏扁了的空塑料水瓶，和快餐厅包装纸揉成的一个皱巴巴的球。

“是的，就是这些。”

“你没把垃圾扔掉吗?”乔什问。

“我说了，在卖掉她的车之前，我把所有找到的东西扫进一个盒子里，把它扔到一边。我们回到家后，我只是把它塞到壁橱里，后来就忘了。”

“为什么你认为那张菜单是你来史密斯菲尔德的原因呢?”乔什问。

“我觉得我进了车里，它应该就在座位上，”凯特琳说，“比克斯刚刚证实了这一点。我可能看见了它，看见了地址，就直接开车去了那儿……这讲得通的，因为比克斯说我们是在那里见面的。”

“好吧，”乔什说，“可要是你刚进入了神游状态，怎么能找到那个地方？我怀疑你那时脑子不是很清楚。”

“车上有一个插入式GPS，装在仪表板上。”比克斯提供了这个情况。

“有这种可能吗？不管我在什么状态下，我都能够开到我想去的那个地址?”凯特琳问道。

乔什想了想。“我的第一反应是，对你来说应该很难做到，但想到他们说你可以在神游状态下正常行事，所以我猜你行的。盒子里还有什么?”

凯特琳将所有的物品逐一从盒子里拿出来。边捡边一一报出：“几张CD——‘铁娘子’和‘炭疽乐队’的——一卷牛皮胶带，一个小袋工具……看起来像一把钳子，一把螺丝起子……一个打火机和半包烟。”

“我忽略了香烟，”比克斯说，“你不抽烟的，凯蒂。”

“我认为，我们已经确定了这不是凯蒂的车，比克斯。”乔什说，“这些显然是那位真正车主的东西。”

比克斯看着沙发上凯特琳身旁的一堆物品。在把它们装进盒里的时候，他未曾多想过。现在他既然知道不是凯特琳的车，车和其中的物品皆属于他人，它们在他眼中便开始呈现出不同的意味。胶带、食品包装纸、空水瓶、香烟。它们看起来像是为某人在进行监视时所用。胶带的出现又给这场监视带来某种险恶之感。

凯特琳又从盒子里拿出一件东西。一个小记事本，那种一只手掌大小的本子。

“也是放在盒子里的?”他问道。

凯特琳点了点头。“当然啦。”

比克斯皱起了眉头。“我知道，我把东西放在那里已经有一段时间了，我知道我忘记了香烟，但我肯定记不得还有本记事本。”

凯特琳翻开本子的封面。比克斯从他坐的位置上，可以看到第一页上的笔迹。

“写了什么?”他问道。

“列出了一个单子。”凯特琳说。

“看起来像是你的笔迹。”乔什指了出来。

“是的。”

“是什么单子?”比克斯问。

“名单,”凯特琳说,“嗯,某一类名单,我猜。”她盯着记事本,沉默了一会儿,接着说,“第一个是妖怪。”

“妖怪?”乔什说,“真的吗?你噩梦里的那妖怪吗?你觉得是吗?”

“不,乔什,”比克斯说,“是真妖怪。”

乔什没理会他。“凯特琳?”

凯特琳摇了摇头。“我不知道。我还一直梦见他,可我不知道我为什么会写下一个有他的名单。”

“别的名字呢?”比克斯问。

凯特琳读出来,“独眼杰克和鲍勃。”

“鲍勃?”比克斯说,“似乎并不适合搭配妖怪和独眼杰克,不是吗?”

“还记下了些,看起来像个地址,”凯特琳说,“格林代尔大道1108号。插进来写在旁边,‘10点到4点’。”

“听起来像一个营业处,可能吧。”乔什说。“那是它的营业时间。比克斯,你知道它在哪里吗?”

比克斯想了一会儿。“我知道大致的方位。是在城里另一边的啤酒厂附近。那可不是什么好地方。不知道在这个地址上能做什么生意。”

“我们要过去查看一下,”凯特琳说,“最后,但并非最不重要的一样,是这个。”她说着从盒子里拿了一叠纸币。

“哇,”比克斯说,“我把那个盒子放在壁橱里的时候,这绝对没有。多少钱?”

“1200 美元。”

比克斯皱起眉头。“你怎么瞒着我藏钱?”

“我猜，你不知道她就像你想象得那么好吧。”乔什说。这事真让他乐了。

比克斯眼不离凯特琳和钱，对乔什竖起中指。

“这挺怪的，”凯特琳说，低头看着她从盒子里拿出来的东西。“比克斯说他七个月前把这个盒子放进壁橱时，这个记事本和钱都不在里面。这意味着，那以后的某个时候，我写了这个名单，将它藏在盒子里，还藏了 1200 美元。我为什么要这样做?”

比克斯不禁觉得她是有意对他隐藏了这个名单。至于钱，也一样。

“嗯，我们现在有一些线索了，”乔什说，“不管有没有用。今天我们记得带上记事本出发。”

“还有钱，”比克斯说，“我们可能……总有用得着的时候吧。”凯特琳把钞票塞进口袋，他补了一句，“我们走。”

凯特琳工作的餐馆是他们将要去的第一站。他们希望有人能伸出援手。对此比克斯并不乐观。在他的经验中，求助于人时对方总是避之不及，没有人真正愿意帮助他人做点事情，尤其是这样的帮助需要提供信息。遗憾的是，看起来他们三人正恰恰需要很多的帮助。

第十九章

汉莎克弯腰在桌边，正在看摆在桌上的《波士顿环球报》和《史密斯菲尔德灯塔报》。两份报纸都报道了仓库枪案。显然，谋杀对两张报纸的编辑来说都已是老新闻了，因为早在昨天早上就进行了报道。今天两份报纸的案件文章同样无甚特色，也只得到了几英寸的小版面，被放到了当地新闻版块的下方。但都刊登了受害者和红发“嫌疑人”的画像。报纸是按汉莎克的要求把她称为“嫌疑人”的，还有更加详细的体貌特征的描述。现在是时候看看有多少个电话是由疯子和怪人打来的，他们必须仔细筛选，发现是否有人真的提供了有用的信息。一定会有人见过受害者。一定有人认得出红发女郎。问题是，他们能看到画像吗？即使他们看到了，他们会报警吗？

马丁·唐奈坐在柜台边，吃了一点点煎蛋卷。现在吃早餐有点晚了，但午饭还是有点早，反正他不饿。但他知道他应该吃点什么。从前晚仓库出了人乱子以来，他就没怎么睡过觉。当时，动了枪，唐奈的搭档好像中弹了，然后他们就去追那该死的红头发女人，却让她跑了。从那时起唐奈的大部分时间都是在找寻她。他希望那天真的将她看清楚了。他甚至不敢确定要是再看见了她，他还能不能把她认出来。

他的煎蛋卷已经凉了，于是他放下叉，捡起一块香肠咬了一口。他一直在想那晚上发生的事情，陷入沉思之中，几乎没听到身后的老家伙在说话。他不确定是不是话里的什么东西紧紧抓住了他的注意力，只是听着他们说话，他的兴趣就来了。

“他们叫她嫌疑人。”一个老头说。

“我也对她很感兴趣。”另一个说，引出两人一阵坏笑。

“半夜里她跑到那废弃的仓库里干吗?”

“可能是妓女。”

“我愿给钱让她干事。”

“你得给钱。没有人会给你这干瘪的老婊子养的家伙免费。”

唐奈向左边转了转身子，去看身后的人。他总是左转，因为右转无济于事。几年前他打了场架，弄丢了他的右眼。说那是“打架”，跟谁开玩笑啊？打架有这样打的？四个家伙把你的双手双脚摁死，第五个家伙像个耍弄水果挖球器的厨师一样，操起把勺子直接把你的眼球挖了出来。他渐渐习惯了一直转左边，就像他习惯了他的眼罩。现在他转过身去，看见两个老头对坐在对面的卡座里，他们两人都向唐奈望过来。他回转过头来，看着收银机上方一个角架上笨重的 16 英寸电视机。电视上还在播着新闻，有关报道仍在进行中，屏幕上是一幅似乎由警方提供的年轻女人的画像。显然，这已经播了一段时间，因为唐奈看到它三四秒后画像便消失了，画面切到一个记者站在仓库前方。

当然，唐奈认得那仓库。

他此前也见过那年轻女人……前晚在仓库里。那时他没有看清她。子弹一飞，场面就变得混乱了。另外，仓库里很黑。她一旦跑走，就很难追踪得上。他们搜寻了一段时间，但最终仍未能找到她。从那时起到现在唐奈一直在找她。眼下，也许他终于找到她了。因为他认出了她，不是在仓库那里认出的。不，他以前见过她。他还没想起来是在哪里见过，但他肯定见过她。

最终他会记起来的，他很确定。接着他会跟踪到她。当他找到了她，他就得做他必须去做的事情。

凯特琳坐在前排座位上，她的眼睛正扫视着他们开车穿过的这个城市的风景。车子已经经过了西区，昨晚他们在这里吃过晚餐。车子正开过史密斯菲尔德的中心区巴斯托大道，它是这个城市的一条要道。比克斯在驾驶座上指着各种地标，让他们看各个主要建筑，凯特琳则努力去唤起一星半点儿记忆。

“在那个角落，你分了一半百吉饼给无家可归的带狗人，然后你又回去给他再买了一个百吉饼，免得他要和他的狗分食。”

凯特琳没记起这事来。

“在前面的711便利店，我们见过一个白痴小子想要跳到栏杆上弄他的滑板。结果呢，摔了个底朝天。还好没摔断骨头，我们大笑一阵走开了。”比克斯咯咯地笑着。

“没想起来。”

“好吧，看那家冻酸奶店。”

“嗯。”

“就在那里几个家伙想抢走你的钱包。你攥住不放，他想要把你拽倒，你也拽了他一下，他摔得够呛。”

“哇，”乔什在后座问，“怎么回事?”

“我踢了他的屁股一脚，他跑掉了……没抢成凯蒂的钱包。”

“是凯特琳。”乔什提醒他。

“饶了我吧，好吗?”比克斯说，“对我来说七个月她都是凯蒂。当凯特琳只有两天。所以如果我出错了，就放我一马吧。”

凯特琳看着风景继续从车外漂移而去。比克斯不时指指点点，想要唤醒她与这些事物相联的记忆。她感到好像第一次看到了这一切。十五分钟后，她意识到比克斯指点的东西变得越来越少。事实上，他已经有好几分钟没有提到一处了。她发现他们现在所在的这部分城区更显破旧，远较他们数分钟前经过的地方衰败。她看到了涂鸦、破碎的窗户，偶尔住家门口闪过的、在破旧的毯子里缩成一团的无家可归的人。靠着建筑物或站在街角的，比比皆是居心不良之徒，放眼望去真的是一目了然。因为凯特琳过去常工作的酒吧直到午饭时间才开门，他们决定先去探访凯特琳在她壁橱的盒子里发现的那张单子上的地址。按照她写下的，这地方的开门时间是上午 10 点到下午 4 点。她现在环顾四周，怀疑来此地的想法是否明智。

“我没指望你认出这里的什么东西，”比克斯说。凯特琳没认出什么，可她很高兴出来换换环境。“我没法想象，你在小城的这一片待了很长时间。”他补充道。凯特琳则肯定希望自己没有这样做过。

“就是那了，”比克斯说，“在街对面。”

她看着那幢简朴的单层砖混建筑。窗上钉了板条，但没显得独一无二，她在这条街上的许多窗上都看到了封窗板条。

“你肯定就是这地方吗?”乔什问。

“这正是凯蒂的神秘名单上的地址。”

“这是个什么地方?”凯特琳问道。

“我只认得出门旁边的招牌，”乔什说，“上面写的是……‘典当国王’。我觉得这是一个当铺”。

“看起来不开门。”

“现在几点了?”比克斯问道。

“10:20。”乔什说。

“应该会开门的。在凯蒂的名单上写了上午 10 点到下午 4 点，对吧?”

“不，”凯特琳说，“我的意思是，看上去不营业了。橱窗里什么都没有了。”

“是啊，看着是停业了，”比克斯表示赞同，“有一个办法弄清楚。”他打开门，走出汽车。又回头俯下身，说：“你也看见啦，这可不是城里的好地方。如果你待在车里，可能会更安全。”

“我没事。”凯特琳说。

“我是跟乔什说。”

“比克斯你这混蛋。”乔什说着，打开车门，走上了人行道。凯特琳跟上了他。

这地方有些不同寻常。凯特琳知道这只是出自她的想象，但她在空气中能感觉到一种明显的紧张不安，像是在等待着——甚至是期望着——坏事发生。她和乔什跟着比克斯穿过马路时，开始意识到有眼睛在盯着他们的一举一动。穿圆领无袖衫的肌肉男站在街的另一边。有人在当铺隔壁的一个窗口出现。两个满手臂文身又高又瘦的小子，嘴里叼着烟坐在街对面一辆汽车的引擎盖上。凯特琳想知道他们是否有某种第六感，要是有的话，他们会得到提醒，她的口袋里正躺着 1200 美元。

他们一靠近“典当国王”，凯特琳不得不承认自己有点小聪明。大家都看清了这店已经停了生意。透过窗上的板条他们看到空空的货架，陈列柜里空无一物，只剩堆堆碎玻璃。一段生锈的锁链穿过玻璃门把手，和那把笨重的挂锁一起把门锁上了。

“嗯，”比克斯说，“这就是答案了。”他皱起眉头。“我不能想象为什么这个地址会在你的单子上，凯蒂，还有为什么你费心写下它的开门关门时间。这地方明摆着已经关门好几年了。”

“我不知道是怎么想的，”凯特琳说，“等等。没错，我就这么做了。我觉得现在我们该马上抬腿走人。”

比克斯点点头。“好主意。”

他们一起走回到比克斯的SUV车。那两个文身的小子已经离开了他们原来坐引擎盖上的那辆车，现在正靠在紧停在比克斯车后方的那辆车上。比克斯走过他们身边，好像他就是这条街的主人，乔什紧随其后，显出目空一切的样子。乔什为凯特琳开了车门，她钻进车里，比克斯启动发动机，乔什坐到了后座上。这一刻，真是提心吊胆，凯特琳担心这辆探路者没法开了……两个小子在他们过对街去的那一阵子对车动了手脚。现在，按猫捉老鼠的玩法，就该上演让他们三人以为进到车里就安全，其实车已经动不了的戏码。但是引擎随即启动，比克斯踩了油门，他们开到了街上，然后在街角拐了弯。谢天谢地，终于重回了那条光明大道，这条街两边的居民都无需铁条封窗来保护自己。

现在，坑挖得够大，差不多能埋下本尼……或者，更确切地说，可以留给他了。老刀盘算了一下，再挖个十分钟，他就能完事了。这也好，因为他要去洛杉矶机场乘早上10:40起飞的航班。洛杉矶的交通永远一团糟，但近高峰时段尤其可怕，足以让任何人抓狂。如果老刀想要在飞机起飞前至少一小时到达机场，他马上就得回到路上去。

老刀在泥地下面挥铲的哐哐响几乎掩盖了正在接近的脚步声。他正站在森林中一个深近没膝，长 6 英尺的坑里。转过身来，看见一个年轻人正向他走来。那人穿着一件 T 恤衫，大口袋短裤，登山靴，一脸的憨笑。肩膀上挂着一个弯曲的金属杆，一端带附件，另一端装了循环装置。

“嘿，看起来你好像发现了什么。”这人说。

现在老刀看清了，那人带的设备是金属探测器。

“是吧?”老刀说着，从坑里出来。手中握着那把铁锹。

“你真行。”那人说。他在离老刀几英尺外停住。憨笑仍挂在这白痴的脸上。

“谢谢。”老刀说，因为他不知道还能说什么。

“我想我们可能是第一个从老远到这里来的。”那人说。

“我猜是吧。”

他站在那里，手里拿着铲子。那家伙站在附近，现在身体稍倾斜着，探头探脑地想到看进老刀的坑里去。

“你没看走眼吧?”那人问。

老刀一言不发，因为他不知道这家伙在说什么。

“好了吗?”那人又补了一句，老刀仍是不明就里，还是沉默着。“得了吧，”那家伙说，“就你和我……你发现了好东西?”

老刀不知道说什么。到底是什么情况，他还摸不清。

“听着，”这人说，“到目前为止，这里只有我们三个人……哦，四个，包括你。至少我看到的就这么多。但马上就有更多的人来。我们想快快干完，对吧? 我想，你和我一样不是这块地的主儿，说的对吧?”

没错。他们是在加州国家森林的一处丘陵上，这里大概属于州所有，或者属于郡所有，总之是属于别人的。但他们都离这地方远远的，老刀最清楚这一点。他在这一带埋了六具尸体，几年过去了还没被发现。

“你们三个人？”老刀问，想着可能要弄出个大乱子。他看了看手表。他得赶一趟航班。

“是啊，我哥哥和他老友，”那人说，“顺便说一句，我叫道格。”

道格脸上笑个不停，老刀感到越发沮丧，真想操起铲子揍扁了这傻瓜，把那一张蠢脸捣个稀巴烂。

“那大包里是什么啊？”道格问。

老刀知道，如果家伙听他如实道来，会最终停止微笑。但老刀答的是：“不就是些挖掘工具。”

“你的金属探测器呢？”道格问。“是什么牌子的？我弄了台最新型号的专业探宝。花了我800美元，可要是在这里发现了我们要找的东西，那还是很值的，对吗？”

“当然啦，”老刀说，点点头。“还有两个人跟你来，嗯？”

“是啊。往常干什么就我和我哥两个，但昨晚他一个哥们过来和我们一起看电视，正碰上播那节目，罗恩和我——罗恩是我哥——我们估摸，真活见鬼，要大发了？就让查克跟着来吧。说实话，我们觉得我们会是今早头一拨到这里来的，可我们看见了你的车停在那边路头。看起来，你停的像是不想让人瞧见，”——这时，他冲着老刀眨了眨眼——“但我们得替别人睁大眼睛，我们就看到车了。”

老刀确实尽可能将车停得隐蔽些。在你不得不离开卡车，拖着具尸体，进到树林深处把它埋掉时，你当然得这么停车。

“做个交易吧，”道格说，“你和我们一样，都不是这地儿的主，对吧？这地方不是你的，也不是我们的。但这一带可能会埋有一大堆财宝。见鬼，可能就在你挖下去的地方，对吗？对我来说，财宝多得够我们分的。但我为啥不让罗恩和查克过来，和我们一起挖，分我们发现的东西呢?”老刀没有马上回应，道格很快接着说，“因为你先来的。你发现了这处地方。挖到什么，你可以留一半，我们三个分那另一半。这就公平了，对吧?”

老刀费劲想要弄清道格说的到底是什么鬼东西。且不管是什么，老刀知道他也还得遇上罗恩和查克。“听着，道格，”他说，“你显然摸着我的一点门道了。但我们做交易之前，我想要搞清楚我们现在谈的到底是什么。那你干嘛不告诉我，你们是看了什么电视节目才跑这里来的，行吗?”

“得了吧，”道格说，“你一定也看了。要不你怎么会在这里?”

“就让我省点儿心，”老刀说，“如果我们要做交易，我得明白我们没弄岔了。说说那节目吧。”

道格摇了摇头，笑着。“我说的是昨晚的《60分钟》节目。说的是哪个教授有个新的理论，说当年科尔特斯[①]手下的一些人开了小差什么的，带上了一大堆阿兹特克的黄金出了墨西哥，往北边跑来。有个专家推测，这群家伙在被追上捕杀之前，很可能是把黄金埋在了这个地方。他有一大堆的证据支持他这个理论——地图啊旧日记啊之类的。这些东西都是在哪个图书馆的档案文件里发现的，给曝光了。”

“你是什么人?”老刀问，“探宝的?”

“你不也一样。”道格说，显出一丝提防。

“有没有挖到过什么?”老刀问，他真的好奇了。

---

① 埃尔南·科尔特斯（Hernando Cortes，1485年—1547年），西班牙军事家、征服者。1504年19岁的埃尔南·科尔特斯在西印度群岛的伊斯帕尼奥拉岛定居。7年后，他加入到出征古巴的行列中。他听说墨西哥的一些城市拥有巨大的财富，充满了黄金和珠宝。在这类传闻的驱使下，他于1519年率领一支探险队入侵墨西哥。建立了城市维拉克鲁斯后，先后征服了阿纳华克地区的阿兹特克人，在墨西哥城传扬天主教的思想。而后北上探索南加州。1547年12月2日，埃尔南·科尔特斯在西班牙去世。

"有次挖到了点银币。以为是海盗的银币，却不是。不管怎么样，换了五百美元。"

老刀觉得有些失望。如果道格发现了海盗的宝藏，这个故事就好听些了，即使只有几个海盗的硬币。

"你呢?"道格问道，"有没有挖到什么好东西?"

"没有。"老刀说。

"嗯，今天可能你要走运了，"道格说，咧着嘴笑起来，"走大运了。"

老刀可不信。今天早上他其实够倒霉的。以前他每次来这里，鬼影都没遇到过一次。可现在他要赶时间埋了本尼，一边还得打发这个挖宝的道格。

"那这里有情况吗?"道格问，"探测器读数很大吗?显示黄金，还是银子，是吧?"

老刀又看了看手表。

"听着，伙计，"道格说，"我回头去叫那两家伙。即使你不想一起干，我们也会过来挖的。这是个自由的国家，我们不能让你一个人把所有的乐子一把抓了。所以我们还是一起挖的好，对不对?你说什么?一半给你，一半我们三个分吗?我们有这交易吗?"

老刀不知道什么显示金银，但他认为这与使用金属探测器有关。他也不清楚科尔特斯或《60分钟》是怎么回事。不过，他心里明白，得跟罗恩和查克打照面。

"得，"他说，"你去叫他们，我继续在这里刨地吧。"

道格笑时，嘴咧得更大了。他匆匆而去。

老刀很高兴很快会有人来帮他挖坑。他还得赶一班飞机，这坑现在需要再大许多。

第二十章

比克斯开着车，凯特琳一直睁大眼睛，想看到她可能会觉得熟悉的东西，但她越来越气馁。看起来，能记起什么的可能性越来越小了。这时，在她的脑海中闪过一个形象，像图像霎时被投到了屏幕上，一件什么东西的图像……一只烤得过火的鸡。但凯特琳意识到，这并非她生活在史密斯菲尔德时的记忆片断。

“乔什，”她说，“我记得烧焦了一只鸡……和中国菜。”

过了一会儿，乔什说：“噢，亲爱的，我真不敢相信你还记得这个。”

“是什么？”

“你失踪的那天晚上，和我聊着天，忘记了时间，把正烤着的鸡全烧焦了。我们只好从快乐花园订餐。”

快乐花园是他们在家那边，最喜欢的中餐馆。凯特琳想起了七个月前那个晚上的一些事情，感到很有成就感。要是能记起从那时到现在发生了什么就好了。

“我们到了。”比克斯说，放慢了车速。

“经过前面两个街区时，我见到了个空车位。”乔什说。

“没事的，我找到了一个。”比克斯说。

他把探路者开进街角附近的一个残疾人停车位，然后从车门内侧的一个袋子里掏出一个蓝色的残疾人停车塑料标签，挂在后视镜上。他们全都从车里出来时，凯特琳听到乔什叹了一声气。

“快点，跟上，凯蒂，”比克斯说，“你得记住这个地方。”

他们站在人行道上，望着一间砖饰墙面的酒吧。酒吧窗上有霓虹灯啤酒招牌。这些招牌都还没亮起来。门头顶上的那个写的是“突击队”。

凯特琳叹了口气。可叹的是，没有丝毫惊奇地发现，她同样没有认出这地方。“我在这里干活，哈！”

“从你到小镇后的那星期起。”比克斯说。

她摇了摇头。

“好吧，”比克斯说，“别管这个了，我们进去吧，找几个人聊聊。也许有人能告诉我们些有用的东西。除了我，你和这些人待在一起的时间，比这里周围的人更多。也许你跟什么人说过那天晚上你要上哪儿去，碰上了什么事得去仓库。”

“他们还没开门吧，”凯特琳说。

“你在这里工作啊，凯蒂，”比克斯说，“他们会给你开门。见鬼，我们都知道，你给排了今天午餐的班。”

凯特琳点点头，但没有动。乔什将手轻轻放在她的后腰上，引着她向门口走去。他拉了一下那大大的、磨损了的黄铜把手，但门是锁着的。他敲了敲门。没有人回应，他又用力敲了一下。一张脸出现在窗口处，过了一会儿，听见里边几声噼啪锁响，门开了。一个矮矮的中年妇女站到了门口，她头发干枯，皮肤粗糙，超重不止好几磅。她穿着女侍者的围裙。一点都不奇怪，凯特琳根本就没认出她。

“是你。”这女人说。

凯特琳不知道怎么回应才好，说：“是我啊。”她笑了笑，尽管凯特琳心里明白她和这个女人要么互不待见，要么是可靠的朋友。究竟如何，她不知道。

“你想怎么样?”女人这样问道。她们会是朋友吗?!

凯特琳眼光向下，迅速扫了一眼女人的塑料名牌，说：“嗨，呃，玛莎。我们可以进来吗?”

“进来干吗？我们很忙，你应该知道的。我们半个小时后才开门。”

“是的……当然，我知道。我只是……嗯……我今天当班吗？我忘了查计划表。”

玛莎茫然地盯着她片刻。“两个星期前，你就不来上班了。你不回我的电话。现在你说你不知道今天是不是当班?”

“我……什么？两周前我就不来上班了?”

过了一会儿，玛莎说：“你开什么玩笑?”便关上了门。

比克斯看着凯特琳。“你两周前就不上班了?”

“我……我猜是吧。”

“那最近每天晚上你离开家后，到底是去哪儿了？我还都当你是去上晚班了。”

她摇了摇头。“我不知道。”

“你真的不像你想象的那样了解她，是不是，比克斯?”乔什问。

“我们不要提这个了，乔什。我们两个说好不提了，还记得吗?”

“我们三个都不提了。”凯特琳补了一句。

乔什又敲了敲门。没有人回答，他便一直大声地敲下去，直到门再开了。这次门开得是快了些，却是怒气冲冲地从内拽开的。矮胖的小玛莎不知道到哪儿去了。门口站着一个挺着大肚的男子，手臂粗壮，一脸怒容，齿间咬着一根牙签。

“凯蒂，搞什么鬼?”男人说，“你不来上班，不接电话，就是拍屁股走人了。那我就不知道你现在过来想干什么。”他用手指指着比克斯，那手指看上去就像一根脂肪雪茄，说：“我要帮你这个朋友摆脱困难，还要在桌子底下偷偷给那个付工钱。”

比克斯耸了耸肩。“嘿，他是我的朋友，他还是你的表弟。”

那人回头看着凯特琳。“你不能找我来要钱。我付过了你最后那晚的工钱，每晚收工后我都给你钱的。那你现在来这里干吗?”

凯特琳不知道说什么好。好在乔什开了口。“哦，我很抱歉，如果凯特琳……呃，如果凯蒂不上工给你添了什么麻烦的话。事实上，她出事了。头部受了伤，现在她的记忆出问题了。”

那人眯起眼睛。“你开玩笑，对吗?”

“不是。”乔什回答道。

“她看起来还不错的。”

“嗯，她不太好，真不太好。她很多事情记不起来了，我们真的希望有人能帮她补上那些记忆。”

那个男人用舌头将口中的牙签移来移去。最后，他说：“我们在忙着准备午餐。抱歉了。”

“哦，让他们进来吧，”玛莎出现在男人身后，说道，“她又不是回来要她的工作。是吗?”她皱着眉头问道。

“是，我不要。”凯特琳说。

“那就让他们进来，乔。”

乔安静了片刻，然后轻声说：“我们可不想找麻烦，玛莎。”

“不可能是她，”玛莎同样轻声回道，“也许看起来像她，但我们知道的，不可能是她。想问什么，就让他们问什么吧。如果有帮助，很好。如果没有，这也不是我们的问题。”

“可能我们不该想要帮他们，”乔说，“可能，那会给我们惹来麻烦。”

“哦，就只是让他们进来，可以吗?”

凯特琳不知道他们在谈论什么。末了，乔哼了一声，退后闪身，他们三人便进了酒吧。凯特琳困惑地环顾四周。酒吧里，图表和零零碎碎的东西都给贴到墙上装饰墙面——一个老旧的木制雪橇、一副旧棒球手套、一支古老的木桨——但没有什么是她熟悉的。她正在习惯眼前的这一切。

“我得去开油炸锅，”乔说，“这边交给你了，玛莎。别耗太久。”

乔说着穿过墙上开的一扇门，消失了。玛莎走向暗木吧台进到里面。吧台上散落着擦布，她抓起一条，开始擦吧台潮湿的玻璃。凯特琳坐到了一张凳子上，乔什和比克斯一左一右，坐在她的两边。

“你听到那男人说的了，”玛莎说着，用力去擦玻璃上一块难弄干净的污垢。“有话快说。”她又抬头看了看凯特琳，一刹那间脸上的表情软化了。“抱歉，你头受了伤。”接着，又恢复了一副硬邦邦的嘴脸，这显然才是她脸面上的自然状态。

凯特琳开口了。“呃，你……和乔说到了麻烦，什么麻烦?”

“没什么，”玛莎用一种无意多言的语气回道，“现在问你的问题，问过了我答了你就走，好吗?你要知道什么?”

凯特琳知道她该准备好问题的，因为对方的答案便是他们来此的理由，但她还没有。她想了一会儿。她要知道什么呢?

“两周前，我就没来上班了吗?”她终于问出来。

“这我们已经讲清楚了的。”玛莎说。

“知道是为什么吗?”

“你问我?”

“是啊，我最后出现在这里的时候，留下了什么迹象表明不会回来工作?”

“没给我留。”玛莎说。她眯起眼睛看着凯特琳。“你真的伤了头吗?”

凯特琳没有回答这个问题。她说：“我显得有什么不正常吗?你知道的，在我没来上班之前那阵子。你有没有注意到什么?”

“有九个服务生给我干活……嗯，从你放我鸽子起就是九个……加上四个调酒师和两个轮流在厨房给乔打下手的家伙，”玛莎说，“我真的没法留心每个人的小情绪。”

“你还记得有人告诉过你，我有点表现得跟常人不同，或者有什么类似的说法吗?”

玛莎回想着，撅起嘴唇，做了个古怪的表情。“听着，”她最后说，“我从来没有听到有人抱怨你。他们都喜欢你。你的同事，顾客，没有人说过一句你的不是。从来没有人说你是装腔作势或别的什么。行了吧?”

凯特琳点了点头。她接下来还能问什么呢?她希望这里有人知道她最近在做什么，能提供某种线索，解释她怎么醒来就有一把枪，有假手，满身是血。为什么两晚前她会出现在仓库。但考虑到凯特琳两周前就不上班了，她又能找到哪个能够帮助他们洞察她近期行为表现的人呢。

在这里，凯特琳原来的疑问无解，反增添了新的迷惑。

“听着，”玛莎说，“开门之前，我真的有好多事情要做。我跟你说了，凯蒂，你看上去不错，每个人都和你处得挺好，所以我不知道有什么我可以告诉你的。你跟珍妮谈过了吗？我问她你在哪里，可她说她不知道，她这话我真难相信。”

“珍妮？”凯特琳问道，看着比克斯。

他点了点头。“你们是朋友。”

凯特琳转向玛莎，她正睁眼盯着她。

“是真的，嗯？”玛莎说，“你真的不记得了，是吗？”

凯特琳摇了摇头。她又望向比克斯。“我们有珍妮的电话号码吗？”

“很可能存在你的手机里，”比克斯说，“可你弄丢了手机，对吧？”

她点了点头，转向玛莎。玛莎叹了口气，无奈地摇了摇头，然后到吧台里面拿了一本活页笔记本出来。她打开来翻了几页，然后将本子调了个头伸出去，手指着一处给凯特琳看。凯特琳身体前倾，觉得身旁的男人们都在做同样动作。她看着那一页。在顶上，用蓝墨水写着“员工”，还加了道下划线。下面记了十多个名字和电话号码。其中一个名字被划掉了。是凯特琳……或者，更确切地说，是凯蒂。玛莎正指着珍妮·斯蒂沃这个名字旁边的一个电话号码。凯特琳对它毫无印象。

“能给我一支笔一张纸记下来吗？”凯特琳问道。

“不用了，”乔什马上说。他从口袋里掏出手机，触碰手机屏，拍了那页纸的照片。他快速地在手机屏上打开来看，确认拍清楚了。然后笑着说，“这年头谁还要拿纸笔记东西？”

凯特琳快速扫视着表单上其他名字，暗暗希望其中有一个是熟悉的。她的眼神在掠过自己被一笔划掉的名字时黯然失色……那也就是，凯蒂的名字。这时，她意识到乔什为什么要抢上来拍下快照。

"好吧，我能告诉你的，就这些了。"玛莎说。她看着凯特琳，脸色再次显出一闪而逝的柔和。"就像我说的，抱歉你头受了伤。希望你能把一切都弄得清清楚楚的。"

"谢谢你，"凯特琳说，"我很感激。抱歉……呃，不来上班了。"

她站了起来，在乔什和比克斯之间擦身而过，向门口走去。乔什跟上了她。到了门口，她转过身来，见比克斯仍然坐在吧台那里。

"比克斯?"她说。

"就来。"他朝身后叫道。

凯特琳返回他身边。

"你要我带你到门口吗?"玛莎问。比克斯伸手将吧台上的一碗混合坚果揽到面前。凯特琳看着他从碗里抓起一小把坚果，一粒一粒地扔进嘴里，她禁不住去想那些坚果是否还新鲜。它们是今天早上才从密封罐里倒出来的，还是昨晚剩下的。"玛莎，我就只是想知道，"比克斯说，"干吗你和饼干都在说不希望惹麻烦?"

"你是说乔吗?"玛莎问。

"当然啦。"

"没什么。"

"胡说，"比克斯说，"你们在说什么?"

"没什么，"玛莎再说了一遍。"我告诉你。"

"嗯，好像你们在担心惹麻烦，你们觉得凯蒂来这里可能就要引出麻烦来。那么，我们就坐在这里，直到你们开门?事实上，当你的客人开始三三两两地进门，凯蒂一定会去迎接他们，跟他们说今天你是如何难以置信地给了她帮助，让我们待在这里消遣，给了我们电话号码，等等。"

玛莎怒视着比克斯。

"或许，出于某种原因，你们宁愿人们不知道她今天来这里，你们还帮了我们的忙?"

"你个婊子养的，"玛莎说，"我们给你开门……给她……想多少帮她一点……这就是你给我们的感谢?"

凯特琳觉得她是对的。他们敞开了大门，尽力相助。她不喜欢这种对他们突然变脸的做法。

"比克斯……"她说。

他不睬她，只是看着玛莎。玛莎怒目以对。玛莎今早之前的样子凯特琳不记得了，但她敢打赌，很多人会在这副怒容下退避三舍。但比克斯嚼着满口的坚果，面无表情地盯着他。最后，玛莎说:"见鬼，我不知道为什么它很要命。拿去，走人吧。"她说着从收银机旁边抓起一张报纸，越过吧台塞到比克斯手上。

比克斯没走开，而是打开报纸，一面面翻着，直到他见了那则消息才停下来。凯特琳在他的肩上方弯下身子，看着报纸。第六版上有一个通栏标题——寻找仓库杀人案中的女人。文章旁边是两张警方的画像，一张是个男人，另一张是个女人。凯特琳的眼睛盯着那张女人的画像。说不上画得纤毫毕见，但看上去——凯特琳不得不承认——非常像她。粗粗看过那张只能是自己的脸的画像，她的眼睛不知不觉地就移到那张男人的画像上，这一张画得远比她的那一张详细清楚。她不禁猛吸了一口气。

"凯特琳?"乔什说。

她认出了他。昨晚他一直在她的梦中。她不记得以前在她的生活中曾见过他——说的是她现实中的生活——但他一直在她的噩梦里。昨晚她就像是第一百万次从妖怪手心逃离。然而，这一回她手里有枪。她转身向妖怪开火，击中了他的要害。但当妖怪倒在地上，他是……嗯，他莫名其妙地就成了画像上的人。凯特琳细细察看着画像。勿庸置疑，左边脸颊上添了一个弹孔，他真是酷似——她噩梦中的男人。凯特琳开枪杀死了那个人。她并非蓄意而为，只想射击那妖怪。事实上，她也就是这么做的。她清楚地记得在梦的那一片断中妖怪向她冲了过来，他的长腿大步迈开，她开了枪。她觉得会打中他的腹部，但当她站在尸体的上方低头下探时，她见到警方画像中那仰倒在地被洞穿了脸颊，他目光呆滞，死死盯着她。没错，是他。凯特琳确定无疑。这意味着……

“我杀了那人。”她低声说。

“上帝，凯特琳！”乔什说。

“哇，凯蒂，说话得当心。”比克斯急忙说。

玛莎看着他们，一言不发。

“我……我不记得干过那事，”凯特琳说，“不是真的。但我梦见我杀了他。”

“亲爱的，”乔什说，语气平静，让人安心，“梦到并不意味你做过。”

“那张脸，我还能知道什么别的什么吗？”凯特琳问，先看了看乔什，又望向比克斯，然后再看着乔什。“我不记得之前曾看到过这张脸，但我记得在我的梦里见过。起先脸上没有弹孔，接着我朝他开了枪……我向这妖怪开了枪，但接着妖怪就变成了他。他死了，是我杀了他。”

玛莎细听着他们的一言一语。惊得两道眉毛竖在了那满是疤痕的额头上。

“她不知道她说什么，”乔什对玛莎说，“我是说，你听到她说话了，对吧？说的是妖怪？噩梦？这显然是因为她头部受了伤。”

玛莎点点头，但凯特琳知道她不相信。然而对凯特琳来说，不管照片上那个家伙是谁，不管她曾因什么样的缘由，那天晚上她确定无疑在仓库里开枪杀了他。虽说她不记得了，但她的下意识仍在，它在她昨晚睡着后向她重演了现场的一幕。当然，稍稍扭曲了些许事实，就如同众所周知的噩梦一样，但最重要的事实在梦中却是一目了然的。

“我杀了他。”她说。

比克斯说：“凯蒂，我想你该住口了。”

“我们走吧，亲爱的，”乔什说，轻轻拉着她的手肘，转身向着门口。“我们能留着这个吗？”乔什说，抓起了报纸。

“别客气。”玛莎说。

出门的半道上，比克斯停下了脚步，转过身来。“我们一出了门，你不会马上就叫警察吧？”

“你觉得我需要做这种广告吗？”玛莎说。

“有些人说，好事不出门，坏事传千里。坏事是最好的广告。”

“我不确定会同意这说法。如果奥萨马·本·拉登在放倒纽约双塔之前，帮衬过我们酒吧，我也不会拿这事到处瞎吹的。”

比克斯点点头。“是的，但凯蒂不是本·拉登。”

“不，她不是，”玛莎说，“我不会挂在脸上，但是我一直很喜欢你，凯蒂。如果报上的那人是你，如果你在仓库那里头犯了什么事情……嗯，我猜你可能有自己的理由，即使你不再记得了。我会闭上嘴。乔也是。我不能替这里的其他人打包票。可能你的哪个同事，或哪个顾客会认出画像里那人是你，但就乔和我而言，我们什么都不会说。”

凯特琳终究露出了个微笑，纯粹是意志力使然，然后她走出了酒吧，乔什和比克斯尾随其后。他们回到比克斯的探路者里，无人说话。然后，凯特琳说："我认为是时候去找警察了。"

"见鬼，"比克斯说，"我已经告诉过你，不能相信他们。一旦你被拘留，他们就不会继续寻找真凶了。"

"我就是真凶。"凯特琳说。

"不，你不是。"比克斯说。

"你为什么那么想，比克斯？"凯特琳问道，她的声音突然透出几分嘲弄，这叫她后悔，语气却已无法缓和。"因为你很了解我吗？见鬼，你认识的那个凯蒂甚至是假的。她见到你以前并不存在。她对你撒谎，至少在过去的两周里，守着了她的一堆秘密。这么一来，你还敢说我没有杀人吗？"

"亲爱的，"乔什说，"仅此一次，我同意他的观点。你没杀任何人。"

"哦，你觉得你了解我吗？"凯特琳说，转身盯着坐在后座的乔什。"你知道这些年来，在你认识的这个凯特琳、这个嫁给你的凯特琳身子里头，潜伏着一个暴打台球，狂饮啤酒的女人吗？她会逃走，会跟一个在酒吧里遇到的男人同居吗？你了解我怎么会这样吗，乔什？"

她的情绪糟透了，竟会对着为她挂心的两个人，说出了这一番伤人的话。只有这两个人了解她——尽管对她的近况他们都所知无几。她陷入沉默，坐在那里感到羞愧。她不配得到一个男人出手相助，更不配有两个男人同时站在她身边，与她并肩前行。

"你们……"她想说话。

"你是对的，凯特琳，"乔什说，"很明显，我不像我所想的那样了解你。但我仍然坚信你不会杀人，除非你别无选择。如果你杀了那个人，我不知道该怎么办，但如果你真做了，我知道……我知道……你一定有一个正当的理由。我敢用我的命来赌。”

凯特琳知道，他会这么做的。如果不是赔上他的生命，那么至少会赔上他的自由。他会成为某人的从犯，他们都认定了此人杀了人。

“一定是满月之夜让人发疯，或是别的什么原因，”比克斯说，“因为我发现自己又一次同意了乔什的话。”他笑了笑。“凯蒂，你变不了冷血杀手。我不知道那天晚上你是怎样混进那仓库里，又是怎么出来的，但如果你扣了扳机，我肯定你别无选择。我也愿意拿乔什的命来赌。”

乔什哼了一声，凯特琳不禁笑了。

“好吧，”凯特琳说，“假设我有一个正当的理由向那个人开枪。就像我昨天说的，难道我不该去警察局自首，让他们来调查此案？他们没法查明事实真相吗？如果真相水落石出，就还我自由，那好极了；如果情况正相反，我也是罪有应得。”

比克斯摇摇头。“一旦他们把你关了起来，你认为他们还会像逮到你之前一样拼命干吗？要懂人性，凯蒂。他们会让你承认，你相信自己杀了那家伙。还可能会要你提供血衣和手枪。接下来他们干吗还要劳神费力地去查案子？他们想要的东西都到手了。礼物包装好了，还系着红丝带呢。”

“他说对了，”乔什说，“我一点儿都不想和警察对着干，但事情就是这样，似乎他们一旦有了所有想要的东西，他们就不会真的去深挖细查了。这案子他们可能找不到动机，但他们会迫不及待地找动机吗？就像比克斯说的，如果他们拿到了武器，有了你衣服上死者的血，那么下一件好事，就是你的招供了。”

凯特琳闭上眼睛，让头靠在座位上。“你们在说什么？我还得继续逃吗？从比克斯的朋友那里弄假身份，在什么地方建立另一个新身份？可我不想过这样的生活啊。”

“我不是这个意思。”乔什说。

“我是，”比克斯插话道，“如果这个假正经不跟你一起逃，我发誓我肯定会的。”

“我没说我和她不会继续奔走——”

凯特琳睁开了眼睛。“别说了。”

“嗯，你是在说你会吗?”比克斯挑战乔什，“因为我没听到。但那正是我愿意做的——”

“哇，”乔什说，“我从来没有说过我会或我不会——”

“别说了，”凯特琳又叫，这一次提高了声调，于是那两人都沉默了。“我已经说过了，我不会继续逃了。我不想这样生活，总是被人看不起。我也不能拽着你们中的一个和我去过这样的生活。”

“我们中的任何一个吗?”乔什问，“听上去像是还可以选择的?我是你丈夫啊。”

凯特琳叹了口气。“我知道，乔什。我不是故意的……听着，忘了继续逃跑这码事吧。那还没发生。”

“请告诉我，你不会把自己交给警察。”比克斯说。

“我不会，”她说，“至少目前不会。”

“那你想做什么?”乔什问。

凯特琳深吸了一口气，然后又一口。“尽管有证据——也就是说，我有把枪，我的衣服上满是血，还有，我在仓库附近醒来，在我的梦中看见谋杀案受害者的脸……见鬼，我甚至在梦里朝他开枪，差不多这样吧——嗯，尽管都是非常令人信服的证据，你们似乎还相信我不会杀人，至少不是冷血谋杀。”现在，两人一齐点了点头。“那我就愿意自私地，暂时给你们个疑罪从无。但我们都得承认，证据似乎表明我出于某种原因向那家伙开了枪，对吧?”两人又点点头，但这回少了些狂热。“好吧，”凯特琳继续说道，“那我们暂时假设，我有理由朝那家伙开枪——”

“如果你真的这么做了，”乔什插嘴道。

“如果我做了，”凯特琳表示同意，点点头，“我们需要做的，就是想法找出为什么我可能向他开枪。如果我们弄清了这个，就可以决定在哪个适当的时间去见警察。”

“不必如此，”比克斯说，“我不在乎你为什么要开枪。”

“好吧，我在乎，”凯特琳说，“如果是冷血谋杀，我就去自首，你们拦不住我。”

“如果不是呢?”乔什问。

“如果不是，如果我杀他在某种程度上是正当的，接下来，我们会把所知的一切告诉警察。他们不会无视那个证明我别无选择、只能开枪的证据。他们不能这样做。”

“就是说，不管怎么样，你都要到警察那儿去?”比克斯说。

凯特琳点了点头。“我是要这样的。但我宁愿去时手握一把证据，表明我是正当防卫诸如此类的。但如果我们找不到这类东西，或者发现我就只是个杀人犯，再简单再明显不过，好吧……我仍然要进局子去的。”

“我觉得那是个坏主意，凯蒂。”比克斯说。

凯特琳又转过头去看乔什。他的脸上挂着一丝心酸的笑。她知道是为什么。他可能并不像他自以为的那样，了解她透彻无遗。正如她所说的，他无法知晓这些年来有另一个人隐藏在她身体内。但他仍然可说对她知根知底。他知道这是她最终会决定去做的事情。他也知道他根本无法阻止她。

“你给自己办事留多长时间?”他问道，“直到去自首?”

“嘿，别误会了我的意思，”她说，“我不着急。我们就放手去查吧，把我做过了什么弄个水落石出，怎么落到了这步田地。找出答案总比两手空空，一头雾水强。”

“我们可别忘了，”比克斯说，“是否自首的决定，可能并不完全取决于你，不管怎么说，凯蒂。毕竟警察正满世界找你。现在你的脸已经出现在报纸上，人们还要需有多长时间才能认出你来，向警察通风报信呢?”

这个问题，真是难以回答。

“那么我们接下来该做什么?”比克斯问，“我们再看看你一直藏在衣橱盒子里的那张名单吧。好好想想有哪些因素促使你写下它。我想，我们已经知道谁是妖怪了，虽然还没有弄明白为什么你梦里的妖怪会出现在名单上。但也许如果我们问问周围的人，就能搞清这‘独眼杰克’是何方神圣。在我们知道他是谁以后，也许会摸出名单上其他的人是谁。‘独眼杰克’叫什么名字? 叫鲍勃吗?”

“鲍勃，对的。”乔什说。

“但按那地址去找了，一无所获，对吗?”凯特琳说，“进了个死胡同。是谁说了那名单能派用场的?”

比克斯说:“好吧，我说过我们得用它。我们攥在手里的就只有它了。”

“我同意我们该用它，”乔什说，“但不能全靠它。我们现在找出了你的朋友，亲爱的，那位珍妮什么的，你该给她打电话。看她是不是能够告诉我们什么。如果你们关系挺好，也许你对她吐露过什么秘密，告诉过她一些曾经发生的事情。”

凯特琳点了点头。“对的。我们也有——”

“玛莎的员工名单。”乔什抢着替她说了。

“我知道你也盯着那份名单。于是你拍了张照片，而不是让我把珍妮的号码记下来。起先我还不明白这一点，”她承认，“但在你拍下那张照片后，我读着剩下的名字，看看其中的有没有我记得起来的，那时我就知道得盯着它了。”

乔什从他前面凯特琳的座位下抽出他的平板电脑，他们进酒吧的时候，他把它搁在了那儿。接着，他把它放在膝盖上，开始打字。

“你看到什么?”比克斯问道。

“我的名字。”凯特琳说。

“怎么样?”

“请稍等，伙计们，”乔什说，手指敲击平板电脑的屏幕。“不会花很长时间。可能不行，”他说，像是自言自语，“但也许行。也许……有些东西。”

第二十一章

夏洛特·汉莎克侦探坐在桌前浏览着一份报告。在刚刚过去的一小时里，她有二十次想到自己多么讨厌去看警局举报热线记录下的那些案件线索。“仓库死者”和神秘红发女的电脑画像已经在早上的本地早间电视新闻上曝光了。他们还让那两位上了《环球》和《史密斯菲尔德灯塔报》两家晨报，吁请电视观众和读者若有任何和画像上的人相关的信息，就往举报热线打电话。接下来，事情便一如既往地开始变得有趣了。跟往常一样，有些人打来电话只是为了谈谈正在侦破的案子，好像拨了这个电话号码就为他们赢得了一个进入警方调查的后门。别的打电话的，那些老头老太们，可能出于好心好意，报告了有价值的信息，比如画像上的人已经入侵到他们的梦里了，或是那两人看起来像三十年前他们照料过的幼儿园里的小孩。有些人在电话里想要说服警方，画像上的人看起来就像他们的前夫、前妻，或像某“前”重要之人，他们可怜兮兮地巴望着警察去给他们那些吵翻了的前任找找麻烦。当然，其中一定少不了上中学的搅屎棍，他们打电话是因为这样做了，傻瓜朋友们便会觉得他们有趣。处理这事照老套路——电话打来，记录信息，接着生成报告。

汉莎克要求每隔两个小时就给她送一份这案子的新报告。然后她便开始着手从电话里的一堆疯言疯语中分离出有价值的线索。今天的第一份清单她已经看了一半，手头还配备了各种不同颜色的荧光笔，粉红色的划在清单上搞恶作剧的和疯子们的话上，划蓝色的线索是可能值得一查的，黄色的则是最有价值的。到目前为止，热线接到了四十一个电话，她在报告上划出了二十四道粉红色，九道蓝色和八道黄色。在离她两张桌子之外，杰维·帕迪拉正在对付着一份相同的报告，使用也是相同的色彩编码方案。

汉莎克看着他，叫道："你干完了吗?"

帕迪拉抬起头，汉莎克一霎间还以为他心脏病发作了。他眯着双眼，牙齿紧咬着下嘴唇，扮了个痛苦无比的鬼脸。就在汉莎克跳起身要去救他的时候，帕迪拉的脸开始放松了。"天啊，"他说，"我讨厌这堆狗屎。"

只在这时，汉莎克才注意到帕迪拉桌上那只又大又干净的塑料旅行杯，杯里盛了四分之三满的浓浓的菠菜绿液。杯壁上，泥一般的稠液缓缓挂了下来，帕迪拉显然是对着此处小口细抿。

"我以为你只在家里喝这玩意儿，"汉莎克说，"伊莱恩在家里才可以监视你啊。"

帕迪拉摇了摇头。"我不能骗她。"

"我一直以为你骗了她。"

"是的，我骗了。我的意思是，我不能骗过她，摆脱这鬼东西。她问我喝了吗，我就撒谎，然后她说，她能感觉得到我在撒谎，我只好从头开始再喝这稀巴巴的。她说这是为我好。"

"她爱你，一定是因为某些我不能彻底了解的原因。"汉莎克说。

"她以一种很有趣的方式表现出爱来。"帕迪拉说着，做了两个深呼吸，然后开始咕咕喝下更多杯中在汉莎克看来越来越像危险废物的东西。帕迪拉的脸扭曲了，汉莎克扮了个同情的鬼脸。帕迪拉咽下去了——不无艰辛——可怜巴巴地看着桌上剩下的那半杯。

“如果你不喝光它，她会知道吗？”汉莎克问道。

“天晓得怎么回事，她会知道的。”

帕迪拉像是从他咽下的那最后一口东西的痛苦折磨中恢复了。于是她问：“到目前为止，你仔细看了几条线索？”

帕迪拉低头看着桌上的报告。“大概还剩下四条吧。”

“你怎么想的？”

“划了黄色的八条，划了蓝色的十条，其余的都是垃圾。”

“和我差不多。可能大部分相同。我得打几个电话，接下来我们该出击，去跟进更有价值的线索，看看我们是不是有好运气。”

她在这案子上头正变得越来越沮丧。他们迄今为止没有取得太多进展。受害者的身份还没有弄清楚，他们便没法就着对杀人案而言弥足珍贵的线索——家人、朋友、同事和熟人，以及生活方式、习惯、住所等等——展开调查。法医鉴定也没有获得什么有价值的线索。在尸体上没有发现受害者以外的DNA或痕量证据。这些年来，仓库外围一带住的人已经来来去去换了好几拨——仓库在用的时候，住的是员工。仓库废弃后住客就变成了流浪汉、妓女、吸毒者、野孩子和寻找刺激的什么人。找到有用线索的几率比赢得威力球乐透彩还低。

目前，汉莎克只能寄希望于举报热线带来的线索了。她在那份报告上画了蓝色和黄色荧光笔线的文字上浏览着。看来，他们将要探访三处公寓楼，一家药房，一家本地健身房，还有，在开门时间过后，去往五间餐饮场所和六个酒吧或夜总会。如果他们今天中了乐透，在这些地方将碰上一个不会是疯子的某人，会实实在在地提供与受害者或红发女相关的有用信息。汉莎克变得愈发沮丧，她愈发不喜欢像眼下这样只依靠热线举报，而且大多数都是匿名的，甚至不禁一反常态乐观地认为，那些线索当中的一条将会奏效。即便无一奏效，这天还会有更多的举报线索鱼贯而至。在要去的地方，一定有人知道汉莎克需要了解什么。她要做的就是找到那个人。她会找到的。因为“仓库死者”拒绝被查明开始惹她生气了。红发女更令她火冒三丈，她居然也拒绝透露姓名，可她却没有死了的借口。汉莎克没有意识到她已经将眼睛从报告上移开，正盯着桌上神秘红发女的画像。

“再过五个小时，”她平静地对电脑画像说，“最多十个小时，我一定要和你面对面。如果你看到谁向我那仓库死哥们开了枪，你就得告诉我那人是谁。如果是你，你也要告诉我。我跟你说定了。”

“你到底在跟谁说话?”帕迪拉对她叫着。

“红发女。”

过了一会儿，帕迪拉说：“你疯了。”

“看看你喝的那混水，”汉莎克说，“还敢说我疯了呢?”

“说得对。我差不多是要疯了。”

“准备一下，十分钟后我们上街，找出死人到底是谁，还有，给我们桌上这位漂亮的朋友定个位。”

“听起来像是个万无一失的计划”。

“我花了整个上午才想出来。”

尽管他们的这番逗乐显得颇为轻松，她其实已经盘算过要好好执行那个计划，看着它一步步走向成功。而对神秘的红发女说的那些话，她一定会说到做到。

“好啦，我觉得我在这里找到了些东西。”乔什说。

他低头看着平板电脑网页上的一篇新闻。他已经从头至尾读了三遍，然后搜索更想要找的，也略有所得。他发现网上只有两篇与之相关的文章。头一篇，是二十多年前的旧文，只有一行字长，是《史密斯菲尔德灯塔报》的在线档案，该报是一家中型报纸，规模远不及《环球》或《波士顿先驱报》。

“你是要跟上我们，”比克斯问，“还是自己埋头一遍接一遍地读它?”

比克斯正开着车，他们一直在城里漫无目的地开行，乔什坐在他平时坐的后座上，研究着网上的东西。他们还没有决定接下来去哪里，但他们没想仍把车停在“突击队”的门前。怕玛莎食言已经给警察打了电话，再见到他们三人时会叫来警察。

“对不起，”乔什说，“只是想确定一下。”他看着比克斯。“是从酒吧玛莎记事本上凯特琳的名字开始。她的员工名单。”

凯特琳插进来。“起初，我只是要找珍妮·斯蒂沃的姓名和电话号码，但当我扫了一眼其他人的名字时，我看到我自己的，已经被划掉了。但实际上那不是我的。看上去很接近，但写得不准确。”

“这么说是什么意思?”比克斯问。

“意思是拼写错了。我的名拼对了，至少是我当自己凯瑟琳时的拼法，但我的姓没有写成索瑟德，而是写成了萨瑟恩。”

“这又怎么样?”比克斯说，“玛莎可能写错了。我猜她的本子里有各种各样的错误，有意无意弄上去的。”

凯特琳摇了摇头。“不，是我的笔迹。所有的名字和号码都显示不同的笔迹。我想玛莎是让人们亲手往记事本里写下自己的联系信息。”

比克斯又显得很困惑。“为什么你拼错了你的名字?”

“因为这不是她的真名，记得吗?”乔什说。

“我们倒希望这意味着什么。”凯特琳说。

“想来如此，”乔什说，“亲爱的，你有准备吗?”

她皱起了眉头。“我准备什么?”

“这……不是件愉快的事情。”

过了一会儿，她点了点头。

他深吸了一口气，开始说道，“好吧，我先前已经在互联网上搜索凯瑟琳·索瑟德，凯特琳在这一带用的名字，用于她的汽车登记和假驾照。我已经将我的搜索聚焦在了这个小城，然后扩大到了马萨诸塞州，最后是东北部的所有地方。看上去有点用的信息，我一无所获。接下来，我试着改变‘凯瑟琳’的拼法，使用了所有我所能想到的可能的拼法。我甚至把它缩写成凯西，或是凯蒂，还有凯茜。仍然是徒劳。但在玛莎的通讯录看到这个名字之后，我试着在相同的区域搜索凯瑟琳·萨瑟恩这个名字。我还是一开始在当地搜，然后扩大我的搜索范围。”

“结果呢?”凯特琳问。

“还是没结果。”

“令人印象深刻啊!”比克斯表示，“你肯定了解到什么，福尔摩斯。”

乔什不理他，继续说下去，“但之后我试着同样地替代拼写凯瑟琳，而姓改成萨瑟恩。我就有了这个发现。”

“发现了什么?”凯特琳问道。

“用凯瑟琳·萨瑟恩这名字，”他说着，一个个字母拼出“凯瑟琳”，“加上‘马萨诸塞州’这个搜索词，我发现了《波士顿灯塔报》一篇二十二年前的在线文章。报道了一名住在两城市结合部的恋童癖嫌疑人。文章还同时写到了两个小女孩——一个失踪了，另一个……‘经历可怕的摧残’。他们是这样措辞的。”

乔什仔细地看着凯特琳，想看看她到底对此有何反应。“我来猜猜，”她说，“凯瑟琳·萨瑟恩是其中一个小女孩。”

乔什点了点头。“失踪的那个。”

“你就是当时的那个，”比克斯问道，“那个失踪的女孩吗？是凯瑟琳·萨瑟恩？”

“不，”凯特琳说。“那时我从没叫过这名字。警察和媒体也没这样叫我。”

“那你现在为什么取了这个名字？”

凯特琳摇了摇头。“我不知道，但我没有理由用过这名字，特别是在当局那边，他们在发布失踪女孩的名字前，一定核查过已经了解的事实。”她转向乔什，“她叫什么……你叫她什么？‘被摧残’的女孩？”

“这篇文章没说。我猜是因为她从可怕的折磨中幸存下来，他们不让她的名字见报，以保护她。”

“文章里提到了我吗？”

“没有，没有提到你的名字。”

凯特琳沉默了一会儿。“所以，从理论上讲，可能是那个被虐待的女孩吧？”

“嗯……”乔什开口，“从理论上讲有可能，我想。”

凯特琳点了点头。“他们发现了失踪女孩吗？”

乔什读到了另外两篇发表在嫌犯被捕后两年内的文章，这是他所能找到的相关文章的全部。一篇是嫌犯被定罪，另一篇是他被宣判。乔什摇摇头，“一年半以后恋童癖被判刑时，她还没有被人找到。我用谷歌搜了她，没有发现任何消息说她被找到了，不管是死是活。当然，这并不意味着绝对没有她的下落，可能只是我没在网上找到。”

“这些事情发生的时候，你还是个孩子，能记得起什么吗，凯蒂?”比克斯问。

凯特琳摇了摇头。“不，一点也想不起来。”

“那这个故事也许与你无关。”比克斯说。

“嗯……”乔什刚要开口，便讲没法继续下去了，因为凯特琳插进来。

“也许我只是忘了，比克斯，”她说，“我们都知道，对我来说，这并不是绝无可能的。想想，为什么我会在这里?如果我丝毫没有卷进那件事里，我就只是碰巧用上了那些年前一个失踪小女孩的名字吗?我为什么要从新罕布什尔州跑到马萨诸塞州，来到这个特定区域?犯罪发生在二十年前。那时候我才五岁。我怎么会知道这些事情的?”

比克斯耸耸肩。“也许小时候你听到过你的父母谈论这件事，就在它发生那时。”

凯特琳摇了摇头。“我不信。那个时候我不知道我在哪里，我来自哪个家庭。”比克斯看上去一脸困惑。“我在寄养家庭长大，比克斯。我不知道我的亲生父母是谁。我五岁左右时，有过两个寄养家庭，接下来，我的下一个养父母正式收养了我。但是我不记得和我生活在一起的人曾谈起过这个犯罪事件。”

“写这案件的文章，我没有发现很多，比克斯，”乔什说，“只有这一些。那时候它似乎没有成为一件引起轰动的大事，所以我不确定那时它成为众人话题的可能性有多大。”

“但如果凯蒂是这个故事中的另一个女孩，”比克斯说，“是那个……没失踪的，难道她就记不得些什么吗？我的意思是，从我五岁以来的记忆，我都有。”

“我不确定，”乔什说，因凯特琳的缘故，他小心翼翼地说，“如果人们经历了创伤性事件，他们会故意遗忘。你听说过孩子们一直忘事的例子。现在还记得我们当初为什么来这里吧。”

“我失忆了，”凯特琳说，“我的‘分离性神游症’，乔什研究过，说是可能由创伤性事件引发的。”

这下，比克斯没有再说什么，乔什为此心存感激。凯特琳也陷入了沉默。乔什的眼睛一直盯着她。她似乎在费力地想着什么。乔什松了口气——凯特琳也让人放心——她似乎不让自己为所有的这一切过度烦恼。相反，她只是在处理目前为止她所听说的，努力回忆如乔什所描述的她可能有过的经历。他意识到，她比他想象得更坚强。

“那么，”她最后问，“你还找到别的什么吗？”

在犹他州上空约三万四千英尺——或许他们仍然在内华达州上空飞着——老刀很不高兴。他讨厌飞行。不是他害怕飞，他只是讨厌飞行的一切，除了明摆着的方便。在洛杉矶走进一个大的机器里，在天上仅仅待上几个小时，又从波士顿走出来的方便。虽说其他一切都很差劲。六点过五分，他不能再舒舒服服地坐飞机了。因为他早上才买的票，整架飞机剩下的唯一座位在正中。他坐着，徒劳无功地换着能让自己感觉好一点的坐姿——他的腿已经有两次麻木得失去了感觉，而飞机在空中也仅仅只飞了一个多小时。

就在这短短一阵子，他对左侧那个乘客的厌恶已是与时俱增。她不停地调整安全带、颈枕，从她的随身行李里取东西。飞机的轮子一离开跑道，她就从前面的座位下拉出一个白色纸袋，拿出一个泡沫塑料容器。一打开，顿时发出阵阵无法形容的刺鼻臭气，那是一盘辛辣的外国菜。老刀不知道那是什么，但知道他绝不想试试。他当然不想坐在这女人旁边，在接下来的半个小时里，他被这个女人一口接一口、咂嘴加抹油弄得心烦意乱。实事求是地说，坐在老刀右手边靠在过道座位上的那家伙也没好多少——他已经睡着了，后仰着头，咧着嘴在打鼾。每道抽鼻声或呼噜，都将老刀激怒到了这样的程度：他感觉每一声响起，就像有人将一枚大头针扎进他的脖子里。老刀用肘推了推那家伙，他醒来狠狠地瞪了一眼，可当他看见并意识到究竟是何人正坐在他身边时，这种眼神即刻消失了。老刀希望这家伙仔细考虑一下，是否还要在这次航班中再睡过去。

老刀暴躁不宁，在巴尔的摩转机之前，他仍有至少五个多小时要在空中飞。他希望在这么长的一段时间里，他不会去杀死一个与他同行的乘客。他右边的那家伙又打起鼾来。左手边的那女人吸下了黏在她一根手指上的东西，又咽了口她那恶臭四溢的食物。

他放任他这可怕的情绪变本加厉。如果他发现他飞往东部会碰上麻烦，他所感受到的这种情绪迟早会有用的。如果他不得不对人动手，甚至可能杀人的话，心中保持些被压抑的怒火有利无害，这样他就能在需要之时随时释放出来。他闭上眼睛，祈祷某种力量阻止他咬开身旁座位上某人的脖子，他想知道他今晚是否真的得杀人。若是如此，怀着些许好奇心，他想知道该杀的是谁。

第二十二章

凯特琳坐在比克斯那辆探路者的副驾位置，比克斯开着车，乔什在他一直坐的后座上。凯特琳知道她丈夫对这样的座位安排并不开心，但这是比克斯的车，所以只能由他来开，她想象着如果比克斯和乔什一起坐在前座会有多不舒服。

几分钟前，比克斯说得停下来加油。他们开进了壳牌加油站，在比克斯往油箱里加油时，乔什走开了，去打他的手机。他们都回到车里各自就位后，乔什给了比克斯一个地址，让他往此地开。一个二十六英里外的小镇，叫海厄特维尔。凯特琳问乔什他怎么想到要上这里去。他保证，一旦他将故事讲出来，他们就会明白这样做是有道理的。因为要开四十分钟左右方才能到达目的地，且不知那是个什么地方，她得有点耐心。

“好吧，故事是这样的，”乔什开始了，“二十二年前，这个恋童癖从游乐场诱拐了两个小女孩，把她们带到了他拥有的一处废物堆积场边的小屋里。不知通过什么手段，警察发现了他，但当他们到达他那处地方的时候，一个女孩失踪了，另一个……”

“受了摧残。”凯特琳说。

“是的。于是，他们问那家伙话，但他不开口。他拒绝告诉他们失踪女孩的下落。”

“凯瑟琳·萨瑟恩。”凯特琳说。

“是她，凯瑟琳·萨瑟恩，”乔什说，“显然，警察在废物堆积场掘地三尺，但他们从未发现她。这个地方毗连一个城镇垃圾场，他们也搜查了，一无所获。”

凯特琳感到不寒而栗。这是她再熟悉不过的一类故事，失踪的孩子被扔在水沟里、垃圾桶内或是埋进树林中的浅坟里，像垃圾一样被处理掉。

“我发现的那两篇文章中的头一篇提到，嫌疑人被认定犯有绑架和性侵的罪行。”

“没有谋杀罪吗?”凯特琳问道，“失踪的女孩怎么样?”

“没有发现尸体，”比克斯说，“没有发现，就很难证明是谋杀。”

乔什点了点头。“最后一篇文章是关于宣判的。他被判在沃波尔州立监狱监禁三十二年，不许假释。”

“那他大概还要坐十年的牢，然后，”比克斯说，“如果他有命还活着。那时他多大了?”

停了一下，乔什匆匆扫过文章，说：“他被捕时是四十二岁。”

比克斯说：“他现在六十多岁了。在沃波尔这样的地方，可不算年轻了。”他补了一句，指的是那出名严管的监狱曾经的叫法。尽管它已被改名为马萨诸塞州锡达章克申惩教所，大多数人还是叫它沃波尔。“狗娘养的多半死了，”比克斯说，“监狱里活命不容易。”

“经验之谈吗?”乔什问。

“不是我自己的经验。”

“他叫什么?”凯特琳问，“你一直叫他嫌疑犯，可他叫什么名字?”

“达瑞尔·布克曼。”乔什说。

凯特琳猛地转过头来，盯着他。“你说什么?”

他轻轻点点头，重复了一遍这个名字。

比克斯说：“嗯，布克曼。这听起来有点像——”

“妖怪[①]。”凯特琳替他说了出来。

“我想象得出，一个五岁的女孩叫这个名字时会把它叫成妖怪，”乔什说。他同情地看了一眼凯特琳，平静地说：“还有更多的情况，亲爱的，”

凯特琳等着。

“这篇布克曼被定罪的文章附了一张照片，”他说，“有点模糊，但是……看一看，凯特琳。”

他将他的平板电脑递给她。她转过身，看着屏幕上的黑白照片，呼吸急促起来。图片很小，于是她点击放大它。她的心跳像雷鸣一般在胸膛内轰响，她深深吸了一口气，然后又是一口，强使自己保持冷静。

照片中，两名执法人员一左一右给一名男子戴上了手铐。他很高，像电线杆子一般瘦，至少比他身边的人高出一个头。皮肤也远较他们苍白，在照片里，他的光头看起来几乎像一个白色的椭圆形。他的双眼，非同寻常地离额头很远，像是两只暗洞陷在他那亮白的皮肤上。

凯特琳立刻认出了他，尽管她从未有过这么长时间地看着他。她

① “妖怪”在英文中为Bogeyman，与前文提到的人名“布克曼”（Bookerman）相近。故有“一个五岁的女孩叫这个名字时会把它叫成妖怪”之说。

总是在黑暗中仓皇逃离。只在他向她追来，迈出他那细长的、蜘蛛般的腿，在她身后伸出瘦瘦的胳膊，苍白的两手不停舞动时，她才会调转头，偷偷投去惊恐的一瞥……

达瑞尔·布克曼是二十多年来在她的噩梦中追逐她的人。

他是妖怪。

“是他，对吗?”乔什问。

凯特琳点点头。“那么我就是那个小女孩，”她说，“他们在小棚屋里发现的小女孩。受摧残的那一个。”

“但我们还不知道，亲爱的，”乔什说。凯特琳望了他一眼，像是想说好意心领可我不信的表情。“你还行吗?”他问。

她答不上来。这么多年过去，终于知道她的妖怪并不仅仅是噩梦中的虚幻之物，让她惊诧不已。他是个活生生的人。他在人世间行走。她真的不知道，听到了这一切，是让她感觉好些还是更糟些。

“凯特琳?”乔什问。

“我还好。”她说。她得回应他。

沉默了片刻，比克斯问，“现在我们要去哪里?”

“办这起案子的侦探叫杰夫·比格森，”乔什说，“我想，如果还有什么人能够告诉我们更多的情况，就是他了。”

好主意，凯特琳想，但……“这是很久以前的事情了，”她说，“过去二十年了。你觉得他还记得吗?”

比克斯又加入谈话。“我认识一两个警察。有些案子他们是不会忘的，尤其涉及到孩子。可他还在警局里干吗?”

“他退休了，”乔什说，“我先打了北史密斯菲尔德警察局的电话。接着打了电话号码查询服务，询问这个地区叫杰夫·比格森的人的地址和电话号码。其中有一个住在亨廷顿，离这里不远。”

“大概四十分钟的路程，”比克斯说，“可能就是我们要找的那个吧，我猜。但我们怎么知道他还活着?”

“因为我和他的妻子通了话。杰夫那时正在睡觉，这可能意味着他不是很健康。也许他老了，也许身子虚弱了，或者他喝了一夜的烈酒，凌晨三点才滚上床。不管怎么样，他还活着。”

“他愿意见我们吗?”凯特琳问。

“我告诉她，是想谈谈他当年办的一个案子，”乔什说，“她问哪一个，我告诉她后，她说他会见我的。她甚至没有先问一下他。”

凯特琳点点头。她想到了比克斯刚才说的……某些案子他们是不会忘的，尤其涉及到孩子。不管是什么，在布克曼的案子里困扰凯特琳以至令她失忆的东西，显然正让比格森难以忘却。有那么一阵她心生疑惑，是否让往事存留在属于它自己的过去会更好些。但是现在回头已经太晚了。比格森……连同他可能给出的答案……正在前方等待着她。

第二十三章

从外面看，比格森的家是如此可爱，令人开怀，恐怕沃尔特·迪斯尼也想象不出世间竟有这等美妙的屋子。坐在停在房前的车里，凯特琳的眼中映出交缠在一起的玫瑰，它们正沿着房屋前面的白色尖桩篱笆一线延伸；大树的浓荫底下，静静地横着一张带着铜绿的长椅；弯弯曲曲的鹅卵石步道通向一间小石屋——几乎就是一幢小别墅，真的——常春藤爬满了墙壁、木瓦屋顶。凯特琳有些惊讶地看着烟囱不冒一缕轻烟。她原以为在屋子一侧开满野花的花园里，还能看到迪斯尼动画里的小小蓝色知更鸟绕着水盆振翅翻飞。

“我觉得我们开进一张贺卡里来了。”比克斯说。

“看起来，比格森是个园艺迷。”乔什说。

“还是个童话迷，”凯特琳说，“妙极了。”

她看着比格森家左邻右舍的房子，这些房屋放在乡下别的任何社区都会引人注目，但立在他们邻居那田园诗一般的家旁，看上去便显得平淡乏味了。

在那儿，凯特琳开始心生出一种不好的感觉。这漂亮的房子里面的人可能已经把布克曼那起丑陋恶心的案子——也许比格森办过的所有案子——永远地抛在了身后。凯特琳无端地担心，她来到这里谈那些事情只会给房里的人带来苦恼不快。当一只脚迈入房内，便打破了紧封的咒语，会令邪恶找到侵入其内的方式。

“准备好了吗，亲爱的?”乔什问。

“还没。”她说，她打开门，走到门口的尖桩篱栅处。她听到车门打开和关闭的声音，接着，男人们出现在她身边。她抬起门闩，推开了门，短暂的犹豫之后，走上了鹅卵石小径。他们到了前门廊，凯特琳按下门铃，听到里面发出令人愉快的叮当声。

“这一定是仙女小叮当在叫。”比克斯说。

门开了，凯特琳见到那开门的女人，不禁向后小退了一步。她看起来，怎么说呢，跟神仙教母不沾边。也许说不上是个恶皇后或女巫，但肯定是一个坏后母。坦白地说，她不美、很瘦，又弯腰驼背的；眼睛下有两个大眼袋、鹰钩鼻子、倔强的嘴唇。不过，见他们出现在面前，她露出热忱和真挚的微笑表示欢迎，凯特琳刚才在门外那些凭空而来的感觉便一扫而空了。

“请，”她说，仍然微笑着，“请进。”

她闪身一旁，凯特琳从她身前走过，其他人紧随其后。凯特琳扫了一眼房内，发现这房子真可称表里如一。

“我叫多洛蕾斯，杰夫的妻子。”那女人说。

“很高兴见到你，”凯特琳说，“我叫凯特琳·迪尔伯恩。”

迪尔伯恩是她娘家的姓。他们在开车来这里的路上商量定了下来。她不得不叫上这个她孩提时用的名字，只为了试试杰夫·比格森有没有听说过。但是没有必要透露乔什和比克斯的真名实姓，所以他们分别冒了马克·杜兰和阿奇·加尔文的名，都是各自记得的高中时的男同学。

他们做了自我介绍后，凯特琳说："你的家真可爱啊。外面的花美极了。"

多洛蕾斯轻摆一下手，回应了她的这番恭维。"打理园艺只是我的小嗜好。你们想要喝点什么？茶，行吗？"

他们礼貌地婉拒了，但凯特琳差不多就要开口接受，只为了看看这家人的茶壶会不会唱歌。

"你们来找杰夫。"多洛蕾斯说。

"是的，"凯特琳回答道，"希望我们不会打扰你们。"

"一点儿都不打扰。很高兴你们来。当你说起你想要谈的事情，我知道杰夫会同意开口的。他记得那起案子……总之，大多数时候。他记得很多案子，虽然不像过去那样清清楚楚了，当然啦。"

片刻间，多洛蕾斯看上去像陷入了沉思，接着她又笑了，虽然不像她在门口迎接他们时笑得那么明快。

"我带你们去见他之前，得告诉你们，"她说，"他已经不完全是过去的那个他了。眼下，他忘了不少事。"

"是阿尔兹海默症吗？"凯特琳轻声问。

多洛蕾斯点点头。"是那病，早期阶段。大多数时候他脑子还很好使，但时不时他会忘记些琐碎小事，昨天说过的事情他都能忘。上个礼拜他突然就想不起他妹妹的名字了。过了几分钟才想起来。"

凯特琳不知道这人终究还能记起多少有关布克曼案的事情，但接着多洛蕾斯就像是读出了她的想法，说："别担心来这一趟会两手空空，我可以告诉你们，今天到目前为止他还挺好的。今天他还没忘记一件事情。"

"谢谢你告诉我们，"凯特琳说，"我们可以去见他了吗？"

"还有一件事，"多洛蕾斯说，"上周查出他背上的肿瘤，转移到脊椎附近。”

“哦，我很抱歉，”凯特琳说，“也许我们不应该——”

“不是恶性的，感谢上帝，但也不算小。很痛，杰夫在服用挺好的止痛药。你们打电话来的时候，他刚服了一剂，昏昏欲睡的，但他让我延一下时间，这样他跟你们说话的时候，头脑会清楚些。”

“真是太抱歉，太难为你们了。”凯特琳说。

“止痛药和安眠药，我们能对付的。只是想让你知道情况。”凯特琳点点头，多洛蕾斯也点了点头，“他眼下被安顿在备用卧室里，这样我就不会打扰他，只要他想休息，他随时都能休息。我不能说他盼着你们来，但他非常好奇你为什么要找他谈那旧案。”

多洛蕾斯顿了一下，仿佛等着凯特琳的解释，但凯特琳说：“他愿意见我们真是太好了，尤其是在这种时候。”

多洛蕾斯只迟疑了片刻，然后笑了笑，带着他们经过那间可能是白雪公主用的客厅，接着，走下一个短短的走廊，停在一扇半开的门前。

“我希望你们不要待太久，”她平静地说，“他像个硬汉的样儿，可……”

“我们不会待太久的，我保证。”凯特琳说。

多洛蕾斯又笑了笑，轻轻地敲了敲门。凯特琳听到清喉咙的声音，接着话音响起，“进来吧。”

第二十四章

看起来，就像有把刀插进了杰夫·比格森的背里，而他却硬着头皮假装它不存在。他躺在床上靠着枕头，脸上满是疼痛难忍的表情，紧咬牙关，尽量挤出一个无力却要显出勇气的微笑。多洛蕾斯向凯特琳一行肯定地表示，她丈夫想跟他们谈谈，但看着他现在这副模样，凯特琳感到一阵内疚。

比格森是个大块头——不算超重，就块头大而已。他正躺着，凯特琳估摸不出他有多高，但他的身子填满了一张单人床，显而易见他曾身强力壮。她可以想象一旦他从最近的手术中恢复过来，可能还会很硬朗，至少对一个这个年龄的人而言。她觉得可能一向没人能给他找麻烦。也许，是他的韧性让他将正在承受的痛苦抛到脑后，愿意出面见见他们。

"进来吧，"比格森说，"我这病不传染。"

他们走进房间，自我介绍，用的是他们向多洛蕾丝报出的名字。

"我知道我的好妻子已经跟你们说了些什么。"比格森说。

"你以为我是什么样的女孩？我当然说了。"多洛蕾丝用开玩笑的语气训了他一句。

“看外面真是个好天啊，多洛蕾丝，”比格森说，“你不出去打理园艺吗？”凯特琳明白这话的意思是，他想要和他的客人们私下谈。他的妻子似乎也同样心知肚明，便说：“好吧，我真有些风信子的种球得种下地里。过一会我会回来看看你。”她补了句话。凯特琳猜这是想提醒他们不要在此待得过久。多洛蕾丝关上她身后的门，离开了。

她一走，比格森便说：“你们看起来是体面人。你们可能觉得得聊上一会儿，会问我觉得怎么样，跟我说打扰了，很对不起——”

“我们打扰了你，真的很抱歉，比格森先生，”凯特琳说，“好像我们来得不是时候。”

“我想说的是，你不需要为此抱歉。说实话，不是有意不礼貌，事实是，我不想听那话。你想问什么，想谈什么，或者不管你来这里要干吗，我想我们都能好好处理，不让你们空手而回。”

比格森动了动身子，脸上又掠过那种痛苦的表情。

“我明白，”她说，“只想说，我们感激你。”

比格森点点头。“多洛蕾丝告诉我，你们来，是想打听那猪狗不如的达瑞尔·布克曼的事情。”

凯特琳点点头。

“那是很久以前的事了，”他说，“这家伙已经在牢里关了二十年了。除非有人杀了他，他活该去死，他至少还得再关个十年，如果我没弄错的话。”

“没错。”凯特琳说。

“那就想不出你来我这里问他的事是为什么了。”

他扫了眼乔什，然后比克斯，最后是凯特琳，目光停留在她的脸上。她知道，现在看着她的，不是一个普通老人的眼睛，而是一双侦探的眼睛。

时间一分一秒地过去。比格森说："你不是那个失踪的女孩。凯瑟琳……什么的。"

"萨瑟恩。"

"对，萨瑟恩。我记得，她也是一头红发，但她是天生红发，照着她的父母和我们手上的照片。我希望你别生气，你的红发是染的，如果我没弄错的话。"

凯特琳点点头。比格森确信他们已经知道什么，但——

比格森继续说。"你是……"他的声音放低了，然后他轻轻地问，"你是那天我们在那儿发现的女孩?"

这就是眼前的问题，不是吗？既然它已经摆了出来，既然它已经被问及，很有可能会得到答案。凯特琳无非想要在离开时得到一个肯定的答案。如果她是"受摧残"的小女孩，现在弄明白了有什么好处呢？在不知情的情况下，她的大部分日子过得不错。二十多年来，无论如何，她已经将往事深埋在心中最深的角落。现在为什么要强迫自己面对它呢？比格森细细打量了她的脸好一阵子，凯特琳正在想着是否要为他们的不请自来，匆匆离去而道歉，却听到他说："不是……我不觉得是。你不是她。"

霎时间，凯特琳担心她没有听清楚。

"她有黑眼睛和深色皮肤，像是有一些明显的别的种族的特征。"

凯特琳突然感到几乎站立不稳。

比格森说："你的皮肤更白……眼珠的颜色更淡……无意冒犯，你是地道的白种人。"

凯特琳忍不住笑了起来。

乔什在自我介绍后头一回开口，问："如果她不是那两个女孩中的一个……”

“你说你姓迪尔伯恩?”比格森问。凯特琳点点头，“是，是你出生的姓还是结婚后的姓?”

“这是我父母的姓。”

“迪尔伯恩，”比格森悄声念叨着。“真耳熟啊，”他斜眼看了她的脸几秒钟，然后眼睛睁大了。

“我知道你是谁，”他说。在凯特琳听来，他的声音中带着些许惊奇。

“你知道?”她问道。

“当然。我从未想过我会见到你。从未想过你还会露面。可就是你，不是吗？我知道这是真的。你是那个大美人，不是吗？你逃走了?”

“那个大美人?”乔什问。

“呵，”比格森说，“你们远道而来，就是为了证实这个，是吗?”

凯特琳不知道如何回应。“我……嗯……那个大美人？逃走了?”

比格森皱着眉头看着她。“迪尔伯恩小姐……”

“请叫我，凯特琳。”

“好吧，凯特琳。该我来问你啦。你来见一个老侦探问一起旧案子，是为什么？那起案子对你意味着什么？你来这里，希望知道什么?”

他又一次问对了问题。她显然是被问住了。如果比格森是对的，凯特琳便既非失踪的女孩凯瑟琳·萨瑟恩，也不是警察在一个肮脏的垃圾场的窝棚里发现的受摧残的女孩。但若果真如此，那么她又与这案子有何干系呢？她怎么知道失踪的女孩的名字凯瑟琳·萨瑟恩？为什么她二十多年来一直做有关妖怪的噩梦？她怎么一看到达瑞尔·布克曼的照片，就立即把他认出来了呢？

“谁是‘大美人’？”她问道。

“不是你吗？”比格森答道。“你不就是那个逃走的吗？也许我错了，但看起来肯定是啊。”

“这听着有点奇怪，比格森先生——”

“叫我杰夫。我不也叫你，凯特琳。”

她点点头。“好的，杰夫。这听起来有点怪怪的，我的记忆出了点问题。”

她说起那些微妙而模糊的细节，解释她的记忆是怎样出毛病的，以及受困于创伤性事件的可能性。比格森倾听着——在多年的执法经历中，他有可能听过无数人声称失忆——显出十足的耐心，尽量不在自己的脸上露出怀疑。她说着话，觉得这位退休老侦探正在掂量着她，估测她话的真实性。

“嗯，这些当然是创伤性事件。”他说。

“那么，”凯特琳说，“你能给我们再说得清楚一些吗？你觉得我可能是逃出来的那人。是那个‘大美人’，你说。”

稍显犹豫之后，比格森略一颔首，仿佛已经决定了选择相信她。“那恶心的混蛋布克曼趁着没人看见，把那些女孩从游乐场掳走。父母发现她们失踪的时候，他已经连鬼影都没了。他开着车，把她们几个从几十英里外带回他那肮脏的鬼地方。警察一直在找，但他们从未有过机会，因为没有人向警方描述过他或他的车。”

“那他们是怎么找到他的？”

“第二天，有人叫了警察。是的，有个家伙在街上溜狗，在拐角的地方看到一个金发碧眼的小女孩。她看起来脏兮兮的，迷路了。他问她出了什么事，她告诉他，妖怪偷走了她和另外两个一起在游乐场玩的女孩，把她们带去了一个垃圾场。起初，他不相信她。我的意思是，他怎么会信呢？不过，据那个家伙说，他能在她身上闻到垃圾的气味，就像她刚刚费劲地爬过垃圾堆。于是他打电话给警察，告诉他们他了解到的情况。我们出警到了那里，看见布克曼喝晕了。我们到那里的时候，门是敞开着的。只有一个小女孩在那间棚屋里。看起来，那卑鄙的家伙一喝醉，一个女孩就逃跑了。小屋的小女孩本来也可以逃走的，如果她想这样做。但是她情况很糟。她已经……受了摧残。我觉得她正处在极度惊恐的状态。”

“逃走的金发小女孩说，把他们带走的人是妖怪?”凯特琳问。

“她是这么叫他的。我们一直以为她听到他的真名。布克曼……和妖怪的发音……很接近。但她也有可能……”他顿了一下。“我猜，你见过他的照片?”

凯特琳点了点头。

比格森说：“他长成那副样子，又抓走了那小女孩和其他人，也许在她眼里，他真是一个妖怪。我们没办法确定。”

“我们读过一篇和这桩案子有关的旧新闻，”乔什说，“里面没有提到还有一个女孩逃跑了。”

“我们从未知道她是谁，”比格森说，“那人给警察挂了电话，转过身，那女孩就不见了。他四下找她，或者说他声称如此。我是相信他的，可她不见了。”

比克斯加入谈话。“你怎么不认为在街上的女孩就是凯瑟琳·萨瑟恩呢，就是那从棚屋逃跑了的女孩?”

“因为逃跑的女孩是淡淡的金发，而凯瑟琳·萨瑟恩是再明显不过的红发。还有，我们给那目击者看了凯瑟琳的照片，他说不是他看到的女孩。”

“你们没找过她吗？那金发女孩。”

“我们当然找过。但我们知道的全部情况是，她大约五岁，金发。”他又看了看凯特琳，“我打赌你这一头红发，是金发染的。”

凯特琳点点头。

“没有收到什么金发女孩失踪的报告吗？”比克斯问，“她前一天晚上没有回家，她的父母没报警吗？”

“问题就在这里，”比格森说，“他们没这么做。除了这两个女孩，没有人被报失踪……两个女孩，我们发现了其中的一个，另一个从未找到。我们还能再干些什么呢。我们到处打听，但没人知道什么情况。我们跟在那儿发现的女孩谈，不管怎样，我们想尽办法，但她什么也说不出来……至少那时没说出来。实话告诉你，我不认为她谈过，肯定没有，直到审判后的某一天。但到那时，布克曼已经被关进监狱了，似乎没有理由再去找那逃脱的女孩了。就像我说的，没人在找她，所以我们觉得她应该已经找到路回家了。”他直视着凯特琳，“或者我该问，你找到回家的路了？”

她耸耸肩，好像她无法确认，但她心里再清楚不过，那女孩就是她。她没有丝毫怀疑。她在孩童时被诱拐了。曾身陷那间垃圾场边的小棚屋，她曾跑过垃圾堆。她曾……

“为什么没人报告过你失踪呢，凯蒂？”比克斯问道。

凯特琳没有回答。也许这是另一个谜，但此刻她需要的，比这个谜题的答案更多。

“这些你真的一点儿都不记得了，对吗？”比格森问道。

“我真不记得了。”

他的脸上忽地涌起痛楚的表情，好像有人将他背上那把无形的刀子扭转了一下。“对不起，”他说，“止痛药有点儿不管用了。”他补了一句，手在他的床头柜上方一挥。柜上有几个处方药瓶、一壶水、一个空玻璃杯和一张《波士顿环球报》。

“你想要什么?”凯特琳问，“我来帮你拿。”

“现在还不要。”他深吸一口气，说，“我不知道你能记得什么，记不得什么，凯特琳，但如果能让你感觉好些，我想告诉你，我认为他没碰过你。”

“什么?”

“我认为他没有得到机会……伤害你。”

“你为什么这么说?”

“因为在我们逮捕他的时候，他还醉得很厉害，喋喋不休像个白痴。他看到你已经逃走了，他说——这狗娘养的话音现在还响在我耳边——他说，‘该死，我还没弄那个大美人。我本来要把她留在最后的。’”

“这就是为什么你一直叫我‘那个大美人’。因为他是这么叫的。”

想到只是侥幸逃脱那无边的恐怖，她不寒而栗。片刻之后，一股如释重负的巨浪冲刷着她的全身，是因为她的确逃脱了。接着，她乘上的这趟情感过山车陡降，将她抛向谷底。她意识到，逃离棚屋时，她把一个受尽虐待的女孩留在了身后。感谢上帝，在凯特琳离开去寻找帮助后，女孩显然不再继续遭受虐待。如果布克曼继续摧残她，或者——上帝不会让他得逞——杀了她，就像他可能对凯瑟琳·萨瑟恩干的那样，呃……凯特琳不知道是否还能够忍受自己。

比克斯仿佛感觉得到她在想什么，说：“看起来，是你救了那个女孩的命，凯蒂。”

凯特琳点点头，但没有觉得自己像个英雄。“救她，从何说起?听说她被这可怕的经历造成了严重的精神创伤。我们甚至不知道她的名字。谁又知道她是否能够完全恢复呢?”

“她完全恢复了,”比格森说,“花了一段时间,我不能对你说谎。这些年来我们不时跟进了解她的情况,到女孩顺利上了高中的时候,她已经没事了,我想情况是这样的。”

“你还记得她的名字吧。”凯特琳说。

“我记得的。”

“有没有可能,告诉我她的名字?我很想找到她,亲眼看看她一切都好。”

比格森慢慢地摇了摇头。“这事你得照着我的话做。她有自己的隐私,她能找到自己的那份安宁。”

凯特琳无法争辩。她正要问另一个问题,却见比格森的眼睛已经合上了。他看起来可能想要睡了,但突然间,他抽搐起来,像是一阵刺痛穿透了全身。凯特琳忙起身奔向他,但他睁开眼睛,举起一只手阻止她。

“我没事。”他说。

“很不舒服吗?”凯特琳问道。

他挤出了一个微笑,耸耸肩,是要告诉她“不舒服”的阶段过了,现在正开足马力直奔“受苦受难”的境地。凯特琳听到有人敲窗户,吓了一跳。多洛蕾丝站在玻璃窗外,一顶宽边园丁帽遮住了脸上的阳光。比格森朝她点点头,挥挥手。信息收到。访问的时间到现在是拖得有点长了。

“我还能为你做什么吗?”比格森问他们。他的声音越来越低。

“你替我们做的够多了。”凯特琳说。

比格森点点头。他犹豫了起来。“你看起来像个好女孩。我的意思是,一个好女人。你走之前,我想给你……嗯,我们就叫它合理警告吧。”

凯特琳皱起了眉头。

“还记得我说我知道你是谁吗?”

她点了点头。“是那逃脱了的，你说。”

老人也点点头。“嗯，是的，没错。但我们在交谈的时候，我觉察到更多。”他冲着床头柜上的报纸点了点头。“你看了今天的报纸吗?”

凯特琳什么也没说。乔什和比克斯一言不发。

“报上有篇报道，关于发生在北史密斯菲尔德一个仓库里的谋杀。旁边还登了两张警方的画像。”

凯特琳仍沉默着。

“有张画像上的人看起来很像你，凯特琳。”比格森说。接着，一阵疼痛令他的脸变了型。

疼痛过去，几秒之后，比克斯问：“假使就像你说的，又怎么样呢?”

比格森看着比克斯说：“我不知道在那个仓库里发生了什么事情。”凯特琳便想，我可和你一样啊。“我不知道她是不是在那里。如果她在那里，可能做了什么，可能什么也不会做。但我是一个警察，我的孩子。我得打电话给警方，告诉他们你们三人来过了这里。我别无选择。我可以等过了一个小时左右再打电话，也许吧，如果可以帮到你。但电话我得打。对不起，凯特琳。”

现在他呼吸的频率变了。似乎最轻微的移动也使他疼痛难忍。

“你能把我妻子从花园叫到这里来吗?”他问。

“你想要什么?”凯特琳担心地问。

他紧紧闭着眼睛。“我的止痛药。我等了太久了。”

比克斯离桌子最近，他迅速走过去。拿起第一个处方药瓶子，然后是另外两个。末了，他打开瓶盖，倒了几片药在掌心里。比格森双眼仍闭着，伸出双手，比克斯将药放在他的一只手中，往另一只手里塞进放在桌上的那杯水。

“这些是?”比格森闭着眼问道。

“氧可酮，”比克斯说，“对吗?”

比格森点点头，把药片放进嘴里。他长长地抿了一口水，挣扎了片刻将药强咽了下去，然后将头后仰靠到枕头上。

“有时很难吞下这些东西。”他虚弱地说。

乔什靠近凯特琳，轻声说，“我们该走了。他要叫警察的。”

凯特琳点了点头。乔什说的没错。现在他们得离开了。

“比格森先生，”她说，比格森的眼睛颤动着睁开。“比格森先生，谢谢你。”

比格森疲惫地笑了笑，又闭上了眼睛。

第二十五章

汉莎克侦探将她的警徽在那个长得挺帅的酒保眼前晃了晃，此帅哥该是她二十年前喜欢的那一款。她笑了笑，他也回了她一笑。她想起了在她风华正茂之年跟一位长成这样的家伙一同犯下的几个错误。她把红发女郎的画像递到他面前。

“你认识这女孩吗?”

他犹豫了。他本该好好想一想或是顿一顿。可他摇了摇头。

“经理在吗?”汉莎克问。

“玛莎，”酒保对一个中等身材的中年女人叫道，她刚刚走过后面房间的那扇门，“你能过来一下吗?”

汉莎克向这女人——显然，她叫玛莎——亮明身份，然后给她看了那张电脑画像。

“她看起来眼熟吗?”汉莎克问。

玛莎把画像端到眼前，皱起眉头。

“不熟，”她说，“到这儿来的人太多了。可能她来过这里，随便吃点东西，喝上几杯，可我不记得她了。”

汉莎克点点头，仿佛这完全可以理解。“是的，但我们得到了线报，她可能在这里干活。”

玛莎眉头紧锁着，摇摇头。“嗯，那个女孩没在这里干活。”

“你确定吗?”

“我了解我的员工，侦探。”

汉莎克点点头。“介意我问问周围的人吗?”

玛莎只是略显迟疑，接着便说：“别客气，请随意。”

“谢谢你的合作。”

汉莎克仔细观察着。看得到的是三个侍者。可能有一两个厨师在后厨。眼下只有七名顾客。也许其中一个认得红发女郎，即使玛莎没有……或自称她没有认出来。

十分钟过去，汉莎克从在场的员工那里一无所获。要么就是这个“一致对外”的小团体在给她打掩护，或者，他们是真的没认出她来。

汉莎克看着顾客。七人当中的某一人认识红发女郎的可能性微乎其微，但无论如何，汉莎克要问他们每个人。她又落空了。吧台后面，玛莎装作没在看。汉莎克走回来找她。

“好啦，看来该做的都做了，”汉莎克说，“除了你的员工登记表外。我想看看它。”

玛莎慢慢地点了点头，好像在考虑这个请求。“你有搜查令吗?”

汉莎克笑了。“看，这就是为什么我不喜欢电视上放的警匪片。因为那些节目，每个人都觉得自己变聪明了。罪犯认为他们知道如何脱罪。目击者不想帮忙，要看搜查令。因为他们在电视上看到过这类东西。”

玛莎说：“我没——”

“但如果你看这些节目，”汉莎克说，“那你就知道接下来会发生什么……我是说，其中的一个节目里，警察威胁要把卫生局的人带来，如果酒吧里面不是每件事都弄得妥妥帖帖的，就得关门一阵子了。”

“这个地方守规矩。”玛莎提防着说。

“当然，守规矩。可电视上的警察会这么说：‘希望你这里没有向任何未成年人提供酒精饮料。’然后酒吧老板会说：‘我们不让未成年人进来。’然后，警察就做得太过分了，因为硬汉警察并不总是守规矩的，不是吗?”玛莎一言不发，于是汉莎克继续说下去，“警察会说：‘好吧，我敢打赌，我们能在这找出几个未成年人，也许我们能逮到个身上藏了几十片羟考酮的，再逮个入店行窃的，我打赌他们会说，你卖酒给他们。就是说，如果我们问他们问对了。’现在，我不玩这些游戏，当然，他们也只是在电视上这么说说。”

汉莎克看着玛莎咬着牙，下巴肌肉给咬紧了几回。“你想要的，只是员工登记表吗?”

“暂时如此。”

玛莎叹了口气，从酒吧后面抽出一本活页本。她打开它，递给汉莎克看。上头大概列出了十五个名字。其中一个被划掉了。汉莎克感到一阵兴奋。

“那是谁啊?”汉莎克问道。“写的凯瑟琳·萨瑟恩。”

“她以前在这里工作。”

“以前?”

“工作到大约两个星期前。”

“她有没有正巧符合描述的红发女的特征?”

玛莎挠挠下巴。汉莎克看见几缕乱发正擦着她那里。“我真不记得她了。”

“这些人有地址吗?”

“不是全都有。”

“真的吗？本子上记得不怎么样啊。让我有点怀疑这里堂堂正正的模样是假的。可能有人拿工钱不入账吧。凯瑟琳·萨瑟恩是这样的吗？你有她的地址吗？”

玛莎摇摇头。

“如果我们把你的员工文件彻底翻翻？能找到她的地址吗？”

迟疑了片刻，玛莎说：“你找不到的。我发誓。”

“你碰巧不知道她住在哪里，对吧？”

“我不知道。真的。”

汉莎克点点头，拿出手机，拍下员工名单。

“在这个名单上的人，如果我问起他们凯瑟琳·萨瑟恩的事情，他们会说的吧？”

玛莎耸耸肩。“这你得去问他们。我对她没什么了解。我不知道她住在哪里。我只有她的电话号码。”

汉莎克将手机放进口袋里。玛莎显然一直试图掩盖事实，汉莎克不认为这只是因为萨瑟恩的工钱不入账。因为画像上的红发女郎便是凯瑟琳·萨瑟恩吗？

“如果你是我，”汉莎克说，“眼前这些名字里，你先从谁开始？你会先找谁来问呢？”

玛莎犹豫了好一会儿，说：“我可能会想要从名单最底下的开始。”

汉莎克低头看着摆在吧台上的记事本。名单上最后一个名字是珍妮·斯蒂沃。

“嗯，”汉莎克说，“你知道吗？在现实生活中，许多事情不必像他们在电视里干的那样收场。没有理由打电话给卫生局叫他们来这里，我没看到任何证据表明你们卖酒给未成年人。我认为这很好。”

玛莎什么也没说。

汉莎克走到外面她的车边，又拿出手机。她把玛莎员工名单的照片发给了帕迪拉，然后和他通话。

“这是什么?”他问。

“‘突击队’的员工名单，栗树街上的一间酒吧。我有很强的直觉，我们神秘的红发女直到两周前还在那里干活。我还觉得她名字也有了。”

“是吗?”

“是的。我想她叫凯瑟琳·萨瑟恩。名单上有她的电话号码。我会打这个电话，但她不会接的。我还要打这个名单上其他人的电话，看看谁知道她的什么事情。一定会有人知情。我建议从姓的字母顺序开始。”

“要我来打电话吗?”

“不，”汉莎克说，“你在哪里?”

“在洛林大道的公寓楼。临时管理员说红发女——萨瑟恩，我猜是这个人吧——不住在这里。她也没住在列在表上的另外两个公寓里。”

“如果这是你去的最后一幢公寓，就别管表单上其他地方的公寓了。我们知道她在哪儿干活。现在，我们得找到她住在哪里。你看这个凯瑟琳·萨瑟恩，她有一个电话号码，这意味着她能收到账单，也意味着有人有她的地址。不管她的手机服务是属于哪家公司的，我都怀疑这家公司现在马上就可以给我们提供她的地址，我不想等到明天早上，所以我指望你在明早之前能找出些什么来。检查汽车登记，财产记录之类的。我这边和你同步，去联系她的前同事，从珍妮·斯蒂沃入手。”

“明白了。”帕迪拉说。

“我们就快要成了，杰维。我能感觉得到。”

凯特琳从杰夫·比格森那里得到了好些答案，包括她从未希望获得解答的——对抗了近乎一辈子的妖怪噩梦之谜。现在她知道他到底是什么样的妖怪。她知道他的真实姓名。她知道在那些催生噩梦的事件中她置身于何地。不过，仍有许多疑问需要解答。为什么凯特琳七个月前去往史密斯菲尔德？为什么她两周前不再去上班？她一直藏在壁橱里的那份名单上的名字和地址有何意义？那天晚上，她在那个仓库里到底做了什么？最重要的是，她杀了报上登了画像的那个男人吗？在她的梦里，她见过那人的脸，脸上有一个弹孔。果真如此，她为什么要这样做？

从海厄特维尔开车到刘易斯顿得花二十多分钟。对凯特琳的更紧要的调查而言，这不是至关重要的一站。而她得回到马萨诸塞州寻找答案，所以她不妨尽可能多地搜集信息。他们去的地方不是很偏僻，尽管她不记得确切的地址，但她知道那条街，她相信会认出那幢房子，即使她已经有二十多年没有见到它了。

她告诉两人她想去的那个地方，乔什说：“凯特琳，我无法想象你的感受，我知道你想要答案，但我不确定我们现在还有时间绕弯路。稍后可能会有时间去看看那儿，但是现在，我们得继续前进。比格森认出你来了。他跟我们说，如果他能等，他会在一个小时内叫警察。也许他在撒谎。可能我们一走出门，他就叫了警察。”

“他会等的，”比克斯自信地说，“超过一个小时。”

“他会吗？”凯特琳问。

“他会。我不是医生，可我想说，我们至少有几个小时的时间。”

"你为什么这样说?"

"因为在我给他止痛药的时候，我其实给他的是几片安眠药。药瓶上写的助眠用量是一片。"

"你给他一片?"乔什问。

"我给了他四片。"

"加上他的羟考酮?"

"是的，羟考酮只有一片。"

"该死，比克斯，你可能会杀了他，"乔什说。

"这是'杯子有一半是空的'悲观式思维，"比克斯说，"我也可能没有杀死他。我愿意这样想。"

"该死，比克斯，如果警察发现我们下药——"

"放松。我不吸毒，从来没有，但是我有朋友吸毒，我还算略知一二。"

"真够劲爆啊。"

"吞下四片安眠药不会要人命，当中甚至还有一片羟考酮。他会睡上几个小时，醒来时休息足够，感觉也好。如果我们走运，他甚至会忘记去叫警察。"

乔什摇了摇头。"不管怎样，"他说，"我们没多少时间，凯特琳。如果你能，该抓紧时间。"

"我明白。"

比克斯将探路者开进了艾特本路。车子沿着街两边开行，让凯特琳仔细察看他们经过的每一幢房子，直到她最后指着一栋小房，说："就是这里。"

比克斯停下车。小房不似比格森家的精巧华丽，也并非年久失修，但看去十年前就得粉刷了，草坪也急需有人打理。

“你确定吗?”比克斯问道。

“我住在这里时，房子是浅蓝色，但绝对是这地方。”凯特琳说。

“这房子刷的是浅蓝色。”乔什在后座上说，“可能过去刷的是这颜色。不管怎么说，现在褪色褪成几乎无色了。”

“会是什么人住在里边?”凯特琳问道。

“我有个找出答案的好办法。”比克斯说。

凯特琳点点头。“我自己来找，好吧，两位?”她知道他们会抗议，于是她补了一句，“如果有人在家，可能会更愿意和我一个人谈话。”

没等他们同意，她就从车里出来了。她站了一会儿，看着她曾住过两年的房子。她留下了零星的记忆，还记得当年在前院里玩球。那时院子里的杂草很少，栽培了一些花儿。这里的每一样东西都比凯特琳记忆中的要小得多。当一个人重返年少无知时的成长之地情形便总是如此。她沿着不平的砖块路往前走去，想记起在这里是否得到过快乐。她真的不记得有过什么真正幸福的时光，但在此地，她确实有过特殊的糟糕回忆。她让自己的心绪平复下来。

她按响了门铃，等着。她又按了一次，门开了，见一个瘦小的女人，穿条脏运动裤，褪色的印花上衣和廉价的运动鞋。她一只手中拿着一瓶饮料，凯特琳分辨不出是不是酒，如果是，她不会感到吃惊。这个女人看上去有些面熟。

“找谁?”她说，被烟熏透的嗓子发出的声音有点吓人。

“我叫凯特琳。我以前住在这里。”

让她相信还耗费了点口舌，但她最后还是让凯特琳进门了。凯特琳朝待在车里的两人快快摇了摇手，跟着屋主穿过了一间散发出几十年陈年烟味的房间。屋里很黑，遮光物和窗帘大都闭合着。凯特琳不知道为什么有人居家过活喜欢黑暗更甚于光明，也许眼前这个女人有她自己的道理吧。她们走过走廊，穿过客厅，过了一间浴室，进了厨房，凯特琳试图回忆起在这些房间里生活的情形。眼前一切，有似曾相识之感，但她旧时的记忆有如这屋里的光线一样暗淡。

他们坐在一张面上有刮痕的塑料贴面桌子旁，桌正中摆了一个烟灰缸。女人没给凯特琳端茶倒水，凯特琳很是感谢。她还没点上烟，凯特琳为此也心存感激。

没多寒暄，凯特琳直接告诉她自己的来历。她解释说，这是她三到五岁时寄养的家庭。戈德史密斯太太——她的名字，凯特琳听起来确实熟悉——听得相当用心，但现在，她的眼睛里起了某种变化。

“你说你的名字是凯特琳吗?”

“没错。”

戈德史密斯太太径自点了点头，凯特琳知道老太太认出了她，至少，现在意识到她是谁了。

虽说这房子没有多唤起凯特琳无论好坏的几丝回忆，这里也并不是个令人愉快的所在。凯特琳想要知道一些非常具体的问题的答案，然后，就离开这里。

她告诉戈德史密斯太太达瑞尔·布克曼的事情。这女人说，她回忆起了一些关于这段往事的事情，它是很久以前的事了。凯特琳说是的。又说，她来问一个问题：当她失踪后，为什么戈德史密斯太太和她的丈夫——凯特琳当时的养父——没有报警？按退休侦探杰夫·比格森的说法，凯特琳当时已经失踪了一夜，但警方那里没有一份失踪儿童的报告与对她的描述相匹配。

戈德史密斯太太把脸转过去。然后站起来，走进厨房柜台，从电话旁边拿起一包万宝路。她抖出了一支烟，用一次性打火机点燃。她站在那里，将烟灰弹进她放在柜台上的一只烟灰缸里，尽管另一张桌子上的烟灰缸离她只有几英尺远。最后，这女人开口说话了。

“当时我是要报警，”她说，嘶哑的烟民嗓冒出话来就像是一阵咆哮，“但哈罗德不让这么做。他觉得你只是跑开了，跟许多孩子一个样。他说他还是个孩子的时候也这么干过，后来自己找到回家的路。他说你也会的。你没事。看起来他是对的。我看你挺好的。”

凯特琳不想和她对抗，因为这女人可以随时让她离开，但这些解释对她来说是不够的，远远不够。

“我那时只有五岁，戈德史密斯太太。一个五岁的女孩，独自离家了。”

“就像我说的，事情结果不错。不管怎么样，你现在看起来挺好……我记得你是金发的。”

“达瑞尔·布克曼绑架了我。把我和另外两个女孩带走了。他关了我们一整天。其中一个被他摧残了。另一个……嗯，再也没找到。”

女人深吸了口香烟。“那，我猜你够幸运的。”她说，话音不像刚才那么刺耳了。

“我是幸运。情况如此。可我不明白为什么你没有报警。当然，我只是个寄养的孩子，但你得照料我啊。”

戈德史密斯太太身子越过洗涤槽，透过窗帘的一道缝隙向外望了一会儿，然后转身面对凯特琳。“就像我说的，我想报警，但哈罗德，我丈夫——他八年前去世了——他不让。他觉得，如果警察发现我们弄丢了你，他们可能会来把其他寄养在我们这里的孩子带走。那时，这里有几个寄养的孩子，你看，我们需要他们每个人，有他们我们才能拿到钱过日子。我们担心警察会把他们都带走，不再让我们收寄养小孩。所以哈罗德认为我们该再等几天，看看你会不会回来，如果你回来了，就万事大吉，对吗?”

“如果我不回来呢?”

“那我们就报警。”

凯特琳花了一阵子来回味这番话。在这对夫妇眼中，她差不多就是一件商品。

“我们从来没有虐待过你。”戈德史密斯太太说。

至少，那是真的。

“发生了什么事?”凯特琳问，“我离开了一夜后又出现在这里?”

那女人犹豫了。“事实上，你离开了几天。”

“几天？有多少天?”

“四天或五天，我认为。可能只有四天。”

“四天?”凯特琳重复着。

戈德史密斯太太耸了耸瘦骨嶙峋的肩膀，在烟灰缸里掐灭了她的香烟。她马上又点燃了另一根。凯特琳从未吸过烟，但她认为，如果女人第一支烟过后直接点燃第二支作无缝衔接，也许这样她就能欺骗自己说她不是个一支接一支的烟鬼。她似乎很擅长自欺欺人。

戈德史密斯太太说：“我们接到一个人从什么教堂打来的电话。他们在那里办了一个孤儿院。他们说，两天前有人把一个小女孩带到那里。女孩说她叫玛丽，叫苏还是什么的，我不记得叫什么了。那时，他们就开始处理这事，为了做点什么，但突然，在第二天还是第三天女孩改口了。说她的名字叫凯特琳·戈德史密斯，住艾特本路。他们找着了我们，给我们打电话。但哈罗德到那里接你的时候，他们的收养程序当中的收养人，已经等在那里了。”

他们做得太对了。凯特琳这般想着，抑制住脱口而出的冲动。

“我们失去了你，”戈德史密斯太太说，“我们失去了你们所有人。你不会再回来了，他们来了，把其他人带走。哈罗德害怕的事情还是发生了。”

凯特琳没法肯定，但戈德史密斯太太看上去就像控诉般地怒视着她，仿佛这一切都是凯特琳的错。

“他们说，给你找了个新家，我们不再是你的养父母了。”

凯特琳点了点头。

“我们从来没有虐待你，”戈德史密斯太太又说，“没虐待过你和其他任何人。”

凯特琳又点点头，站起身来。她谢过老太太，说她能够自己找到路走出去。当她最后一次穿过黑暗的房子时，禁不住想起了在下一个家里和她的养父母一起度过的那些明亮的日子。他们最终收养了她，给了她自己的名字，像父母爱亲生女儿一般爱她，直到凯特琳二十岁那年，他们在一场车祸中猝然离世。

凯特琳打开前门出来，回身掩上门时，平心静气地最后看了一眼这个地方。她呼吸着屋外清洁的空气，走回车上。即使她仍不知道为什么妖怪……或说是布克曼……出现在她的名单上？独眼杰克和鲍勃又是什么人？她不得不承认，已经开始得到一些答案了。不过，到目前为止，她并不喜欢她所知晓的这些事情。一点也不。

第二十六章

在回史密斯菲尔德的路上，比克斯听着凯特琳向他和乔什讲起她刚才跟当年的养母谈了些什么。比克斯甚至不知道她曾被寄养过。然后，他提醒自己，他真的一点儿也不了解她，至少是不了解那个真正的她。

凯特琳说："我逃出布克曼的房子，把事情跟那个后来打电话报警的人说了后，我为什么不回……回我戈德史密斯的家呢？我怎么会去了孤儿院？为什么我要给他们先报了一个假名字，几天之后才告诉他们我的真名?"

"你知道我怎么想的?"比克斯问。

"我可以猜到你怎么想的，"凯特琳说，"我敢打赌，乔什也是同样的想法。因为我也这么想。"她顿了顿，补充说，"听起来，我在回去的路上，该是分离性神游症又轻微发作了。"

"这与症状吻合，"乔什表示同意，"如果这些行为真能由创伤性事件引发。我是说，由你的经历引发了。你不记得在布克曼的房子里出的任何事情，也不记得身在孤儿院那些天里发生了什么，这一段记忆都缺失了。"

“我似乎暂时建立了一个新的身份，”凯特琳说，“在彻底走出神游症，告诉他们我的真名、住在哪里之前的那几天里，还给自己起了个不同的名字。”她停顿了一下，“所以，看起来是我的问题，”她伤心地说，“我想知道，在我的生活中，还有没有在别的时候发生过神游状态。我不记得了。”

“嗯，”比克斯轻轻地说，“我不确定你有，凯蒂。”

“我是说，我有没有不记得在一个陌生的城市醒来，或是忽然知道，时间已经在我不知不觉间过去了几个月。有没有一段空白时间是我不能说清楚的。”

“即使你此前已经经历过，”乔什说，“这种情况仍然可以说非常罕见。你身上就只发生过两回。可能真是被创伤性事件激发了。”

“这就让我迫切地想要知道，七个月前究竟是什么让我进入神游状态的。”

他们陷入沉默。比克斯开了口，“我一直想知道，你是怎么出现在史密斯菲尔德的。”

“是啊，”凯特琳说，“为什么我别的地方不去，偏偏要回来这里？”

“很难说清为什么你会对生活中这样一个可怕的事件念念不忘，”乔什看着凯特琳说，“但七个月前你离开我们家后，也许经历了真正的创伤——无论是什么，都让你陷入了神游状态——你回到这里，因为此地在你的潜意识中与创伤性事件相联。”

“搞精神分析啊。”比克斯说。

“你有何高见？”

“我想，这有可能的，”凯特琳说，“无论如何，我们填补了一些空白，即使我还没有真的记起什么来。我们现在知道了红头发来自何方，知道了一个名字凯瑟琳·萨瑟恩，还是凯瑟琳·索瑟德，我自己也叫糊涂了。”

“好吧，”比克斯说，“我们可能知道这些东西从何而来，但不知道你为什么要叫这名字，也不知道你为什么要把头发染红。”

凯特琳慢慢地点点头，好像弄明白了些事情。“当时我一定听到过凯瑟琳的名字，在被弄进棚屋之前或之后，或是在操场上。因为我们一起承受，一起……经历的事情，可能让我感到和她有着千丝万缕的联系。如果乔什说的没错，我莫名其妙又陷进被那个地方牵扯出的情绪时，可能她的名字和头发的颜色便浮现了出来。至于我为什么给自己取这个名字，染了头发……我甚至猜也猜不出来。”

“我不认为这是有意识的决定，”乔什说，“更有可能，你是暂时放弃了对自己心智的控制，根本意识不到做了那些事情。见鬼，那时你完全不知道自己是谁。比克斯问你的名字时，不管出于什么原因，那时你脑子里冒出来的，是凯瑟琳。”

“然后，一旦我说出我是她，在意识的深处，我就记起了我应该是一头红发吗？”

她这么一问，让他们安静了一会儿。

“我想，其他剩下的疑问也可以用这法子来解释了，”凯特琳说，“我们只是在这里吹出一个个泡泡。这些疑问要是不去查清，我们就连一个也都弄不明白——我为什么要来到这里？为什么我下意识地要成为凯瑟琳·萨瑟恩。我有什么计划？我是不是只是迷路了，最后走到了这里，拿她的名字来做精神上的防卫？”她停了一下，“我二十多年前阻隔开了的东西，为什么又要将和它相关的一切，再带回我的生活？”

比克斯张嘴想说什么，但还没来得及说出来，手机响了。他一只手搭在方向盘上，从口袋里掏出手机，看着来电显示，“是珍妮。”

离开“突击队”不久，他们就商量过用什么办法能最方便地接近珍妮·斯蒂沃。凯特琳可以给她打电话，假装她记得斯蒂沃，但这做起来很困难。考虑到她们都把对方认作自己最好的朋友什么的，交流互动时可能已经有一种既定的节奏，凯特琳不太可能装得令对方信服。更重要的是，很难让她问出凯特琳最近一直在做什么，她为什么做这些事。难道她自己不知道吗？凯特琳的第二个选择是打电话给斯蒂沃，再讲讲他们曾对玛莎说过的话，说她最近头部受伤了，她的记忆出了毛病。问题在于，尽管有几分像真的，这还是个难让人完全相信的故事。

争论了几下，他们决定用第三种方案。比克斯给斯蒂沃打电话，告诉她，他怀疑凯特琳已经陷入一些潜在危险里，而比克斯想帮她摆脱。选项三的问题在于，斯蒂沃毫无疑问只对凯特琳——或者凯蒂，就像斯蒂沃知道的——忠诚。她可能会认定如果凯蒂不想让她的男朋友知道些事情，那她斯蒂沃也该帮着对这些事情保密。她可能会怀疑比克斯的意图：也许他只是对他的女朋友起了疑心，想要查查她。不过，他们都认为比克斯打这个电话最为可行。于是，在开车上路去往比格森家不久他就打了电话，但斯蒂沃没接，他便留言请她给他回电话。他留言说，有重要的事情。

现在她打过来了。比克斯不知道怎样在电话里跟她交谈。他遇到过斯蒂沃几次，但他们没在一起相处过。他以前当然也从未给她打过电话。

他说你好，两人寒暄了几句，都有些心不在焉，直到比克斯说出想说的话来。

“珍妮，我担心凯蒂。”

“哎呀！什么？”

“我想她现在有麻烦了。”

斯蒂沃小心翼翼地问：“是吗？”

“是的。我希望你能帮我。”

“帮你什么？”

“帮我让她摆脱出来。”斯蒂沃那头无声无息。“珍妮？你还在听吗？”

“是的。凯蒂现在在哪里？”

“她离开家不知道上哪儿去了。所以我才打你电话。”

“是吗？”

接下来，事态的发展如他们此前的预料，斯蒂沃小心谨慎，滴水不漏。起初她装聋作哑，但最后她直截了当地说，凯蒂的事是她自己的事，即使她和比克斯同居。斯蒂沃不想给她的朋友带来麻烦。

“但我没别的意思，珍妮……只想让她摆脱困境。”

他们在电话里绕圈子。有一两次比克斯觉得她马上就要挂电话了。最后，他说：“该死的，珍妮，我爱死凯蒂啦……爱得比大多数人爱他们所爱的人更厉害，你知道吗？我不会让她出事的。我不认为她在我背后偷偷摸摸，如果你以为我是这样想的话。她当然也不会那样对待我。即使她那样做了，如果那能让她快乐，她也该得到快乐。”

比克斯感觉得到身旁的凯特琳正饶有兴趣地倾听着。乔什也一样。他希望他们认为他只是在演戏对付斯蒂沃——至少他希望乔什这样想——但他超常发挥，收不回了。当他觉得可能会有所收获时，他也不想加以收敛。

“我认为是别的什么事情，”他继续说，“我觉得你可能也是这样认为的。所以我想请你告诉我，你知道的所有她正在干的事情。我来给你提示一下，好吗？我知道大约两个星期前她不去工作了，从那时开始就有些不对劲了。”

“你……知道这事？”斯蒂沃问道。“凯蒂跟我说，她不会告诉你的。”

“她没告诉我，但被我发现了。现在回想起来，我稍稍记得从那时起她和我在一起举止就和以往有所不同了。那时我还不确定，但是现在我觉得是这样的。她不是生我的气，也不是不够爱我了，只是……像是她脑子里多了些想法。”

比克斯听到斯蒂沃从电话那头传来了一声咕哝，好像她悄声说着“嗯嗯”表示赞同。

“你说什么，珍妮？你能帮帮我吗？我想给我爱的女人出把力，她也是你最亲密的朋友啊。”

斯蒂沃陷入了沉默。最后，她说：“你有没有听说，在北史密斯菲尔德的一个仓库里有人杀了人？”

“听说了。”

“你没看到受害者画像和一些据称与此案有关的女人画像吗？”

“我看到了。”

“有一幅画了凯蒂，是不是，比克斯？”

“我不知道，珍妮，我不能肯定。但是现在你也许有些明白了为什么我会为她担心，担心她不知怎的就招来麻烦了。也许你明白，为什么我要请你告诉我你知道的一切。都是为了凯蒂。”

结果是，珍妮·斯蒂沃知道很多凯特琳近来的事情。虽说不是每件事他们都想要知道，这让凯特琳有些失望，但她知道的事情真多。

比克斯盯了一眼凯特琳，又看看乔什，然后在自己的嘴唇上竖起了一根手指，说：“我要开扬声器了，珍妮。我讨厌一手开车，一手打电话。”不待对方表示可否，他在手机上按下了一个按钮。“你在听吗?”他问道。

斯蒂沃的声音通过手机的小扬声器传来。“我听着，”她说，凯特琳也能清楚地听到她的声音。

一问一答。斯蒂沃的声音有些勉强，比克斯催着她。斯蒂沃像在怀疑她是不是正干着一件错事，比克斯哄着她让她宽心。最后，她把她知道的说了出来。

一切如常，斯蒂沃说，凯蒂也是老样子，直到两周前的一个晚上。那晚她们俩一起在“突击队”当班，忙得不可开交。托德又打电话来请病假了，那个浑球一碰到重大篮球比赛什么的，就请病假，斯蒂沃和凯蒂得顶上干额外的活。所以这时凯蒂稍稍……停下手脚，珍妮当然就注意到了。看见她甚至一动不动。人们在她周围喧嚣——客人们，女侍者——凯蒂就站在吧台那边，直视着前方。也许她盯住了什么人，但看她的样子，像忽然变得浑然无觉。斯蒂沃快快环视一遍四周，没有看到任何不寻常的事情，也没有人回头盯着凯蒂，或是躲闪着尽量不被她看到。但凯蒂肯定见到了什么人或什么事。斯蒂沃说过，那晚真够忙的，玛莎冲着所有人吼，于是斯蒂沃便过去轻轻推了推凯蒂。这时，凯蒂说了句很奇怪的话：“你见到他了吗?”她问。斯蒂沃问见了谁，凯蒂没有直接回答，而是说：“他和那个只有一只眼睛的人在一起。”

凯特琳、乔什、比克斯面面相觑。独眼杰克。

斯蒂沃继续讲下去。她告诉凯蒂，她没看到只有一只眼睛的人。凯蒂说，他刚刚离开。他们都走了。斯蒂沃又问她，谁跟那独眼的家伙走了。凯蒂显得有些恍惚，摇摇头，不愿说起。但斯蒂沃说，凯蒂后来没再出现这样的情况。

几天后，她终于承认，她想要找到不久前的那个夜晚出现在酒吧里的那两个家伙——独眼的金发男人，还有和他在一起的人。两人大概都三十多岁。她不住地向常客们打听是否认识这两个人。她说起两个人的样子，尤其是独眼的金发男人，大概因为他在两人中更显眼。凯蒂干这事装得很随兴，好像她只是想聊一聊，但斯蒂沃说她开始变得奇怪了。最后，凯蒂告诉斯蒂沃，有人说他知道这样的一个人。戴眼罩，金黄色的长发。凯蒂问她怎样才能找到他，可那家伙闭嘴了，可能是怕被卷进什么事情里去。斯蒂沃对比克斯说，凯蒂跟人打交道有自己的一套，所以最后那家伙还是向她承认，有天晚上他在鲍勃那里见过那独眼龙。

凯特琳与乔什和比克斯又对视了一眼。鲍勃？是凯特琳秘密名单上的名字吗。

“鲍勃是谁?”比克斯问。

“鲍勃不是谁，”斯蒂沃说，“鲍勃是个地方，一个酒吧。‘啤酒桶’酒吧。因为这名字的三个首字母拼成鲍勃[①]，大家就都这么叫了。”她话音里多了种语气，暗示比克斯是个笨蛋。

比克斯点点头，然后慢慢摇了摇头，仿佛他觉得自己本该想到这一点。

比克斯说：“我从来没有去过那里，可我知道那地方。”

斯蒂沃说：“那么，接下来我知道的事情就是，凯蒂开始请病假，最后根本不来上班了。玛莎解雇了她，虽然她从未告诉凯蒂，我想。玛莎只是向大家宣布凯蒂被解雇了。”

---

①“啤酒桶”酒吧英文原名为 The Barrel O’ Beer. 这名字的三个首字母 BOB 拼成了“鲍勃”。

“那段时间凯蒂在做什么，”比克斯问，“既然她不去工作了?”

凯特琳几乎可以听得到斯蒂沃耸了耸肩。“找那一只眼睛的家伙，我猜……尽管我想她真想要找的是另一个人，那独眼龙的朋友。”

“她告诉你她要这么做吗?”比克斯问道。

“没有，她没直接说起过，如果你明白我的意思。她不想谈它，不管它是什么。我追着她问了几次，但是她不愿告诉我任何事情。她开始比平时少打电话给我了，我的好多电话她都不回。她成了个重任在肩的女人。”

“是要去找独眼龙和他的伙伴。”

“肯定是这样。”斯蒂沃说。

“她从哪里入手呢?”

“她不会告诉我的。我怀疑她真的会去‘鲍勃’——那地方够危险的——但也许她只是监视着什么的。也许她也在别的酒吧里找他们。我不知道。就像我说的，她开始将我拒之门外了。”

“还有别的吗?”比克斯问。

“别挂……”不一会儿，斯蒂沃说，“对不起，又有个电话打进来。我不接它。哦，还收到条信息。我错过了。”

“珍妮?”比克斯叫了一声。

“哦，是的，对不起。你说什么?”

“我想问，还有什么你能想起来的事情吗？我该知道的。”

“我是，”斯蒂沃说，“想说……”

“什么?”

“如果她遇到了麻烦，比克斯……把她弄出来啊。”

“我正要这么做。”

他挂了电话。

凯特琳给他们理了理头绪。“那么，照珍妮说的，几个星期前，我看到了一个独眼金发男人和他的朋友，这吓着我了。我向身边的人打听，最后发现他有时会去一个大家都叫‘鲍勃’的酒吧。我班上得越来越少，到最后根本就不去了，显然是为了找到这两个家伙。”

“那么，他们是谁?”乔什问。

凯特琳耸耸肩。“不知道。独眼人显然不是我在仓库里开枪射击的家伙。”

“你没有对任何人开枪，凯特琳。”乔什说。

“不管怎么说，”凯特琳说，“照画像来看，仓库里的死人有两只眼睛。”凯特琳也知道，在夜晚的噩梦中她开枪打死了他。“这不是独眼杰克。但也许是另一个人，不管他是谁……可能就是我开枪射击的对象。”

“得了，”乔什说，“你没对谁开过枪。”

“我们可能就要弄个一清二楚了。”她说。

“看来我们得到‘鲍勃’那儿去。”比克斯说。“就像珍妮说，那个地方可不太平，所以，都系上安全带吧。”

第二十七章

“啤酒桶”酒吧——或是“鲍勃”，就像本地人那样叫的——位于小城一块肮脏的地盘上，跟城中同样肮脏的另一处相去不远。他们几小时之前才去过那儿，去看了那家曾被叫做“典当国王”的空荡荡的店铺。乔什也在这边的墙上看到了类似的涂鸦和封住一楼窗户的铁条。

“鲍勃”的入口是开在一堵原色砖墙上的一扇黑门，没什么建筑特色。上边覆盖着喷漆标签、帮派标志和胡乱写的亵渎之语。门上方一只木桶砌进砖里，给锯成了两半，上面刻写了酒吧的名头。

乔什、凯特琳和比克斯坐在车里，盯着街对面的黑门。乔什说要进去的时候，正巧见两个家伙绕过拐角，大摇大摆地进了酒吧。他们看起来就像直接从监狱里走出来的。看着他们每人都拖着一个铁球脚踝链，乔什并不感到很惊讶。两人打开黑门，推了一把一个和他们外形很像，正往外走的家伙。正离开酒吧的那人揉着前额，好像头痛得很厉害似的……要不就是被一把酒吧高脚凳敲了头。

“亲爱的，你真的来这里待过?”乔什问。

“我不知道。”凯特琳说。

乔什无法想象凯特琳会进到这样一个地方。假如她来过，一定是等在外面的车里观察着，希望能发现独眼杰克和他的朋友。

“听着，”比克斯说，“我从没来过这里，这个地方的声誉不是很好。老是上新闻，因为总有人在这吃刀子。有时是在里边，更多是在前面的人行道上。这里也有子弹乱飞的时候。我不记得有没有死过人。关键是这里可能很危险，不要进去。你该坐在车里等着。我很担心你。”

“谢谢，可我得进去。”凯特琳说。

“我是和乔什说话。”

“说够了吗?”乔什说。他真的厌倦了比克斯。话说回来，他头一眼瞧见比克斯就已经厌倦了他。“我们进去吧。”他毫不犹豫地说，话音尽可能平稳，以掩盖他对进入“啤酒桶”酒吧的焦虑。他让比克斯带头穿过马路，只有这样他才可以殿后，让凯特琳居于两人之间。

他们到了黑门前，比克斯抓住了把手。拉开门之前，她看着他们说：“尽量装得熟门熟路的。”

他打开门，走进昏暗的酒吧。

保镖坐在门里的一张凳子上，他的头就像一大块水泥直接安在结实的肩膀上。乔什看不到他的脖子。他正嚼着的东西可能是口香糖，也可能是可嚼类固醇。他们走到他跟前，还没来得及开口说话，保镖说：“这些人跟你来的，凯蒂?”

乔什看着凯特琳。比克斯也看着她。凯特琳只是犹豫了片刻，便说：“现在他们跟我。不过，等上了道，就各玩各的。”

她朝保镖使了个眼色，信步走开了。乔什吃惊地跟上她。比克斯看起来也显得同样惊讶。他们掀开了一面黑天鹅绒帘子进了一间大屋子，里面满是大块头男人和爆炸头女人。音乐从一个劣质扬声器系统中传来，台球噼啪作响，人声鼎沸。一个玻璃水罐打碎了，有个酒保冲着面前的醉汉大叫。他喝倒了，一头砸在划痕累累的吧台木面板上。

“刚才那保镖是怎么回事?”乔什问凯特琳，放大声音压过头顶的音乐。

凯特琳耸耸肩。“他认出我了。我以前来过这里。我没法想象如果我不冒充女汉子还能在这里活下来。”

“我不敢相信你以前来过这里。”乔什说。他还不敢相信在必要的时候凯特琳能轻易地显露她的野性。

“凯蒂，美女!”有人叫道。乔什转身看到一棵橡树向他们走来，他手臂上每一英寸的地方都文上了骷髅头。没别的，只是大小不一的骷髅。

“嘿，瞧你。”凯特琳答道，那声音不像是她自己的。她正扮着某个角色，引着他们从酒保前经过。

“昨晚想你了。”那家伙说。这话证实了凯特琳最近是这里的常客。“有一瓶是给我女人拿的，”那人说，两手各拿着一瓶百威啤酒，“但她的屁股可以离开一下板凳，动手给自己弄啤酒。”他把其中一瓶百威递给了凯特琳，然后自己喝了一大口。他盯着凯特琳开了瓶子，深深灌了一口。这家伙对她笑了笑，然后看着乔什和比克斯。他的笑容忽然消失，脸僵住了，好像上边给厚厚地涂了层快干水泥。

“这些人是谁?”

“我朋友。”凯特琳说。

他怀疑地望着他们，一脸的嫌恶。“他们跟你来的?”

“是啊。”

这家伙皱起眉头，又转向凯特琳。“你还欠我一支舞，凯蒂。那天晚上，你答应我再跳一个的，可你走了。”

乔什听清了吗？他的妻子和“疯狂的麦克斯”在这里跳舞了？

“可能今晚我待不长，”凯特琳说，“朋友们要请我喝一杯。改天再跳？”

这家伙又怒视了乔什和比克斯一眼，点点头，笨拙地走开了。

“我们该去酒吧吗？”凯特琳问，“电影里的人想要什么信息，总是到那里去。”

她穿过房间走向酒吧。一路上，叫声四起。

“来啦，凯蒂！”

“哟，凯蒂。”

“昨晚没看到你来呀，凯蒂。”

“凯蒂，瞧瞧我的新文身。”

他们终于来到了吧台。没走很长的路，这地方也没那么大。但似乎他们经过的每一个人都七嘴八舌地欢迎凯特琳，向乔什和比克斯投去不信任的目光。对乔什来说，穿过酒吧的感觉就像是在动物园里经过野猫馆，而且关野猫的笼子的门全都敞开着。

“我猜，我也常来这儿。”凯特琳说。

“看起来是的。”比克斯说。

酒保看见凯特琳，原先净是愁容的脸顿时像被点亮了。他走过来，无视吧台边的坐着的几个老主顾，对她说：“照旧。是吧。”他笑得几乎将一副牙全都露了出来。

凯特琳回了一笑，乔什看到这一笑不同于平常。笑得友好，但含有恶作剧的成分。当酒保离开，到一个啤酒桶龙头下加满一个玻璃杯的啤酒时，乔什平静地对她说：“你很擅长这个啊。”“努力适应。”她同样平静地回答，“其实提心吊胆的。”

“别担心，”乔什说，“有我在。”他不情愿地补了一句，“比克斯也在。”话一出口，说实话，他便觉得自己有点蠢。这纯粹是虚张声势。因为他知道万一需要保护凯特琳，他会死在这里的。他也知道跟这里的什么人干上了，就不太可能有别的方式来收场。

酒保回来了，把一杯啤酒推到凯特琳面前。乔什张口说话想要给自己来一杯，但酒保把两只粗壮的胳膊搁在吧台上，根本不把他放在眼里，就像他也不睬其他人要酒要饮料的吆喝一样。

“你昨晚没来，凯蒂，”他说，“我替你担心。”他又笑了。这是个只有母亲才会发出的微笑……甚至某类非常特殊的母亲，才会这样笑。

“担心我，嗯?”凯特琳说。

“当然啦。这几周你每天晚上都来，突然就不露面了。我们都想知道发生了什么事情。”

“我们?”

“对啊，我和那些家伙，”酒保说，头朝边上一斜，指向坐在几英尺外的一群恶棍。乔什看到她稍转身过去，他们每个人便都冲着凯蒂点头。她究竟在这里搞了什么鬼名堂?

凯特琳又做出个恶作剧般的笑，说：“很高兴知道你担心，可我很好。”

“要一直都好，凯蒂，”酒保说着，又奉上一个微笑。“少陪一会儿，行吗?”

他转过身去，大声喊叫，对顾客说着粗话。他们一直在不耐烦地试图引起他的注意。他一个接一个地给他们上酒水，边骂骂咧咧地收了他们的钱。

“最近你像是交了很多朋友。”比克斯平静地说，似乎很开心。乔什则正相反。凯蒂独自来这里对她来说可能会非常糟糕。

她耸耸肩。

“你似乎知道如何适应，”比克斯说，显然已经留下了深刻的印象。“想想看，她身子里面毕竟藏了个野孩子，嗯，乔什?”

乔什发现，忽略比克斯通常比搭理他更省心。他也没理睬在他左手边捣鼓不停的家伙。那人一直在撞乔什，似乎乔什正站着的地方不折不扣是他占的一小块地盘。乔什环顾四周昏暗的酒吧，尽量不要引人注目，他正在找一个一头金发戴眼罩的家伙。

他悄声对凯特琳和比克斯说：“谁见了独眼杰克?”

比克斯一直在打量着这个地方，他说：“没有。”

凯特琳也摇了摇头，他们都继续看着房间里的人。乔什扫视着酒吧里的一张张脸，他的目光被一双眼睛抓住了。那双眼睛似乎正看着凯特琳。那人留着散乱的薄山羊胡，他的胡子太需要整一整了——乔什想，全刮了或许更好。他独坐在酒吧的另一端，显然正斜着眼打量凯特琳。发现乔什正看着他时，他迅速垂下眼，将目光投向面前的啤酒。可能只是又一个喜欢凯特琳这模样的家伙吧，乔什想。

一个彪形大汉走过来。不知为何，他一只手拉着拉链，另一只手拿着一支台球杆。他站在她身旁，说：“今晚可要给我一个机会扯平了，凯蒂?”

她脸上冒出一个专在“鲍勃”酒吧展露的笑，性感地一眨眼，“今晚没有时间。你这一杆子够不着了。也许下次吧。”

那家伙哼了一声，挪开身子走掉了。

“你真有点儿太擅长这个了，凯特琳。”乔什不动声色地说。

“你是个天生好手。”比克斯补了一句。

凯特琳耸耸肩。“可能一直有个派对女孩躲在我身体里面。”

“我一直都这么说呢，凯蒂。”比克斯笑着说。然后他越过乔什的肩膀望去，说：“我去去就回。”

比克斯望见那些笨家伙没精打采地坐在舞池边，看着别的傻蛋们笨拙地跟他们的女伴跳着舞。他的目光锁定在一个靠在台球桌边的大块头身上，那人正俯下身去准备击球。在他面前台的桌上有一小堆钞票。比克斯将目光从台桌移开，瞧着这人沉下身子，击出一杆。接着咧嘴大笑，一把抓起了钱。

“你差点儿就母球进洞了。”比克斯说。

“我可没。”那家伙说着，伸出一个拳头，比克斯也伸出去和他撞了一下拳。

“嘿，比克斯。”那人说。

“嘿，隆戈。”

这家伙的名字叫戴维·隆戈尔多，比克斯几年前和他在建筑工地打工时认识了。隆戈爱到“啤酒桶”来。他不睬人，但比克斯和他处得挺好的。两人甚至还肩并肩联手干架。有天晚上辛辛苦苦干了一整天的活儿后，他们灌了一晚的酒，在一个酒吧的后面被人偷袭了。四人围住了隆戈和比克斯。戴维对付三个家伙，比克斯对付第四个，虽然——比克斯向每个听这个故事的人都说明——他对付的那家伙块头最大。无论如何，这样的夜晚……这样的一场架……让两人有了特别的交情。他至少一年没见到隆戈，但心里应该还是互相惦着的。

“以前从没见你来这里。”隆戈说。

“以前是没来过，这里很糟糕，不是吗？”

隆戈笑了。“当然。惨不忍睹啊，可这群家伙就冲着这个来这里。他们来找麻烦的，指望在这里见着地狱，至少在地狱开门的时候能围着看。”

“女人干吗来这里?”

“因为她们喜欢到这里来的那些家伙。想想看，对不对?”

“隆戈，你呢? 你干吗来呢?”

隆戈耸了耸厚厚的肩。“我想我是喜欢这里的能量。你永远不知道会出什么事情，但几乎总会有事发生。”

“你定期来吗?”

“我晚上大部分时间都在这儿。我可以说，比这里的任何人都来得勤快。”他顿了顿，接着又说，“不比那小妞，吧台边上那红发小辣妞，”比克斯顺着隆戈的目光望到了凯特琳，她看上去在这地狱般的酒吧里正如鱼得水。她身旁站着乔什，他显得并不自在。隆戈说：“除了昨晚没来，她过去几周里是天天到场。”

比克斯点点头。“她很辣，不是吗?”

隆戈摇摇头。“算了吧，兄弟。凯蒂你搞不定的。我跟你说，这里每个人都想泡她都上去过。她拒绝了每个人，每次都拒绝。”

听到这儿，比克斯松了一口气。“那不是得罪大家了吗?”

“你知道，”隆戈说，皱着眉头，仿佛忘了词儿，“你觉得会是这样。关于她的一些事情，虽说……不知怎的，她做什么似乎都没错。她就只是一个很酷的妞儿。”

是时候承认……或吹嘘一番。“她跟了我，隆戈。”

“吹牛。”

“不，说真的。她跟我住好几个月了。我们订婚了。”

“吹什么吹。”

“真没吹。”

隆戈眯着眼睛，瞧了比克斯一阵。“见鬼，兄弟，你做错了什么，弄得她每晚都跑这里来。”

比克斯回：“说来话长了。什么时候喝啤酒我慢慢跟你说。”

“你还不买酒?”

“掰手腕定。”这么一说，两人都知道，比克斯愿掏钱。

隆戈点点头。“跟着凯蒂的那白痴是谁?”他问。

比克斯瞥了一眼乔什。他进到这里来虽然是心里打鼓，可也没吓得尿裤子，这还是不错的。

“这人是那‘话长’的一部分。我会在我们喝到第二瓶啤酒时讲起他。”

他们又一起站了一会儿，没说什么。比克斯觉得隆戈要走开了，便快快说道：“老实说，隆戈，凯蒂来这里我不会大惊小怪的。只是今晚我才知道，我之前还以为她是去工作。”

隆戈低低吹了声口哨。“哦，小子。好吧，听着，如果能让你感觉好些，我就告诉你真相吧。她没跟过谁，甚至也没和任何人近乎，我们这些男人能看得出来。当然啦，她是一个世界级的调情高手……但仅止于此了。这不是说她会挑逗什么的。不是这回事。她只是跟你聊天，让你给她买饮料，你跟她说起话来她就好好听着。”他咧开嘴笑着，摇了摇头。“她就像是社工什么的，好像她的工作就是要让你感觉良好。如果这样的小妞花时间和你待一起，嗯，见鬼，可能你就不会像你想的那么坏了吧。”

比克斯兀自点了点头。

“所以就别担心了，伙计，”隆戈说，“她不淘气。还有，就像我说的，似乎每个人都……我不知道怎么说好，都尊重她，我猜是这么回事。”

比克斯又点点头。他还需要掌握更多的情况。“那么……怎么说啦？她就进来，跟男人调情，然后离开？”

“调情，跳跳舞，打台球……嘿，她也打得挺棒的。”

“她没接近过什么人吗？没谈起过什么人吗？”

隆戈皱起了眉头。“谈谁？”

比克斯叹了口气，好像很难开这个口。“好吧，可能你没有看到她跟什么人有特别的来往，但也许你听她谈论过别的一些家伙吧？我该留心哪个人？”

隆戈什么也没说。

“她曾经特别谈到过什么人吗，隆戈？”

隆戈目光又转向凯特琳，然后回到比克斯身上。“嗯，她确实问过我，说她要找几个人。后来，这里有几个家伙告诉我，她也问过他们。”

“我来猜一猜，”比克斯说，“她要打听的人当中，有一个是金发独眼龙？”

“那你认识他们？”

“我听说过这些人。她找到了他们吗？”

“我不确定，但几天前的夜晚，也可能是在上周，有个家伙告诉她，他知道她说起的人。他在什么地方见过几次。她听了这话就离开了。”

“他报给她听的，是什么地方？”

隆戈耸了耸肩，好像他不可能在意这个。他很有可能根本就不在意。“我不知道。”他说。

“你怎么知道有人告诉她的？”比克斯问。

“我和那家伙一起打台球。”

“你就没听见他告诉她，他在哪里见过那些家伙吗？”

“当时我们在打台球，比克斯。他们在说话，但是我走开了，球该我打了。我没听到他们接下去说的话。我记得那轮我打得太好了，一杆打落袋五个还是六个球，我收杆的时候凯蒂已经走了。”

“跟你打台球的家伙，就是那个告诉凯蒂她可能会找到人的家伙……今晚在这里吗?”

隆戈匆匆扫了一眼酒吧，然后摇了摇头。“没看见他。”

“他有名字吗?”

“没有就怪了，对不对？可我不知道。以前我在这里见过他两次，可能三次。他不是定时来的，只偶尔冒个头。”

比克斯沮丧地吐了一口气，想着什么，搓了搓下巴上的胡茬。

“我能给你个建议吗，比克斯?”隆戈说。没等回答，他继续道，“如果你真的和凯蒂在一起，干吗不亲自问问她这些问题?”

这可是一个值得研究的问题。

“也许我会这样做的，隆戈。谢谢。”

隆戈提起了他的拳头，比克斯也伸出拳，两拳一撞道别。

“别忘了你欠我的啤酒。”隆戈说。

“我不欠你的了。我们得扳扳腕子，看谁掏腰包，不是吗?”

隆戈开心地看了他片刻，然后笑着转身回到台球桌，大声说：“好，轮到谁来输钱给我了?”

比克斯径自穿过酒吧，回到凯特琳和乔什那边。他们对他说没有发现任何有价值的东西。乔什说，等上了探路者后，他会告诉他们他仅有的一点发现。但车是不是仍停在外面他们下车的地方，还真说不准。他们都觉得早该离开了。

正当可爱的红发女郎和她带来的男人们一起离开酒吧，一个留着脏兮兮的山羊胡子，名叫里奇·简森的家伙屁股离开了酒吧凳子，走向台球桌。他把一张十美元的钞票放在台桌边沿，预约了和这局球的赢家对阵。台桌上，两杆过后，有个人在打 8 号球时把母球打落袋了，他叫道："该死的，隆戈，你够走运的。"

"好像我每次跟你打球，都很幸运啊，切特。"隆戈笑着说。

简森开始摆球。"你叫隆戈，对吧?"他问道。

"我认识你吗?"隆戈问。

"我们几周前打过一局，"简森撒了个谎，"你从我兜里拿走了二十美元。我今天要跟你扯平了。"他笑着补了一句。

隆戈耸耸肩，一杆击出，响雷一般地把球打散了。

简森看着隆戈打了几杆，随便地问道："嘿，我刚才看见你跟一个人说话，我以前跟这家伙一起干过活的。他带那红头小甜心走啦。"

"你是说比克斯?"隆戈问。

"比克斯，比克斯……"简森皱着眉头，重复着，好像名字没叫对。"你肯定他是这名字吗?"

隆戈打了两个球进袋，接着说："他姓比克斯比。名有点儿怪，德尔伯特还是德斯蒙德什么的。"

简森弹了弹他的手指。"我现在搞清楚了。大家都叫他比克斯，对吧?"当然啦，隆戈刚才还这么叫着。"他和红头发有什么猫腻啊?"

"凯蒂吗？我想，她和他同居。走运的混蛋。"

简森点点头，好像他本来是知道的，可一时忘掉了。"我一直不知道凯蒂姓什么。"他说。

隆戈探身过去，击出一杆。他侧身看了简森 眼。"我从来不知道她姓什么。你说你是怎么认识比克斯的?"

"和他一起干过活吧，我想。"

“干什么活?”他又打了一个球进袋。

简森愣了愣。“搞绿化。”他说。

“我不知道比克斯干过这一行。”

隆戈瞄着8号球。

“他只在公司里干了几个月。我干了差不多一年。”

8号球进了底袋。简森没机会打了。但这对他倒是好事。他把台桌上的钱留给了赢家。

来到外面的街上，他拿出钱包，从里面取出一张折叠的纸巾。他读出写在上面的号码，拨了手机。过了一会儿，通了。

“我是简森，”他对着手机说，“是的，我在‘鲍勃’。前两天晚上你找的红发女，凯蒂，今晚来‘鲍勃’了。刚刚离开……天啊，我发誓，她是……不，我没弄到她姓什么，可我有个信息，一样的……跟她同居的那家伙的名字。值一百，你保证过的，对吧? ……什么，五十，呵，最少得……是啊，好吧，我下次见你。”

简森说出了那个名字，挂了电话。他花十美元从隆戈那里得到了这个信息，还赚到了四十美元。只用了二十分钟时间，回报还真不坏。

马丁·唐奈将手机塞进口袋，眼罩下有点发痒，他快快挠了一下。听到简森的话，他有点吃惊。当然啦，这家伙只要醒着就在那乱七八糟的地头上厮混，那么红发女一回来他就可能见到她，但唐奈倒是没料到那天晚上仓库出了事后，她这么快就回来了。

唐奈知道那天晚上她在仓库里。那里是有这么个人。枪响了，唐奈看见她藏到了阴影里。他和他的搭档迈克朝她追过去，但后来即使他俩分头搜寻，也完全失去了她的踪影。接着，当唐奈在警方的画像上看到女人的脸时，他记起来见过她——在前晚的“啤酒桶”酒吧见过她。见过几小时后，事情就在仓库那里变得不可收拾了。那天晚上唐奈是第二次去“鲍勃”，所以他不知道这女人是谁。今天下午三点酒吧开门后不久他又去了，四下跟人打听。好像每个人都认识她，但事情没这么简单。他们说，他们都跟她调情，她也投桃报李，但没人真的知道她是谁。考虑到那天晚上后来发生的事情，唐奈怀疑她不会再来这里了。更有可能的是，他想，此时她正坐在一辆“灰狗”大巴上，已经出了圣安东尼奥，或身在同样遥远的地方。所以，唐奈在把他的号码交给那个可怜的酒鬼简森，让此人一见到红发女回来就打电话给他时，倒是真的没指望接到他的电话。但简森的电话还是来了。

唐奈拨了迈克的电话，等着。又是该死的语音讯息。他妈的迈克去哪儿啦？唐奈认为他那天晚上可能中枪了，他猜只是轻伤。但也许猜错了。也许情况更糟糕。

迈克的机主留言结束了，唐奈开口说：“我不知道你在哪里？或者在搞什么鬼？我倒是一直在忙着找那仓库女孩，你也该在做这件事吧。我找到她了。嗯，差不多找到了。我知道了她叫什么，还有和她同居的那家伙的名字。一弄到他的地址我就打你电话。下个电话你自己来接，好吧？”

仓库出事后，唐奈还没跟迈克通过话。事情要是像那天晚上一样，最终变得让人吃不了兜着走时，你就要躲进地狱里去，远离那跟你一起搅事的人一阵子吧。但这次情况不同了，那该死的红头发卷了进来，警察最终会找到她的。唐奈计划要对她先下手。

幸运的是，他现在手上有了一个名字。德尔伯特·比克斯比，或是德斯蒙德·比克斯比。周围叫这个名字的人不会太多。找到他不难。一旦找出了他，她也就成了囊中之物。

第二十八章

凯特琳放低身子，埋进座位里，背对着餐厅里的人们。她指望小隔间高座椅背能阻断视线，不让人们看到认出她来。此外，她还戴上了一顶破旧的红袜队棒球帽，那是乔什在比克斯的车地板上发现的。

“放松点，凯蒂，”比克斯说，“没人认得出你。就算他们认出了，在这个地方也没人会报警。”

“你怎么能这么肯定?”凯特琳问。

“因为没有悬赏。如果警察把你标了一美元，我们就得小心了。”

“你怎么不这么想，有人发现我后报警只是要尽到公民的责任?”

“我们来错了地方。小城这一带的公民是不要尽那份责任的。”

几分钟前，他们离开了“啤酒桶”，驱车经过了几个街区，看见了一家名叫“餐厅”的卖简易餐的小店，便停了下来。早餐过后他们什么都没吃过，现在都饿了，所以一看到餐馆，比克斯便将 SUV 减了速。开过时他们往窗户里望去，见里边没几个人，于是，他们决定冒这个险。进了店里，凯特琳低着头走到后边的一个小隔间。乔什在她旁边坐下，比克斯坐在她对面。

“这里好啊。”比克斯进来后说道。

"好什么好?"乔什问道。

"好在我们进来了，没人睬我们。没人抬头望一眼，甚至女服务生也懒得看我们。"

比克斯的所见所感在接下来的几分钟得到了印证：没人上来让他们点餐。他们虽说渴望人不知鬼不觉的，可也同样渴望填饱肚子，于是比克斯冲着一个女服务生吹起了口哨。她拖着步子过来，把他们的点单拿走，却也没在她的小小记事本上看一眼。

他们等着吃的送上来，比克斯把隆戈说的情况告诉他们。隆戈无意中听到，有人曾告诉凯特琳，见过那独眼金发的家伙一两次。

"他没说在哪里见的吗?"乔什问。

"隆戈不知道。"

"那我们还是不知道去什么鬼地方。"

"也许我们知道的，"凯特琳说，"我觉得我们该回'典当国王'。"

"那店关了。"乔什说。

"那是我清单上还剩的唯一地址。它出现在单子上是有原因的。'啤酒桶'也在上边，我们果真没白跑一趟啊。"

"是吗?"

"嗯，都知道了我在'啤酒桶'闲逛，对吧?要找独眼杰克和他的朋友。显然在那里也有人给我指路了。那么，干吗要假设我单子上记的地址与此无关呢?"

"嗯，"乔什说，"因为，就像我说的，它关了……那店关了。"

凯特琳点点头。"还记得我写在单子上，那个地址旁边的时间吗?"

"当然记得，十点到四点。"

"我们猜，营业时间是上午十点到下午四点。但如果理解成晚上十点到凌晨四点呢?”

“谁会一直开门营业到凌晨四点?”乔什问。“还有，那地方是空着的，关闭多年了。貌似如此。不过，我怀疑他们会悄悄搞什么名堂，真这样的话，”——他看了看手表——“半个小时后就能见分晓了。”

“当铺不可能这时间做生意。但那儿也许不只是个空当铺吧。”

比克斯点点头，看来给说动了。“那地方值得细究。”

“我们没有别的事要做了，”乔什耸耸肩说，“不妨回到城里那最糟的地方。”

“我们已经在城里最糟的地方了。”比克斯说，“要去的，就只隔着几条街。”

他们点的食物送了上来，不是很好吃，但还能填肚子。凯特琳边吃着意面，边想着事情。忽然，她说:“妖怪怎么会和这些搭界的?”

男人从他们的饭菜上抬起头来。

“妖怪在我的单子上，”她说，“为什么？现在我们知道独眼杰克在上边是讲得通的。‘鲍勃’也一样。如果我们对那地址做的猜测没错，单子上写了它也有道理。但妖怪呢?”

“他不可能是独眼杰克的伙伴，”比克斯说，“布克曼还在监狱里，对吧？还得接着再坐十年的牢。”

“这是我们从网上得到的信息，”乔什说，“比格森又证实了这事。我没有看到任何他被释放的文章。还有，我们甚至不知道他是不是还活着。就像比格森说的，他也可能死在监狱里了。”

“我们可别忘了，”比克斯说，“你说过独眼杰克和他的朋友都三十来岁。布克曼现在应该有六十多岁了。”

“那妖怪——我觉得在梦里朝他开了枪的布克曼——显得年轻，”

凯特琳说，“比他以前的样子还要年轻。”

“小妖怪，”比克斯说，“或许布克曼有个儿子。”

“他有儿子的话，我还没发现，”乔什说，“在我们知晓布克曼其人后，我搜索了和这个名字相关的信息，除了我们已经看到的旧新闻，网上没有布克曼别的什么东西。”

“他当年的废车场，现在归谁所有？”比克斯问，“紧挨着垃圾场的那所。”

“我找过那废车场。我想它不在那里了。垃圾场还在，但当地黄页上没有一家废车场是在那垃圾场近旁的。”

“我在仓库开枪杀了的那家伙，不会是布克曼。”凯特琳说。

“凯特琳，”乔什说，“请你别说那个了，好吗？”

“好吧，随便。仓库里的遇害者吗？我不觉得他和布克曼有关。”

“怎么会没关系？”

“没有相似之处。”她知道，男人们想到警方画像上的那人了。而凯特琳正在回忆起从梦中浮现出的那张脸。脸带着弹孔，紧贴着水泥地。“布克曼是我见过最丑的人之一。丑得独一无二，丑得特性鲜明。仓库里那死了的家伙看起来太……普通了。他外表很平常。很难让我相信达瑞尔·布克曼会是那家伙的父亲。我就是看不出来。”

这顿饭他们差不多吃完了。对凯特琳来说，真有些如释重负之感。饭是一定要吃的，却没料到吃的东西这么糟。

乔什看了看手表。“十点十分，”他宣布。“亲爱的，如果你是对的，当铺，或者，不管那地方现在搞的什么营生，应该已经开门了。”

“我们回那里去。”比克斯说。

乔什点点头，看起来很果敢，凯特琳想……当然比她感觉得到的更果敢。

汉莎克给珍妮·斯蒂沃发了两条信息。“突击队”酒吧的玛莎建议她先找珍妮。汉莎克也给其他几个员工发了信息，她还设法和凯瑟琳·萨瑟恩的三个同事谈过了。他们都喜欢凯瑟琳——实际上，很喜欢——但没人了解她的详细情况。没人知道她住在哪里，也没人知道她工作范围以外的朋友。但他们每个人都建议汉莎克去找珍妮·斯蒂沃。于是，她一边继续给“突击队”酒吧其他的员工打电话，希望其中某人知道的萨瑟恩的事情比她到目前为止通过电话联系掌握的更多，一边直接去往珍妮·斯蒂沃的家庭住址，要找她谈一谈。

她刚刚给名单上的另一个人发去信息，帕迪拉的电话打来了。

“什么事，杰维?”

“我找不到她。”他说。

“什么意思?”

“我的意思是，我找不到任何凯瑟琳·萨瑟恩的个人信息。我搜寻的所有地方，她都不存在。驾照、社保、产权、缴税，没有任何记录。”

“该死，”汉莎克说，“假身份?”

“我是这么想的。”

“那么，凯瑟琳·萨瑟恩，不管她是什么人，除了那天夜里在仓库有没有开枪杀人的真相，她还有什么得加以隐瞒的呢?”

“我不知道，但还有些事情，有趣的事情。”

汉莎克喜欢听到这句话。她喜欢有趣。

“举报热线接到了一个电话，打电话的人说，他曾经干过我们这行。他叫杰夫·比格森，九年前从北史密斯菲尔德警局退休。”

哇，一个真真正正的举报，不是匿名的。来自一名前警察，真够分量的。“你查过他吗?”

“只说是杰夫·比格森就可能是撒谎。当然，确确实实有一个叫杰夫里·比格森的侦探九年前从北史密斯菲尔德警局退休。”

“他说到了这个案子吗?”

“是的。说了，他跟我们的红发女——也就是凯瑟琳·萨瑟恩——谈过话。”

“他和她谈过话？说了什么?”

“他没说，但他希望负责案子的警官给他打电话。就是你了。”

帕迪拉没错。这很有趣。

“给我他的电话号码。”

不足为奇。绿谷大道，“典当国王”所在的那条街，夜里更为瘆人。凯特琳待在比克斯的车里，一个相对安全的地方，上下观察着这条街。她看到那些吓人的角色都聚在这里。他们望去和凯特琳那天早上见到的住在这条街的人大同小异。就像是上夜班的到了岗，换下了上日班的。

凯特琳、乔什和比克斯望着长百叶窗遮蔽的当铺，寻找有人在里边活动的迹象。希望有迹象表明这个地方虽已关店歇业，但夜间的活动仍在进行。他们谈起凯特琳是否真的可能一个人来过这里。乔什愿意相信如果她来过了，该是坐在车里，就像他们现在一样，望着远处，等待独眼杰克和他的朋友，而不是进到里面去。如果情况正相反，乔什说，那她一定是发疯了。比克斯提醒他们，过去几周的每个晚上凯特琳显然都到“啤酒桶”去了，毫发无损。而那里并非一处友善之地。凯特琳立即指出，事实上，她的确疯了，那时是处丁神游状态。乔什马上插话好让她宽心，说经历着神游状态并不意味着她疯了。他们正争辩得不可开交，几个正沿着对街走动的家伙在当铺前慢下步子，然后推开门走了进去。

“那门上早先是有把挂锁的。”乔什说。

“看起来，不管它搞的是什么名堂，这个地方是让凯特琳摸准了。”比克斯问，“你们两个准备好了吗?”

“还没完全好。”凯特琳说。

乔什说：“我想说行，但……”

比克斯点点头。“知道了。我们走吧。”

他们穿过马路，毫不理会绿谷大道的居民们投来的冰冷目光。凯特琳对阵阵挑逗口哨充耳不闻，虽说她觉得这口哨声是冲着她来，而非对乔什或比克斯响起。他们来到店铺的大门，看到当天早些时候把紧了两扇门的锁链，现在穿过一扇门的把手松松垮垮地悬挂在那里。大挂也锁开了，勾在锁链上的一圈链环上。

“看来，你像是说中了，凯蒂。”比克斯说。他没有犹豫，推开门，走进“典当国王”店内。货架空空，除了碎玻璃并无一物。灰尘积满一地，只见地板上脚在灰上踩出的一条宽宽的路。这路直穿店面正中，绕过展示柜的尾端，通向店后部的一扇关闭的门。凯特琳不需要借助放大镜和猎鹿帽[①]来推断往哪里走。他们穿过房间，凯特琳注意到地板上低低响着敲打声。有节奏的振动正从下方传来。他们接近门口时，她听到低沉的话音和近乎原始的叫喊。

他们现在来到了门口。比克斯抓住把手。凯特琳深吸了一口气。门突然朝着他们开了，是从里边向外推开了。顿时，一阵震耳喧嚣从下方的地下室蹿升而上四散开来。一个赤膊男人摇摇晃晃地从门里出来，嘴角淌血，脖子和光光的胸前挂着一条血线。右眼凸起一个青紫

① 神探福尔摩斯的道具。

的大疱，看上去像颗大肉弹马上就要炸开。他直奔通到外面街上的出口，突然在他们身边停下，一阵狂呕，接着蹒跚地出了玻璃门。

凯特琳、乔什和比克斯不禁面面相觑。

“如果你受不了，我们可以离开。”比克斯说。

凯特琳摇摇头。“我得进去。”

“我是在跟乔什说呢。”比克斯说。然后冲凯特琳眨眨眼，过了那扇门，开始走下那段通向地下室里阵阵嗜血狂欢之声的楼梯。

“靠近我。”乔什说。接着跟上了比克斯。

凯特琳下了楼梯，首先注意到的是暴力的气息——男人、汗臭、隔宿啤酒还有扑鼻的血腥……在楼上见过那流血的人呕吐，她知道血腥味从何而来。他们置身于旧当铺的地下室，一个巨大的方形空间里，铺天盖地塞满了尖叫的人。几乎每个人都面朝向房间中心，形成了一个大圈套小圈的大圆。比克斯比凯特琳和乔什都高，他伸长脖子大声说话，声音刚盖过人群刺耳的喧哗，“看起来像《搏击俱乐部》[①]。”

喧嚣声一阵高过一阵。人群中的半数在尖叫着“往死里打”、“他挂了”，另一半针锋相对地喊着“站起来，衰人”。又一阵狂叫声爆发，听上去，凯特琳觉得可能是那被打趴的又站了起来。在观看搏斗的人群发出的叫喊声中，凯特琳甚至能听到夹杂着肉体遭到猛击，拳头狠砸骨头的声音。这是场不戴拳击手套的搏斗，她从来没有听见过这样的声音，也没有到过这样的地方。虽然这声音并不像电影打斗场

---

①《搏击俱乐部》(Fight Club）是20世纪福斯电影公司于1999年发行的一部悬疑惊悚片，电影改编自恰克·帕拉尼克的同名小说。该片讲述了生活苦闷的主人公泰勒为了找寻刺激与好友杰克组成“搏击俱乐部”，在那里他们可以把一切不快的情绪宣泄，借着自由搏击获得片刻快感的故事。

景中的音效那么戏剧化，但它们不知怎的更令人恶心。

凯特琳盯着那些围观打斗的人们的后背。有人身子稍稍移动了一下，让她得以瞥见一名搏击者的身影……赤裸上身，血流满面，筋疲力尽。一记老拳不知从哪个方向突然袭来，将他击倒在混凝土地板上。欢呼声高涨，凯特琳听到廉价扩音器里的声音，“比赛结束。赢家是……丹·德里斯科尔！”又响起了一阵欢呼和更噪的嘘声。“下一场比赛二十分钟后开始。快下注吧。”

人群开始散去。一个站在凯特琳近旁的男人后退时被她碍着了，顿时显得很光火。比克斯和乔什正要发作，却见那个男人笑了笑，说：“对不起，凯蒂。没看见你。”

他差不多是满怀期待地在等着凯特琳说什么，于是她笑容一闪，说：“噢，算了吧，你知道你能随时撞到我。”

这家伙笑了笑，转身走了。

乔什看着凯特琳，摇了摇头。“他们知道你也会来这里。猜猜我为什么一点都不吃惊？”

凯特琳只是耸了耸肩。

有些人在漫无目的地乱转，但大多数人是在三张折叠牌桌前排队下注。每一张牌桌后面都有个汗流浃背的家伙，面前的桌上摆着一个金属保险箱。在每个汗涔涔的家伙身边，都站着一个块头更大冒汗更多的猛男，粗过大腿的两只胳膊叠在胸前。投注单传来传去，钱飞快地转手。比克斯在房间时里漫步，凯特琳跟在他身后，乔什殿后。他们慢慢走动，不时有人对凯特琳点头或打招呼，“嘿，凯蒂”。这情形就像回到了“啤酒桶”酒吧，不同的只是这里女人更少，血更多。凯特琳意识到她每次来到这里，都可能扮演“野东西凯蒂”的角色。拍拍这人的肩膀，摸摸那人的手臂，眼睛对男人放放电，淘气地露齿而笑，好像这些男人就是花车游行时扔出的糖果。从男人们的反应来看她演得果然入戏。她就这样轻而易举地走进了“野东西”的角色。这可挺让她惊讶的，就好像穿上了一套陌生的戏装，才惊觉这一身行头竟是专门为她量身定制的。

“好吧，”乔什说，“那么，我们也证实了最近你来过这里很多次了。可能每天晚上都来。在‘鲍勃’待上一阵后就来这里。”

看来，凯特琳也真是这样的。

比克斯摇摇头。“你告诉我，这几个星期玛莎要你在‘突击队’换了班后再多干点活儿。我还以为那些夜晚你都工作到很晚。”

“对不起。”凯特琳说。

乔什说：“我不敢相信你一个人会来这种地方，亲爱的。你意识到有多危险吗？简直不敢相信你还这么幸运，没受伤，没送命……没……”

是够幸运的。她不敢相信她会这么有勇气——或是这么愚蠢——来到这里。似乎这里她也挺适应的。

“有志者事竟成，”比克斯说，“她本来就是敢想敢做的人，谁也害不了她，挡不住她。”

比克斯也是风风火火的，凯特琳注意到了。乔什……内敛些，但是他行动起来也不含糊。他们经过附近的下注桌，凯特琳问：“那我们该怎么办？开始问周围的人认识独眼杰克吗？”

他们还没来得及回答，有人叫起来，“你来了啊，凯蒂。”

凯特琳转身，看到一张折叠牌桌后一个汗津津的家伙正向她招手。她瞥了一眼乔什，然后比克斯，朝那张桌子走去。桌后的那家伙从赌徒手中接过纸条，看一眼，付出钱，或是收进钱，在收回的纸条上写些什么。一副有条不紊、面面俱到的样子。他对凯特琳说：“我不知道你今晚会来。”

凯特琳此前听了不少这种调调的话。诸如最近她没来，昨晚没见她啊，等等，等等。

“是的。”她小心翼翼地说。她知道可能正和某个极危险的人说话，但她也知道身旁的每个家伙期望从她这里得到什么。于是她给了那家伙性感的一笑，说：“我挺忙。还有，来不来谁说得准呀?”

坐庄的咯咯笑了起来，抬眼却瞥见比克斯和乔什正在她身后只有几英寸的地方给她保驾。他的眼睛眯缝起来，仍望着比克斯和乔什，说：“你今晚要赌一把，凯蒂?”

“没这打算。”

“来吧。我算算，上一周，你从我这里拿走一千多美元。你得给我个机会赢回来呀。你知道他们怎么说的……‘不玩玩，钱不来’。”

“是啊，”凯特琳眨眨眼说，“但，真不玩，钱还在啊。”

“那你来这儿干吗?”他问，又瞅着比克斯和乔什。

“你就当我只是来瞧一眼的。”

那坐庄的男人皱起眉头。“来吧，”他又说，“你还欠我呢。”

“她欠你的?”乔什问，“这怎么说?”

那人把目光转向乔什，咬了一下自己的嘴唇。凯特琳不喜欢他的眼神，她觉得乔什可能对此想得太多了。

“他们是跟你来的?”这家伙问凯特琳。

“是的。”

那人又咬了一下嘴唇，然后点点头，好像在掂量一些事情。没有人来将乔什拖走赶出门去，凯特琳明白，这意味着坐庄的已经决定不叫人，不动乔什。他故意无视他，又将眼光投向了凯特琳。

“就像我刚才说的，”他说，“你欠我的。”

“是吗？怎么说？”凯特琳问。

扬声器里传来一个声音，“比赛五分钟后开始。”

坐庄的来来回回地将钱和纸片递给搏击俱乐部的老主顾们。他把头扭到一边，招凯特琳靠近些。她俯下身去，一股超浓的廉价香水味让她有些招架不住。

“那电话你要我打，我就打给你了，不是吗？”他问她。

凯特琳想，如果他说他打了电话，那他一定是打过了，可她记不得了，于是她便不说话。

“你装聋吗？前天晚上，你要找的那独眼龙和他的丑驴脸哥们回来了，我就像我保证过的那样，打了你电话，不是吗？”

“他那哥们看起来长什么样？”比克斯问。

坐庄的家伙视线越过凯特琳的肩头，看着他，说：“我不认识你。从来没在这儿见过你。从没收过你的赌注。你是跟凯蒂来的，我信得过她，所以我跟她说话时，我肯让你站在那里，但你不要打扰我们。明白吗？”

比克斯什么也不说了。

凯特琳说：“你提醒一下我。他那哥们长什么样？”

坐庄的瞥了她一眼。“找了一个星期，可能有两个星期了。你要找的那些人，怎么突然就不记得当中一个长什么样啦？”

凯特琳给了这人一个她最神气活现，性感至极的笑。“跟我说说笑嘛，行吗？”

过了一会儿，坐庄的说：“高个、秃头、很瘦。脸色苍白，长得很丑。和我一般大，可能稍稍比我年轻。就是这样了。”

小妖怪。

下一个客户开始抱怨着什么，抓着他从坐庄的那里得到小纸条，对着纸上指指点点的。凯特琳没听清这赌徒的话，但是坐庄的不动声色地说："这是 4，不是 9，你这白痴。所以你都付清了。现在一边去。"

他们在争下注的事情时，凯特琳转向乔什悄声问："你在网上搜过这个地区有个叫布克曼的?"

"是的，"乔什说，"搜过一切我可以进去搜的——电话记录、公共土地和税收记录，任何我能想到的都查过了。一无所获。"

坐庄的转向凯特琳。"来吧，凯蒂。稍纵即逝，最后的下注机会。"

凯特琳掏着前兜，拿出一千二百美元。"你知道我在哪里可以找到那丑驴?"

这家伙扫了一眼她手中厚厚的一叠钞票，然后淡淡地看了她片刻，"干吗?"

"只是想知道。"

"可能发生过这样一件事情：几个月前，我到处跟人打听他的情况，就为了派几个家伙过去，把他弄过来，问问他的账户上还剩了几个钱还赌债。"

"你有他的地址吗?"

"你要下注吗?"

"今晚有好局可买吗? 包赢的?"

坐庄的仔细看了看摆在保险箱边上的一张单子。"接下来的这场一面倒，高赔率。你和我之间的秘密。那不被看好的真的没有任何机会。"

凯特琳把钱交给他。"一千二百美元全买那不被看好的。"那人抬起眉毛，赞赏地点了点头，开始填写一张纸条。"别麻烦了，"凯特琳说，“赌这一把不大能赢，我不需留下来见分晓了。你给我那地址我就走啦，不会回来。”

坐庄的朝右一转身，彪形大汉在旁俯下身来。他们低声说了几句，接着这大块头从他的口袋里摸出一个小笔记本，翻了一下。几秒钟后，他凑到坐庄的耳边说话，后者在一张小纸片上记下了什么，他越过桌子将纸片递给凯特琳。“谢谢你下注。我想，不会再在这里见到你了，凯蒂。”

她看了看纸上潦草的字迹。“不会。谢了。”

第二十九章

离开搏击俱乐部地下室二十分钟后，他们来到北史密斯菲尔德的郊区。比克斯告诉他们，仓库谋杀案发生的地点，也就是凯特琳说她从七个月的迷雾里走出来的地方，就只在这条路前面的一两英里处。乔什知道——其他人也该心知肚明——这不可能是巧合。

用乔什平板电脑上的GPS指路功能，他们到了俱乐部坐庄的那家伙给他们的地址附近。比克斯要把探路者停在一条安静的、树木繁茂的道路深处。如果坐庄的给凯特琳的是真地址，他们要找的车道就在前面。比克斯把车辆回开了一百码左右，然后开进两棵树之间的一截空隙，再向前二十英尺，开进了树林里。

"我们从这儿走，"他说，"我可不想大声宣告我们大驾光临了。"

比克斯伸手去够杂物箱，打开后拿出一把手枪。

"哇，"凯特琳说，"我们不需要这个。"

"枪？"乔什说，"我想，这只是自找麻烦。"

比克斯检查了一下弹匣，见子弹上满了，将它咯嗒一声合上。"事实上，"他说，"如果我们没这个，才真是自找麻烦。带上以防万一吧。"

“这我说不准。”乔什说。

“我这辈子还从没对人开过枪。从没。但如果需要，我宁愿带上它。所以就别争了，因为我已经带上它了。”

乔什摇摇头，凯特琳叹了口气，但都没再提出异议。

他们下了车，沿着小路走下去，随时准备着一见车灯便藏身进树林中。

“你真的认为独眼杰克的哥们是布克曼的儿子吗?”乔什问。

凯特琳回答，“搏击俱乐部里的家伙向我们说起的那人跟达瑞尔·布克曼如此相似，这不可能是巧合。”

“说得并不详细，亲爱的。”

“够详细了。”

“这个地区没有别的布克曼。我查过了。”

“他改名了。”比克斯说，“如果你爸因为虐待，甚至杀小女孩进牢里去了，难道你不会吗?”

这一点对乔什来说言之成理。“或是他父亲进监狱后，他就被人收养了。”他说。“那时他一定还是个孩子。得有个住的地方，有人照看。”

凯特琳说：“不管他现在叫什么——很明显，我在仓库里开枪射杀的家伙不是布克曼。”

“能住口吗? 凯特琳，”乔什说，“你没有对任何人开过枪。”

“是吗，前天晚上沾我一身的不是真的血。那把枪只是个玩具。”乔什无语，于是凯特琳继续说下去。“不管怎样，仓库里那家伙并不难看。他还有头发。所以他不是我从搏击俱乐部跟出来的家伙。他不是达瑞尔·布克曼的儿子。那他是谁，我为什么要朝他开枪?”

乔什煞有介事地大声叹了口气，凯特琳不理他。

“小布克曼和什么人有关联，如果真是他的话?”比克斯问道。

乔什考虑过他们已知的事实。他们正靠近的房子如果属于达瑞尔·布克曼的儿子，倒是合乎情理的。到目前为止，许多疑问已经得到解答，事情已经变得更为清楚。七个月前，某个突发事件或许让凯特琳产生了心理创伤，她便陷入了神游状态。乔什不得不去想他们最后一次的争吵可能正是肇因，但他真的不相信情况便是如此。也许这就是愧疚感的合理化吧。在她离家出走时似乎并无濒于失控的迹象。在她离开了他们的房子后，一定发生过什么可怕的事情。她二十多年前第一次陷入明显的神游状态——虽说只持续了几天——毕竟是由达瑞尔·布克曼的诱拐所引发的。她可能还亲眼目睹了虐待，甚至残杀。果真如此，便是真正地承受了一次创伤性经历。

乔什在脑海中继续推导着事实。凯特琳最近的这一次神游状态不知出于何种原因终结了。在那个时刻，她的手中有把车钥匙。车主几乎肯定是一个住在史密斯菲尔德/北史密斯菲尔德地区的人，因为在座位上她发现一张“鱼宫”的菜单，那天晚上她一定开车去过那里。她还在那里遇见了比克斯，介绍自己名叫凯瑟琳·索瑟德。显然，这个名字和凯瑟琳·萨瑟恩十分相似，而后者正是在布克曼的垃圾场棚屋失踪的小女孩的名字。凯特琳后来将她的头发染成红色，这也是那可怜的失踪女孩的发色。在比克斯，还有他那一帮子显然名声不太好的朋友的帮助下，她建立了一个新的身份，凯瑟琳·索瑟德，开始在“突击队”酒吧打工。在那里，一天晚上那个看去年轻些的妖怪——达瑞尔·布克曼的儿子？——和他的独眼哥们走了进来。凯特琳一定认出了他——也许不是清醒确认的，但是至少是在潜意识里——她觉得有什么东西在促动她，让她必须找到他。她四处打听，得知独眼龙混在“啤酒桶”那边，随后，她得知他不时去那家开在停业当铺地下室里的搏击俱乐部。她瞒着比克斯辞掉工作，晚上的时间先是守在“鲍勃”酒吧，后来是在搏击俱乐部。有天晚上，接到一个人从搏击俱乐部打来的电话，告诉她布克曼和独眼杰克来了。当然，凯特琳说，她不记得这些了。她记得的第一件事就是走过仓库停车场，然后开车回家。一进家门，乔什就看到她满身是血。

那么，在搏击俱乐部和仓库停车场之间，到底发生了什么？

“你可能尾随布克曼和杰克从搏击俱乐部来到了仓库。”比克斯说。他们摸黑往前走。

“我在仓库里对人开枪了？”凯特琳说，“这人甚至不是布克曼，也不是独眼杰克，我为什么要对他开枪？”

“我们就要问布克曼这个，”比克斯说，“当时他一定在那里。我们去敲他的门，看看他怎么说。”

“这不是他的门，”乔什说，“我的意思是，房子不是他的。来这儿的半道上我又查了在线财产档案。这里是一个叫迈克·马格特的人拥有的。”

“好。那么，我们现在知道小布克曼改名叫什么了。”比克斯说。“我们来看看迈克·马格特知道些什么。我有一种预感，他有我们需要的答案。”

凯特琳保持安静。乔什无法想象她感觉如何。他知道她想要答案，但她不会对与一个魔鬼的儿子谈话充满期待。那魔鬼在她还是一个孩子的时候诱拐了她，他虐待那些小女孩，可能至少还杀害了其中的一个。

“你怎么知道他会说？”乔什问。

“他会说的。”比克斯向他们保证，乔什想起了比克斯插在后背腰带上的枪。

退休警察杰夫·比格森侦探提供的信息引人关注。汉莎克和他通话还没几分钟，便惊讶不已。

“你确定她就是画像上的红发女郎吗?”汉莎克问。

“毫无疑问。我把画像给我的妻子看，她也说就是她。”

“能不能说说，为什么在她离开你家几个小时后，才给我们来电话?”

“我睡着了。”比格森说。他话音听上去颇为尴尬，或是沮丧。“我在服术后止痛片，那药让我睡得天昏地暗的。”

“我明白了。她自称叫凯特琳·迪尔伯恩?”

“没错。”

比格森接着说起凯特琳·迪尔伯恩是怎么由两个男人陪着登门的。两人自称是加尔文和杜兰，但比格森想不全他们的名字了。汉莎克对此并不在意，因为他们用的一定是假名。其实，凯瑟琳·萨瑟恩或凯特琳·迪尔伯恩也是的，可能两个都是假名。

“他们为一桩二十年前的案子来找你?”

“二十二年前的。”

比格森大致说了那案子，然后讲到红发女郎在其中可能扮演的角色。他还指出，她或许不是一头天生红发，其实原本是金发。汉莎克试图在比格森的描述与向“仓库死者”开枪的凶手之间建立起关联。且不管她的真名实姓，这红发女，或者，早前的金发女，真见鬼了，为什么她现在要翻起陈年旧事，找到比格森跟他谈那起旧案。

“你听到过凯瑟琳·萨瑟恩这个名字吗?”汉莎克问。

“这是当年布克曼案子里那个失踪小女孩的名字。”

有意思了，她想。但这个情况又引出了更多的问题。这个到处乱跑的红发凯瑟琳·萨瑟恩，和二十二年前失踪的女孩是同一个人吗?

抑或她真是凯特琳·迪尔伯恩？或者她的真实身份仍是个谜？

汉莎克记下了有关这个红发女的更多细节，接着是对她的同伴们的一通描述。她让比格森把他知道的一切都和盘托出。其实那也不是非常复杂。然后她又在比格森的妻子那里重演故伎，怕万一她还能想起些别的什么情况。她不是退休侦探，也没让止痛药弄得神志不清的。结果她也没能补充什么新的东西，不过，证实了三位访客的名字没记错，他们长什么样也没说错。

汉莎克挂了比格森的电话，立即接通了帕迪拉。

“杰维，我这里有个名字，你马上查一查。凯特琳·迪尔伯恩，查查看能发现什么。”她把最接近这个名字发音的拼法告诉他，她没法确定是不是这样拼。如果情形看上去不对，让他就将所能想到的拼法变化都试着查一遍。

“我这就去。这人就是我们找的红头女，嗯？”

“但愿是她。”

临近车道时，凯特琳、乔什和比克斯闪身进了林中。他们决定穿过树林靠近目标。凯特琳口干舌燥，两腿发软，禁不住上气不接下气地大声喘息。

几分钟后，他们来到林边，望着暗淡的月光下一间破败的矮房。房子的外表是肮脏的灰色，凯特琳怀疑在白天明亮的日光下，这层肮脏的灰色也不会改变。房里有灯光。

“你们有没有发现这里有养了看家狗的迹象？”比克斯问，“见到一条锁链或水盆吗？”

“你以前好像干过这种事情吧。”乔什注意到了。

“我没有发现什么迹象。”凯特琳说。

“我也没见着，”比克斯说，“我们靠过去。”

自前天晚上起，上弦月开始变满月。当时，凯特琳发现自己身在离此几英里外的仓库。今晚她见月亮变得不多，仍然只是一弯月牙。黯淡无力的月光将世界置于昏暗之中，这让凯特琳在穿过房后的空地时稍觉心安，虽然她的双腿仍然虚弱无力，心还在砰砰直跳着。

他们接近了那间远离公路的房子，一条弯曲的车道通向它。凯特琳看到一辆黑色的汽车停在房子前面，车尾箱大开。凯特琳在比克斯的肩上轻拍了一下，指了指车子。他放慢脚步悄声说：“看上去像他家。我们走运了。”

凯特琳没有感到幸运。她不太确定他在家里是不是件好事。

他们来到房前。比克斯示意他们待在角落里不要动。他沿着房子前部蹑手蹑脚地走到一扇黑暗的窗户边，往屋内窥看。他朝他们转过身，摇了摇头，然后向前走到下一扇窗前。这扇窗被来自屋内的灯光映亮着。他看了好一阵，然后悄悄地朝前门移动。

凯特琳和乔什跟上了他。凯特琳想要望进窗里，但比克斯已经去到了门口，于是她匆匆走过了窗前。现在她看到门是半开着的，她知道比克斯碰都没碰过它。

“你在窗外看到什么？”凯特琳低声问。

“尸体。”比克斯不动声色地回答。

凯特琳不知道该做什么。在她的噩梦中，她射杀了仓库死者而不是妖怪。或许她也向他开了枪？确实，她记得向妖怪开了枪——中枪的是布克曼吗——但当她看着地板上的他，他又变成了报纸上那幅画像上的金发遇害人。难道她射杀了他们两人？她是一个双尸杀人犯吗？

“是布克曼吗？”她问，仍压低声音。

比克斯说了一句，权当回答：“说老实话，那尸体的模样可不好看。尽量冷静点，好吗?”

凯特琳点点头。“好吧。”

“我是在和乔什说话。”

乔什摇着头。“该死的，比克斯——”

“对不起，”比克斯说，“只是想要缓和紧张局势。”

他用肘将门推开。凯特琳想，在这个世上她宁愿做任何别的事情，也不愿走进那所房子。但她却不得不这样做。

她跟着比克斯跨过门槛，进入这所有可能属于达瑞尔·布克曼儿子的房子。她注意到的头一样东西是令人不快的气味，闻着并不浓烈，但她步入房内，足以让她犯恶心。这里有什么东西已经腐烂了。凯特琳看到比克斯手里拿着他的枪。

他们像进了一个贼窝。一地脏兮兮的地毯，胡乱配上的家具，其中一些可能来自一个大垃圾桶。好一点的物件看上去出自庭院旧货甩卖中的便宜货。廉价茶几上摆着一只烟屁股满溢的烟灰缸。大部分东西凯特琳只在眨眼间一扫而过，她甚至没有意识到她已经见过……因为真正抓住注意力的，是她看到的隔壁房间地板上的东西。一只手，连着一条手臂，大概是那具尸体的手。从她站的地方还看不完整。

“待在这里。”比克斯平静地说，他准备进另一间房。

“等等，”乔什低声说，“我跟你去。”

“好个大男人。但万一我出事，你应该在这里帮着凯特琳，处理完我自己没法处理掉的事情。”

过了片刻，乔什点点头，这让凯特琳松了口气。

比克斯走过去，身影消失在尸体横陈的那个房间。片刻之后，他又经过门口，枪还在手上，走向另一间房。令人神经绷紧的几秒钟，似乎有半个小时那么漫长。他返身回来了。

“这里只有我们。”他说。“呵，如果你不把他算上。”他补了一句，向死尸所在的房间点了点头。乔什走进了那个房间，凯特琳犹豫了一下，跟着他进去了。

靠近尸体，气味更冲。虽说不至臭气熏天，却也让人不禁掩鼻。在电影里，人们总是一闻到尸体的气味就大吐特吐。也许这具尸体还没有到腐烂的份上，凯特琳原以为自己也会那样吐的，而现在她却是在更冷静地思考。这种情绪的分裂是一种自我保护的手段吗？这是由震惊状态所致吗？她不想变成这个样子。

她不想看那具尸体，至少不是现在。她的目光便在房间里游荡开来。这里是客厅，地上铺满褪色的地毯，上面是一团团的污渍。其中一处便是那一摊巨大的血痕。她将它收入了眼底。这个房间显然也是贼窝般的装饰，同样的家具大杂烩，虽说破旧的沙发在家俱当中显得有点特别。只在那一刻看去有点特别。它露出了不加套的垫子，凯特琳看到上边净是污渍，还有星星点点的污迹，可能是喷出的一道血雾留下的。

在那个松松垮垮的纸板书架的顶上搁着两个相框。第一个相框里是张黑白照，她看着它屏住了呼吸。就是他，她噩梦里的妖怪。他很高，瘦成皮包骨，病态的苍白和粗笨的光头。两只黑眼睛在这张脸上显得眼距太大，正是这两只眼睛紧紧缠住了凯特琳二十多年。他身边站着一个男孩，大概只有五岁。一头又细又短的浅色头发，在黑白照上差不多就成了光头的样子。照片上的另一个小孩也是如此，一个学步的孩子，只穿着尿布，坐在地上布克曼的脚边。两个男孩都伴着个几乎一模一样的丑陋父亲。两个男孩脸上都没有微笑。凯特琳推算了一下照片上布克曼长子看上去的年龄，估计照片是在布克曼被送进监狱前不久照的，距今超过三十年了。

在第二个相框里的是一张彩色照片，看起来至多是几年前照的。凯特琳的心跳差不多就要骤停了。照片上的人显然是布克曼的一个儿子。他站着，一把步枪搭着左髋，枪管指向天空。他面无表情，高举的右手上挂着一只死动物。那动物有棕色的皮毛，凯特琳看到的只是背，从形状看很像是一条狗。她马上明白了，几星期前为什么一见到这个人她就会感到震惊不已。尽管那时她已经患神游症数月之久，在病发期间一个人显然不太可能记起进入神游状态前的生活。凯特琳还在做遭遇妖怪的噩梦——至少比克斯说她在做这种梦。但如果这张照片的人走进“突击队”酒吧，显然就像发生了的那样，凯特琳——尽管她当时是凯蒂——不可能认不出这个每晚在噩梦中折磨她的人。两人的相似处简直不可思议。她怎会身不由己不顾一切一定要找到他呢？照片中的男人，或许是那个弟弟，不管是谁，长大后看上去与其父亲几乎同出一辙。

老刀穿过巴尔的摩—华盛顿国际机场，正在为挑了天路航空公司出行而不住骂咧。在他飞完这趟飞行旅程三站中的第一站——洛杉矶到芝加哥——就几乎已经无法忍受了。后来在转机到巴尔的摩的途中，身后一排座位上有个乘客干咳不断，也没让他得到一分钟的安生。老刀想要向空乘抱怨，换个座位，尽管他也知道没有任何空位了。考虑到他在用一个假身份出行——即使用的是做得天衣无缝的假护照——他也不想太引人注目。现在，在熬过两趟仿佛无休无止的航班后，前面等着的，还有另一段一小时二十二分钟的去往波士顿的航程。

他看了看手表，想起要拨快三个小时来弥补东西两岸的时差。他很快就走到登机门前了，他的航班在不到一个小时内就要把起落架收起，这会让他在两个半小时后出现在波士顿。他知道，到达那里时，他会对这个世界怒火中烧。那些要落到他手上的可怜杂种真是够倒霉的，他差不多要为他们感到难过了。

第三十章

凯特琳站在迈克·马格特房子的客厅里。此人真正的姓是布克曼。她终于将目光投向了那具尸体，心跳骤然加快。死人看上去非常像凯特琳刚刚见过的照片上的人，不同之处在于，他活着的时候皮肤可能很苍白，而现在死人的皮肤上有一抹黑暗的色调。他死了，双目睁开，呆滞无神，就像那张照片上小孩的眼睛，有他成年后射杀了一条狗的眼神。她毫不怀疑这人就是达瑞尔·布克曼的儿子。

当她要将视线转向他的时候，虽然对将会看到的有一些想法，凯特琳还没有充分的心理准备。没有准备好亲眼见到这个人，就在这里，见到她噩梦里的妖怪。她觉得自己仿佛置身于肢解恐怖电影的场景中，变态杀手最终死在了女主角的脚边，此前的两个小时，杀手一直在黑暗的阴影里恐吓她袭击她……对凯特琳来说，差不多每晚都会发生的惊吓持续了二十年。现在他倒在她面前的地板上，她简直不能相信，不敢相信真的是他。然而没错，他真的死了。

她的思绪停止了。这人不是达瑞尔·布克曼，不是很久以前绑架她的人。不，这是那妖怪的儿子。他已经死了。凯特琳可能杀了他。

“身上有两处看得见的枪伤，”比克斯站在上身赤裸的尸体近旁，说，“一枪打在肩膀上，看起来没事；另一枪打到肚子上，要命啦。”

凯特琳看了看男人满是血的腹部，然后扭头看向别处。

“除非他身上还有什么地方给钻了个孔，我说的是，打在肚子上的那枪要了他的命。”

凯特琳点点头。她意识到，她正陷入一种深深的麻木之中。她毫不怀疑是她在他的腹部打出了这个洞。她射出的子弹让喷洒的血飞溅在地毯上。是她当时就使他的眼睛惊得大开，至此还死不瞑目。

“墙那边也有几个弹孔。”比克斯说，指着对面墙上间隔几英尺的两个弹孔。

凯特琳茫然地看着他们。

“顺便说一下，伙计们，”比克斯说，“我可能没有告诉你们不要碰任何东西。但为防万一，我还得说说别碰任何东西。如果你碰过了，拿衬衫用力擦掉。总之我相信我们已经留下了各种各样的狗屎，鞋子里的泥巴，碎皮屑什么的。且不管什么时候警察摸到这里来，我们都没必要帮他们的忙吧?”

凯特琳点了点头。她不记得碰过任何东西。再说，她两天前肯定来过这里，她知道在射杀小布克曼之前或之后，她一定触碰过这里的许多东西。

“桌子上有些信件，”比克斯说，“写给迈克·马格特的。”

凯特琳看着乔什，他在几英尺之外，俯下身靠近拉开的沙发。

“你在看什么?”凯特琳问。

他立即直起身来，好像鬼祟之举被人逮了个正着，引得凯特琳走了过去。她低头向下看，见拉出的沙发的金属框架上，紧挨着又薄又脏的垫子，拷着一副手铐。其中一个悬着的环拷打开了，钥匙还留在锁眼里。凯特琳不禁倒退了一步。

"这个不知道拿来干什么，凯特琳，"乔什说，"怎么会落在这里，是不是有人被……"

他没有说完。不需要继续开口了……

"凯蒂，"比克斯问，"那是你的手机吗？"他指着离尸体不远，扔在肮脏地毯上的手机。

"是吗？"她问道。

"看起来不像你的，"乔什说，他跪在地毯上靠近它，"不是你用的那牌子。还有，你的手机是黑色的。"

"这可能不是她和你在一起时用的手机，"比克斯说，"我遇到她时，她根本就没有手机。不过这个看起来像是我给她买的。我敢打赌手机的背面有'野东西'的一个图案，跟她的文身一个样。我给她买的。我们让文身师照着这图案来文。手机翻过来。"

"我想我不该碰任何东西。"乔什说。

"如果手机不是她的，那就擦一下再扔掉。"

乔什翻转手机。上面的"野东西"和她的文身一模一样。他站起来，把手机递给凯特琳。她不假思索想要打开它，但已经关上了。

"我想，现在没有什么疑问了。我到过这里。"凯特琳说。

她环视房间，目光再一次落在尸体上，逐一掠过了床垫、手铐和那张被撞得歪斜的小桌以及搁在上边的灯。百威啤酒的空瓶大多躺在桌子旁边的地板上。凯特琳不确定这里发生的一切，但最重要的事实对她来说是清楚的。

"我杀了他。"她说。

她看着乔什，他第一次没有反对她说这话。最后，他说："如果你杀了他，我相信你是逼不得已的。"

"真的吗，乔什？发生了什么事不是一目了然的吗？"

乔什没有回答。凯特琳感觉得到比克斯正看着她。

“我看见这个人走进酒吧，就决定报复。为我还是个孩子的时候，在我身上发生的事情报复，为在别的那些女孩身上发生的事情报复。也许我把他和他父亲混淆了，或许我并不在乎他和绑架我的布克曼是不是同一人，只要能报复就好。我不知道。那天晚上我跟着他从搏击俱乐部回家，接着杀死了他。”她不知道如何诉说和那副手铐相关的事情，但对其他的事情她都能确定。“可他不是他父亲，”她补了一句，“我杀了一个无辜的人。”

好一阵子，没人说上什么。

“我不知道他有多无辜，”比克斯说，“看看手铐吧。”

“那他就该死吗?”凯特琳问。

又是一阵沉默，乔什开口了，说：“我不确定事情是不是像你说的那样简单，凯特琳。记住，你的车停在了仓库外。你没有跟踪这家伙来这里，至少不是开着你自己的车来这里。”

凯特琳点点头。“没错，谢谢你提醒我。我可能先去了仓库，在那里朝某人开了枪——报纸上那浅发色的家伙——然后来到这里，射杀了小布克曼……迈克，我猜他可能叫这名字。”他可能自称马格特，但他是布克曼，这就是凯特琳对他的看法。

乔什没有回应。凯特琳知道他也说不出什么话不了。

“是时候我去自首了，伙计们。”

当然，乔什反对，比克斯摇了摇头。凯特琳知道他们不赞成她这决定，但这是她的决定，不是他们的。

“凯蒂，在你跑去警察那里前，”比克斯说，“我们花几分钟，四处看看吧。”

“为什么?”

“为什么不呢？你急着进监狱吗？”

凯特琳耸耸肩。

“我们稍稍转一转，看在这里能不能发现些有用的东西。也许能帮着你跟警察打交道。记住，不要碰任何东西。”

“我们可以放心去找，不必担心警察会突然出现。”乔什说。

“两天过去了还没人发现尸体，”比克斯应道，“我们这个男孩可不是时尚先生万人迷。我是说，时间还有的是。”

“好吧，我去检查厨房。”乔什说。

比克斯说：“我要在这里看看。凯蒂，你看看过道后面有什么？”

他冲着过道点了点头。凯特琳想，比克斯知道她不会兴致勃勃地围着她的枪下亡魂兜来转去的，于是她开始向过道走去。她没看出这番“操练”有多大意义，然而，虽说知道把自己交给警察是正确的做法，她也不得不承认这并非心甘情愿。所以不妨四下看一看，万一真有什么新发现呢？

她经过了右手边的一间卧室。房门开着。站在过道里，她看见一张杂乱无章的床和一个打开的衣柜，里面的衣服从衣架散落下来。没有什么值得注意的东西跳到面前，她决定接着走去隔壁，看看里面有什么，然后再返回客厅。她来到第二扇门前，这门也是开着的。她往房里望去，顿时，心脏仿佛停止了跳动。是真的停止了跳动。过了好一会，她才终于发出了声音。她叫了一声。

“过来，你们……”

她觉得，面对眼前的一幕，她的声音听来显得太冷静了。

珍妮·斯蒂沃要么还没回家，没听到汉莎克的电话留言。尽管时间已晚，这种情况当然是有可能的；要么她在家里，故意不理汉莎克的电话和留言，这同样也是可能的。汉莎克敲门，接着更用力地敲，叫着，“开门，是警察。”没人回应，汉莎克试着同样去敲隔壁邻居的门。邻居的门最终还是开了，冒出了个男的，穿了一条宽松的运动裤，身上一件菲力猫T恤，染成橙色的手指拎着一个开了口的奇多膨化食品袋。汉莎克问了他几个问题，他承认自己认识珍妮·斯蒂沃。她晚上主要是在“突击队”酒吧干活，他说，还在撒切尔大道的一个脱衣舞俱乐部里端盘子。汉莎克知道那地方叫“糖厂”，是撒切尔大道上唯一的脱衣舞俱乐部。还有，奇多膨化食品男不认识画像上的红发女，却认为她可能已经来过珍妮这里几次了。

汉莎克走向她的车，手机响了。

“嘿，杰维。”

“真太奇怪了，夏洛特。”

“奇怪什么?”

“我们的红发女，凯特琳·迪尔伯恩。”

“这就是她的真名啦。”

“不是。深挖了一阵，我终于查到了。我认为那是她娘家的姓。”

“现在她叫?”

“她现在的名字是凯特琳·萨默斯。”

汉莎克放慢步子，走到她的车旁。她手里拿着遥控器，却没按下开锁按钮。就只是站在那里。

“我知道个叫这名字的人，”她说，“你快说。”

帕迪拉顿了一下——汉莎克想这真是太有戏剧性了——接着说：“有一个女人今年三月在新罕布什尔州失踪了。这事在电视新闻里报道过一阵子。他们发现她的车停在一个什么购物中心的停车场，而她却消失得无影无踪。”

“是的……我记得。每个人都吃准了是她丈夫杀了她，但没证据证明，如果我没记错的话。他们都在说他对她不忠，杀了她，扳开了一块碍脚石，但口说无凭，对吧？迄今为止她还没被人发现吧。”

“现在不了。”帕迪拉说。

“你肯定吗?”

“我在短信里给你发张凯特琳·萨默斯的照片。是他们从她失踪时起一直在新闻里用的照片。”

汉莎克手里的手机响亮地叫了一声。她把手机通话改成扬声器模式，检查了她的短信。打开帕迪拉发来的短信，然后将附件里的图片放大。

“天啊，”汉莎克说，“给她换一下头发。把金发换成短的红头发，那就是她了。”

“我再发另一张照片给你。”

“什么照片?”

“我把她的金发 PS 成了红色的短发。”

“你不懂 P 图的啊。”汉莎克说。

“没问题，已经有人替我做了。你看一看吧。”汉莎克的手机又震动起来，她打开图片。毫无疑问，正是他们神秘的红发女。

“你想让我给她新罕布什尔州的丈夫打电话吗?”帕迪拉问。

她考虑了一下。“先别打。我们仍有太多的事情还不明白。也许她在逃避什么，而他却一直都清楚，甚至承受着她的失踪带给他的压力去帮她。”

“如果我没记错，那压力真够他死扛的。”

“可能他爱她。不管怎么说，要是这样的话，他接了电话就可能会向她发出警告。”

“好吧，不打。现在你在做什么？”

“去一家脱衣舞俱乐部。叫‘糖厂’的地方。”

“我开车经过那里。需要支援吗？”

“不，我有支援了。要跟珍妮·斯蒂沃谈一谈。”

“听起来像你真的需要支援。”

现在汉莎克明白他的心思了。“我可以搞定，杰维，谢谢你的提议。”

“别谢。你去脱衣舞俱乐部，我就待在我的办公桌旁，看富西洛在房间那头脚跷到桌上剪他的脚趾甲。真是太好看了。”

汉莎克挂了电话。她记不起此前有没有办过这般激变突转的案件。她回想起那些新闻报道，凯特琳·萨默斯失踪时只是个不起眼的女人。她结了婚，有郊区的房子、郊区的朋友，在几家当地的小企业工作过，一向普普通通的。她失了踪，就为七个月后出现在北史密斯菲尔德，到一间仓库里杀个人吗？

乔什站在门口，越过凯特琳的肩头望进卧室。比克斯在她身后看着。乔什一惊，霎时明白了凯特琳为什么要呼叫他们。一眼望去，这个房间无非是将卧室改成了小办公室来用。一台笨重的、过时了的笔记本电脑放在一张廉价的木桌上。桌子上方的墙上挂着一块软木挂板。挂板上有……

有张凯特琳的照片。是印在一张普通复印纸上的照片。不是很清晰，好像它只是从一张更大的照片上剪裁下来的一部分，然后放大到5×7英寸。虽然图像模糊，但毫无疑问是凯特琳剪短发、染头之前的相片。它的旁边是一张8×10英寸的大照片，上面有几个人站在大楼的前方。乔什认出了这张照片。

“我不明白，”凯特琳说，“在我寻找他时，他正……监视着我?”

乔什从凯特琳一旁侧身进了房间。他挨着桌子，望着软木挂板上的照片。标题列出了照片上人的名字，包括凯特琳·萨默斯。

“去年冬天，这照片登在报上，”乔什说，“那时新房地产营业处刚开张。”

“他监视我那么久了吗?”凯特琳问。乔什发现，她的声音听上去没有刚才那么惊恐了，却显得更……愤怒。

“未必，”比克斯说，“正如我们知道的，他可能三天前才从网上把这照片弄下来。”

“可这是为什么?”凯特琳问，“当时我甚至不知道自己是谁，他又是怎么知道我的?”

比克斯向凯特琳说了什么，但乔什没有听到。凯特琳回了几句，乔什也没听到，他专注于别的东西。他看着有件东西压在一堆报纸和杂志下，露出了一角。抽出发现那是一个标签上写着“凯特琳·萨默斯”的马尼拉文件夹。杂志和报纸压在文件夹上方，意味着一段时间以来它可能没有被打开。他把文件夹翻过来，打开，手伸进里面，掏出一些写了字的纸张以及更多印在廉价复印纸上的照片。还有从网上打印的新闻。乔什先浏览了一遍标题，但很快就意识到还得将文章从头到尾细看一遍。过了几分钟，他意识到凯特琳贴着他，也在看着文件夹里的东西。比克斯则在查看整个房间。

“你觉得这是怎么回事?”凯特琳问，乔什又一次为她的强悍感到吃惊。他不确定会有多少人，在这房间里遭遇他们发现的东西后没被吓坏。但凯特琳绝对算是一个。

乔什说：“我快速地看了看这些，但……嗯，看样子小布克曼一直在追踪你……至少是在收集和你有关的报道。”

"你是什么意思?"比克斯问。他的手里拿着一叠从金属文件柜顶上发现的照片。

"首先,"乔什说,"他知道你的真名,凯特琳,这个小城里没有第二个人知道。"

"怎么会?"凯特琳问。

乔什打开了布克曼的笔记,草草翻了翻,说:"他在这里真的记下了你的几个姓,凯特琳。我看看……戈德史密斯?这姓是不是——"

"是我在被绑架时,也就是当年和养父母一起生活时叫的。是的。但我从来没有正式用过他们的这个姓,至少没在法律有关的方面用过。"

"嗯,这个姓他写在这里了,"乔什说,"你会跟达瑞尔·布克曼说到你的姓名吗?在当年……"

凯特琳耸耸肩。"有这可能。"她想到噩梦中的妖怪是怎样叫唤她的。"是的,我可能说了。"

乔什点点头。"他也在这写下了'凯特琳·迪尔伯恩'。"

"是我的父母收养我以后,我自己的姓。"

"还有接下来的'凯特琳·萨默斯'。"乔什说。他读出了这个名和姓,眼睛略过几页,"在这里记着一个名叫拉里·塞格尔的私人侦探。也有他的电话号码。电话号码之后跟着他这名字。在我看来,迈克·布克曼是从达瑞尔记得的你的名字入手的,他雇了人找你。"

"可他为什么要这样做?"

"因为他父亲记得你,"比克斯看着他手上的照片,说,"记得你逃脱了。他可能知道因为你,他被逮住了,要关监狱三十多年。"

乔什说:"因为父亲在坐牢,小布克曼成长的过程中基本上是没有父亲的。我们不知道过去二十二年中他生活得怎么样。不知道他怎样长大，或是由谁抚养大的。但他不会仅仅是一个被定罪了的恋童癖的儿子那么简单。他可能过得很艰苦，可能生活得毫无理性。可能会把他的不幸和痛苦归咎于你。”

“然后呢?”凯特琳问，“他要为这报复吗?他的父亲是罪人，我不是。我那时只是个孩子。”

“他可能是个神经质的家伙，”比克斯说，“就像他老爹。不能认为他的思考是理性的。他可能认定你毁了他的生活。”

乔什继续翻看着文件夹。

“他此前怎么没什么行动?”凯特琳问，“他显然发现了我是谁，很容易找到我住哪儿。”

在一段明显是由小布克曼记下的与私家侦探的交谈要点下方，乔什已经看到了他和凯特琳在新罕布什尔州的家庭地址。“可能他的确想要干点什么。”乔什说。

凯特琳和比克斯都望向他。

“可能他在七个月前就已经尾随你了。可能在你离开我们家那天晚上，他就紧跟在你身后了。”

比克斯补充道：“他跟着你到了购物中心，乔什说你的车是在那里被发现的，他想要绑架你。但不知怎的，你逃脱了。”

他们的脑海中都闪过了这一幕。

乔什点点头，说：“你逃过一劫。但这次经历造成的创伤，引发了神游状态……就跟二十年前他父亲绑架你时一样……你从小布克曼手中逃脱后，冲向离你最近的一辆车——小布克曼的。”

“没错，就这么回事。”比克斯说得不带丝毫怀疑。“看看这个。”

他举起一张 4×6 英寸的照片：布克曼的儿子倚靠着一辆车。

“这就是我们遇见的那天晚上，凯特琳开进小城里来的那辆狗屁破车道奇挑战者，”他说，“后来我们把它卖了。我认得出引擎盖上的这处凹痕。”

“那接下来，事情就是这样的，”凯特琳说，“那晚我开走了布克曼的车。我应该是在车里发现了‘鱼宫’的外卖菜单，就把车开到了那里，没有真正意识到我在做什么……甚至不知道自己是谁。”

“那天晚上你到‘鱼宫’时，我正好在那里，”比克斯说，“你跟我回家，我们没有出门一步，直到一两天后我们去把那辆道奇卖了，所以布克曼不可能看到你在城里开他的车。”

“但为什么那天晚上过后，他就放弃我了呢?”凯特琳说。

“他没有。”乔什说，“这里有篇网上的报道，讲的是你那天晚上的失踪。在接下来的几个月里还有些详细的报道，提到警方没有任何你的下落。迈克知道你已经离开了，但不知道去了哪儿。照这些笔记看，他让他的侦探找了你一阵子，但你……一去不复返了。”

凯特琳摇摇头。“他根本就不知道我曾经开着他的车，去了他心爱的老地方。”

比克斯说，“他一定惊掉了下巴。当你在这里现身，还——”他的话打住了。

“还朝他开枪。”凯特琳替他把话说完了。她的话音比前一次她谈到可能杀了人时显得更为冷硬。看起来，她当然不会为杀了人而高兴。乔什知道她可能会为之心生悔意，但她似乎也并不想将之前他们拼接起的完整推测撕毁。

“我不是超强警事通，”比克斯说，“但如果你坚持要自首，小布克曼跟踪你的事实一定会在警方那边对你的案子有帮助。”

乔什想了想。至少，警察会调查并发现，他们应已知道——出于某种原因，凯特琳在找迈克·布克曼。她发现了他，杀了他。听起来很像有预谋的谋杀。那么，也许从小布克曼跟踪凯特琳的角度加以辩护，可能在对她量刑时能有所帮助，却也无法让凯特琳免除牢狱之灾。

“电脑上有什么?”比克斯问。

“我不知道。”乔什说。

“你不是电脑高手吗?”

“不是。”

“我以为你是。你总在玩你的平板电脑。”

乔什看着布克曼那台笔记本电脑的屏幕。他不确定他能从电脑里弄到什么有用的东西，他看到电脑上亮起的绿色小灯。“电脑上我会用的，大多数人也一样会用，”他说，“我没有那帮法庭网络技术员的本事。如果这玩意设了密码锁，我就拿它没辙了，除非我们找到了记在什么地方的密码。”

他坐在书桌前面的椅子里，伸手搭在鼠标上。顿了一下，回头质问似的看了比克斯一眼。

“弄过它后，要擦干净指纹。”比克斯说。

乔什回过身去，面对显示屏，动了一下鼠标。黑屏上有亮线闪过。

乔什情不自禁地将身下的椅子向后一推。凯特琳长喘了口气。不需要密码，愚蠢的布克曼。他们看着屏幕上弹出的画面，比克斯轻轻吐出一声：“呸。”

屏幕上是一幅迈克·布克曼和一个裸体女人性交的静止图像。她俯身跪在拉开的沙发床垫上——同一张沙发，毫无疑问，是摆在走道下面客厅里的那张。布克曼在女人身后。看她脸上那死一般凝固的表情，很难相信这行为是两厢情愿。而当乔什看到女人一个手腕上的手铐时，他曾经有过的怀疑被证实了。

“这是个视频，”乔什说，“播放被暂停了”。

他看着屏幕顶部的视频的进度条。全长 92 分钟的视频，停在 18 分钟上。

“关了，乔什。”比克斯说。

该死的。真白痴！他用鼠标关闭视频播放器。这么一动，一串视频文件列表出现在屏幕上。他马上明白了这些文件是什么内容，便完全退出了视频程序。

“不，”凯特琳平静地说，“我要知道的。”

“凯特琳……”乔什说。

“我不会看，但是我要知道。把它们还原。”

乔什叹了口气，再次打开程序，然后点击文件标记，视频图标出现了。每个文件都有标签。乔什看到文件名诸如“金发大奶”、“高瘦骨感”和“丰臀熟女”。他快速扫视文件名称，寻找可能适用于凯特琳的标签。他知道身旁站着的两人也在做同样的事情。快快数了一下，共有十一个视频，但没有一个标题能显而易见指向凯特琳。按创建日期，所有的视频是按时间顺序排出的，文件由新到旧向下排列。最早的视频已经是十五个月前创建的了。乔什心里盘算了一下，在这段时间里，布克曼平均每一个半月弄出一个视频。乔什迅速看了看最近的文件，名为“卷发长腿”，差不多是一个月前创建的。按他们知道的情况，这时间是在凯特琳发现他之前，也大致是在他知道凯特琳出现在城里之前。感谢上帝。乔什向他说出这个看法，显然他们也跟他一样松了口气。当然，凯特琳更是如此。但她看起来并没有释然。

她说：“你觉得他杀了这些女人吗，在……之后。”

“不，”比克斯说，“新闻里没听到过。如果过去的十五个月内有十几个女人失踪或横死，是瞒不住的。可我什么都没听到。”

乔什也觉得他说得有道理。

凯特琳点点头。“他怎么能胡作非为这么长时间？”她问。

“他给她们下药了，对吧？”乔什说，“当中一些女人可能不记得任何事情。即使记得，可能也羞于站出来。”

比克斯补充道：“也许他威胁其中记得的人。另外，也许有人是，甚至所有的人都是妓女。我不知道发生了这样的事她们当中有多少人会急着报警的。”

“太恶心了。”凯特琳说。

比克斯点点头。“我没有高见发表了。该走了，是不是？”

“我们不能把这些视频留下来，”凯特琳说，“对这些可怜的女人来说，这不公平。”

“这是证据。”乔什说。

“证据可能会最后帮到你，”比克斯补充道，“如果我不能说服你别去自首的话。”

凯特琳摇摇头。“不行。”

“别急着去，亲爱的。”乔什说。凯特琳叹了口气，乔什明白这意味着她将在这个问题上有所松动。“我们给警察留下这个文件夹，好吗？”他问道。

“留下吧，”凯特琳说，“我们得让警察来发现它。假如今后是我们奇迹般地将它拿出来，真实性可能会被怀疑，对吧？”

乔什点头称是，比克斯也没有反对。

他们逐一回到走道，穿过客厅。行走之中，乔什发现在经过布克曼的尸体时，凯特琳把她的头抬得高高的。

在波士顿洛根国际机场，老刀马格特从行李传送带上抓下他的小手提箱。跟以往一样，他的行李差不多又是沿斜槽下来的最后一件。有人的包先下来，而老刀一辈子都不会遇上这种情况。这趟旅行他的包被检查托运了，因为他想带上他最喜欢的几把刀——以防万一——他不能在随身行李里带刀。

他寻找到地面换乘区的标志。他得坐上穿梭巴士去汽车租赁公司开走他租的中型轿车，然后赶往史密斯菲尔德。做完这些事大概得花上一小时二十分钟。他边走边从口袋里掏出手机，拨了他弟弟的号码。从昨天起这样打过不下二十次电话了。如果走运，迈克会回话，那老刀就可以立即调头回洛杉矶了。他讨厌马萨诸塞州。但当然啦，亲人终究是亲人，如果迈克遇到了麻烦，老刀就来帮他，但如果他没有……好吧，那就更好了。电话铃响了，他等着。最后，电话接通了，接到了他弟弟的语音邮箱上。

“迈克，”老刀说，“该死的快回电话，这是你最后的机会了。现在我要来找你。你最好还是死了，因为如果你只是在嗑药，爽得天昏地暗什么的，等我到了，你就会希望自己还是死了的好。”

他挂了电话，走进波士顿的夜色中。看到一辆赫兹公司的穿梭巴士车门正关上，接着车子开走。他看了看手表，另一辆几分钟后会来。不过他很生气，他错过了眼前的这一趟。他的心情一直就是这么不爽，因为他不得不离开妻女，错过马戏表演，飞数千英里到这里来，就仅仅为他该死的弟弟不回他的电话。

他希望迈克没死。如果死了，他也不知道能做什么。但要是情况相反，他还活着，接下来老刀就要猛踢他的屁股。现在，他心里正窝着火。

第三十一章

离开了迈克·布克曼的房子——对凯特琳来说，她不会视此人为迈克·马格特，永远都不会——凯特琳想直接去自首。她不是想要答案吗？嗯，都找到了。她相信现在已经知道了足够的事实，多得足以迎来属于她自己的铁窗生涯。而两个男人各有主张。比克斯提议，凯特琳得准他再找他那位道上的朋友，那人曾经替她做了个假身份，让他再来一回吧。如果乔什反对这主意，不想和她一道，他重申，他陪她一起潜逃。相形之下，乔什更了解凯特琳，知道她如果想自首他是无法阻止她的。他建议她至少等到明天早上，等头脑清楚了再决定。凯特琳已是筋疲力尽，她回应了乔什的提议，拒绝了比克斯的。决定次日早上她自己去往最近的警察局，所以，今晚不妨睡个好觉。这可能是她这辈子最后的一次好觉。

比克斯把他的探路者开进他家的车道，他们下了车。在破裂的水泥人行道上向玄关走去，凯特琳的腿像灌了铅一样沉。走上楼梯，来到前门。比克斯用他的钥匙开了两把门锁。

“女士先请。”他边说边给凯特琳推开门。不知道这话他是否也对着乔什说，今天他已经这样刺激乔什好几回了。她转过身，看乔什是不是生气了，却不见他在门廊里。乔什正回身往车那边走。一定有东西忘在车里了。

凯特琳与比克斯一前一后进了公寓。

在黑暗中，她立刻感觉到有些不对劲，但她不知道那是什么。接着她就看见了扶手椅上有一个影子。比克斯也见到眼前这一幕，他大叫着："见鬼，你是谁?"

"别干傻事，"黑暗中的声音，"我手上有枪。"

比克斯说："别乱来。"说着关上了身后的门，也就将乔什挡在了门外……凯特琳顿时明白了他的用意。

"别的人在哪儿?"那声音问。

"什么别的人?"

"听着，你已经做了蠢事。你在说谎。我听说了今晚还有个人和你们在一起。"

"我们在他住的地方放下他了。"比克斯说。毫无疑问，他和凯特琳都希望乔什听见比克斯大叫的那声"见鬼，你是谁?"并意识到麻烦找上了门。在那一刻，凯特琳甚至指望乔什会报警。

乔什正朝探路者走去，要取回他留在比克斯车后座上的平板电脑。这时，他听到比克斯的叫声"见鬼，你是谁?"有不速之客进了门，正等着他们。乔什将平板电脑的事抛到一边，急忙躲进建筑物投下的阴影里。他的第一反应是叫警察。这可能是最稳当的做法，也是凯特琳想要做的。到目前为止，乔什还不像她那样，对她到警察局自首做好了心理准备，但他知道她在一瞬间已经陷入了危险的境地，所以他别无选择了。他把手伸进口袋里掏手机，发现竟空无一物。他摸了另一个口袋，也没有手机。他快快扫了一眼前门附近仍一片漆黑的客厅窗口，冲向探路车的后车门。透过车窗，他看见了他的手机和搁在后座旁的平板电脑。他不出声地用力拉着门把手……车门打不开。比克斯一定用遥控器锁了车。

情势骤变。乔什耗不起时间一户户地去轻敲邻居家的门，直到有一家人愿意为他打电话叫警察。在这一带做成这事可能得花上几小时。事实上，在这一带如果他晚上偷偷摸摸地接近人们的房子，就有可能被射杀。也可能某户人家的狗会朝他一阵狂吠，惊动侵入比克斯家的那家伙，逼着他下狠手。

乔什得立即行动。他知道，闯入者随时会杀了凯特琳，也会要了比克斯的命，尽管对于后者的处境，乔什并不是十分关心。他急忙绕过房子的一侧向这幢建筑物的后面跑去。谢天谢地，隔壁邻居家那条脏兮兮的斗牛犬一定正缩在房子里，因为它那四方形丑陋的狗头没有发声。乔什去往后院，走到窗前，那天早上他离开时窗户是开着一条缝的。他拉过一张塑料草坪椅，站在上面，尽可能不发出声响。他将窗户往上推开了一点，悄悄溜了进去，进到他和凯特琳昨晚住过的卧室，然后穿过黑暗的房间，来到衣柜前，轻轻地打开了门。靠在衣柜的一个角落里，有支黑木棒球棒。那天早上他见到过的。

椅子上的影子一晃，打开了他身旁茶几上的一盏灯，灯光照亮了闯入者。虽然比克斯从未见过这个人，但他马上认出了他。这并不难。长长的金发，戴个眼罩东奔西跑的家伙，在史密斯菲尔德这里又有几个呢？独眼杰克说了实话，他手里就拿着一把枪，搁在膝盖上。比克斯也有支枪，却给扔在他那车的贮物箱里。他像个白痴一样把它放在了那里。

“我想我们见着杰克了。”比克斯对凯特琳说。

“我不叫杰克。”这人说，站了起来，挥了挥他的枪，示意他们到沙发那边去。

比克斯说：“没事的，凯蒂。”他抓起凯特琳的手，一起走向沙发，坐下。她的手没有颤抖，这让比克斯有点惊讶。她紧紧抓住他的手，也没有显出丝毫恐慌。不，她的手透出冷静和镇定，就和她看上去的样子别无二致。

这人一直站着，看着他们。房间的光照仍然昏暗，但比克斯可以看到他的一只眼睛对着他们两人左右移动，落定在凯特琳身上。

“我认识你，”他说，“你也认识我，不是吗？”

凯特琳没有回应。

“我记得前天晚上在酒吧见过你，也可能是在搏击俱乐部。真是令人难忘啊，在那些地方见着一张你这样的脸。”

凯特琳仍是一言不发。

“最紧要的是，”他说，“你去了仓库，不是吗？”

比克斯觉得凯特琳应该快开口，说点什么……说什么都行……要不那个拿着枪的家伙发起狂来，可能会像疯子一样地开枪，即使他只想伤两人中的一人——大概会先打比克斯——为了让凯特林开口说话。但凭一只独眼，谁知道他打枪的准头有多高呢？他可能瞄准膝盖，却把子弹打到了心口上，或是更糟，击中了裤裆。比克斯希望乔什打 911 时能说服警察尽快赶到。说到警察，比克斯一直挺不屑的，但在眼下让警察来似乎是个绝妙主意。他毫不怀疑乔什也能看出这是最安全的做法。

“你真得开金口了，”那家伙说，“那天晚上你在仓库里看见什么啦？”

凯特琳终于说话了。她的回答让比克斯惊讶。

“你看到了什么？”她问。

看上去独眼龙比比克斯显得更加震惊。惊得瞪圆了眼睛。接着，比克斯和凯特琳的惊讶暴增十倍，他们看见一个影子从走廊跑来。那人听到或是觉察到了响动，转过身去。与此同时，乔什操起棒球棒向他砸去。那家伙扬起一只手挡住脑袋，乔什身形一晃，球棒打在他的肩膀上，激起了一声号叫，但显然这不是致命的一击。那人仍然站着，立即放低了被袭的肩膀，狠狠地朝乔什撞去，将他撞向墙角。乔什打翻了茶几，将灯带倒在地上。灯闪了几下灭了。乔什的头敲在他身后的石膏墙上，球棒从手中松脱。不幸的是枪还在那人手中，他把枪口放下，指着乔什，像迟疑着要不要马上扣扳机。

“别开枪！”凯特琳大声喊。

独眼龙盯了乔什片刻，上前踢他。

“滚去沙发，坐他们旁边。”

乔什爬了起来，小心翼翼地摸了摸他的后脑，挨着凯特琳坐到沙发的一头。他的眼睛垂了下来。比克斯顺着他的目光看去，看到在凯特琳的膝盖上自己的手还握着她的。他便将手收了回来。

“你杀到这里之前，先叫了警察吧。”比克斯说。

乔什稍一犹疑，立即接着说：“当然叫了。你以为我是傻瓜？”

独眼龙一愣，马上回过神，说：“别扯了。如果叫了警察，你会在外面等着。要是再跟我撒谎，我就射你的膝盖。”

那人没弄错，比克斯知道。比克斯无法理解乔什为什么不叫警察。相反，却溜进房里，只带一支棒球棒，用它来攻击一个手里有枪的人。真蠢啊。但也真够胆的。比克斯不得不承认他够胆。

“别以为我不知道你也在骗我。”独眼龙对比克斯说，“你说你放这家伙在他的地方下车了。”

“是这样啊，”比克斯说，“他一直待在这。这里是他的地方啊。”

那人阴险地眯起眼睛。“我该把你的膝盖轰个稀巴烂，因为你是个混蛋。”

“别这样。”比克斯说。

这会儿，那家伙似乎在考虑枪打膝盖的做法，却让比克斯觉得等的时间太久了。最后，那人说：“把灯打开。”

比克斯打开身旁茶几上的灯。这坏蛋看着凯特琳，“我再问你一次。你在仓库看到了什么？”

“我再问你一遍，”凯特琳说，“你看到了什么？”

这一回，独眼龙似乎和刚才一样因凯特琳的反应而惊诧。接着他像是恼了，“告诉我你看到了什么，给你最后一次机会，要不我就动手了。”

“她不能……”乔什说。

“闭嘴。”独眼龙打断他。

“你不明白。她没法告诉你她看到什么。她不记得了。”

枪还在那人手上，他把掌心向上翻，好像在问其他人，这里只有我一个疯子吗？

“她失忆了，”乔什说，“即使她那天晚上看到了什么，她也不记得了。她记不得任何事情。”

“真的吗？”独眼龙说，“这就是你想说的吗？”

“这是事实。”乔什说。

“就是。”比克斯信誓旦旦地说。

那人深吸了一口气，将枪口对着他们，在两人的膝盖间来回比划。“谁先来第一枪？”他问凯特琳，“在你开口之前，要让我打碎几个膝盖？”

"他们对你说了真话，"凯特琳说，"我没法记住那天晚上发生了什么事情。最近七个月的事情，我什么都不记得了。"

"什么，我们在看肥皂剧吗？你还指望我相信你的废话？"

凯特琳耸耸肩。"我不能让你相信，但这是事实。我只是好奇，你以为我看到了什么？"

比克斯不敢相信这个女孩居然会向他抛出这样的问题。如果局面不是那么紧张，他一定会为她的厚颜无耻而放声大笑。独眼龙看上去好像也拿她没办法。

"你干吗老问我？"他说。

"因为我不记得在仓库发生了什么，我……得记起来。我……在那里杀人了？"

金发男人眨几下眼睛。"你——"

"你看到我杀人了吗？"

独眼龙摇摇头。"她是说真的吗？"他问，看着比克斯。

比克斯点点头。"跟你说了，她不记得那天晚上的事情。"

那人用他空着的手挠头，皱起了眉头。比克斯看着他，就像一阵舌战后在金发覆盖的脑袋里点着了一把怒火。末了，他说："我不能冒风险。我不能回到监狱去。还有，说的全是废话。"

"不是。"比克斯说。

这家伙又皱了皱眉，接着用力摇了摇头。"我不能这么做。我不能相信你。我想要相信你，但是我不能。我不要回监狱去。绝不回去。"

比克斯听着这人的声音，觉得他的情绪似乎从自大狂傲到惊恐犹疑在不住地往复循环。比克斯想，是时候让他动一动了。自己可能会被击中，但不这样做，也可能随时吃枪子。向这家伙发起突然袭击，可能是唯一的机会。

“在牢里他们那样对我，”独眼龙说，“我不回去。”

“她告诉你真相。”乔什说。

那人又摇摇头。“我不会回去。不会的。我不会让他们把我的另一只眼睛弄掉。那样我宁可去死。”

“你的另一只眼睛？”凯特琳问。

她一说话，男人就不再摇头了，怒视她一眼，然后把眼罩掀开，暴露出了被缝在一起的眼皮。这一小块平整的皮肤显得太过怪异。眼球不翼而飞，留下一个被绷紧的一层皮覆盖的空洞。

“他们用勺子挖了出来，”他说，“我绝不会回监狱。”他让眼罩归位，摇了摇头。这一次说着话，似乎满腔的悲伤。“我得把你们都杀了。我不想这样。我真的不喜欢。但我不能冒风险。还有，那失忆的故事听起来就是胡说八道。”

“我杀了人。”凯特琳突然说。

他眯起眼睛。“一秒钟前你还问我你是不是杀了人。怎么啦，突然想起来了？”

“不是他。我杀了别人。”

他咯咯地笑了。“行啊。好吧，你杀了谁？”

“迈克·布克曼，”凯特琳说，“我在他家里开枪杀了他。”

“迈克·布克曼是谁？”

“你可能听到他叫迈克·马格特这名字。”

如果凯特琳这是想要说服独眼龙别开枪，比克斯便有所怀疑了，他会对杀死了自己秃头哥们的人宽宏大量吗？但那家伙说：“是吗？说真的？”

“真的。”凯特琳说。

独眼龙想了想，说："我从来都不喜欢他。"

"我以为你们两个是朋友。"比克斯说。

独眼龙说："我们出去玩玩，打点工，可他是个混蛋。总逼我接我不想干的活儿。叫我干我不想做的事。是他搞出这件事来，"他说，指着他的眼睛。"我本来不会被逮住。我们真不该接那活儿。但迈克逼我。然后我就代他受罪了。丢了我这只眼睛，在牢里蹲了三年。都是他的错。"

"我杀了他，"凯特琳又说了一遍。"我朝他开枪，两枪，我想。前一枪打中肩膀，后一枪打在肚子上。他死在他家客厅地上。"

"你干吗要告诉我这个?"

"这你就明白了，我这是在招供。你有手机吗? 手机能录音吗? 我会再招供一回。然后你就有了我的把柄。即使我想告发你，我也不敢去找警察。"

好主意，比克斯想，特别是考虑到她已经打定主意去自首，什么招供不招供的都无关紧要，脱身之计罢了。那家伙开始考虑她的话，看上去陷入了沉思。比克斯又在想要采取行动了，但决定推迟一小会儿。独眼龙悄悄地，几乎像是自言自语地说："我从来都不喜欢他。我不是真的想要杀了你。我想要相信你。不过，我不会回监狱去。"末了，他抬头看着他们，"你们真的杀了迈克?"

凯特琳说："我杀了他。你要是不相信，去他家看看。他还在那里。我们刚刚离开。"

"我以为你是在两天前杀了他的。"

"是的。我们又回去了。"

"干吗?"

凯特琳耸耸肩。"找答案。我说过的，我不记得干过那事了。"

这人抬起手，伸出根手指在眼罩下挠了挠。比克斯觉得自己正被他望着时扮了个鬼脸。“他还在吗?”这人问，“警察还没发现他吗?”

“至少四十五分钟前还没发现他。”

“那钱呢?”

“什么钱?”凯特琳问。

“你知道是什么钱。你在仓库里看见过的。”

凯特琳摇了摇头。“你忘了——我不记得那天晚上的事情。还有，我们在布克曼家里没看到钱。我们去不是要找钱的，所以大概还在吧。”

经过了一两分钟的纠结，独眼龙从口袋里掏出一只手机，摆弄几下，然后将它对着他们。他做着这事看上去像如释重负。显然，他讲的是真话，他不想杀死他们。

“我要拍段视频，”他说，“以防万一。所以，请你再说一遍，我录下来。”

凯特琳说出了她的名字，她的真名。在录像中招供射杀了迈克·马格特，而他的真名是布克曼。她说她开了两枪，杀了他。她还提供了他的地址和添加了她所能记起的细节，比如他死的房间，尸体的位置。至于动机，凯特琳说他一直在跟踪她。对独眼龙来说这似乎是个小小的意外。显然，布克曼和他的独眼龙哥们没有比克斯和其他人想象得那般热络，因为布克曼从来没有与他的朋友共享他的“宠物计划”，也没有邀请他进入那间有软木板钉着凯特琳照片的备用卧室。凯特琳的招供结束了，比克斯不知道它会不会在法庭上放出来。如果这样的话，他明白这足以给凯特琳带来很大的麻烦。那人满意地点点头，把他的手机收进口袋里。

“好吧，就这样了。”他边说边向门口走去。半道上，他停了一下。“你真的不记得那天晚上的事吗?”

“我真的不记得。”凯特琳说，“你能告诉我发生了什么事吗? 我很想知道。”

独眼龙只是笑了笑，便走了。比克斯向前跨了一步，关了门，锁上。他转过身来望着凯特琳，想知道她是怎样经受住的。她看上去若有所思。过了一会儿，她说：“我想要一杯啤酒。”

顺着酒保手指的方向望去，汉莎克看见珍妮·斯蒂沃穿着细高跟鞋、红色紧身胸衣和相配的女式短裤，正给一桌闹腾不休的商人上啤酒。商人们穿硬挺的白衬衫，敞着领子，领带松松垮垮地挂在脖子上。汉莎克觉得斯蒂沃挺有吸引力，但男人们的眼睛只瞅着那个没穿上装的女人。女人穿着闪亮的金色丁字裤，蹲在他们前方那个低低的舞台上，双膝大张，一对乳房抖动着，逗引着男人掷来钞票。

上罢饮料，斯蒂沃拎着空托盘返回吧台。汉莎克引起了她的注意。汉莎克为她着想，不想向她亮出侦探警徽。此物若能不示人，便不示人。也不想让她引人侧目。经营这样的一处场所在法律上的麻烦本来就够多的，店家大概不会让一个引得警察进门的雇员有好果子吃。

“珍妮·斯蒂沃吗?”斯蒂沃说。“我是夏洛特·汉莎克侦探。我给你留过几条信息。”

斯蒂沃想要显出困惑的样子，但她装出这表情来晚了几分之一秒，汉莎克已将一些东西收进了眼底。她的神情告诉她，斯蒂沃听到了她的留言，但选择了忽略。

“留言讲了什么?”斯蒂沃问，紧张地环顾四周。

汉莎克走到一个较为安静的角落里，在一张小桌旁坐下。斯蒂沃跟了过来，但没有坐下来的意思。

“不会占用你很长时间。你认识这个女人吗?”汉莎克让她看手机里的凯特琳·萨默斯，是那张已经P上了红色短发的照片。

斯蒂沃皱着眉头，假装在回想。真是个糟糕的演员。

“我看不出这人是谁。”斯蒂沃说。

“这对你真不是个问题，珍妮。你认识这女人。我知道你认识的。我差不多和所有你认识的人都谈过了，他们都跟我说你认识的。事实上，他们说你俩很亲密。”

斯蒂沃没有应声，这还算聪明。汉莎克在她手机上换了张照片，这张没改过，是萨默斯失踪几个月前拍的，当时她还留着齐肩的金发。

“这个女人呢？你认识她吗?”

这一回，斯蒂沃写在脸上的困惑看起来像是真的。“她是谁？看上去像……”

“是的，”汉莎克说，“同一个女人。这个一头金发的女人叫凯特琳·萨默斯。七个月前她消失得无影无踪。和这个，”她一边说一边切换回萨默斯的红发照，“是同一个女人。你知道她的什么事情吗?”

斯蒂沃慢慢地摇了摇头，一副迷惑的样子。汉莎克相信她不知道任何身份改变的事情。她不了解金发的凯特琳·萨默斯，但她肯定知道凯瑟琳·萨瑟恩，那个红发女。

“这里发生了些奇怪的事情，”汉莎克说，“我不知道究竟是怎么回事，但我想要知道去哪里能找得到这女人。我知道你可以告诉我。那就说给我听听吧。”

斯蒂沃盯着她朋友的照片。或许正颇为震惊地发现对真正的她所知甚少。

“你好像不愿帮我，珍妮，”汉莎克说，“听着，我明白了。你们两个好闺蜜，可能会聚在一起互涂指甲油，喝兑果汁的葡萄酒，聊聊男孩。但是我想，现在你可以看出你真的不了解这个女人。她从未对你诚实。那么你说了又会亏欠她多少呢？”

斯蒂沃从手机上抬起头。

汉莎克说：“如果你们两人的关系不像你想的那么亲密，为这个人真的值得去面对妨碍司法的指控？也许是共犯的指控。”

斯蒂沃的眼睛睁得更大。一席话击中了她的要害。末了，她说：“我想她可能有麻烦。”

“真的吗？你这样想？”

“我不想凯蒂受伤或是遇到别的什么……”

“我知道你不想这样。你是对的。她遇到了麻烦。那就告诉我怎么找到她，我能拦住她别做蠢事。做蠢事可能会让她受伤害，甚至更糟。她住在哪儿？”

斯蒂沃摇了摇头，“我不知道她住在哪里。”

“珍妮。”

“是的，真不太清楚，”她补充道，“我只去过那里一次，还是两次。总是凯蒂开车。我从来没有留心我们走了多久或是街名。”

“你这是在告诉我，即使每个人都跟我说，说你和凯瑟琳·萨瑟恩相识，是闺蜜，你也不知道她住在哪里吗？”

斯蒂沃又显得很迷惑，现在汉莎克开始被惹恼了。她正要提高音量，以示不快，斯蒂沃突然说：“你是说索瑟德？”

“什么？”

“你说到凯瑟琳·萨瑟恩。是指索瑟德，不是吗？”

汉莎克的手机仍然拿在她手上。她翻过去的两张照片是凯特琳或凯瑟琳的，“突击队”酒吧员工的名单上有她的名字。即使有一道线划过凯瑟琳这个名字，汉莎克仍能清清楚楚地见到她的姓：萨瑟恩。

“她姓索瑟德?”她问斯蒂沃。她点了点头。“你确定吗?”斯蒂沃又点了点头。

汉莎克匆忙离开了“糖厂”。如果凯特琳·萨默斯最近一直是凯瑟琳·索瑟德——并非如他们所想是凯瑟琳·萨瑟恩，用这个新的名字搜索也许能让他们所获更多。她拨了帕迪拉的手机。

“我弄到了我们那位红发女的另一个名字。杰维，这名字我感觉不错。”

第三十二章

迈克·马格特死了，马丁·唐奈觉得他死得好。他可能姓布克曼还是什么的，那红发女郎说了。不管怎样，照她说的，前天晚上她在他家里开枪杀了他。也像是这么回事。因为唐奈从那时起就没见着迈克了。唐奈在找红发女郎，他估计迈克一直也在干同样的事情，但他没法确定，因为那家伙不接他的电话。现在唐奈知道是为什么了。

这些年来他和迈克在一起挣了些钱，但也狠狠地赔过。他们有过几天好日子，可倒霉的时候更多。唐奈要比迈克倒霉得多。那就是了，总之，迈克死了唐奈觉得挺好。以眼还眼，就像俗话说的那样，是吧?

考虑到他俩多年来一直搅在一块干了许多唐奈不想让警察知道的事，他觉得在警察发现人被谋杀，把那地方翻个底朝天之前，去一趟迈克的家还是明智的。谁能知道躺在家里的这家伙曾和唐奈绑在一起，干了什么作奸犯科之事呢?除此之外，迈克当时带着五千美元离开仓库，他们原本打算用这笔钱来付偷来的智能手机的赃款，结果手机变成了一袋假手——这事弄得天翻地覆，从仓库里出事开头，显然直到红发女在迈克家里杀了他才告了结。假如那女孩说的是真话，他们没拿钱走，推算钱应该还在迈克家里。所以唐奈便想，不妨过去把钱拿到手。

他把他的摩托开上了迈克家的车道，拐了个弯朝房子开去。他看到了迈克的车，接着漫不经心地想怎么车后箱是开着的？他把摩托停在房子一侧，觉得没有人看见他开进来。房子很隐蔽，也没有邻居能看到他的摩托车，但……再小心也不为过。他绕着房子快步走到了前门。没必要跟迈克急，他哪儿都去不成了。但是小心驶得万年船。就这么进去，找出东西。一把抓过钱来，溜之大吉。

前门开着。这地方闻着臭烘烘的，倒也不足为怪，他现在看到尸体就倒在客厅的地板上。尸体有两处枪伤，一枪打在肩膀，致命的一枪打在肚子上。看来，红发女和她的朋友说的是实话。唐奈给了他们机会，可他也真没想要杀他们。换了迈克会眼不眨一下地把他们全宰了。可他不是迈克，他从来没有杀过人，除非杀人有绝对必要。迈克死了，再也不能对他指手画脚了。

唐奈看着迈克那张死人脸，心中仍然没有生出丝毫悲伤。这家伙是个混球，世上少了这么个人倒真是件好事。问问任何一个他带到这里来的女人是不是这么想吧。唐奈从未掺和他和女人的那些事情。迈克有次要给他看个视频，他拒绝了。但他知道不少女人被迈克下了药，用他的话说，在这里被他“往死里整”。这混球。

有的是时间好好想想，仔细找出任何一样警察可以拿来将他和迈克牵扯在一块的东西，连同那笔现金。他离开那具尸体，发现有个人正在他身后的近处站着。唐奈甚至没听到他的一丝响动。男人一动不动，隔着两英尺的距离盯着他。活见鬼了，这家伙看上去真像迈克·马格特——秃头、苍白而且丑陋——男人比迈克至少高了半英尺，稍瘦一点儿。迈克的黑眼睛一向看上去几乎没有生命，即使在他兴奋的时候，但这家伙的黑眼睛里却有东西……更深的黑暗。一双眼莫名其妙像是独立于他的生物。接着，唐奈注意到他手上的刀。他立刻想去拔插在后腰上的枪。

“是你杀了我的兄弟?”那人问。

这家伙的兄弟死在地板上，而他却没有显露出任何情绪……只在那双黑暗的眼里，生出一丝最轻微的悸动。上帝，他想干什么，叫人毛骨悚然。唐奈意识到了什么，口中迸出话，“不……我没有……我不会……我们是好朋友。”

“好到还不够替他叫警察吧。他已经死了一段时间了。你在这里干什么?”

“我……在找东西。”唐奈说，倒退了一步。对方向前迈了一步，紧逼着他。

“是找钱吗?”

“不。”唐奈谎称。

“那，找什么?”

“找……可能连累我的东西。”

“我兄弟死了连累你吗?”

唐奈马上说：“不，我发誓。是别的东西……任何东西……你看，事情是这样的，你兄弟和我过去一起……好吧……一起做了些事情，违法的事情。我想确保警方不会在这里发现任何牵连到我的东西。你明白啦?”

迈克·马格特那令人生畏的兄弟低头看着他。“你怎么知道他死了?”

“因为我跟那个人杀了他的人说过话。她告诉我的。”

“她?”

“是的。是个女人。一个红发女人。”

“我相信有很多女人有理由要杀我的兄弟。这个女人告诉了你，她为什么要杀他?”

“她说他跟踪她。”

马格特想了想，皱起了眉头。“我在哪儿能找到这个女人?”

唐奈随即告诉了他那个地址。“她和她的男朋友住在那里。半小时前我刚离开她那里。”

“你离开时，她还活着吗?”

“活着。”

“这有点儿够朋友啦，”那人说，“现在，我要让你做一个选择。”

唐奈听由自己去感受最细微的一丝释然，和最微弱的一线希望。他没有想要比一比，自己伸手拔枪与别人出刀谁终究更快些。看起来，像是不需要如此了。假如迈克的兄弟打算杀他，干吗还要劳神让他做个选择呢?

这位兄弟说：“你愿让我把你的喉咙割断，还是把肚皮剖开呢?第一种做法你了结得快。第二种做法痛苦多些，但你能多活几秒钟。你的小命大概还剩下不到一百秒，最多一百秒。所以每一秒钟都是宝贵的。”

唐奈倒退了一步，手在背后慢慢地移向那把枪。那家伙紧贴过来，手中的利刃寒光一闪。

“为什么?”唐奈说，“我告诉过你我没杀迈克。我说过是谁干的。”

“因为等到大家开始到处找，找到那杀了我兄弟的女人的肉块时，你知道是我把她割碎的。我不能让你跟别人说。”

几秒之后，唐奈倒在地板上迈克的尸体旁，血溅在那块褪色的地毯上。他明白了两件事：他拔枪不够快；他做了个错误的选择。当肝肠迸裂，人刚倒在地板上，他马上就想到了那另外一种选择：切开喉咙，快快了结。他应该挑这个的。他希望他的选择带给他生命多出的几秒钟，能让他感受到彻底的解脱。他在人世间可悲的一生终于结束了，一种宁静之感将转移到死后静候着他的新生命之中。但事与愿违，这一切都没有出现，他只是更持久地感受到了悲伤、悔恨和痛苦。

夏洛特·汉莎克侦探站在凯特琳·萨默斯和她的男友德斯蒙德·比克斯比同住的客厅里。汉莎克没有搜查证，敲门又没有人应，在正常情况下，她本不应出现在公寓里的。但透过前门附近的窗户，他们看到了掀翻的桌子和打碎在地的灯，因为好警察始终关注社会的安宁，汉莎克觉得她有责任进入此地，以确保可能在里面的人的人身安全，免受伤害，于是便出现在了这里。无论如何，如果她被询问为何进入，就这样回应。门没锁上，在这一带住不锁门真够蠢的，但这也给汉莎克开了方便之门。

没人在家，这让汉莎克有点儿恼火。轻易又来火了。生气从来没能解决问题。

他们寻找罪犯在此犯案的证据——为他们私闯民宅找更多理由——同时也在找任何有助于展开仓库谋杀案调查的物证。没有搜查证他们不能碰任何东西。显而易见这样玩游戏十分公平。汉莎克的目光落在一个打开的纸箱里，里边胡乱扔了几样东西，一些垃圾、一张皱巴巴的“鱼宫”餐厅的外卖菜单、胶带和一盒烟。乍一看这里没什么特别有用的东西，但如果他们过后带着搜查令回来，是有可能搜出日后证明意义重大的物证的。然而她最想找的却是一样能告诉她现在凯特琳·萨默斯去往何处的物件。她扫视着这个房间，接着穿过走道，进了厨房。她的目光落在桌上一本打开的电话簿上。她走过去，看到有一页已经被撕走了，留下了少许残页。这本打开的书左侧的页面上，列出了“马”、“临终关怀”和“医院”[①]。右边的页面紧接着被撕走的那一张列出了“旅馆”——当然，是按字母顺序排列，以“摇篮曲旅馆”打头。但显然“汽车旅馆”的那部分没了，看上去直接跳到了“宾馆酒店”部分。汉莎克用她的手机对着书拍下照片书，喊道：“他们在这一带开了房，杰维。”

帕迪拉从卧室沿着走道进了厨房。“怎么说？哪一家？”他问。

“不确定。可能是家汽车旅馆，但我们也不能排除酒店。得让我们的人开始按字母顺序给汽车旅馆、酒店打电话查一查，但打到‘摇篮曲旅馆’就可以停了。”她指了指打开的电话簿，“看看路上有没有巡逻的警察，也可以就近进去搜搜。”

“要我这就去申请一张这个现场的搜查证吗？”帕迪拉问。

“放一放再说。我们先找到萨默斯和比克斯比，这样我们就有正当理由回来，把这地方一块块地搜个遍，看有什么东西能把那两人和‘仓库死者’拴到一块。不过，现在我需要这电话簿给撕走这一张的复印件。”

“明白了。要安排几个人守在外头吗？”

“是的，外面派辆便衣警车盯着，怕万一我们估算他们住旅馆出错了。”

“我们错了吗？”帕迪拉问。

---

① “马”、“临终关怀”、“医院”、“旅馆”在英语中分别写作：horses，hospice care，hospitals，hotels，皆以字母“H”开头，故列于电话簿内一页；下文的“摇篮曲旅馆”是连锁宾馆，英文名为：Lullaby Inn Motel。

“没有。”

“下一步怎么走?”

“我们自己去汽车旅馆，”汉莎克说，“你觉得怎么样啊，杰维?你，我，便宜的汽车旅馆?”

“我这么多年一直等着你这么问，但伊莱恩会怎么想呢?”

“我想她会为我们感到高兴。”汉莎克说。事实上，是汉莎克感到高兴，或至少有近似的心情。他们现在知道了红头女的名字，她住在哪里。现在他们大致知道了在哪里可以找到她。找出她来，应该不会等太久了。

凯特琳低头看着比克斯从他家的电话簿里撕下的那一张。

“拉奇芒特大道上的豪华汽车旅馆怎么样?”她问。

他们已经决定在一家汽车旅馆过夜。警方正在寻找他们。谁知道还有别的什么人也在做同样的事?当时，他们完全不知道独眼杰克在跟踪他们。如果他能找到他们，别人也行。比克斯吵嚷着要继续开车，远离该死的史密斯菲尔德，远离该死的马萨诸塞，但凯特琳还是打算向当地警方自首，尽管比克斯和乔什都劝她先考虑一晚上，明天再确定怎么做。最快行动也莫过如此了。她知道她不会改主意，但再过一晚自由女人的生活，听上去也颇具有吸引力。不过，无论如何，凯特琳要一早就去史密斯菲尔德警局，他们便只好待在这一地区了。于是他们开始挑附近的旅馆。

“豪华汽车旅馆?”乔什说，“这名够响，是地道‘豪华’旅馆吗?”

“拉奇芒特大道离我们这地方挺近，”比克斯说，“我的意思是，离我家。你还看了别的旅馆吗?”

凯特琳快快看了看列出的旅馆，“这里大部分都是在拉奇芒特大道上的。”

“我们走得急了。那张纸背面也有旅馆。双面印着的，你知道的。”

“我在看，”凯特琳说，“罗斯大道上的老鹰汽车旅馆怎么样?”

比克斯点点头。“听起来还不错。”

乔什把凯特琳告诉他的地址输入到平板电脑上的GPS应用程序上。机器女声刚刚响起开始导航，比克斯的手机响了。他看着屏幕说：“我表弟的电话。”

他接通了电话，听了一会儿。“你不是瞎掰? 等等，特里，我得转到免提……因为我在开车，所以啦。别挂。”他对凯特琳和乔什打了个“别出声”的手势，然后将通话接到扬声器上。“特里?”

“听着呢。”一个声音说。

比克斯说：“好吧，那么你是说报上警察正在找的那个女人——跟凯蒂长得一模一样的——救了你一个女孩的命?”

“真得谢你。就刚才我告诉你的那件事，你让我了解到了最新情况，比克斯。”

“只是确定一下我没听错你的话。”

“是的，我就是那样说的。事情是这样的，那天晚上我的一个女孩伊万杰琳上了一个家伙的车，本来就是兜兜风，可是他没绕着街区转悠，倒是一个劲地直往前开。”

凯特琳意识到，正打电话的这人，比克斯的表弟，是个皮条客。

“然后他给了她一瓶水，”皮条客说，“已经打开了的。她不喝，他就真恼了。伊万杰琳很害怕，求他在下一个街角放她下来，可这家伙打她。接下来她明白了，可车开得太快，她下不来。”

“插一句，什么时候发生的事情?”

“星期二。”

也就是三天前。凯特琳杀死迈克·布克曼的前一天。

凯特琳在听着。皮条客特里告诉比克斯那家伙是怎样将伊万杰琳带往他的房子的。在他家里，他无疑在她喝的水里下了药。然后他给她戴上手铐，一整天里隔几小时就去强奸她一次。最后，说他有事不得不去做，于是让她再喝了一杯，她昏了过去。不清楚昏迷了多久，只知道她在白天喝下那杯东西，晚上才苏醒过来，发现他正居高临下地看着她。他正为什么事情火冒三丈，似乎想把自己的怒气撒在别人身上，伊万杰琳说，她知道被撒气的会是她。

“他灌着啤酒，”特里说，“一直在自言自语，怒火中烧，满口疯话，伊万杰琳吓得要死。她说那时她还是迷迷糊糊的，有几分吸过毒的感觉，但他看起来像是要伤害她，接着她觉得他会杀了她。”

“后来呢?”比克斯问。

“那姑娘走了进来，救了她。”

“怎么救的?”

凯特琳心跳加速。她太想知道了。

“直接走进来，向那个家伙开枪。他倒在地上，死了，那姑娘盯着他看了一会儿。我得提醒一下，伊万杰琳头脑还不是很清楚，这时她觉得这个女孩看上去对自己做的事情很困惑，好像她突然忘了事，走进来，射了那家伙，就在那时才意识到她干了件大事。我不知道她到底在说什么鬼话……闭嘴好吗，伊万杰琳?你怎么告诉我的，我就怎么跟人说，不是吗?还有，当时你很嗨，记得吗?”

凯特琳听到背景中有个微弱的声音，但不能分辨出在说什么。

特里接着说：“女孩先看了看伊万杰琳，然后她把房间上下左右看进眼里，见到手铐钥匙，就把它扔给了伊万杰琳。接着她就走出房子，还带着把枪。”

凯特琳闭上了眼睛。她刚刚听到一个人讲出她杀了人。死者可能是个卑劣的强奸犯，但他的罪行，便是她无情地取其性命的理由吗?

“总之，比克斯，我只是觉得你可能想要知道这事，”特里说，“当然啦，我今天早上一看报纸，马上就认出了红发女，我知道她是凯蒂。但直到伊万杰琳也看到了报纸，告诉我画像上的女孩救了她的命，我才决定给你打电话。我觉得这件事可能会对你有帮助……尽管我也不知道怎么帮得上，我只是猜。我不是说伊万杰琳会出来公之于众那家伙对她干了什么。但要是知道你的女朋友出手救了别人的命，你可能会感觉好些。”

“我们今晚去过那地方，”比克斯说，“我们见了手铐。不知道是谁在那儿遭了罪。”

“我们? 你的意思是她和你一起吗? 现在她应该躲都来不及吧。你们到底在搞什么鬼啊——等等，没关系，我不想知道。你说你们今晚去了那里吗? 这堆乱七八糟的事情发生在几天前啊。”

“警察还没有去那里。”

“闭嘴，伊万杰琳……什么? ……再说一遍……你确定吗? ……嗯，你为什么不早告诉我? ……比克斯，伊万杰琳想知道你们有没有发现摄像机。她说你那女孩挂了那家伙后也没四下好好看看，就转身走了出去。伊万杰琳给药弄得麻痹了，还给吓得半死，她离开那鬼地方跑到路上拦车前，也忘了有这东西。”

“她知道有摄像机?”比克斯说。

“这你也清楚?”

“是的，我们看到了他笔记本电脑里的视频。你是说他把对伊万杰琳做的也录下来了?”

“她说录了。他把摄像机安在客厅的一个壁橱里。”皮条客特里说。在反复对伊万杰琳施暴的间歇，他会把摄像机从壁橱里取出，下载里面录的视频到他的笔记本电脑里。“墙壁上应该开了一个洞还是什么的，”特里说，“让摄像机能够拍到。伊万杰琳说这混蛋有几次甚至和她一起坐在床上，把笔记本电脑放在他们中间让她看一段视频。视频里他逼另一个女人就范。接着他就对伊万杰琳故伎重演。”

比克斯问:“她还记得那天晚上，最后的那次，他开着摄像机吗?就在红发女郎进来的前后。”

“嗯，我再说一遍，当时她昏头昏脑像进了地狱，但她觉得摄像机是开着的。”

“谢谢，特里。”

“你会回去拿走那录像吗？比克斯。”

“是的。怎么啦?”

“伊万杰琳不想给太多人看到，你明白吗?”

“当然明白。我们需要那录像，但考虑到录的东西，我没法想象会随便给人看。”

比克斯挂断了电话。

乔什对比克斯说:“你有个表弟当了皮条客，怎么我一点儿都不惊讶。”

“嘿，我可没举双手赞成他干这行。话说回来，他让她们安全多了。没有他这些女孩也会像现在这样卖身，但是得不到任何保护。嗯……没他的这种保护。无论如何，如果能让你感觉好些，我愿意告诉你他还是一个注册会计师。但我不得不承认，这几年来干会计他是偶尔为之，他的重头戏还是拉皮条。实话告诉你吧，我不喜欢这家伙，可接到他这个电话我还是挺高兴的。”

比克斯把车掉了头。

“看来我们得再回到迈克的房子。”他说。

妙极了，凯特琳想，我们再去看望一下我杀的那人，然后瞧瞧我杀死他的视频。

第三十三章

汉莎克在贝易派汽车旅馆的前台摆出三张照片给接待员看。第一张是凯特琳·萨默斯的改发型照。帕迪拉在互联网上发现了她这张照片的原照，将她的金发 PS 成了短红发，尽可能接近她眼下的样貌。除非她现在又一次变得面目全非。第二张照片是凯特琳·萨默斯的丈夫乔什·萨默斯的，是从新罕布什尔州的机动车辆数据库里取得的。第三张照片是她的男朋友德斯蒙德·比克斯比，从马萨诸塞州机动车登记处弄来。旅馆接待员用兴趣缺缺的睡眼扫了几下照片，耸了耸肩。

"没，"接待员说，"没见过。"

"你确定吗?"汉莎克说。

接待员耸耸肩。"我想是吧。"

"好，要是店里住进了几个杀人嫌疑犯，我想你也不会在这张台前坐得住。"

这话让接待员眼睛瞪大了。

"你这里有复印机吗?"她问，"最好是彩色复印机。"

他点了点头。

“你能不能替我把这三张照片各复印五十份？非常感激。”

“我没权用复印机复印私人的东西。只能是旅馆方面公用。”

“这是警方公用。愿帮一下忙吗？”

“经理说色粉很贵的。”

汉莎克笑了。“我说了，非常感激。”她递了一张名片给接待员。“把我的名片放在照片旁边复印，让名片和照片一起出现在复印件上，好吗？谢谢。”

接待员犹豫了一下，然后抓起照片，拿着汉莎克的名片，消失在前台后面的一间办公室里。汉莎克听到刷刷有节奏的复印机运转的声音。过了一分钟，接待员又回来了，拿着一堆复印件，递给站在柜台对面的汉莎克。

“如果看到这些人，我希望你会给我打电话。”汉莎克说着，给了他一套三张复印件，“别干傻事。别弄得对方起疑心。就让他们住进来，等他们去了房间，就打911，告诉他们有一起调查中的谋杀案的嫌疑人住了进来，告诉他们给我打电话。你挂断电话后，就照着我给你的名片给我打个电话。明白了吗？”

接待员点点头。

“你叫什么名字？”她问道。

“杰里。”

“谢谢你，杰里。”

从旅馆出来，汉莎克发动了她的车，拨了帕迪拉的手机。

他接了电话。她问：“有什么进展吗？”

“我把三张照片用短信发给了各个巡逻组，指令尽可能检查他们巡逻路线上的汽车旅馆，即使是那些店名打头字母排在字母表后面的。我认为嫌犯未必一定在电话簿上的那页找地方过夜。要是他们正好经过了一家看上去还行的汽车旅馆，就进去了呢?”

“有想法，好主意。到目前为止有反馈吗?”

“有两个组打电话来，说他们已经各查过一家汽车旅馆，出示了照片，交待一旦发现疑犯就打 911。”

汉莎克问了这两家汽车旅馆的店名，在她的旅馆列表中划掉。

“你在哪儿，杰维?”

“正在离开归我查的头一家廉价旅馆。”

在比克斯比家电话簿被撕下的那一页上有几十家旅馆名。按字母顺序都排在“摇篮曲旅馆”之前。汉莎克和帕迪拉将它们一分为二，各管一半。他们分头开车去往自己管的那半的汽车旅馆，从最近的一家开始，同时边开车边向表上的其他的旅馆查问。还好，汉莎克是一心多用的高手。

与他们两人同时行动的还有众多巡逻人员，有很多双眼睛正在寻找凯特琳·萨默斯以及可能和她在一起的人。这个地区只有这么些汽车旅馆，找出她来只是一个时间问题。

他们接近布克曼的房子时，时间已晚。在这条安静的路上只遇到了一辆车，与他们的车反向开过。几人为返回谋杀现场，特别是当中有人还是杀人者，曾有许多考虑和担心。但除这辆车之外，再无一事发生。比克斯猜不出眼下凯特琳脑子里在想什么。他希望她会同意他给他们俩弄个新身份，然后和他一起逃亡。但她坚持要做自己认为正确的事情。他对此姿态是欣赏的，但仅是略微欣赏。因为他同时也认为这是一个非常差劲的想法。

他把车停在布克曼家弯曲的车道上，看到了上次来时见的那辆车。车尾箱还开着，就像他们不久前在这里时那样。他们匆匆走到前门，门关上了但没有上锁，和他们离开时一样。他们走进去，从站的地方可以看到隔壁房间的一切都和他们两个小时前离开时一样，除了地板上多出了一具金发、独眼，肚子豁开一道大口的尸体。独眼龙倒在迈克·布克曼，或是迈克·马格特，或者随便爱怎么叫就怎么叫的死人旁边。可鄙的死人正在地狱里被炙烤。

“该死，”比克斯低低骂了一声，把手伸向后腰拔出了枪，“你们知道该怎么做的。”

凯特琳和乔什点点头，平行地站开了。比克斯轻手轻脚地走向厨房，在门口向外四下窥看。他悄声进了过道，先检查了布克曼的卧室，接着是浴室，最后，是布克曼存了凯特琳资料和照片的备用卧室——半个小时前他们做过同样的搜索。这所房子里现在也只有他们三人。

比克斯返回，带着他们进到客厅。现在他们知道杀死独眼龙的凶手不在这屋里，原来极度紧绷的神经稍稍放松了些——仍是紧张非常，因为在过去三十分钟里的某个时刻，几乎就在他们所站的位置，某人杀死了独眼龙——他们打开房间里唯一一个壁橱的门。在架子上，比克斯发现了摄像机。

“我上次也看过这壁橱，”他边说边拿了摄像机，“我看到这玩意是在这的，可我以为只是随便搁在那角落。我可没想到前面挖个窥视孔就能藏在里边偷拍。最后拍的那段视频还会留在机子里，对吗？不会已经跑进笔记本电脑里了吧？”

“没错，”乔什说，“他要看拍下的东西还得转换。”

“是啊，真好，他没机会这样做了。”在书架上比克斯还发现了装摄像机的盒子。他关上门，把摄像机和盒子都递给乔什。他去看墙上的洞。洞够大，能让镜头清晰地拍下外边的情景，但镜头处在墙上的一个相框边的暗影中，至少不是很容易能被人看到的。

“还得做件事情。”他边说边走到金发男子的尸体旁，弯下膝盖，同时小心不沾上血。他看到了这家伙的前袋凸出了一个矩形，现在他将手指伸进口袋里，拎出收回了手机，里边录有凯特琳的供述。接着他站在那里问，“准备走了吗？”

他本不必这样问的。他们脸上的神情说出了一切。他不得不承认他也巴望着离开这个地方。当然啦，这里臭气熏人。但对比克斯来说，想快离开是因为这里接连不断地死人，也真是死得够多的了。是时候将布克曼们远远地抛到身后脑后了。布克曼老爸爸还要在监狱里再待上十年，他的儿子挂掉了，比克斯想他们应该能够做到这一点，至少到警察开始面对面讯问他们三人为止。

老刀知道，在他飞回洛杉矶之前，他还会回到米奇[①]的房子里，把事情料理清楚，但眼下他有别的事要做。那女人随时可能会决定逃跑。

他开行在茉莉花街上。德斯蒙德·比克斯比的房子看上去很安静——老刀看不到比克斯比家的一楼和楼上的房间亮灯——但在对街，有个警察待在一辆便衣警车里，这大概意味着比克斯比和女人在里边，警察正盯着他们，怕万一让他们跑了。也许警方是要放出这条长线等着，看能钓上什么大鱼。也存在另一种可能，比克斯比和女人不在里面，警方蹲守等他们落网。

在下一个街角，老刀左转，然后再左转。他开车行至这个街区的半路，看见了比克斯比家那幢房的后部出现在下一条街的尽头处。他

① 迈克的昵称。

把车停到路边，想着下一步该如何行事。女人必须死，这是肯定的。她杀了米奇，尽管他和米奇并不亲密，但他们毕竟是兄弟。所以她死定了。问题是，怎样取她的性命？今晚，乌云遮月，夜色昏暗，老刀觉得他能从房子后面潜入而不被人察觉。如果女人和比克斯比在家，他会杀了他们。如果他们不在，他会在里面等着，等他们回家再杀了他们。他不会急于行动，因为可能会是两人回家刚关上门，警察就在外面敲门了。一大麻烦是他们走进屋子前，警察就逮捕了他们。这是很有可能的。但老刀发现在那边只停了一辆车，所以车里的警察可能只是对这个地方实施监控，如果嫌疑人露面了就报告情况。

老刀穿行过比克斯比家后院外的阴影，悄悄地翻过一截生锈的矮铁丝网围栏，迅速来到这幢房子后部的一扇窗下。窗是开着的，就像是有人为他大开了方便之窗。为让他更加省心，还在这窗下留了张草坪躺椅，踩着它爬进公寓再简单不过了。奇怪啊。真太不可思议了，就像挖出了个明晃晃的陷阱。但老刀顾不得许多，上了椅子，从窗子溜进了房间。

他从别在靴子内的刀鞘里抽出把刀，静静地走进黑暗的房间里，希望能遇上要杀的人。但他很快就意识到这里只有他独自一人。在床头柜上，他发现了一张红头发漂亮女人的照片。他认出了她。这里的女人和那张钉在他兄弟家软木板上的照片里的女人是同一人。发型不一样，却有张一模一样的脸。

非常有趣啊。

他早计划好去取那杀弟之人的性命，但现在他知道她是谁，情况便有了变化。

他们现在在哪里？独眼龙死前说，他和他们不久前说过话，所以他们没跑也没躲起来。女人是在两天前杀死迈克的，他们会在两个小时前才想到要逃跑要藏身吗?

现在，老刀拿定主意在这里等下去。他无所事事，进了厨房。他渴了，想喝啤酒，但担心开冰箱门透出的光会被人从外面看见，于是决定从水龙头接水喝。就在这时，他看到了那本被撕了一页的电话簿。

他花了几分钟时间，用手机将房中所有相框里红发女和跟她同居那男人的照片都拍了下来。两分钟后，老刀出现在街上，走向他停着的车。他大步走在一条最近的步行通道上，一不小心撞响了一只门铃。他又弄了一下门铃，想让它停下，可已经来不及了。主人在家里。他压着门铃按钮，听到屋里面也响起了持续不断的铃声。末了，门边那扇窗的窗帘拉开了，一张圆脸正小心翼翼地偷瞧着他。老刀松开了按钮。他没指望对方会开门，这年头还有谁会这么蠢呢?但他笑着说："我知道，我这脸挺吓人的。说老实话，我身上还有家伙。"

那人瞪大了眼睛。

"我来这办事很急，"老刀说，"你看见这电话簿啦?"

他举起从比克斯比家拿出来的电话簿。窗里的男人点了点头。

"我敢打赌你有同样的一本，对吧?别撒谎，行吗?"

那人又点点头。

"你把它给我，别叫警察，行吗?如果你去拿来超过了一分钟，我就穿过这扇门，把你像只鹿一样开膛破肚，你明白我的话吗?"

这男人看上去像快要哭了。

"我只想要你那电话簿，你明白吗?"

末了，男人有气无力地说："可你已经有了一样的电话簿。"

"是啊，但我想要你的，"老刀说，"我现在就要。如果你肯给，就从窗户里递出来。还有更好的办法，我再退后几步，你把它扔出来。怎么样?”

这人显然给弄糊涂了，也许在想，最近在报纸上有没有读到过电话簿大盗的报道。

“我得走了，伙计，”老刀说，“怎么办？你给我电话簿，还是我进去自己拿?”

“我拿来，”那人说，“我马上拿过来。”

老刀看着手表，三十九秒后，那人又出现在窗前，这点时间来不及叫警察。老刀后退了两步，那人把窗户打开两英寸半，推出本两英寸厚的书到门廊上。窗迅速关上了，男人在玻璃后面看着老刀。

“谢谢。”老刀边说边捡起书，走开了。

到了他的车上，他翻开比克斯比电话簿上缺的第118页。老刀看了一会儿上边列出的酒店和汽车旅馆。现在他打算抛开酒店，从最近的汽车旅馆开始找人。他会开车去最近的一家，在半道上同时给别家打电话。凭他的经验，一般人是不愿接受贿赂的，这意味着可能给什么人找麻烦。人们更有可能欺负他们不认识的人。汽车旅馆店员最愿意拿信息换得现金落袋。老刀手上有一列汽车旅馆名，有红发女和比克斯比的照片，他开始打电话和踩点，哄骗和威胁都准备用上。

比克斯在老鹰汽车旅馆开了两个房间。一个留马尾辫的神气活现的年轻女人笑着收下他的现金，递给他两把套环钥匙，上边挂着显示房号的大塑料标签。然后比克斯回到他的SUV，停车场上只停了八辆车。他希望这里停的车更多些。

“全弄好啦?”比克斯问。

乔什点点头，把比克斯从他车后箱里找出的螺丝刀还给他。离开前，他劝凯特琳待在车里别出来，别让她那张人们越来越熟悉的脸曝光。他让乔什去找一套车牌，从另一辆车偷卸下来安在探路者上。这不是什么惊天大窃案，尤其是车牌还来自一辆停在同一个车场的车，但至少这事是做成了。

他们走上室外楼梯，来到二楼，在206房外停住。

“乔什，这是你的房间，”比克斯说，递给他钥匙。“凯特琳和我在207房。要找我们就到隔壁来。”

“开什么玩笑。”乔什说。他打开门，他们都进去了。他们要做件事情。比克斯锁上身后的门。他今晚他住隔壁，但现在，他们还得做件事。没有人特别急于去做，尤其是凯特琳，但是他们必须去做……尤其是凯特琳。

比克斯将一个盒子放在床上，坐在它旁边。这是摄像机的盒子。他拉开摄像机侧面的小屏幕，发现了电源按钮。屏幕暗了一下，然后出现了“索尼”商标，它很快就被汽车旅馆这个房间的画面取代了。

比克斯说：“如果凯特琳到那里的时候它正在录像，应该会在录像带录满之前一直录下去，对吗？那我们得倒一下带。”

“这摄像机像是有一个硬盘驱动器。”乔什说。

比克斯看着他。

“所以不用录像带，”乔什说，“录到一个内部驱动器里。这里，我看看。”

乔什坐在床的另一边，比克斯把摄像机递给他。

“看来电池电源没剩多少了。”乔什说。他看看盒子里边，拿出一根黑色的电源线。然后，他取出另一根与几个电线连接的电源线。

“这该能让我们更方便地看到录下了什么。”他说，把线拉到梳妆台上的电视机。他把电视拉离墙，在后部弄了几下。然后，将电源线的一端插入相机，另一端插到墙上的插座。他拿起遥控器，打开了电视，开启输入设置。他们在屏幕上看到了菜单。

“这是摄像机的菜单，”乔什说，摁着摄像机上按钮，他操纵着选项。“摄像机里有几个文件，但我们只对最后一个感兴趣，如果它就是我们想看的那个，嗯。”他说，“好吧，看起来像……嗯，妓女……伊万杰琳。前天晚上，凯特琳到那儿之前，布克曼开机录像时她应该就在那里。”

“你怎么看出来的?”凯特琳问，她坐在床上比克斯的旁边，面对着电视机。

“最后一个文件的大小，比其他文件大得太多。”

“就是说摄像机还录了很长一段时间，”凯特琳说，“在我……以后。”

比克斯伸手过去，握住了她的手。

“你准备好了吗?”乔什问。

“没，”凯特琳说，“但不管怎么样，你放吧。”

乔什按下“播放”按钮后，和两人一起挨在床头。比克斯觉得乔什会反对另一个人牵着凯特琳的手——尤其是他比克斯——但是，乔什坐到了她的另一边，握住了她的另一只手。

视频开始播放。

第三十四章

汽车旅馆房间里的电视机由黑屏变亮，出现了迈克·布克曼那张脸的大特写镜头——黑眼睛黯淡无神，眼距很开，像他的父亲，皮肤也像后者一般惨白。凯特琳倒吸了一口气。眼中正是那张妖怪的脸，看得太清楚了，这不是在噩梦中所见，也不是被唤起的模糊记忆。这是一张活生生的脸，至少在视频里活灵活现的。虽说无论怎么看那都是一双死人样的眼睛。

这张脸从屏幕上消失了，镜头移动着环绕着一间房，黑屏了一会儿，然后视角变了，显然是透过窥视孔从壁橱里摄像机隐藏的位置拍下来的。屏幕的中心是那张拉开的沙发，上面躺着一个裸体女人，手腕上了铐。摄像机镜头安放的角度还能将沙发后的情形拍出来。背景中有一条门道通向房子的前门。

“如果给女人下过了药，他干吗还要费心思藏起摄像机?”乔什问。

“也可能他并不总是下药，”比克斯说，“也许有的人不知出于什么原因，是心甘情愿回到他的房子跟他发生性关系的。他偷录下来不让她们知道。”

在屏幕上，布克曼赤膊走回镜头里。他脸色苍白，干瘦，无毛的上半身光溜溜的。他口对着手里的酒瓶，灌下一大口啤酒。

“他手臂上是不是有血，在肩膀下面一点儿?”乔什说。

“看上去像血。”比克斯说。

“他手臂已经中枪了，然后，”凯特琳说，“我应该只是开枪打中了他的腹部。”她补了一句。但她心头却生出一个小小的希望，也许，仅仅是也许，她没有射出那颗致命的子弹。

布克曼的声音从电视的音箱中发出，令凯特琳不寒而栗。“你想我吗?”他问床上的女孩。一双沉重的眼皮下，她呆滞的眼睛正看着他。对凯特琳来说，谢天谢地，除了在噩梦中，她不会看到他。凯特琳想闭上自己的眼睛，但不行，她还得直面这一切。他们都在看着电视机。但是他们需要看完下面的一切吗？比克斯好像看透她的心思，说：“或许我们可以跳过一些，嗯?”

乔什急忙去动那摄像机，按了一个按钮，屏幕上的画面跳闪起来，动作变快。凯特琳不想看到她不想看的东西，于是她将目光从屏幕上移开。她看到乔什在快进播放中将他的身子挡在屏幕前，不过没多久，他说：“哇，等等。现在我们可以开始了。这之前看起来他没有时间……对她干些事情……我们倒回去一点，好的，现在开始吧。”

他回到床上。凯特琳调头回来看着电视，看到的是以正常的速度播放的画面。

在屏幕上，只见——

布克曼说：“不看？你不想看我和我另一个女朋友的小短片?”他等着她说话，床上的女人一言不发。“那看看今天早上你和我的一段怎么样？不看？我猜你一定是想直接开搞吧。这对我很有用。今天晚上我过得糟透了，胳膊疼得狗娘养似的，所以再接着搞搞我就好受了。”

布克曼喝了一大口啤酒，然后把酒瓶底往桌面上一敲，正搁在画面的前景中，他脸上突然抽搐了一下。他看着在手臂外侧肩关节下方的那处伤痕，口子不是很大，正因发炎而发红——显然是被子弹打中的。他把瓶口一斜，将啤酒倒到伤口上，脸又抽了一下。然后他把啤酒放在桌上，坐在床垫上女人的旁边。他伸出手摸她的大腿。她一动不动，眼睛半闭着。

在镜头背景中的门道上，凯特琳出现了，穿着牛仔裤和紧身低胸栗色毛衣。她拿着一把枪。布克曼飞快地起身。

凯特琳紧紧抓住乔什的手。“是前天晚上我带回家的那把枪。”她说。

布克曼问：“你他妈的是谁？”

凯特琳一言不发。

“那是我的枪吗？”

“在前门桌子那边见着的。”凯特琳说。

布克曼朝她迈了一步，凯特琳开了一枪，子弹从他身旁擦过。

“见鬼，你疯了吗？”

“有可能。我枪打得是不太好。那一枪没要你命算你走运。你再往前走一步，可能就没有那么幸运了。”

电视上传来自己的声音，凯特琳差点儿听不出来。声音显得明确和强硬，但并非这些使它听起来与平时不同。她能清清楚楚地说出不同在哪儿。是……不同。她几乎就像电视里的硬汉警察那样说话。

“我再问你，”布克曼说，“你他妈的是什么人？”

凯特琳仍未答话。

“好吧，那么你想干什么？”他问。

"让她走。"

他看了看手被铐在沙发上的裸体女人。

"就不让。你开枪啊。"

凯特琳似乎在考虑要不要开枪。出乎意料，她从口袋里拿出了手机。

"我要报警。"

"不，你不会。"

"为什么不会?"

"因为你如果想要报警的话，你早就做了。现在我知道你是谁。"

"是吗？我是谁?"凯特琳问道。

"你是今晚仓库里的那女人。你是把所有事情都给搞砸的祸首。你怎么他妈的到那儿去了？怎么回事?"

凯特琳犹豫了一下，说："我跟着你从搏击俱乐部出来的。"

"为什么？对你来说，我是何方神圣?"

"你什么都不是。"

过了一会儿，他说："好吧，那你是谁?"

"一个手里有枪的人。你说我把仓库里的事搅黄了。是我的错吗?"

"当然是，"布克曼说，"我是因为你才吃了一枪。你藏在暗处偷看，又弄出了声响，我转身一看，那个人渣就朝我开枪。"

"你的枪也对着他，"凯特琳说，"你想要杀他。"

"是的，但如果没你插这一腿，我也就杀成了。"

"你为什么要杀他?"

"因为他拿假手卖给我。假手啊，看在上帝的分上。"

"你说什么?"

“你会在乎吗？还有，不管怎么说，你当时在那里。”

凯特琳不加警告，又开了一枪，子弹从他身侧掠过。

“耶稣基督！别这样。”

“那就回答我的问题。你为什么要杀那家伙？”

“好了。别再开枪了，好吗？该死，这家伙从外地来的。马丁说认识他，还是认识他家里人或别的什么人。他告诉马丁，他有一箱偷来的智能手机要脱手。马丁把他带去了仓库，可他没那该死的智能手机。他说他今天早上还有的，但有人出了更高的价。但他想卖给我们他手上有的——他的现货——一袋假手。”

“假手？”

“嗯。假的人手。他说都是有自动功能之类的。说上网查过，一只假手就可以卖到一万美元，可能比这数还多。袋子里有六只。见了鬼啦，它们混在一个袋子里，没一只只给装在什么盒子里边，我真是想不通。不管怎么样，他说至少值六万美元，他愿意五万美元卖给我们，就是我们买他智能手机的那个数。”

“就这样你们决定杀了他？”

“智能手机我还可以脱手，假手他妈的有什么用？袋子就在那边。”他冲着沙发旁边的桌子上的一只黑色帆布包点了点头。“我不知道这事怎么弄。我可能会把它们全扔了。总之，这个白痴想骗我。那我当然要杀了他。杀了他有什么关系呢。他从外地来这儿，除了我和马丁，不认识别的人。我们这类人都是在底层打滚混日子的，像我们这样的有天消失不见了，没人会挂着。接着你从躲着偷看的地方弄出了响动什么的，我一转身，那狗娘养的就拔枪一枪打中我的肩膀，该死的。那好啊，动手，我就杀了他。”

凯特琳听到这些话，稍感释然，至少，她不是一个双尸杀人犯。

毕竟她没有杀仓库里的那家伙。她只是一场谋杀案的目击者。

“我想知道，”布克曼说，“你到哪里去了。我和马丁分头找你，快速地四下去搜，可你一定是飞走了，姑娘。我可能有点托大了，”他咧嘴笑着，补了一句，“大喊大叫我们抓到了你，要把你怎么样，真是浪费时间。”他摇了摇头。

“上帝啊，凯特琳，”乔什说，“那一定吓着你了。”

“听上去当然像是的。”她回答说。忘了这一幕却让她释然。但听上去确实可怕。

“可你消失得无影无踪，”布克曼说，“现在，不知怎的，你找到了我。”他好像真的怔住了，“我们找你的时候，你一定是在外头等着我们，然后跟着我来到这里，可我不知道你藏在哪里。我们到处都找遍了。”

凯特琳摇摇头。“我在你的车尾箱里。我跑到外面，看到你的车，我开了车尾箱爬进去，把车盖关了。直到你上车，开车回家。”

“真的吗？你真有种，姑娘。”

“我不希望把你弄丢了。另外，我觉得你离开的时候，不会看尾箱。”

凯特琳感觉得到乔什和比克斯正看着她——并非在屏幕上看她。

“我的上帝，凯特琳。”乔什说。

“布克曼没说错，凯蒂，”比克斯说，“你有种。”

凯特琳一直盯着屏幕。

布克曼摇着头。“高手啊。有你一套的。我还开车在周围找过你，后来我的手臂上的伤忍不住了，我让马丁去找剩下的地方，就回家来清这枪伤口子。”

他低头去看他肩膀上的那道表皮伤。“是的，”布克曼又说，“你疯了，可挺勇敢的啊。不过，不算太聪明。”

他又向凯特琳迈出一步，她举起了枪。布克曼停了下来。

“现在说说怎么回事?”布克曼问，“你跟着我到仓库去是有原因的吧。你是跟着我杀了的人渣一起干的？你们两个合伙骗我们?”他顿了一会儿，“嘿，也许你不是跟着我从搏击俱乐部出来的。也许你跟的是马丁的车，他拉上那白痴和该死的假手，你就跟上了，然后跟着他们到仓库。是不是这样？他是谁，你男朋友吗?”

“我不和任何人合伙。我跟的是你，不是别人。”

“那你来这里是要干什么？开枪打我吗？你怎么不带把自己的枪。”

凯特琳一愣，说：“我不太清楚我为什么跟着你到这里。只不过看进你的窗口时，我看见了她，”她说，朝裸体女人点点头，“我看到桌上的枪，所以……”

“你不知道你为什么跟着我?”布克曼好像给弄糊涂了。

凯特琳耸耸肩。“不全是。我只是不知道今晚我为什么跟着你到这里来。甚至不知道我为什么一直在找你。但我两个星期前看到你时……”

凯特琳口气变软了，她看起来不确定要做什么。她一手拿枪，一手拿着手机。似乎正举棋不定。布克曼打响指。“天啊，”他说，“是你。见鬼了……”他听上去比刚才更困惑。“变了发型，所以我花了一分钟费了点脑筋，但脸没变，真的是你。逃脱的那个。那大美人。他当年就是这样叫你的，你知道的。我父亲一直在唠唠叨叨地谈你。在牢里……这么多年，他从来没有忘记你。我曾经逮着过你，该死的，我有那么一会儿是逮着你了。可又让你跑了，你这狡猾的小婊子。这是你留给我的该死的一大疤。”他指着他头上刚过发际线的地方。“我记得那次我只是在地上操起根拆轮胎棒追出去，找了几秒钟，可你已经把我的车开走了。”

他摇了摇头。“我从三月以来就开始找你，然后你就一个人出现在这里。不可思议。”他咯咯地笑。“我不知道你该死的怎么找到我的，”他说，收住了笑，“我猜，你想报仇，嗯?”

“我想知道接下来发生的事情。”她说。

“什么?”

“告诉我，我把你的车开走后发生了什么。”

“什么？为什么?”

“因为我有把枪，这就是为什么。”

他耸了耸肩。“你逃掉之后，我觉得你会直接去报警，我就偷了别人的车，飞了。我可不会回去开你的车，但我不知道是不是有人看见过我们。”

他又停顿了一下。

凯特琳把枪口抬起了一英寸。布克曼又耸耸肩，说：“我拼命开车回到这里，准备远走高飞，对不对？收拾点东西，就飞飞飞，但他们开始在新闻里说你失踪了。他们发现的是你的车，而不是你。于是我意识到你终究没去找警察。谁他妈的知道这是为什么，你就没去。所以我一直关注新闻，几天过去了，你只是……一去不复返了。你不见了。奇怪啊。那我就得把你忘了……可我不能啊。”他笑了。“我没有。但是终究，你找上门来了。”

凯特琳看上去陷入了沉思。布克曼向她稍微移近了些。

“你为什么不去报警?”他问。

凯特琳抬起头来。“你为什么要抓我?”

“你不知道吗?”

他更近了一步。凯特琳似乎没有注意到这个举动。她看上去神情恍惚。

“因为你从他那里逃脱了，大美人。”

他突然向她迈近了两步，她原来放低了一两英寸的枪口抬了起来。她用枪指着他的上身。布克曼，现在离她只有三英尺，犹豫不定的样子。凯特琳看着他。接着她的脸就变了。布克曼猛一闪身，凯特琳扣动了扳机。沙发床上的女人尖叫起来。布克曼跌跌撞撞地后退着，捂紧了自己的肚子。

“天啊。”他叫了一声，掉出了画面。

凯特琳看着电视屏幕上的自己，看着自己将一个人射杀了。一个对女人施暴的凶狠的男人，一个跟踪凯特琳甚至试图绑架她的男人，她杀了他。她希望她没有杀他，但她不得不这样做，对吗？他是要向她猛扑过来的……不是吗？

在屏幕上，凯特琳握枪的手垂在身侧。她盯了一会儿下方的尸体，尸体倒在地板上没被摄像机拍到。她的脸上某些东西变了。她绷紧的脸变得……松弛下来。她那双眼睛片刻之前紧盯着迈克·布克曼的时候是如此冷酷无情，现在突然看起来变得空洞无物，仿佛意识已经通过双眼中微小的裂缝泄露而尽。她几乎是机械地，调头望向床上戴着手铐的裸女，然后她的眼睛慢慢地在房间里扫视了一会儿，目光落在前景的桌子上。她走过房间，尽量避开尸体远远的，从桌上捡起一样小东西扔向那个女人。它落在床垫上发出了一声响。那是连着一个金属环的手铐钥匙。

凯特琳又绕着尸体走了一圈。她把枪扔进放在沙发旁桌子上的黑色帆布袋里，抓起包的带子。看上去动作都是下意识的。她没回头望一眼，慢慢地走出了房间。过了一会儿，听到画面外一扇门打开又关上的声音。

乔什凑上前去，关了电视，也关了摄像机，拔下了连着的电源线，把这些全都胡乱塞回盒子里。凯特琳看着他，心里不知道是何种滋味。很快她便知道了。他们都将情绪传导给了她。乔什又坐回她身旁，握住了她的手。比克斯则一直没有放开她的另一只手。

“你躺在布克曼的车后箱里去他家的，对吧?”比克斯说。不待回应，又说，“你把你的车抛在了仓库外面。你走回去取了你的车吗?”

凯特琳耸耸肩。“我不知道。”

“差不多要走三英里。”

这就解释了为什么凯特琳出现在那里的时候，脚已经累得快要跪下了。

“你没事吧，亲爱的?”乔什问。

“你不得不动手，凯蒂。”比克斯说。

“是吗?”她问。她不好争辩。她真想知道怎么会这样说的。

“他攻击你。”比克斯说。

“你确定吗?”她问道。“我的意思是，也许似乎是那样。他肯定动了。但也许他想抬手。也许他是怕我要躲开我。”

比克斯摇摇头。“他那时是在攻击你。毫无疑问。对吗，乔什?”

乔什毫不犹豫地说：“他是的，凯特琳。你也看到。我们都看清了。”

凯特琳想知道陪审团将会怎么看待。他们可能会同情她。这个男人令人发指，事实上，他正追踪凯特琳，甚至承认了试图绑架她，这些情况肯定能给她帮忙。但检察官会指出：凯特琳是去了布克曼家，而不是进了警局；她一只手拿着手机没有报警，却用另一只手上的枪击毙了他。

“我累了，”凯特琳说，“你们应该也是的。”她站了起来。“我们都稍稍睡一下吧。明天可能会很难熬。”

比克斯走到门前，打开门。他转身回头看了看她。“这可能不会让你感觉好受些，凯蒂，但没了迈克·布克曼在上边晃荡，这个世界变得好多了。”然后他关上了身后的门。

比克斯也许是对的。凯特琳想，但她无法说服自己由她来匡扶正义，解决世上的这一问题是合理的。如果她是在进行正当防卫，也许她还可以承受己之所为。也许吧。如果不是……好吧，反正她是要进监狱的，但这将会非常艰难。

不管走哪条道，生活很快都会变得艰难。她要去坐牢。清早一到，她会带上摄像机，到最近的警察局自首。

第三十五章

老刀用指节敲叩老鹰汽车旅馆的前台。他听到后面小办公室里的响动，接着一个年轻女子从门里现身，抛来一个微笑。从汽车旅馆值夜班的员工脸上看到这明亮的一笑，远超老刀的预期，虽说她在看清老刀之后，笑客就变得有点儿踌躇了。他倒没为这生气。他不是一个长得好看的男人，他知道这一点。事实上，还有人认为他长得令人毛骨悚然，年轻女人无疑便是这样看待他的吧。他笑了笑，也知道这不是一个甜美的微笑，但他希望能解除她的惊恐。他这一笑过后似乎奏效了，因为她的笑容恢复到了之前的明亮度，她问："要一个房间吗？"

"说真的，我在找我的几个朋友。"老刀说。

"哦，他们住进来了吗？"

老刀装出羞怯的神情。"我觉得自己就像个傻瓜，因为我不记得他们说他们住的地方了。我该见他们，可我忘了旅馆的名字。"他掏出手机。"我有他们的照片，如果你……"他的话音放低了。

"哦，对不起，"店员说，"我不确定我能帮你。我们必须尊重隐私……先生，你还好吧？"

老刀很好。他正盯着柜台后面墙上的一个公告牌，那上边一堆的传单上，钉着一张纸。这张画着他感兴趣东西的纸张被钉在最外层，表明它是在最近才被弄上去的。老刀于其上可以清楚地看到三张照片。两张面孔毫无疑问分别是红发女和她的男朋友。第三个男人一定是那个独眼龙说的和他们在一起的人。在这些照片上有人用黑笔写上了一行字：警方嫌疑人。发现请打 911。老刀指了指传单。

“警察什么时候留下的?”他问道。

“什么?”她转过身。“嗯，我不知道，昨天我不当班。可能是今天早些时候留的吧，或是今晚我当班前留的。我才来了半小时。”

她一看见传单，眼睛便瞪大了。老刀心里明白他们是在这里了。他才找到第三家旅馆就发现了他们。他随意地四下看了看大厅，见没有装摄像头。

“你叫什么名字?”他问她。

她转过身来，眼睛仍然瞪得很大。

“你叫什么?”他又问她。

“贝琪。”

“他们在这里，不是吗，贝琪? 他们是在最近半个小时内入住的。”

她点了点头。“是那个人来办入住的。他要了两个房间。”

“但你没叫警察，是吗? 因为你没看到传单，直到刚才。我说的对吗?”

“是的。我现在得叫了。”

她要拿起电话，但老刀手伸向柜台，将他那只苍白的大手轻轻地压在她的手上。她把手抽开。

“我没跟你说实话，贝琪，”他说，“我不是在这里找我的朋友。我是一个赏金猎人。你知道这是干什么的吗?”

“我想我知道的。”

“我去找出警察正在找的人，得到报酬。但如果警方先于我发现了这人，我就挣不到钱。我得带他们来，你明白吗？”

她点了点头。

“好，这很好，”他说。他拿出钱包，把五张二十美元的钞票放在柜台上。“这是一百美元。我把他们移交给警察后，挣的会比这多，所以我可以分出来给你。我需要你做的，就是别报警。”

贝琪皱起眉头。“如果我不报警，会不会有麻烦？”

“哦，你误会了。你叫警察没关系的。我只是需要你等一等，等到我把这三个嫌犯铐住。我这样干成了，会给你打个信号，你就报警吧。我只需要几分钟。警察到了这里，我就告诉他们，我跟着嫌犯到了这儿，在他们的房间里把他们逮住了。你可以假装我们从未说过话。这样，你尽到了你的责任，报了警。唯一不同的地方是，我成了捕捉嫌犯的有功之人，就能得到报酬了。你觉得好吗？”他又笑了，希望这一笑没把她吓走。

“我能报警，你保证？”

“我要你打电话给他们。那事我干不来。你打电话告诉警察来这里和我会合时，我的眼睛还得盯牢我的人犯。”

贝琪咬了咬下唇。老刀把钱推到她面前。

“你保证会让我知道，什么时候我可以打电话给他们？”她问。

“如果你答应等我给你信号的话，我保证让你知道什么时候打电话。就只是几分钟，贝琪。我干这活儿很拿手。”

她又犹豫了一会儿，终于收起了钱。老刀又笑了。

“他们在哪个房间？”他问道。

比克斯平躺，眼盯着天花板。他痛恨将所爱的女人留下和另一个男人一起，而他却回到自己的房间，独自渡过长夜。当然，凯特琳不同于以往的那个人，他不能否认这一点。他也无法否认他不像了解凯蒂那样了解凯特琳。但他也同样无法否认他仍然爱她……她从他的那个世界离开，会在他的生活中留下一个创伤。他愿意付出一切去赢得了解凯特琳的机会，如同他当时走入凯蒂心间那样。但这样的机会不会有了，她结婚了。哦，一旦她明天去自首，就将身陷铁窗之后。他希望他明早至少有个机会好好地说声再见。他希望他刚才说的那声晚安也说得不错。

他听到门上响起一道轻柔的敲门声。他坐了起来，跨步到门后，打开门。凯特琳的脸上泛起一掠而过的试探般的微笑，从他身侧一闪进了他的房间。他关上门，面对着她。

比克斯怀疑她是趁着乔什洗澡的时候，偷偷溜出房间。

“他知道你在这里吗?”

她点了点头。

“你来这里是要告诉我，你已经忘了所有‘向警方自首’之类的胡话，你同意抛下那怪家伙，跟我一起亡命天涯吗?”

“不。”她说，悲戚地一笑。

“我不这么认为。你至少考虑过吧?”

“不，没有。”

“凯蒂……凯特琳。我知道你想做正确的事情。我知道你不想过东躲西藏的生活。但是我不想见你进监狱，甚至进一天也不想。”

“我知道。”她说。

“你听了会笑出来，”他说，“我仍然爱着你。”

“我也知道。”

她没说也爱他。他没指望她这么说，但说了爱却得不到回应，这也并不有趣。

“你怎么来这里?”他问。

她走近他，抬手抚摸他的脸颊，然后踮起脚尖，妙不可言地，将她的嘴唇轻触他的嘴唇数秒之久。她要离开了，她的手在他的脸上停留，凝望着他的眼睛。然后她一言不发便走了，比克斯听到门关上的声音。

现在她真的走了。明天，她就会被警方拘留。如果出现奇迹，她经历数月审讯最终被判无罪，她将回到乔什身边。如果她无法免罪，仍然会是她的丈夫在她服满刑期的那天，站在监狱大门外的路边等着她。

比克斯已经三十二岁了，他知道，毫无疑问，人生中最好的日子已经在不经意间遗落在了他的身后。

他回到床上，仰面躺下，盯着天花板，尽量不去听从隔壁传来的含混的声音。

老刀站在停车场内的阴影中，抬头看着汽车旅馆的二楼。灯光在206房亮起，在207房熄灭。他无法确定谁在哪个房间。他还拿不定主意怎么解决贝琪这个麻烦，要不要回到前台把贝琪杀了？以往，临到危急关头他手起刀落就把人杀了。现在的情况不同。刚才没要她的性命是怕万一有人进来找房间住店的时候，正看到老刀准备动手。他赌她不会在他告诉她可以报警之前就做这事。即使她要这样做，她也得花上好几分钟时间来给自己打气，背弃她向老刀许下的诺言。她看上去就像这样的女孩。

既然老刀已经看清了旅馆的布局，相邻两个房间的位置以及它们离楼梯间有多远，他准备回去快快杀死贝琪——毕竟，她见过了他的脸——但得先让她给他那两间房复制的房门钥匙，或万能钥匙，或不管什么旅馆正在用的钥匙。她死了之后，他就杀上楼去，先进入那个熄灯的黑房间。他指望能逮着个睡着的人，杀他就变得简单和安静多了。不管怎样，他会快速行动。让他们甚至在还不知道他已经到来之前就送了性命。

但不杀那个女孩。不，他想要她活着。

“比克斯怎么样?”乔什问。

凯特琳怀疑他是真的关心，但她说：“他挺好的。谢谢你理解我为什么要对他说声晚安。”

“说晚安还是说再见?”乔什问。

“再见。”

凯特琳脱了鞋子，然后解开牛仔裤的扣子。在明亮的房间里，她轻巧地脱下牛仔裤后竟觉得有点难为情。她只穿着衬衫和一条小小的丁字裤，因为即使凯特琳一直穿保守又时尚的内衣，但显然在她是凯蒂·索瑟德时，心仪的是紧身内衣。凯特琳在比克斯家的梳妆台内发现的全都是这东西。当她折起牛仔裤，放在角落里的一张椅子上时，她能感觉到乔什的眼睛正看着她。没有特殊的气氛升腾而起，没有在他们的共同生活中顺理成章发生了一千次的事情发生，但今晚感觉是不同的……不是因为乔什做错了什么，而是因为……哦，她不确定，但觉得可能与比克斯在隔壁房间有关。

“你还好吗?”乔什问。

她耸耸肩。“不太好。刚才看的那些很难接受。”她的情绪在变，她知道的。

“对不起，宝贝，我真难以想象。”

他从小房间的那头过来，将她抱进了怀里。虽说他是她的丈夫，她还是感觉得到不可思议的亲密……她站着，身上是一件衬衫和一条丁字裤。对凯特琳来说，这感觉就像不久前的呼吸一样自然。她与乔什昨晚睡一张床上，但从那时起，这么多的事情都改变了。而乔什仍是她的丈夫，她仍爱着他。她知道，两人接触中那种异样的感觉会逐渐消退。她放松地拥抱着他，乔什的手臂降到她的腰部。然后双手下滑，停在她几乎赤裸的臀部。他身子拉开一点，但双手留了原来的地方。他稍一斜，低头看着她。

“你知道，”他说，“尽管隔壁那该死的家伙有个和你一样的‘野东西’文身，一段时间内，我看到你的，就会想起他的。这真不好受……可我得承认，这文身挺性感。”

他用一根手指描着她的“野东西”的轮廓。凯特琳没有真的觉得他想要和她开始亲密行为——就在她将坦白杀人的前夜。毕竟在过去的几天里，她一直和他在一起——她仍感觉不对。她脱出了他的怀抱。

“乔什，我不……我的意思是，我希望你不要认为我能——”

他后退了一步，露出惊讶且受伤的神情。“哦，我的上帝，凯特琳。我真抱歉。我不是要你……我永远不……”他摇了摇头，“最近经历过所有这些事情后……你觉得我是个怪物?”他看上很受伤，接着，像是要摆脱这种情绪，笑了起来。

房间里的温度下降了四十度。凯特琳没有说话。她迈出一步，离开了她的丈夫，接着又迈了一步。

惨白的脸上，两只黑暗的、间距很宽的眼睛。长长的手指向她伸来。你觉得我是个怪物?

一只葡萄酒杯在地板上摔成碎片，深红色的葡萄酒淌在周围如血一般。凯特琳从乔什身旁冲过，他的手伸向她。你觉得我是个怪物?

苍白的手指挖进她的手臂，拉倒她……

乔什的手握着她的上臂，试图将她拉过坐到他身边，让她平静下来。你觉得我是个怪物?

凯特琳风一般从房里冲出，开车离开。不假思索地向前开，希望不会想起任何事情。

迈克·布克曼——不是来自凯特琳噩梦的妖怪，不是二十二年前绑架她的恋童癖达瑞尔·布克曼，是他的儿子，迈克·布克曼——在一个黑暗的停车场走向她的车，抓住她，让她窒息……凯特琳在一辆别人的隆隆作响的汽车的乘客座上醒来……听到某种金属，某种重物发出的一声叮当，那东西撞了一下她的脚，她手伸向下，手指环扣住那凉爽、光滑的金属……当他把车停下，她扬起手中的那根拆轮胎棒，使出全身力气，瞄准了他的脑袋……血溅了开来……就这样。

此后的一切，凯特琳全都无法记起。但她现在记起了此前发生的一切。一切。她想起了她失踪的那夜和乔什的争吵，她从房里猛冲出来。迈克·布克曼一定是正在附近等待机会，边等边窥视着她。见她独自离家，独自进了她的车，独自在街上开行，他必定会惊喜万分。

凯特琳又退后一步，再退一步，直到撞上了她身后的墙。她记起了这么多……太多了。

“凯特琳?”乔什叫她，显然慌神了。

电话铃响，一个意想不到的声音传来。指责。否认。怒气冲冲的话。抗议的话和表示爱的话。

“凯特琳，怎么回事?你吓着我了。你还好吗?”

她摇了摇头。她不好。一点都不好。

因为她记起来了。不是另一个晚上发生在仓库里的事情。不是在史密斯菲尔德那丢失了的七个月中发生的什么事情。凯特琳记起了在她失去记忆，失去身份之前发生的一切事情。她记起了迈克·布克曼未遂的绑架，在此之前，她与乔什的争吵，这场天翻地覆的争吵起于凯特琳接到了一个电话，格雷岑·索伦托，乔什老板的私人助理在电话里告诉她，她和乔什有私情。格雷岑厌倦了偷偷摸摸。起先他否认了。

“我爱你，凯特琳，”他说，“我不会背着你做那事。上帝啊，你觉得我是个怪物?”

但她没有相信他，她给他施压，他终于承认了真相。他声称只是一夜情，而格雷岑谎称那是两人打得火热的风流韵事；他说那事只发生过一次，而她现在打电话来是要伤害他，因为他对她说了不会再发生类似的事情。然后他告诉凯特琳，说他想死，他的所作所为让他很难过，他太爱她以至伤害了她。凯特琳告诉他，他有多么糟糕，他在那方面失败了。说了更多的话，流了更多的眼泪之后，痛苦就像在她的胃里发作的一粒毒药，她推开乔什，从门边的钩子上抓下她的钥匙，离开了这所房子。她绕着小镇不停地开，直到她需要停车哭上一阵。于是她把车停在了购物中心空空的停车场，开始放声大哭……接着她的车门被拉开了，她被人从车里拽了出来——

“在我失踪的那晚，我们不只是为些小事争吵，”凯特琳说，“你骗了我。”

乔什嘴唇动了动，欲言又止。

“你和格雷岑私通。”她说。

乔什突然显出疲惫和难过。他叹了口气。

“没错，”凯特琳说，“现在我记起来了。我们正喝着葡萄酒，电话响了。是格雷岑打来的。她说她很抱歉这么晚打来电话，但接下来就不说话了。我问她是不是要和你谈，但她说不要，她是给我打电话。就在那时我起了疑心。我记得在那一刻我感到吃惊我竟起了疑心。我没给你更多信任吗？但这时她说她是打电话给我，我预感到出了那事。我是对的。”

乔什看着地毯。“凯特琳……”

“怎么啦，乔什？你想说什么？你还能说什么呢？是犯了个错吗？你还爱我？你从没有意要伤害我？”

“我不是有意要伤害你。”他轻声说。

“给你个建议，乔什。你不想伤害别人，那就不要娶她，不要在神面前发誓，让每个人都知道你会永远爱她，永远忠诚于她，然后再欺骗她。”

她的声音拔高了。她感到自己像一个彻头彻尾的傻瓜。她担心比克斯在隔壁能听到这些，尽管她不知道为何这对她很重要。

比克斯几分钟前便已不再盯着天花板，他侧身躺着，这样就能盯着墙一段时间。今晚他不指望还能睡着。他的思绪飘浮着，又丝丝缕缕地从头脑中消散，像在作弄他折磨他，也像在对他直言相告。凯特琳同样会一去无踪影，比克斯永远不会再见到她，不会再找到一个像她那样的女人。凯特琳，他所爱的女人，将要进监狱了。他知道她为她所做的感到懊悔——而比克斯觉得她的所为配得上一枚奖章——因为她感到痛苦，为前方莫测的命运感到忧心，比克斯的心也疼痛不已。他为她伤心。他也为自己伤心。他希望自己可以立即睡去，但太难了，他听得到隔壁凯特琳和乔什响亮的话音。

响亮的话音？

他们在吵架？

老刀在贝琪的衬衫上擦干净刀上的血迹，然后把她的尸体塞在前台后面那间办公室的桌子底下。他关上了门，手写了一张纸条：请等十五分钟。贴在门上。

他出来，开始沿楼梯上二楼。

凯特琳擦身而过时乔什没有说什么。他做了件错事。他很内疚。他没想要伤害她。他想告诉她这些事情，一直说下去，但是她不想听。他不能责备她。他只能责怪自己。他怎么能做出那些事情来？他不该对格雷岑说，她的微笑很迷人。她刚开始调情，他就该让她打住，而不该调情回应。尽管他想否认这一点，他一定心知肚明，他们第一次共进午餐的用意肯定不止于两个同事趁午餐休闲聊天。然后……他根本不应该午饭后，就去了汽车旅馆。

凯特琳是他的整个世界。他怎么忘了呢？他怎能如此愚蠢粗心和短视残忍呢？他怎么能重蹈了那些人的覆辙？对他们的所为，乔什惯常也总是嗤之以鼻的。

现在他要怎么说，听上去才不像那些被逮到欺骗了爱人的人说的话？他要怎么说，才能让眼下的情势变得稍好一些？

他无计可施，茫然无措，他只能看着凯特琳穿上了她的牛仔裤，穿上了鞋子，然后出了门。

她去隔壁找比克斯了，他想。他不怪她。

他们的声音安静了下来。比克斯有一会儿什么也没听见，然后，过了片刻，206 房间的门打开又关上了……关门的声音相当响，他想。他们确实吵了一架。他想知道她会不会再来敲他的门。

他坐了起来。

他等着。

时间一秒一秒地过去了。

如果她要敲门，现在应该敲了。

他又滚回床上，侧身盯着墙壁。

凯特琳感到一种似曾相识的撕心裂肺、痛苦至极。现在的她，正清晰地召回七个月前的一幕幕：乔什的不忠，她离他而去，远陷他乡，开始别样的人生历程。而现在，她在这里要做同样的事情。上一次，她遇到了守候她已久的迈克·布克曼。这一次……

这一次，不可能，他又出现在楼梯顶上。

一阵眩晕的感觉几乎让凯特琳跌倒。

迈克·布克曼死而复生，向她走来。

但，不……这人不是迈克·布克曼。很像。看上去几乎就是同一人。同样的瘦身材和光头，同样的病态苍白和黑色小眼睛。不过，她现在看到了，新冒出的布克曼比迈克高了些。这个家族中成员们的相似性真令人惊讶。如果他不是明显高了些，可以轻易冒充他弟弟迈克。两人都酷似他们的父亲。达瑞尔的 DNA 代码可能被文在了他儿子们的皮肤上。

无论这个布克曼是谁，他正笑着，大步走向凯特琳。起初，她太过震惊以至无法尖叫。现在则太迟了。她拼力想要叫出声来，但布克曼一拳打在她的脸颊，她的口中发出的只像是一声咕哝。她眼中所见的东西倾斜了，接着是一阵天旋地转，她倒在地上，但没有失去意识。布克曼弯下腰，一只手卡在她的嘴上，在她耳边低声说："再叫出一点儿声音，我就拧断你的脖子。"

他的手仍堵在她的嘴上，他将另一只手缠紧了她的腰，看似毫不费力地一手将她提了起来带下了楼梯。他边走边稍倾身靠到一边，以平衡她的重量，但在其他方面，看上去他正搬动的这具身体就没给他带来任何不便。凯特琳浑身无力，但意识清醒，正想着一个看起来那么瘦的人，身上竟有如此强悍的蛮力。

老刀已经准备好了，他不得不承认，正迫不及待地想要杀死和凯特琳·萨默斯在一起的男人。在上楼梯之前，他已经在脑子里预演了几次，他一直好奇地想要知道在实地行动中是否能如计划一般奏效。而他登上了楼梯，却发现女人独自一人就站在他面前。机不可失，他抓住了她。他下手如此之快，占得主动，因为很明显她本想叫出声来。他不担心他没法对付男人，但他当然不想让好奇的面孔出现在附近的窗户边，把这里发生了什么尽收眼底。这么说来，今晚运气一直在他这边，轻而易举就把这女人拿下了。

走了一半楼梯，她开始渐渐清醒。她在他的手掌下哼出了一声，开始挣扎。老刀停了下来，不动声色地说："再动一下，再哼一声，我就把你撕成两半，跟着上楼把你的小男孩们切成小块。"老刀觉得女人的身体松弛下来，然后有节奏地抽搐着，他意识到她哭了起来。

他挟扯着她走过停车场，来到停着他租来的轿车的阴影处。他们到了车前，他让她站住，背贴着他，他紧紧抱住她，他的手严实地捂上了她的嘴。他从口袋里掏出车钥匙，交给那个女人。

"拿着一会儿，好吗?"

她接过钥匙。老刀抬起膝盖，从他的靴子里拔出一把刀。他用原来压着她嘴的那只手握住刀，然后把刀子紧紧地贴在她喉咙柔软的皮肤上。他躬身从背后贴着她的耳朵，小声说："记住，如果发出声音会发生什么?”

她点了点头。

“好姑娘。”他说。

他用那只空手从她手里接过车钥匙，用遥控器打开了车后箱。他更使力地用刀锋抵住她的喉咙，快要让她流血了。

“好吧，自己进去。”

她摇头，但没有发出声音。

“在我冒火之前，最后一次机会。”老刀说。

她犹豫了一下，然后点了点头，听凭他把她投进了打开的黑暗的车后箱。毫无疑问，她担心如果不这么做，老刀会杀了她的男朋友或别的什么人——她就此生出的想法是对的；他会杀人。她从黑暗车后箱里用如同惊恐母马的白色眼睛盯着他看，但仍然没有发出声音。

“很好，姑娘。”他说。

她看着他，眼睛里满是泪水。他开始关车后盖，说：“我父亲会很高兴再次见到你。他在过去的二十年里一直想着这事儿。”

凯特琳的尖叫被车后盖的哐声掩盖。

乔什手捧着头，坐在床边。

他毁了一切。他深深伤害了他所知的最善良的女人，他所爱的唯一女人——

他抬起头。什么声音?

声音不大，不是很清晰，但这响动……

他走到窗边，向外面的停车场望去。只见到汽车和……那边，停车场最远的角落……有个高瘦的男人站在一辆车的车后箱处。当他绕过车尾走向司机门时，抬起了头……直接向乔什的窗口投来一眼。

不，直接看了眼乔什。

乔什的心提到了嗓子眼上。

瘦身材，苍白皮肤，光头……这人只能是布克曼。但迈克死了，还可能有另一个布克曼吗？应该有吧。两人太像了。

凯特琳在哪儿？

接着他明白了……

车后箱。

司机门关上，轿车的引擎发动了，车子发出刺耳的声音开过了停车场，消失在面朝着罗斯代尔大道的建筑物的拐角处。

乔什打开门，高声叫唤比克斯，而比克斯已经从他的房间冲了出来，跑向楼梯，冲在乔什前方五步远。他回头叫道："我知道，我也听见她的响动。我看见他了。快。"

乔什跟着比克斯，两级并作一步地下了楼梯。他们狂奔向探路者，跳进了车里。比克斯将引擎加速，他们咆哮着开过停车场，绕过了汽车旅馆的拐角。在街上，乔什瞪眼来回扫视，拼命寻找布克曼那辆黑色的轿车。笔直平坦的街道上，车子杳无踪影。布克曼显然干得很聪明，一开上要道就转了向，没给乔什和比克斯留下丝毫线索便消失了。他们别无选择，只能匆忙开上了一条道，等待奇迹发生。

老刀确信，他们追不上来。他一上了罗斯代尔大道就右转，其后尾随而来的人肯定会受骗，会想他要往哪个方向开，他们显然会猜错。现在后面就没有车跟着他。

他讨厌飙车。如果做过的话，也不是他以前经常干的事情。让那两个男人见鬼去吧。这不是他们的事情。这是他车后箱里那女人挑起的事。

她杀死了他的兄弟。

她从他父亲手里逃脱。

这大美人。

凯特琳尖叫着，直到她的喉咙上有撕裂的感觉。

他的父亲？

那人不可能是带她去见他的父亲。达瑞尔·布克曼还在监狱。他还得继续坐上十年的牢。

不是吗？

但上帝啊，男人的眼睛里充满了寒光，当他说——

我父亲会很高兴再次见到你。他在过去的二十年里一直想着这事儿。

凯特琳战栗不已。

她试图冷静下来，在车后箱令人窒息的黑暗中这不是件易事。有可能达瑞尔·布克曼已经出狱了吗？怎么可能呢？他越狱逃脱了？不，那也不可能。若是的话，他们会听到的。退休警官比格森也会提到这事。布克曼不是被判服刑期间不得假释吗？如果他真的出了监狱，不管是怎样出来的，难道就没有一则像他这样的怪物被提前释放的新闻报道吗？

凯特琳指望这只是那绑架她的人——布克曼的儿子——在撒谎，只为了折磨她？

但他脸上的表情……

冷静，凯特琳。

可她没法冷静。按照那个弟弟最近被凯特琳杀死的男人的说法，他要带她去见他的父亲，那妖怪。二十多年前他绑架了她，虐待了一个小女孩，很可能猥亵并杀害了另一个。达瑞尔·布克曼的儿子还说到，他的父亲二十年来一直在等着再见到她。

凯特琳独自在黑暗中用她破裂的喉咙尖叫，猛踢着车后箱的内壁。

第三十六章

老刀将手机搁在耳边，听着电话另一端的铃响。他没挂断，让电话铃一遍遍地响着。他知道对面的电话没有机器留言。他也很清楚他打去电话的人正在家里。他不得不待在家中。如果不是这样，他脚上的电子踝链会向当局发出信号，警示他已经违反了释放协议离开了房间，他将在两个小时内被送回监狱，在铁窗后度过他的余生。

末了，铃声停住，老刀听老人说："喂?"

"是我，爸爸。乔治。"

他的父亲清了清嗓子。清了几次。"你在马萨诸塞?"

"是的。我就在史密斯菲尔德。"

"什么时候来的?"

"不久前。"

"你弟弟还没有回电话，"达瑞尔·布克曼说，"两天了。"

"是啊，我知道。"

"你现在出来找他?"

下面的话就难开口了。

"你想听好消息还是坏消息，爸爸?"

他停了一会儿，“听好消息。”

“现在想起来了，我想我最好从坏消息开始。”

“那你干吗还要问我？”

“米奇死了，爸爸。”

也许有一个好些的方法来报丧，但是老刀想象不出那是什么。就是没有好的办法说出那些事来。电话那头只听到他父亲憋气憋了几秒钟，说：“你确定吗？”

“我看见他了，爸爸。”

几声呼吸，接着，“他怎么死的？”

“他被枪杀了。在他家里。”

现在两边都沉默了。甚至呼吸声也听不见，最后，“你说你有好消息？”

“嗯，我不知道有多好，米奇死了它还算不算好，可不管怎样……我逮着了杀他的人。”

“你逮着他了？怎么说？杀了他啦？”

“没有。首先，是‘她’，不是‘他’。”

又顿了顿，布克曼说：“我不觉得奇怪。”

“还有，”老刀说，“她在我的车后箱里。”

他父亲安静了一会儿，好像是在考虑要怎么办。“你准备怎么处理她？”

“我正把她带去给你。”

“搞什么鬼？我带她来干吗。看在上帝的分上，留点儿时间给我，让我替我儿子哭几声。我不想看见杀他的人。你想怎么弄她就照你的主意弄。我太累了。今天糟透了。真糟。一摊狗屎似的。就这样吧。我儿子死了。我累了，乔治。你可以明早再过来，如果你愿意的话，就跟我说说你怎么弄那杀你兄弟的凶手，让她受报应的，可现在，我要去睡了。”

“等着我，”老刀坚持说，“我马上就到了。”

“我不等，乔治。”

“听着，爸爸。这事你要信我。你等了很久了，等这么久就为这个。花个几分钟不会要了你的命。”

顿了一会儿。“见鬼你到底在说什么？”

“等等，你就要看到了。我马上就到。”

他开了门，迫不及待地要看到父亲的脸。这就像在圣诞节的早晨。

比克斯和乔什在整个史密斯菲尔德市里纵横往复。在乔什看来，就是兜圈。他们被迫漫无方向地开行绕圈，指望一辆黑轿车突然跳进眼里，而达瑞尔·布克曼的儿子开车直接去他要去的地方了。他们都知道，他来过这里，已经开始按他的计划对凯特琳下手。

“该死的，”乔什说，拳头擂着他的大腿，“他去哪里了？”

“这群该死的布克曼想干什么？”比克斯问，“这是第三回某个布克曼要把凯蒂劫走。这群扭曲的怪胎。”

“他是杀了独眼杰克的那个，”乔什说，“他必须这样做。”

“没说错。我们得快点找到他，让凯特琳离他该死的远点。顺便问一下，她去哪儿了？”他问道，“她什么时候离开你的房间的？”

“别担心，”乔什说，“听着，我知道你有件事是要防着警察的，但是时候给他们打电话了。凯特琳反正明天要去警察局自首的。现在，我们需要他们。”

“嘿，我赞成。我们确实需要他们。但是你打算告诉他们什么？

留心看辆黑色轿车吗?”

“如果我告诉他们有个女人被绑架了，正巧今天的新闻里有这女人的照片。这被通缉的女人与仓库谋杀有关，他们就会关注了。他们会告诉在外巡逻的警察找车。”

“即使他还没有在什么地方躲藏起来，我们除了‘黑色轿车’也说不出别的来。你知道有多少汽车符合这一描述的？我们甚至不知道他走的是哪个方向。”

“我打电话他们。”乔什边说边拿出他的手机。

“就像我说的，我没问题。但我不知道你要告诉他们从什么地方开始找。”

乔什拨了 9。“要是我们知道些他会带她去哪儿的线索就好了。”

他拨了 1。

比克斯说：“我们知道的和这个家庭相关的，是二十二年前的垃圾场——你说已经不复存在——和迈克的家。后面这地方扔满了尸体。我不知道他会不会把她带到那里去，他弟弟的尸体就躺在那里，但他心里清楚我们知道这地方。他只会把她带到我们不知道的地方去。”

乔什又拨了个 1，是最后一个数字……却又挂了机。因他脑子里冒出一个想法。

乔什在他的智能手机里调出了互联网浏览器，能清醒地——也差不多是痛苦地——感到时间在一秒秒地流逝。

“我还以为你叫警察呢。”比克斯说。

“马上。闭嘴，行吗?”

乔什重新访问网上的马萨诸塞州汉普郡公共财产记录数据库。他尽可能快速而且不犯错地输入。他不能犯错。找凯特琳快没有时间了。

那天早上，乔什查到在这一地区没有叫布克曼的人拥有财产。那天晚上，他查了他们发现迈克·布克曼的那个地址，得知此财产现在为“迈克·马格特”所有。但乔什没有再搜迈克·马格特还有没有其他的财产。他现在这样做了，但只发现了一处。再次搜索是用名字，而不是用地址，乔什现在发现有另外两个叫马格特的人在史密斯菲尔德城内或城外围拥有财产。伦纳德·马格特和乔治·马格特。其中一个会是达瑞尔·布克曼的儿子吗？

“我们在干什么，乔什？”比克斯问，“我们在浪费时间。”

“该死的，闭嘴。”

快速搜索“伦纳德·马格特”加“马萨诸塞州、史密斯菲尔德”，搜出了一篇报道：一位六十八岁的史密斯菲尔德居民在当地老年人保龄球联盟比赛中漂亮地赢了场球。这显然不是将凯蒂带走的人。以“乔治”代替“伦纳德”进行相同的搜索，没有任何结果，所以乔什不能排除乔治·马格特是真的乔治·布克曼的可能性。可能当年达瑞尔进监狱后马格特家收养了两个男孩。乔什回到网上公共财产记录，很快发现了乔治·马格特的登记。

“林登路 1320 号，”乔什问，“你知道这是在哪里吗？”

比克斯点点头。“他们在那儿？”

“我没法确切地知道，我只知道不会在迈克·布克曼横着两具尸体的家，这就是我们知道的全部了。”

“林登路离这里相当近，”比克斯说着，车子突然发出巨响，生生向左转了个弯。“刚才算是歇了会儿。我们一直在兜圈。十五分钟后我们去到城里的另一头，你就能看明白了。”

比克斯将探路者加速，毫不顾及限速、信号灯或安全问题——乔什也无所谓。或许他们甚至会引来警察护送，他们也可以直接领着警察上乔治·马格特的门……这人很有希望是真正的乔治·布克曼。

乔什打911，报出一个女人被绑架了，他正在紧追不舍。接线员问他的名字。他给了名字。又给出凯特琳的名字。他知道这将引起警方的兴趣，他说，绑匪车后箱里的这个女人，和那位照片在电视新闻和报纸上已经出现了一整天的女人是同一人。他恳求接线员尽快让警车开去林登路1320号。为防万一他和比克斯估计产生错误，布克曼是将凯特琳带回迈克的房子，且考虑到已无需隐瞒，乔什也给了警察那个地址，说他们会在那里找到两具尸体。然后他挂了电话，盼着车子快开并……祈祷。

车减速，停了。凯特琳蜷缩在黑暗中，等着箱盖打开。她紧握着在黑暗中摸索到的拆轮胎棒——她不再惊慌失措——准备好在箱盖打开后再挥击出第二次。她想起七个月前就是靠着拆轮胎棒从迈克·布克曼的魔爪下逃脱的，希望这次她在他的兄弟那里有同样的运气。一扇车门关上的声音。砾石上脚步踏过，接近车后箱。闩锁打开，箱盖突然开了一条缝……

凯特琳跪着弯起身子，顺着抬升的方向肩顶着箱盖，朝前方疯狂地挥出拆轮胎棒，却什么也没有打中。没有人站在那里。突然，箱盖猛砸在她的后脑勺，将她向前方撞倒，从她的手上敲掉了拆轮胎棒。太晚了，她终于意识到布克曼的儿子就站在车后箱的侧面，提防着开盖时凯特琳用什么手边的东西攻击他。她挥起棒子后，他便将箱盖砸向她。

“干得不错。”这人说，扯着她的头发把她从车后箱里拉起来。凯特琳尖叫着，抵住他以免头皮被从头骨上撕下来。“大家都叫我老刀。”那人说，“你不会想要知道为什么这样叫。”她的脸摔在石子地面上，他粗暴地将她拖行了几英尺。“再跟我说你叫什么？”

他从容不迫地跟她说话，这种说话的方式同时令她寒意彻骨。他去拽她的脚。

“你叫什么？”他说。

“凯特琳·萨默斯。”

“凯特琳，这就对了。”他将她拖拽着远离那辆车，穿过凹凸不平的石板路向一间大房子而去。那房子看上去凌乱不堪，油漆剥落，百叶窗已不见踪影。房子一端有条随随便便挖的排水沟，院子多年没人打理，地上的草很稀疏，但草仍要生长，长得真是太长了。没有车库，没有别的车停在车道上。凯特琳希望这意味着没人在家……这个没人，她的意思是没有达瑞尔·布克曼。

现在他们来到了前门，老刀没有敲门就打开了门。

“爸爸，”他叫道，“我要给你一个惊喜。”

“我来了，在客厅里。”

那是一个年老男人的声音，太需要清清他的喉咙了。虽说声音苍老，凯特琳也能马上听出来，尽管她二十多年来都没有亲耳听到这声音了。再说，她又怎能忘了它呢？从那时起，她几乎每天晚上都在噩梦中听见。

那个自称老刀的人推了她一下，她开始向前走。接着发生了一件奇怪的事情，她的步伐变得异常缓慢。她似乎一分钟才呼吸一回。时间已经放缓了，像在爬行，迷雾开始封锁这个房间。

汉莎克终于弄清了前晚在仓库里被杀的那个人的身份。帕迪拉打电话通知她，他叫彼得·布伦南，一个从费城来的笨蛋，涉嫌十一天前劫持了一辆在内华达州到费城这条线上跑的拖卡。布伦南和他的搭档在一个载货汽车停车场下手，司机在撒尿回来的半道上头上给他们狠敲了一下。情况是这样的，两个白痴打劫的这辆卡车上的大部分货物已经交付。据布伦南被拘的搭档招供，他们的全部所获是一盒子智能手机，这个不会太难脱手，加上一个装了六只假人手的箱子，这要脱手就困难得多了。帕迪拉透露，快速检查后发现一些在密歇根州制造仿生人手的公司已经提交了一份他们损失了六只机械假肢的报告。那些东西都是东海岸的特殊病人定制的。汉莎克好奇为什么这些假手没有通过联邦快递或 UPS 发货，但帕迪拉说到了托运人认识卡车司机个人之类的情况。不管怎样，彼得·布伦南显然欠下了一笔很大的赌债，不还债债主不会轻饶了他。于是他欺骗他的搭档，带着手机和假手混进小城里来。警察追捕到了他的犯罪同伙，后者很乐意把布伦南彻底卖了。

那么，这就解了一个谜。但是他们又得面对另一个谜。有人发现老鹰汽车旅馆前台后的桌子下面，塞着一名年轻女子紧蜷着的尸体。汉莎克原以为两起案子互不相干，但当帕迪拉提供了谋杀的情况，告诉她没有发生抢劫，也没有性侵的痕迹，汉莎克便知道两起案子有关联了。奇怪的是，这个女人是被一把刀杀死的。如果此案与凯特琳·萨默斯有关，那就有意思了。受害人在仓库里是被枪打死的，而可爱的帕迪拉在过去一小时里所了解到的萨默斯的情况，令人难以相信她能把人捅死。看起来不是她干的。话又说回来，或许是和她一起逃亡的丈夫或男友犯了案。不管怎样，汉莎克确信两起案子存在联系。

“杰维，”汉莎克问，“现场有警察——”

帕迪拉打断她。“等等，夏洛特。”她能听到他和别人交谈了一会儿，然后他又在电话那头开口了，“你不会相信的。”

“说来听听。”

“有个自称乔什·萨默斯的人打了911，报案说一个叫凯特琳·萨默斯的人被绑架了，她是被一辆黑色轿车带走的，可能被带到两个地址中的一处。”

这怎么回事?

“你查了那两个地址吗?”汉莎克问。

“没有，我刚刚得到。”

“两个地方都派人过去。告诉他们，嫌疑人可能带枪，很危险。”

“哪个嫌疑人？萨默斯吗？她显然在那辆车里，她丈夫跟在后面追。”

“每个人。告诉他们每个人都是嫌疑人。地址呢?”

帕迪拉将地址传送给她。

“我这就去林登路。那里离我近些。你去另一个地址。我们去看看到底是怎么回事。”

街上没车子，汉莎克猛地将车转了个弯，加大引擎油门。她得知的每一个事实都令这个案件变得更为扑朔迷离。为什么一个快活的已婚郊区房地产代理在消失半年多后出现在另一个州，变身为一起谋杀案的嫌犯？这意味着什么？这该死的凯特琳·萨默斯何许人也，真正的她是什么人？是个坏人，还是个在错误的时间置身于错误地点的无辜女人？她怎么会被困在一辆车的车后箱里？如果没法尽快找到她，会发生什么事情?

第三十七章

凯特琳走进一个梦里。这里的时间意味着空无。每一步都是像在流沙中跋涉。雾的薄纱帘挂在她的脑海中。

谁在背后推她？她……是谁？

她叫……凯瑟琳？不，那听起来不对。

凯蒂？不……

凯特琳，她想。我是凯特琳。她停了下来，又说了一遍，这次放大了声音。“我是凯特琳。”

“是的，我们说过名字了。”一个男人在她身后说。“接着走。”

“我是凯特琳，”她重复着，“我住在新罕布什尔州布里斯托尔的常春藤街41号。”

“是吗？”男人说。“我才不在乎呢。现在快走。”

在被推着往前走时，凯特琳在脑子里背着她的社会保险号码。然后又背她的住址。她的电话号码，紧接又背她的社保号，她的住址，她重复着这些直到知道自己是谁——真正知道了——脑中纱帘拉升而起，呼吸感到正常，时间恢复往时的流速。

她意识到，她走到了另一种神游状态的边缘，但这一次她抗争了。她知道她是谁。一只手推着她穿过门道，把她推进了客厅，她突然完全记起她到了哪里……然后她看见他就在那里，活生生的。过了这么多年，做了这么多噩梦，她想知道如果就此悄悄溜走，是不是更明智些。

坐在一张“懒懒公子”休闲椅上的，正是达瑞尔·布克曼。

毫无疑问，他看上去和他的儿子很像。他看上去像从几十年的噩梦中走出来的妖怪。光秃、粗笨的脑袋。死一般苍白的皮肤。玩偶般令人不安的两只眼睛，相距太宽地安在他那张皮包骨的脸上。虽然他让人过目难忘，现在他看上去老了，比在凯特琳的五岁的记忆中烙下的、又存留了二十二年的形象老得多。他一直很瘦，但他现在甚至瘦成了皮包骨，瘦得几乎令人难以置信。这些年来他没有好日子过，凯特琳对此也无法表示任何同情。监狱可能也没有给他带来任何帮助。很清楚，上帝或自然或什么万能之神可能对他最显残酷。一根塑料管插进他的鼻子里，分叉挂上了他的两只耳朵，然后与椅子旁边地板上的一只氧气瓶连接。他那张干瘦的脸向内凹陷着，脸颊像是空心的。眼睛成了两个黑色的凹坑。它们正在研究她。过了好几秒钟，他强作一笑。这一笑几乎要让凯特琳反胃。

“是你，不是吗?”布克曼发出一道拖泥带水的病态的声音。“真的是你。很久以前离开我的那个人。我可爱的小人儿，现在我又让你回来了。”

他伸出干燥的舌头，舔了舔干裂的嘴唇。

“你是对的，乔治，”布克曼说，“是个大惊喜。当然不能弥补米奇的死，但无论如何，让我很高兴。”

他死人一样的小眼睛仍紧盯着凯特琳。他只是盯住她，上下打量她。她起了鸡皮疙瘩。她觉得无地自容，如同被剥光了一样。在他盯遍她的全身，将她尽情看了个够之后，他说："过去二十二年了，凯特琳。喜欢你看到的吗?"他停顿了一下。"是的，我快要死了。不幸的是，对你来说，我不会死得太快，因为我不需要和你一道死。医生说我有可能还剩三个月。时间够多了，你不觉得吗? 我只需要棒棒的几分钟，就可以快乐地死去了。"

那自称老刀，而他父亲叫他乔治的人，说："爸爸，别那样说。"

"闭嘴，乔治。我要死了，我这样死够辛苦的。这癌症是婊子。一个小时前，我痛得像进了地狱。我觉得被骗了。但现在，我的小凯特琳在这里，不知怎么回事，她挺好的，比以前更漂亮了。完全值得等待。你不知道你让我多快乐，乔治。你也是，凯特琳。过来。"

凯特琳没有动，直到老刀推了她。她向前走了几步，布克曼便说："就停在哪儿。我想能看到你。在死之前我想把你全……"他突然畏缩了。在凯特琳看来，好像他已经在幻想中迷失了自身。末了，他说："你杀了我儿子米奇?"

凯特琳一言不发。

布克曼皱起了眉头。"这不是个能让你愉快的夜晚，可爱的凯特琳，但如果你该说的不说，该做的不做，会更加大大的不愉快，明白吗?"他咳嗽起来，怒容满面，拿起个纸杯往里面吐了口浓痰。"现在回答我。"他说。

凯特琳深吸一口气，马上便为此举后悔了，空气中满是疾病和腐烂的味道。她说："他要强奸一个女人，把自己干的拍成视频。"

"听起来像米奇做的事。"

"七个月前他要绑架我。"

"我知道。他是为我这么做的。"布克曼的嘴扭曲了，咧开笑了起来，那表情更似一具早已没气的尸体扮出了鬼脸。"我每天都想起你，凯特琳。我在监狱里的每一天，甚至每一个小时。二十二年了，我每天晚上都梦见你，我的大美人。在你逃走之前我本来有机会……”

凯特琳松了一口气，他的企图没有得逞。但她禁不住想到了那可怕的同步性。那些年间，当布克曼每晚梦见她时，她会同时做起与他相关的噩梦。

“我要米奇去找你，盯住你。在我走出监狱后，我要他把你带来给我。他告诉我，他试过了，可你从他身边逃走了。不过你是失踪了，米奇说。甚至警察也不知道你在哪里。”布克曼摇了摇头。“我得承认，我听到这之后难过极了。我还以为你一去不复返了，我永远也不会再见到你了。你怎么最后是在这里收场呢?”

“不，”凯特琳说，“是你怎么最后在这里收场？他们不是判了你三十年吗？我想，还不许假释。为什么你不是死在监狱里，那才是你该待的地方。你要像个自由人一样地死？你逃了出来吗?”

布克曼使劲地盯着她看了一会。她觉得他应该已是怒火中烧，但却很难分辨得清，因为他眼中没有任何感情。那是一架人型服装模特的眼睛。或一条鲨鱼的眼睛。最后，他说：“我想，不妨说，是达成了一个协议。”

“他们和一个恋童癖杀人犯做成了什么样的交易?”

他又盯着她看，说：“从来没有任何证据表明我杀了那个小女孩。”

“那恋童癖的罪行呢，怎么说?”凯特琳问。

布克曼点点头。“这一块的事情就难跟他们争论了。”

“他们怎么会和你交易减刑？你出来多久了?”

“十个月。”布克曼说。然后他告诉她是怎么回事。几个因素导致达成了他的释放协议。首先，他是个模范犯人。别的犯人随时随地对他或看守偶尔来一下对他搞个性虐待什么的，他甚至没有报复过一回。其次，更重要的，他从一个囚犯，一个志趣相投者那里得到了有价值的信息——某个失踪男孩的尸体的下落。男孩正巧是位参议员的儿子。布克曼与犯罪无关，但他知道足够多的细节来让当局相信他可以帮助他们找到男孩的遗骸，最终他也让他们信了。第三，他现在快死了，没几天日子好活了。他被认定对社会不存在威胁……至少，要有的话也不会很久了。此外，参议员迫不及待想要结案。于是在知道他只剩下几个月的命之后，鉴于他同意住在他加州的儿子买给他的房子里度过余生，同意带电子踝链——如果他一只脚踏出门外，此物能立即报警——当局同意释放他，以换取他们寻求的信息。当然，这份交易也没让这群好人引以为豪，因为他们从头至尾是不声不响地操作完成的。在他获得自由的那一刻，达瑞尔·布克曼便指示他的儿子米奇把凯特琳·萨默斯带来交给他。

“你真的来了。”布克曼说，又露出了可怕的笑容，薄薄的嘴唇拉扯了几下，眼睛仍像死了一般无神。他咳着把痰吐进杯里。“得感谢我的两个儿子。他们都是好孩子。”

“他们都该死。”凯特琳说。

“嗯，他们一直对我很好。乔治给我买这所房子。房子很糟糕，但它是个家。他从洛杉矶飞过来，就只为瞧瞧米奇是不是还好。米奇呢……他每周两次，给我带吃的用的东西来。每天晚上都给我打电话，直到那天你杀了他。”

甚至说到他儿子被杀，布克曼的眼睛依然如死人一般，依然没有丝毫情感。

“爸爸，”乔治说，“我不想催你，可我不确定你能有多长时间。”

“最多三个月，”布克曼说，“我们都知道的。”

“不，我是说今晚。和她。我担心趁我们不备，跟他在一起的那两个家伙会找上这里来。也可能他们会叫警察。警察不知用什么法子就找到我们头上来了。”

“他们不会叫警察，”布克曼说，“这女孩杀了人。他们迫不得已才会叫警察，对吗？所以我不担心他们。她跟谁在一起我都不担心，因为你在这里，乔治，如果他们敢来，你会收拾他们的。”

乔治点点头。

“现在，凯特琳，”布克曼说，舌尖在他的下唇上忽然摇动起来，“是时候来向你展示一下，过去的二十二年里我一直想做的事情了。”

比克斯关了车头灯，将探路者缓缓停在了林登路 1320 号的车道尽头。这看上去很像迈克·布克曼家的车道——长而曲折，通向一处隐蔽的房子。如果想要神不知鬼不觉地干些坏事，这可是一个理想的地方。

比克斯伸手到乔什面前，打开汽车仪表板上的贮物箱，拿出了一支 9 毫米口径的手枪。他打开弹匣看了一下，然后把它推回原位。他伸手向上关了车顶灯，这样开车门的时候灯就不会亮了。他怀疑有人正在监视着——他没想到过布克曼，也就是乔治·马格特，料得到他们能发现这处房子——但行事不多加小心是很愚蠢的。走出几码远，他们来到车道上第一个平缓的弯道，看到了房子……黑色轿车就停在房前。低矮的平房坐落在半英亩凸凹不平的草地上，树环绕着院子。他们决定隔着一段距离，沿着这处建筑黑暗的院子边缘绕行，从后面接近它。比克斯默默庆幸头顶灰云遮月，地上并无几分光亮。

房子近侧的两扇窗口透出灯光，比克斯直奔窗户而去，没有继续在背后绕行。他知道从亮灯的房里向黑暗的外面望出去，想看见东西有多么困难。房里面任何人望见的窗户，无非一个黑色的方块。比克斯相信他们不会被发现，除非他们把自己的脸贴到窗玻璃上。事实证明，他们也不需要如此。离窗还有十五英尺远，比克斯便已非常清楚地看见，在客厅里，乔治·马格特，也就是那布克曼，坐在凯特琳一旁的沙发上。他手持一把刀正对着她的喉咙。两人都望着前方。接着，有人走进比克斯的视线之中。此人又瘦又高，老得已是弯腰驼背。可能不仅是年龄让他如此，他手里还扛着个氧气罐，拖着步子，慢慢地走向凯特琳。

乔什说："我的上帝，是……"

"是的，"比克斯说。"太他妈的难以置信了，达瑞尔·布克曼又把凯蒂逮着了。"

第三十八章

凯特琳感觉得到刀抵着她的喉咙，眼泪从她的脸颊滑落。她感到恐惧和绝望。想到她的人生将在一个可悲而扭曲的老头手中，以一种可怕的方式终结，不禁悲从中来，又心生对达瑞尔·布克曼无以复加的仇恨……她恨他二十多年前在遭其虐待的小女孩前的所为，导致凯瑟琳·萨瑟恩从未被发现，生死不明。她恨他将他有缺陷的DNA传给他的儿子，让他们长成如他一般没有灵魂的生物。或许他们很久以前被一个体面的家庭收养过，得到一切可能得到在将来过上正常生活的机会，然而他们父亲的遗赠他们却无法摆脱。不管怎样，凯特琳痛责达瑞尔·布克曼将他的儿子们变作了野兽，她也痛恨儿子们为他们的父亲所干的事情。她不知道达瑞尔是否虐待过他们。如果是这样，那很不幸，但并不会因此而原谅他们的行为。

她仇恨达瑞尔·布克曼，更恨他是一只恐怖的妖怪。

而那妖怪正步履蹒跚，向她迈出两条细长羸弱的腿，他一只如柴火般的瘦手提着氧气罐，手上静脉凸出犹如地图上蓝色的州际公路线。他喘着气过来了，咧嘴笑着逼近她，用他那双呆滞黑暗如空窗口一般的眼睛看着她。

“别担心，我可爱的小家伙，”布克曼说，“乔治在这里不加入我们。我等待了你这么多年，不会把你跟别人分享。”

“那他只是在这里看着吗?”凯特琳问，“你一定为他感到很骄傲。”

“嗯，如果他想，他可以看。可他不想看，他在这里是要手里拿着刀，让你乖乖听话的。你可能已经注意到，我不完全是过去的那个人了。”

“你根本就不是人。”凯特琳说。

“好吧，我是什么，走着瞧吧。”布克曼答道，他来她身边的沙发旁，一只手在撑在她的腿上，坐了下来。手没再挪开。

凯特琳身子的右侧是一名暴徒，左侧是一个变态的恋童癖杀人犯，她被困在两者之间。一把刀架在她的颈上，一只瘦骨嶙峋的手贴着她的大腿，正往上移……

她闭上了眼睛，后悔自己没有早换成另一个身份，早变作另一个人消失。要早变换过了，她在将来就可能不会记得发生过这些事情。

开玩笑吗?她活不了多久了，死了也就不会记得这些事情了。

汉莎克正在接近林登路上的那个地址。有两辆黑白相间的警车尾随。她已经得知房子为乔治·马格特所有，这就有点意思了，因为帕迪拉刚刚从迈克·马格特家打电话过来。迈克·马格特拥有那处房产，而最近有人在那里开枪把他打死了……但他“最近”死亡的时间，显然和躺在其尸体旁的一个被剖了肚的独眼人不在同时。姑且将那个一只眼的家伙放一放，好好看看这两处房子两个马格特吧。这很有趣啊。同样有趣的是帕迪拉在迈克·马格特房子里的发现。显然，这人一直在跟踪凯特琳·萨默斯。他把她的照片钉在墙上，将与她相关的消息都收集归档了。等警察最终把房子细细搜过后，他们一定会得到很多答案。汉莎克加速驶向乔治·马格特的房子，她知道那里有更多的答案等待着她。她只是希望凯特琳·萨默斯还能活着将答案提供给他们。

不管他父亲打算对凯特琳·萨默斯搞什么鬼干什么事，老刀都不来劲不想看，但他喜欢见到老头如此激动如此欢欣。他为这一番称心如愿吃了那么长时间的苦头，二十二年苦巴巴的监禁啊。除那以外，他还几乎不休不止地痛了一年，痛到他不停地说盼着去死。但是现在，至少在这一刻，他是快活的。于是老刀就可以把目光移开了，让他的父亲在所剩无几的时日中，享受一下他那一点点可怜的欢愉。

他转过头，目光漂到窗户上……那里什么东西在动，那东西比周围包围着它的一团黑暗浅淡些，正迅速地移开。它原来是在那里的，忽然就不见了。

这快速的一瞥过后，本能告诉他，外面的人不是警察。和凯特琳混在一起的家伙想方设法到底还是找上门来了。老刀想了一会儿，想起他没有锁上前门。

怎么办？他知道不能把刀交给他父亲让他来控制凯特琳。他差不多已经抬不起自己的手了；哪能指望他对个年轻力壮的女俘虏用刀呢。不，老刀要让凯特琳跟紧着他。

“等一下，爸。”他说。站起身，猛地将凯特琳带了起来。

“你干什么？”布克曼问。“我才——”

“嘘。”

老刀将刀横在凯特琳的颈前，拖着她穿过起居室，来到过道和起居室之间的一段墙边。他们只能经过这里，没有选择。这是进入房间的唯一通路。他们当然希望仍有惊喜降临这间房子。但没有了。

老刀从身后紧紧地抱住凯特琳。他的一只手压在她的嘴上。另一只手握着刀，对着她的脖子。裸露的刀尖割破她的皮肤，他听到她的呻吟声。他将嘴凑到她的耳旁，小声说："再弄出声音来，我就跟在我父亲后面，再强奸你一回。让你的男人看着我干你，跟着我就把他们切成块，再一块块吞他们的肉下肚，吃到精光，一块不剩。明白了吗?"

她点点头。

老刀等着。

过道里响起极微弱的脚步声。

一个身影急冲而来，凯特琳拼力迸出一道哼声作警告。该死的，那人一定听到了她的声音，因为穿过门道的身影忽然闪避了一下，而老刀将刀从凯特琳的喉咙上移开，齐着那人颈脖的高度向他挥去。那人身形一矮，刀在他头顶一英寸的空气中划过。男人顺势跨进房间中央，他扭过身来，拿枪指着老刀。

该死的。

老刀把凯特琳抱得更紧，又将刀尖端对准了她脖子上柔软的皮肤。

"放她走。"拿枪的人说。

"不。"老刀说。

"我手里有枪。"

"我有把刀架在你女人的脖子上。我向你保证，如果你朝我开枪，除非你能一颗子弹射进我脑袋，让我立刻死透了，我只要死前还剩半口气，就要让刀扎穿她的脖子。说到做到。另一个人在哪里?"

"什么另一个人?"

老刀真的要下手了。他在刀上用了点力，垂直地在凯特琳的喉部和颈动脉之间切开了一个口子，虽不致命却令她疼痛难抑。她哭了出来。

“我不想再问你一遍了。”老刀说。

这人将手枪的枪管一摇，说：“进来吧，乔什。”

一个手上没家伙的人慢慢走进了房间。他看了一眼拿枪的，再看沙发上老刀的父亲，最后望向老刀和凯特琳。一见凯特琳脖子上的血，他的眼睛便瞪大了。

“你还好吗?”他问道。

她小心翼翼地点点头。刀架脖子，只得小心。

“放下枪。”老刀说。

“没门。”拿枪的人说，“你放下刀。”

“有这必要吗。站成这个样子，你开枪打我，连她也打了。我不认识你，但是我知道你准头不行。”

“我就要开枪了。”男人警告道。

老刀笑了。接着他拽着凯特琳，向一侧慢慢退后，眼不离对方的枪口，直到他站到了他父亲面前。拿枪的人慢慢转动身子，紧盯着他们的举动，却没有扣动扳机。

汉莎克的车慢慢开进了那条看上去又长又弯的车道。她开到了一个折弯处停下，关上了车前灯，让引擎空转着。过了片刻，两辆警车停在了她的车后面，做了同样的事情。帕迪拉在迈克·马格特家安排了几名警察值守尸体，他自己则往这里赶。他还有几分钟就到，但汉莎克觉得她不能等了。她轻轻打开车门从车里出来，让车门开着。在巡逻车里的警察也这么做了。

她轻声说到："我们从这儿走过去，别出声。"她指着两个警察说："你们绕过房子的右边看看后面。你们两个，"她指着其余的警察说，"分开行动，各盯着房子的一侧，确保没有人从侧门或窗口出来。你和我一起行动，"她对最后一个警察说。她又看着前两个人，说："我们准备冲进去的时候，会让你们知道的。大家都明白了吗?"

他们点了点头。

"好。我们行动。"

老刀透过窗户看到了车前灯，灯光只在一瞬间穿透了黑暗的院子里，随即便熄灭了。对他来说，一切都在瞬间改变了。

"我得承认，我还以为你不会叫警察。"他说。"猜你不在乎，把你那杀了我兄弟的女人送进监狱去。"

"我们比警察更担心你。"没拿枪的那人说。

"担心我是对的。"老刀说，眼却不离另一人和他的手枪。

局面发展成这样，老刀极为沮丧和悲伤。他的脑子疯转开来：没办法，现在他妻子要知道他的真面目了。如果活着就得见着的话，他真不想见到她脸上失望的表情。想着他女儿伴着一个铁窗后的父亲长大，他甚至不确定是不是还要活下去。老刀尝过那种滋味，知道那是什么样的耻辱。知道别的孩子会对她的家庭和她说些什么样的话。

不，他不会允许这种情况发生。这意味着无论如何他不能被捕。他认为他没法干掉房间里所有人，然后让警察一个个强行攻入屋内。他面临三种可能的结果。一是他老刀会被杀死，他不想让这种情况发生；二是他把凯特琳和其他人当成人质，但这类招数少有在坏人手中奏效的；最后一种是，在警察收网之前，从屋后逃脱。这意味着他几乎得立即离开，且不留下目击者。他得逃出去，马上给瑞秋打电话，让她把茱莉亚带到某个地方，一旦他找到法子回去，他能在那里和她们会合……至关重要的是，他必须在警察发现他卷入这一切向他的家人施压之前打出那个电话。瑞秋不会明白他为何要逃亡，但如果她足够爱他，她会按他说的去做；如果她足够爱他，她会明白他是谁，他干了什么，还有为什么他们现在不得不继续逃亡，找个地方重新开始。当然，这是个大问题：她足够爱他吗？他得找出答案。这意味着每个在房间里的人——包括他的父亲——都得死，快快地去死。既然老刀是用假名飞过来的，如果他能从这所房子全身而退，警方会花上好一阵来查他是否卷入了这事，这将为他赢得时间联系瑞秋。除非房间里有人向警察告密。这意味着老刀必须确保不留活口。

“我的问题是，”老刀说，“今晚我不想被逮捕。就得趁现在做个了断了。”

老刀的计划是刺死这个女人，再把她推向那个拿枪的。这该足以让他分心，老刀夺下他的枪，再把女人的两个男朋友，管他们是她什么人，全都射杀。接着向窗外打几枪，暂且挡住警察，不让他们冲上来，让他们以为屋里屋外是僵持住了。最后，他会杀死他的父亲。然后他从后门离开——就在警察想法子要跟他谈判的时候——真他妈希望在他们的手伸向他之前，他就已经到达了安全地带。

这计划挺差劲，几乎注定要失败，但他只能孤注一掷了。他不能进监狱。他不能允许这种情况出现。他不能忍受将会在他的家人身上发生的事情。

“闭上眼睛，凯蒂。”拿枪的对凯特琳说。

老刀明白，这人顾念她，不想让她看到自己的血喷个铺天盖地。让她脑子里少了这可怕的一幕，死得也好受些。老刀觉得这种做法令他肃然起敬。不过，他没时间再耗下去了。

“相信我，凯蒂，”那人说，“闭上你的眼睛。”

乔什看着眼前的危局步步惊心，却感到自己无能为力。除了观察局面，他什么也做不了。他没有武器。他和比克斯稍有动作，可能就会令布克曼的儿子切开凯特琳的喉咙。进退不得，这是一场凯特琳也身陷其中的僵局。现在听起来好像布克曼的儿子想要收场了。看上去准备用刀子了。比克斯为什么不行动？他有一把枪。时不我待啊。而他所能想到去做的就只是告诉凯特琳闭上她的眼睛，就像他当时想要她记起怎么打台球一样……

可能是这样吗？

"闭上你的眼睛，凯蒂。"比克斯平静地说。

凯特琳看了一眼比克斯的眼睛，然后闭上了自己的眼睛。比克斯把枪抬起一英寸。"你能做到的，凯蒂。"他说。

"对不起得这样了结了，爸爸，"布克曼的儿子说，"现在我得先弄死她。跟可爱的凯特琳说声再见吧。"

"不！"达瑞尔·布克曼扯着嗓子喊。

接着，一切都太快发生了……

凯特琳睁开眼睛，将她的腿向前方高高摆起，然后又快又狠地向后勾踢，她的脚后跟带着十足的力道踢在乔治·马格特的胫骨上，听上去就像一个职棒联盟的球手击碎了一个快球。马格特惨叫一声，同时松开了握刀和紧箍凯特琳的两只手。刀落在地，凯特琳也倒在地板上。霎时间，马格特的身前就没有被他扯来挡子弹的人了。这颗子弹是比克斯随时准备击发的，这一刻凯特琳已经闪开了，他扣动了扳机，但……

他打偏了。子弹嘶嘶作响从马格特身侧飞过，将他身后的一块窗玻璃打碎。马格特沉下肩膀，朝比克斯猛冲过去。比克斯还来不及开第二枪，他已经跨出三大步狠狠地撞在他身上。两人撞在了对面的墙上。马格特一只手死死扼住了比克斯的喉咙，另一只手抓住了他拿枪的手。不知怎的，尽管比克斯力气不小，马格特还是将他紧握着的武器从手中扭转，枪口指向了他。这时乔什冲上前来，使出全身的力气向马格特打去，一拳打在他的耳朵。他头一歪，松开了比克斯，向身侧踉跄了几步。乔什去找马格特手里的枪，他刚才那一击竟也将枪打脱了手。

汉莎克听到了枪声。

“开枪了，”她叫道，“快，快，快。”

她加快了脚步，向五十码外的房子跑去，身旁是四个穿制服的警察。

乔什想，好人应该要赢了。乔治·马格特既已寡不敌众，现在又手无寸铁的……不料他弯下腰，竟从靴子里拔出了第二把刀。他猛刺向比克斯。比克斯向后跳开，勉强避过了破肚之灾。但他躲闪之后脚却被绊了一下，跌倒在地。然而，没有立即上前结果比克斯，却改作去对付唯一还站着的男人，马格特犯下了一个大错。他转而向乔什发起袭击。他举着刀，准备砍下，同时要越过四大步的距离。乔什看到凯特琳从他右侧袭来，挥舞着刚才猛踢马格特时他落在地上的那把刀。就在马格特快要碰到乔什的时候，凯特琳将刀深深地扎向了马格特的颈侧，只剩刀柄露在外面。马格特站在那里，摇摇欲坠，鲜血从嘴里流了出来。

老刀跪倒，接着侧身倒在地下. 他无法相信他所有的一切如此之快便都崩溃瓦解了。他也不能相信他的一生就这样走到了尽头。他想知道他不在家，他的妻子和女儿这天晚上有没有去看马戏。他最后想起的是小茱莉亚的脸，还有，瑞秋看着他露出的失望表情。

凯特琳低头看着两天之内她杀死的第二个布克曼，然后转过头来面对那唯一还活着的。他已经从沙发上起身，将他的氧气瓶抛下，拖着一双虚弱、细长的腿快快穿过房间。起先她以为他要从门道进前厅。她感到惊奇的是，他居然以为自己还能够逃跑。接着她看到枪被扔在墙角，便明白了他想要去捡枪。她紧随其后，从正要从跌倒的地方爬起的比克斯身旁跃过。她抢先一步，抢到了布克曼弯下腰伸出的手的前方。凯特琳拽着布克曼的肩膀猛地将他向后一推，他转了一个圈，站立不住，向后倒在地板上。他摊开身子，长长地伸出了四肢，看上去像一只仰面躺倒的死蜘蛛。凯特琳平静地捡起了枪。

“把他收拾了，凯蒂。”比克斯说。

布克曼抬头看着她。即使在这个时刻，他的眼中仍空无一物。不知为何，尽管有一行眼泪从黑石子般眼眶里滚下来，他双眼中仍然不显出任何感情。但他的声音中透出几分无奈和悲哀，他说：“差一点点……过了这么多年，我又差一点点就得到你了……我的大美人……”

“动手吧，凯蒂。”比克斯催促着。

“凯特琳?”乔什说。

凯特琳逼视着这个和任何人一样必有一死的人。她听到了脚步声，有人在喊：“警察。”是一个女人的声音。“举起手来，后退两步，跪在地上手举过头顶。”

地板上，布克曼仍在喃喃自语。“怎，怎么可能又逃跑了……我可爱的小凯特琳……过了这么多年，这么多年……差一点点……”

“凯特琳·萨默斯，”警察又在叫，“马上举起手来。”

凯特琳仍将枪指向布克曼。他还在哀叹又一次失去了她。即使在这个时刻，她仍没在他的眼睛里看见任何东西。那里空无一物。他甚至还是个人吗？杀了他，难道真的就有罪吗？

“凯特琳，”警察说，“不要动，只把头转过来，我要你看着我。”

凯特琳动了这一下，只转过了她的头。她看到一个穿便衣的女人持枪指着她。两名穿制服的警察站在她身后，手里的枪口同样指向她。

“我叫夏洛特·汉莎克，我不认识你，我也不知道这里究竟发生了什么，或是这个人对你做了什么，但我肯定地知道一件事情……他不值得你开枪杀人。”

凯特琳盯着那女人的双眼，仿佛经历了一段漫长的时间，然后，她看也不看布克曼一眼，手指离开了扳机，双手举过头顶，跪在地上。一个穿制服的警察迅速走过去，从她手中接过了枪。

“做对了。”那女人说着走近凯特琳，抓住她的手，一只接一只上了铐。

凯特琳看着比克斯。他正在摸他的后脑勺，但似乎并无大碍。她想到了他平静地说，闭上你的眼睛。

她说：“我猜你也教过我一点自卫术。”

“我教过你很多东西。”他似笑非笑地说。

乔什看上去也还行。凯特琳望着他的眼睛，疲惫地点了点头。一切都结束了。

“凯特琳·萨默斯，”汉莎克开口道，“你被捕了……”

第三十九章

乔什在布里奇沃特州立医院外等待着凯特琳。这是一所马萨诸塞州的精神健康医疗机构，负责收治刑事精神病患，也为刑事司法系统进行个人评估。布里奇沃特的专家帮助司法人员澄清和解决诸多重大问题，包括评估病人有无能力受审，或像在凯特琳·萨默斯这个案子中，她是否需要承担刑事责任。经过四十天的综合评价，一个由医生和心理学家组成的小组最终对凯特琳下了几个结论。首先，尽管在病人和囚犯中，试图通过声称遭受失忆以逃避行为责任的十分常见，但他们的看法是，凯特琳确实经历了一次持久的神游状态，可能至少是她人生当中的第二次。她失去了有关史密斯菲尔德七个月的生活以及这段时间里发生的所有事情的记忆，也不可能曾经回忆起来过；其次，在这段时间里，她采用了一种完全不同的个性，犹如另一人参与了一些事件……枪杀了迈克·马格特/布克曼；再次，她对一个男人企图绑架她，并最终被她杀死这一事件造成的极度精神创伤产生了反应，极可能因此进入了神游状态。此男子的恋童癖父亲在她童年时绑架过她，且前者与其父亲有着惊人的相似之处。总之，现在几乎可以确定，她将永远不会发现自己再次处于类似情况之中。她对其他人构成危险的可能性，甚至包括未来在极罕见的情况下进入另一神游状态，从而对其他人构成危险的可能性，皆微乎其微，且令人高度存疑。所以，在对她的精神心智进行了近一个半月的详细检查后，院方认为凯特琳可解除医疗监护。

在医学专家评估凯特琳精神状态的同时，执法机关和法律机构审核了她这个案件的事实。毫无疑问，凯特琳·萨默斯是一名受害者。但同样不容置疑的是，她杀死的不是一个人，而是两个。很容易证明杀死第二人在当时的环境下有正当的理由。她被绑架了，被迫把刀刺那个男人以保护她的丈夫。两个证人的证词支持这种说法。即使这两个证人作为其丈夫和男友各有理由说谎以保护她，但客观的事实也支持他们的陈述。

然而对凯特琳所杀的第一个人——迈克·马格特又名迈克·布克曼——的死亡事实判定，确实令当局感颇棘手。从视频中他们可以看到全部过程，萨默斯自己曾敦促她的男友和丈夫将视频交给警方——捎带上六只自动假手。且不论她的枪下亡魂是个强奸犯，还有他追踪她，企图绑架她的事实，凯特琳是否犯有预谋谋杀罪引起了相当大的分歧。而萨默斯无法回忆起事件发生的过程，也无法进行陈述以阐明她的想法和意图。尽管视频中的裸女显得目光呆滞，几乎无法意识到自己身旁发生了什么，她还是向警方提供了一份证词，声称她认定开枪时马格特正要攻击凯特琳。在看过视频的官方人员当中，有些人认为凯特琳是蓄意而残忍地开枪打死了迈克·马格特。其他看到了相同镜头的人发誓说马格特已经开始对凯特琳动手，她不得不扣动扳机来保护自己和沙发床上戴着手铐的裸女。还有一些人不能确定凯特琳是否属于被迫开枪，但无论如何，并无一句责备她开枪的说辞。

不管人们看法如何，破了这起案子并逮捕了凯特琳的侦探汉莎克，在研究了所有的事实后，却并不急于看到凯特琳被起诉。然而，汉莎克并不知晓一件事，这也是除凯特琳外无人知晓的一件事——虽然后者不知道比克斯是否有所猜测——汉莎克本人才是凯特琳无需在监狱里度过余生的主要原因……因为凯特琳确实决定杀死达瑞尔·布克曼。她正要向躺倒在地板上的他开枪。这可能在道德上是一个错误的行为，但凯特琳当时却不以为然。她认为他并非人类。但是事后想来，她明白了在那种情形下，如果在三名警察证人的眼皮底下枪杀了一名手无寸铁的男人，陪审团很难不定她的罪。

然而因为汉莎克及时赶到了，阻止她杀他，凯特琳根本就没有受审判。嫌疑人深得人们的同情，受害者则是远非如此，他和他整个家庭的历史以及最近涉及她的犯罪行为，让公诉人深感案子的棘手。最后，负责立案的检察官决定不起诉她。于是，凯特琳从医院获释时被许准去往她想去的任何地方。

达瑞尔·布克曼就没那么幸运了。现在他可能只剩下两个月好活了，且因共谋绑架凯特琳·萨默斯违反了释放协议的条款，剩下的每分每秒都要在监狱里度过。凯特琳想知道对布克曼而言最坏的事情是什么——他的癌症、重回监狱、他儿子的死，或她再一次从他手中逃离。不过，她知道答案并不重要。这些事情中任何一道微小的留痕都能使他的人生变作地狱。她对此毫不在乎。如果世界上数以百万计的人是对的，那么他不久就会进入一个更大的地狱。

凯特琳肩上挂着一个装着衣服和化妆品的小包，走到了停车场。她的丈夫正靠在他的车门上。他将车停在了一个禁停区的主要入口附近。自从乔什获准探视她以来，他几乎每天都来这里。

她走近了，他笑了起来，不过显得有些难过。她觉得她的笑可能和他的一样。

“我一直等着你从那里走出来。”乔什说。

“感觉挺好。”

“你成了个自由的女人。在很多方面都是的。”

她点了点头，想到和他离婚就将要在几个月间完成。

乔什低头看着他的鞋子，然后抬起眼睛。“就是这样啦，然后呢？我没有什么可说了吗？”

“是的，乔什。”

“我们在一起七年。六年的婚姻，犯了一个错误，这就结束了？”

“那是个大错。”凯特琳说，乔什似乎无法反驳。他的眼里有了泪水。凯特琳也感到泪水涌上了眼睛。这对于她来说并非一个容易做出的决定。在过去的四十天里，医生不是唯一检查她想法的人，她也一直在做同样的事情，试图去判断她感觉到的一切，搜查她灵魂的每一个角落。对于乔什，她一直反复地想着几个问题。首先，她怀疑自己还能真正地重新信任他。她可以原谅他，也许吧，但她永远不会信任他了。更重要的是，如果他欺骗了她，即使只有一次，那他便不是她认为是的那个人了。同样重要的是，凯特琳明白了，她也不是他以为是的那个她。她变了，这个新的凯特琳，不管她是谁，再也无法与旧的乔什合拍。

“你的脖子看上去还不错。”他说。

“谢谢，”她回答，摸了一下那道乔治·马格特/布克曼留给她的疤痕。伤口的缝线早已拆了，疤痕却仍然有些显眼。可她还活着。

沉默了片刻，乔什说：“我很抱歉。”

“我知道。”

他又低头看了一眼自己的鞋子，然后抬起了头。“谢谢你救了我的命。”

“也谢谢你救了我。”她的一笑中带着留恋。

“再见，凯特琳。”

他转过身，打开了车门。他进了车子，启动引擎，便开走了。凯特琳看着他离去。她觉得她从后视镜里看到了他的眼睛，他一直在看着她，直到车行至远处，再看她不见。

她走向停在停车场第一排的一辆黑色的福特探路者。比克斯正坐在方向盘后面。车窗放了下来，他的肘随意地靠在车门框上。

“嘿，你来了，”他说，“要兜兜风吗?”

在凯特琳困于医院内，清理自己思路的这一段时间里，除了她和乔什的关系，她也仔细考虑了许多问题。她想到发生的一切，想到了比克斯，想到了过去的她和现在的她有多么不同。她回忆起自己轻而易举地就进入到了凯蒂·索瑟德这个角色之中。对她来说，当不得不如此时，展示她狂野的那一面是多么简单自然啊，就好像那个人一直都在她的身体内，一直盼望着走出阴影，步入光明。她开始意识到，这个人不仅是她的一部分，可能便是“真正的我”，是她一直认为自己是的那个女人。

凯特琳所有的自我反省让她确定了两件事。首先，是时候弄清楚她要成为一个什么样的人了。不是一年前的那个她，或一个月前的那个她，而是向前方和未来走去的那个她。她开始了崭新的生活。她的新生活不会在史密斯菲尔德或新罕布什尔州展开。不，不管她走向何处，去往的都将是她从未到过的地方；第二件想明白的事是，她开始踏上寻找自我与归属的发现之旅时，希望有比克斯一路随行。他可能有一些可疑的相识和稍显灰暗的过去，但她知道他本质上是一个好男人。他爱她，这她也确切地知道。她有了在将来某一天爱上他的机会，为此她也感觉很好。

“你怎么说?”比克斯脸上挂着杀手般的微笑，问道，“要搭车吗?”

“当然啦。”凯特琳说。

“去哪儿?”

凯特琳没有绕过去坐探路者的副驾驶座，她开了司机座的门。

“我不知道，”她说，“你过去，我来开车。”

致谢

我无法独立完成出书这整件事情，也不想一试。我的头一声感谢，一如既往，给我的妻子科琳，感谢她所做的一切。同时感谢我的儿子们始终鼓励我，在我需要的时候给我足够的时间来写作。我也要感谢两位刑事律师苏珊·哈金斯和布莱恩·卡伦的建言。约翰·哈金斯阅读了这本书的初稿，与我分享了他的想法，为此我诚致谢意。我要感谢我的经纪人，迪斯特尔与哥德里奇公司文学部的迈克尔·布尔勒，感谢他为我做过的一切。感谢目光敏锐的编辑大卫·唐宁令编辑过程乐趣盎然。我万分感谢艾莉森·达霍将我带至托马斯与默瑟出版公司，感谢她给我的坚定支持。感谢雅克·本泽里、蒂芙尼·波柯尼、格雷西·多里及其他托马斯与默瑟出版公司的团队人员，感谢他们对我和我的书的付出。最后要感谢我的家人、我四面八方的朋友和我忠实的读者，他们的宽容和始终不渝的支持使我得以继续做我热爱的事情。谢谢大家。最后再说明一下：我虚构出了马萨诸塞州的史密斯菲尔德，所以我认为我拥有了关于此地的全部解释权，但如果这本书中出现了什么错误，责任在我。

詹姆斯·哈金斯

图书在版编目（CIP）数据

大美人/ (美) 詹姆斯 · 哈金斯著 ; 海力洪译. --上海 : 上海文艺出版社, 2017
ISBN 978-7-5321-6421-9
Ⅰ.①大… Ⅱ.①詹… ②海… Ⅲ.①长篇小说－美国－现代
Ⅳ.①I712.45
中国版本图书馆CIP数据核字(2017)第168474号

著作权合同登记图字：09-2016-688

书　　名：大美人
作　　者：(美) 詹姆斯 · 哈金斯
译　　者：海力洪
出　　版：上海世纪出版集团　上海文艺出版社
地　　址：上海绍兴路7号　200020
发　　行：上海文艺出版社发行中心发行
　　　　　上海市绍兴路50号　200020　www.ewen.co
印　　刷：上海天地海设计印刷有限公司
开　　本：890×1240　1/32
印　　张：11.875
插　　页：2
字　　数：250,000
印　　次：2018年9月第1版　2018年9月第1次印刷
I S B N：978-7-5321-6421-9/I · 5139
定　　价：45.00元
告 读 者：如发现本书有质量问题请与印刷厂质量科联系　T: 13817973165